등대로

등대로

버지니아 울프 | 이숙자 옮김

문예출판사

To the Lighthouse

Virginia Woolf

차례

1부 창 • 7

2부 세월이 흐르다 • 183

3부 등대 • 211

작품 해설 • 305

버지니아 울프 연보 • 313

1부

창

* 본문의 주는 모두 옮긴이 주다.

1

"그럼, 정말이고말고. 내일 날씨만 좋다면야." 램지 부인이 말했다. "하지만 아침 일찍 일어나야 해." 그녀가 덧붙였다.

이 말을 들은 그녀의 아들은 기분이 좋아 어쩔 줄을 몰랐다. 마치 결정이라도 된 듯 이 원정을 꼭 하게 될 거라는 느낌과, 오늘 하룻밤 자고 나서 내일 하루 종일 배를 타고 가면 그렇게도 오랫동안 기다렸던 곳으로 가게 된다는 생각에 가슴이 마구 설레었다. 여섯 살이나 먹고도 이런저런 감정을 구분 못 해서가 아니라, 기쁨과 슬픔이 뒤섞인 미래가 바로 코앞에 닥칠 것을 떠올리면 맘이 우울해지는 부류의 아이라서, 이른 유년 시절에 그런 아이들은 감정의 수레바퀴 속에서 기쁘거나 슬픈 감정을 숨기지 못하고 바로 구체화하여 드러내는 성향이 강해서, 마루에 앉아 아미앤네이비 백화점*에서 가져온 카탈로그 속 사진들을 오리던 제임스 램지는, 냉장고 사진을 오리던 중 어머니의 그 말을 듣고 기쁨에 마구 들떠버렸다. 기뻐 흥분한 탓에 제대로 오리지 못한 냉장고 사진의 가장자리가 삐뚤삐뚤했다. 감정을 노골적으로 드러내는 바람에 모양새가 엉망인 사진을 이맛살을 찌푸리며 푸른 눈빛으로 얼어붙은 듯 사납게 째려보았지만 이미 아이의 맘속에는 외바퀴 손수레와, 잔디를 깎는 기계와, 바람에 스치는 포플러나무 소리와, 비가 오는 것을 미리 알리듯 하얘지는 이파리와, 까악까악 울어대는 까마귀 소리와, 마당을 쓰는 빗자루 소리와, 스윽스윽 스치는 옷자락 소리가 너무나도 뚜렷한 색채로 환하게 다가와, 이미 혼자만의 비밀 언어, 혼자만의 암호를 가진 듯했다. 그러자 어머니는 냉장고 사진의 가장자리를 깔끔하게 가위질하라고 일러준 후 아들을 물끄러미 쳐다보면서 법복을 입고 판사석에 앉은 아들 모습을 상상하다가, 또 공무를 보던 중 나라가 위험에 처하자 중대한 계획을 단호하게 결정한 뒤 명령을 내리는 아들 모습을 상상하기도 했다.

"하지만 날씨가 좋을 것 같지 않은데." 응접실의 창 앞에 멈춰 선 아이의 아버지가 말했다.

아버지의 가슴팍을 팍 찔러 죽일 수 있는 무기가 가까이 있었다면, 그것이 도끼든 부지깽이든 뭐든 상관없이 제임스는 당장 움켜쥐었을 것이다. 그런 극단적인 감정을 드러내고 싶을 정도로 아버지 램지 씨의 태도는 항상 자식들 속을 뒤집어놓았다. 지금처럼 창

---

* 런던 시내 빅토리아가(街)에 있는 백화점

옆에 멈춰 서서, 칼처럼 비쩍 마른 몸을 비스듬히 창에 기댄 채 칼날처럼 가늘게 눈을 뜨고 빈정거리듯 이를 드러내 웃으며, 들뜬 아들의 환상을 완전 뭉개버리는, 모든 면에서 (제임스 생각에) 아버지보다 만 배는 더 뛰어난 어머니를 비웃듯 쳐다보는 아버지의 태도는 자신의 판단이 아주 정확하다는 자만심에 우쭐대는 모습 그 자체였다. 아버지가 말한 것은 옳았다. 항상 옳았다. 틀린 것을 옳다고 말할 위인도 절대 아니었다. 사실을 멋대로 꾸미는 법도 없었다. 누군가의 형편이나 비위를 맞추려고 일부러 틀린 말을 듣기 좋게 말하는 법도 없었다. 최소한 자식으로 태어난 그의 아이들만이라도 어릴 때부터 삶이 힘들다는 걸 깨닫게 해주고 싶은 아버지일 뿐이었다. 진실은 타협하지 않는 거야. 그래서 아이들이 그렇게도 멋지게 생각한 저 등대로 가는 여행이 그렇게 멋진 것만은 아니라고 실망시키면서, 그런 말에 투덜대는 아이들의 목소리가 어둠 속으로 사라지자(그제야 램지 씨는 창에 기댔던 등을 똑바로 펴 바로 서서, 실눈으로 수평선을 내다보았다. 그의 눈은 작고, 푸른색이었다), 결국 누구든 용기와 진실과 고난을 견뎌내기 위해 힘을 키울 필요가 있다고 각인시켰다.

"하지만 좋을지도 몰라요. 좋았으면 싶네요." 붉은 기가 도는 갈색의 긴 양말을 짜던 램지 부인이 양말을 약간 당겨보면서 초조하게 말했다. 그녀는 오늘 밤 이것을 다 짜면, 또 생각대로 등대에 가게 되면, 이 양말을 등대지기의 어린 아들에게 줄 생각이었다. 그 아이는 결핵성 고관절염을 앓고 있었다. 오래된 잡지들도 가져가고, 담배도 좀 가져가고, 정말 필요도 없으면서 쓰레기처럼 이리저리 방에 뒹구는 것은 죄다 주워 불쌍한 그들에게 가져다줄 작정이었다. 그들은 할 일이 없어 하루 종일 지루해 죽겠다는 표정으로 램프를 닦거나, 램프의 심지를 잘라내거나, 정원에 떨어진 작은 조각들을 주우면서 지루함을 달래려고 무진 애를 쓸 테니 말이다. 테니스 코트만 한 바위 위에서 너희가 한 달 내내 그곳에 갇혀 지낸다면, 사나운 날씨라도 계속된다면, 너희 같으면 어쩌겠니? 그녀가 묻곤 했다. 편지나 신문도 없고, 사람 구경도 못 한다면, 너희 같으면 어쩌겠니? 너희가 결혼했다면, 너희 아내도 못 보고, 너희 아이들이 어떻게 지내는지, 아이들이 아픈 건 아닌지, 놀다 떨어져서 팔이나 다리를 다친 건 아닌지, 그런 게 당연히 걱정되지 않겠니? 허구한 날 똑같이 반복되는 지루한 파도만 쳐다보다 사나운 폭풍이라도 불어오면, 그래서 창문마다 비바람에 온통 두들겨 맞고, 새들도 등불을 향해 돌진하고, 집 전체가 마구 흔들리고, 그러다 바다로 휩쓸리는 건 아닐까 무서워, 문 밖으로는 코빼기도 내놓지 않게 된다면? 그러면 너희 기분은 어떻겠니? 그녀는 특히 딸들을 쳐다보며 물었다. 그러면서 그들을 달랠 수 있는 건 뭐든 가져가야 한다고 따로 덧붙여 설명했다.

"정서로 부는군요." 저녁식사 후 램지 씨와 함께 테라스를 오가며 산책하던 무신론자 탠슬리가 손을 들어 앙상한 손가락들을 쭉 펴, 손가락들 사이로 빠져나가는 바람을 쳐다보며 말했다. 다시 말하면, 바람은 등대로 가기엔 최악인 방향에서 불어왔다. 정말 불필요한 것만 골라서 말하는 양반이군 하고 램지 부인은 생각했다. 꼭 이런 식으로 날씨를 상기시켜 제임스를 더욱더 실망시킬 필요는 없잖

아. 그러면서도 그녀는 아이들이 그를 놀리는 걸 내버려두지 않을 셈이었다. 아이들은 그를 "무신론자, 바보 무신론자"라고 놀려댔다. 로즈가 손가락을 쭉 펴, 손가락들 사이로 바람이 빠져나가는 걸 보듯 그의 흉내를 냈다. 그러자 프루도 그를 흉내냈다. 앤드루와 재스퍼와 로저도 모두 따라 했다. 이빨이 다 빠진 늙은 개 배저조차 그를 물었는데, 이유는 (낸시 말에 따르면) 혼자 있는 게 훨씬 더 나은데도 백열 번째의 젊은이인 그가 헤브리디스 제도*까지 아이들을 계속 쫓아왔기 때문이다.

"그만들 해!" 아주 엄하게 램지 부인이 말했다. 아이들이 그녀의 과장된 몸짓을 따라 하는 버릇은 그만두더라도, 또 손님들 중 너무 많은 사람에게 그녀가 계속 이 집에 머물도록 요청한 바람에 방이 모자라서 몇몇은 읍내로 가 잠을 자면 좋겠다고 넌지시 암시한(이건 사실이다) 건 그만두더라도, 그녀는 아이들이 손님에게 버릇없이 구는 건 절대 용납할 수 없었다. 특히 젊은 남자들, 그것도 교회에 사는 쥐만큼이나 가난하면서도 남편 말대로 "비범하게 유능한" 젊은이들을 놀려대는 건 용서할 수 없었다. 남편 말에 따르면 그들은 모두 남편을 추종하는 무리로, 휴가를 받아 여기로 온 젊은이들이었다. 그러고 보니 그녀가 그 젊은이들 모두를 보호하고 있는 셈이었다. 이유는 그녀도 설명할 수 없었다. 그들이 풍기는 기사도 정신과 용맹 때문에 그런 건지, 아니면 그들이 조약을 협상하고 인도를 통치하고 자금을 관리한다는 사실 때문인지, 아니면 그녀를 대하는

---

* 스코틀랜드 서쪽에 있는 열도

젊은이들의 태도가 좋아서, 여자라면 누구라도 기분 좋을 그런 느낌을 그들에게서 받아서인지, 믿을 수 있고, 천진스럽고, 존경스럽고, 또 동의할 무엇을 그들에게서 보았기 때문인지도 모르겠다. 그러고 보니 나이 든 여자는 이런 것들을 위엄을 잃지 않고도 젊은이에게서 얻을 수 있구나 싶었다. 그러면서도 이런 위엄의 가치를 모르는 소녀에겐 재앙이 일어나길 바랐지만, 그녀의 딸들에겐 제발 아무 일도 생기지 않길 뼈에 사무치도록 간절히 기도했다.

그녀는 낸시에게로 고개를 돌려 엄하게 나무랐다. 너희를 쫓아온 게 아냐. 탠슬리도 초대받았어. 그녀가 말했다.

아이들이 저런 행동 방식에서 벗어나야 할 텐데. 저런 식 말고도 좀 더 쉽거나 좀 더 편한 방법이 있을 텐데 하며 그녀는 한숨을 푹 쉬었다. 창유리에 비친 하얘진 머리와 축 처진 볼을 보면서, 나이 오십의 그녀는 좀 더 잘 할 걸 하고 생각했다. 남편과 돈과 남편 책들을 좀 더 잘 관리할 걸 하는 후회가 들었던 것이다. 하지만 자신의 일에 대해서만큼은 그녀가 내렸던 결정을 조금도 후회하지 않았고, 어려운 일도 피하지 않았고, 또 주어진 의무도 절대 소홀히 하지 않았다. 해서 지금의 그녀에게는 감히 바라보기 힘든 어떤 위엄이 풍겼고, 그녀가 찰스 탠슬리를 대하는 아이들의 태도에 대해 아주 엄하게 나무란 뒤의 식사 시간에도 딸들인 프루와 낸시와 로즈는 모두 입을 다물고 묵묵히 밥을 먹으면서 눈만 굴려 어머니를 올려다보며, 어머니와는 다른 삶을 살고 싶다는 엉뚱한 망상에 빠져들었다. 파리에서 살면 좋을 거야. 좀 더 자유분방하게 살고 싶어. 남자나 다른 사람들을 항상 돌보며 살긴 진짜 싫어. 아름다움의 본질 속의 이런 무엇이 딸들 모두의 가슴속에 숨어 있었고, 그래서 그것이 딸들의 소녀다운 맘속에 숨은 남성성을 밖으로 끄집어내는 바람에 딸들은 모두 복종과 기사도 정신, 영국은행과 인도제국, 반지 낀 손가락과 레이스에 대한 질문을 입 밖으로 마구 내뱉고 싶었지만 한마디도 하지 못하고 모두 속으로만 빗발치는 질문을 해댔다. 어머니가 아이들을 쫓아 스카이 섬*까지 따라온(아니, 솔직히 말하면 아이들과 함께 머물도록 초대받은) 가엾은 무신론자를 아무렇게나 대한 자신들을 아주 심하게 야단칠 때 보여준, 이상할 정도로 엄하게 야단치면서도 마치 거지의 더러운 발을 씻어주려고 진흙에 서 있는 여왕처럼, 지나칠 정도로 예의 바르게 행동하는 그녀의 모습에 아이들은 그만 어머니를 존경하고 말았다. 그래서 아이들은 어머니의 눈총 아래 모두 얌전히 식탁에 앉아 있었다.

"내일 등대에 갈 수 없을 겁니다." 남편과 함께 창가에 선 찰스 탠슬리가 손뼉을 치며 말했다. 내 참, 알아들을 만큼 충분히 말해놓고도 저러네. 나와 제임스를 조용히 내버려두고 저 멀리 가서 얘기를 나누면 좋을 텐데. 그녀는 탠슬리를 물끄러미 바라보았다. 그에 대해 아이들이 말해주었다. 말라빠진 몰골에 움푹 들어간 두 눈이 너무 불쌍해요. 크리켓 게임도 할 줄 몰라요. 쓸데없이 참견하기를 얼마나 좋아한다구요. 옷도 아무렇게나 입어요. 빈정대길 좋아한다는 말은 앤드루가 해주었다. 그가 제일 좋아하는 게 뭔지도 아이들은 알았다. 아버지(램지 씨)와 함께 테라스를 계속 오가며, 누가 이 상을

* 스코틀랜드 북서부에 있는 섬

탔고, 누가 저 상을 탔고, 누가 라틴어로 된 시의 '제일인자'이고, 누가 '똑똑하지만 근본적으로 불건전한 사람으로 여겨'지고, 누가 옥스퍼드대학의 '배얼리얼 칼리지에서 가장 유능'하고, 누가 잠재력을 숨긴 채 브리스톨대학이나 베드포드대학에서 썩고 있고, 하지만 그런 사람이 수학이나 철학 분야에서 조만간 빛을 볼 거라는 둥, 지금 자기가 그런 사람이 쓴 책의 서문을 교정본다는 둥, 아버지가 보고 싶다면 보여줄 수도 있다는 둥, 그런 게 탠슬리가 아버지와 나누는 대화 내용이에요. 아이들이 말해주었다.

하지만 그녀도 탠슬리의 언행 때문에 터져 나오는 웃음을 참기 힘들 때가 가끔 있었다. 그녀가 며칠 전 '산만큼 높은 파도'에 대해 말할 때였다. 맞습니다, 좀 세었지요. 탠슬리가 맞장구쳤다. "흠뻑 젖진 않았나요?" 그녀가 물었다. "흠뻑 젖진 않고 축축할 정도로만 젖었어요." 소매를 비틀어 물을 짜낸 탠슬리가 물에 완전 젖은 양말을 만지면서 대답했다.

하지만 탠슬리가 싫은 것은 그래서가 아니에요. 아이들이 말했다. 얼굴이 못생겨서도 아니고, 예의가 없어서도 아니고, 바로 탠슬리, 탠슬리의 사고방식 때문이라구요. 우리가 사람이나 음악이나 역사 등 재밌는 뭔가에 대해 말할 때, 심지어 저녁 날씨가 좋으니 밖으로 나가 놀자는 말만 해도 탠슬리는 우리가 한 말을 뒤집고, 자신의 생각을 고집하면서 우리를 경멸한단 말이에요. 어쨌든 약간 빈정대는 투로 우리 모두의 기분을 완전히 엉망으로 만든 다음에야 만족한 표정을 짓는단 말이에요. 그리고 그는 화랑에 가는 것도 좋아하는데 갈 때마다 모르는 사람에게 자기가 맨 넥타이가 맘에 드세요? 하고 물어요. 아이들이 말했다. 세상에, 상대방이 그런 걸 좋아하겠어요? 로즈가 말해주었다.

식탁에 차려진 사슴고기 요리가 눈에 띄지 않게 살금살금 없어지듯 식사가 끝나면 램지 부부의 아이 여덟 명은 이내 그들의 침실이 있는 다락방으로 살그머니 돌아갔고, 이 집에 있는 그들의 요새인 다락방에서 아이들은 아무거나 뭐든 터놓고 얘기했고, 그래서 탠슬리의 넥타이와 선거법의 개정안* 통과와 바닷새와 나비들과 사람들에 대해서도 말을 주고받았고, 그러는 동안에도 햇살은 다락방에 강하게 쏟아졌고, 두꺼운 판지로 칸막이들을 한 다락방에는 밖에서 나는 발소리와 스위스 그라우뷘덴 계곡에서 암으로 죽어가는 아버지 때문에 흐느끼는 스위스에서 온 하녀 아이의 울음소리도 들렸고, 햇살은 박쥐와 플란넬 옷, 밀짚모자와 잉크병, 물감통과 딱정벌레, 작은 새들의 해골을 비추었고, 벽에 핀으로 꽂아놓은 기다랗고 가장자리가 주름진 해초도 햇살을 받아 바다와 해초 내음이 뒤섞인 냄새를 풍겼고, 해수욕을 하여 모래가 묻은 수건에서도 그런 냄새가 났다.

투쟁과 분열, 의견의 차이와 편견이 서로 뒤범벅되어 성격을 형성하는데, 아아, 그런 것들이 아이들 사이에 너무 빨리 파고드는구나 하고 램지 부인은 한탄했다. 그녀의 아이들은 꼬치꼬치 묻길 좋아했고, 비판적인 성격이었다. 터무니없는 생각들을 주절주절 늘어놓길 좋아했다. 제임스가 다른 아이들과 함께 가려고 하지 않아

---

* 1832년에 의회를 통과한 선거법 개정안

서 그녀가 제임스의 손을 잡고 식당 방을 나왔다. 사람들은 차이가 없어도 충분히 서로 다른데, 그런데도 차이를 만든다는 것이 그녀에게는 쓸데없는 짓으로 보였다. 현실에 존재하는 차이들로도 이미 충분한데, 충분하고말고 하면서 그녀는 응접실 창가에 서서 생각했다. 그녀가 이 순간에 생각한 것은 빈부와 계급의 차이로, 썩 내키지는 않지만 그래도 그녀는 귀족 출신들에게 존경을 표했는데 이유는 그녀 자신이 정통 귀족 계급이 아니라 약간 가공된 이탈리아 집안의 혈통을 이어받은 탓이고, 그 집안의 딸들이 19세기에 영국으로 시집을 와 혀를 꼬부려가며 영어를 매력적으로 구사하면서 아주 활기차게 생활을 꾸려나갔고, 그래서 그녀의 모든 재치와 인내심과 기질은 이탈리아 선조들에게서 물려받은 것이지 게으르고 나태한 영국인이나 쌀쌀맞은 스코틀랜드인에게서 물려받은 게 아니었고, 하지만 좀 더 심오하게 빈부 차이의 문제와 매주, 매일, 여기와 런던에서, 창이 달린 이 집을 방문해서까지 그녀가 직접 본 것들에 대해 곰곰이 생각했는데, 자로 조심스레 세로줄을 그어 만든 공책과 연필을 집어넣은 가방을 팔에 두르고 생활고에 시달리는 아낙을 몰래 방문하여 공책에 적정 임금과 지출, 고용과 실직에 관한 규칙들을 받아 적었고, 이런 일을 함으로써 집 안에만 머무는 주부라는 틀에서 벗어나 자신이 베푸는 선행으로 그녀의 분노를 어느 정도 달래고 호기심도 어느 정도 만족시키면서, 지적 훈련을 받지 못한 그녀가 아주 존경해 마지않는 존재인 연구자, 그녀도 사회 문제를 밝히는 연구자가 될 수 있다는 희망을 품고 있었다.

제임스의 손을 잡고 창가에 선 그녀의 눈에 빈부와 계급의 차이는 절대 풀 수 없는 문제들로 보였다. 제임스는 어머니를 따라 응접실에 들어갔고, 그곳에서 젊은이를 보자마자 그들은 소리내어 웃었는데, 젊은이가 탁자 옆에 서서 안절부절못하는 표정으로 자신이 소외당했다는 생각에 뭔가를 어색하게 만지고 있었기 때문에 그녀는 주위를 돌아보지 않고도 무슨 일이 일어났는지 알았다. 사람들이 모두 가고 없었다. 아이들도, 민타 돌리와 폴 레일리도, 오거스터스 카마이클도, 그녀의 남편도, 그들이 모두 가고 없었던 것이었다. 그래서 그녀는 한숨을 쉰 뒤 고개를 돌려 "괜찮다면 나랑 함께 갈래요, 탠슬리 씨?" 하고 말했다.

읍내에 별로 중요하지 않은 볼일이 좀 있거든요. 편지를 한두 통 쓴 게 있어서 부쳐야 해요. 한 십 분 정도 기다려주세요. 모자만 쓰면 돼요. 그래서 십 분 뒤에 그녀는 바구니와 양산을 들고 응접실에 다시 나타나, 갈 준비가 되었다는, 소풍갈 준비가 다 되었다는 눈치를 주었다. 하지만 함께 테니스 코트를 스쳐 지나갈 때 그녀는 잠시 멈춰 서서 카마이클 씨에게 필요한 것이 없느냐고 물었다. 카마이클 씨는 고양이 눈처럼 생긴 노란 눈을 게슴츠레 뜬 채 일광욕을 즐기고 있었는데, 고양이 눈을 들여다보면 그렇듯 그의 두 눈을 통해 움직이는 어린 나뭇가지와 지나가는 구름은 보았지만 그의 속내나 감정은 조금도 읽을 수가 없었다. 그가 무엇을 원한다 할지라도, 그것이 뭐든, 전혀 알 수 없었다.

대장정을 하려거든요. 그녀가 소리 내어 웃으면서 말했다. 읍에 가려고요. "우표나 편지지, 아니면 담배가 필요하세요?" 카마이클의 옆에 멈춰 서서 그녀가 물었다. 하지만 없었다. 그가 원하는 건 아무것도 없었다. 그는 불룩 튀어나온 넓게 퍼진 배 위에 양손을 깍지 낀 채 두 눈만 껌벅거릴 뿐, 마치 이런 감미로운 유혹의 말에(그녀는 매력적이지만 약간 신경질적이었다) 깎듯이 대답하고 싶다고 느끼면서도 회녹색의 졸린 눈으로 꿈속을 헤매듯 축 늘어진 채로 모든 것을 바라보고 있어서, 말도 필요 없는, 행복으로 가득 찬 끝없는 나태함이란 축복 속에 푹 빠져 있어서, 이 집의 모든 것, 이 세상의 모든 것, 그 속의 사람들이 모두 행복하게 보이기만 해서 아무 말도 할 수가 없었다. 점심식사 때 컵 속에 무엇을 몇 방울 떨어뜨려 마시더니 저렇게 되었어요. 아이들이 말해주었다. 여느 때처럼 희끗희끗해야 할 턱수염과 콧수염에 오늘은 선황색 줄이 선명하게 나 있잖아요. 아이들이 이유를 설명해주었다. 아무것도 필요 없어요. 알아듣기 힘든 말로 그가 중얼거렸다.

카마이클 씨가 위대한 학자가 되었더라면 참 좋았을 텐데요. 어촌으로 난 길을 따라 내려가면서 램지 부인이 말했다. 하지만 불행한 결혼을 했어요. 마치 길모퉁이를 돌면 누군가를 만날 것처럼 검은 양산을 똑바로 받쳐 들고 기대에 찬 말과 들뜬 기분에 휩싸인 그녀가 얘기를 꺼냈다. 옥스퍼드대학에 있을 때 어떤 여자와 연애를 했거든요. 결혼을 일찍 했죠. 가난하게 살았어요. 인도로 갔죠. 시도 조금 번역했는데 "내 생각에 아주 아름다운 시였어요." 기꺼이 젊은이들에게 페르시아어와 힌두어도 가르쳤죠. 하지만 그런 게 사실 무슨 소용이 있겠어요? 그러다가 그들은 잔디에 누워 있는 카마이클 씨를 힐끗 쳐다보았다.

그런 말을 듣자 탠슬리는 우쭐해졌다. 늘 무시당하던 터라, 램지 부인이 말동무를 해주니 기분이 좋아졌다. 찰스 탠슬리는 기운이 솟구쳤다. 그녀가 남자의 지력이 우수하다는, 심지어 남자의 지력이 감퇴할 때조차 우수하다는 것과, 남편의 노고에 대해 모든 아내는 복종해야 한다는 것을 이야기를 통해 빗대어 말하자(그 여자를 비난하는 게 아니에요. 그 결혼도 나름대로 충분히 행복했다고 믿어요. 램지 부인이 말했다) 아직 자신의 꿈을 이루지 못해 의기소침해하던 그는 갑자기 힘이 나고 기분이 좋아져 콜택시를 탔더라면, 예를 들면 말이다, 직접 택시비를 지불하고 싶을 정도였다. 작은 가방, 제가 대신 들어드릴까요? 아니, 아니에요. 그녀가 대답했다. 가방은 항상 제가 들어요. 그녀가 말했다. 그렇군요. 그는 그녀 안의 무엇을 느꼈다. 그 외에도 많은 것을 느꼈는데, 특히 그를 짜릿하게 흥분시키지만 그게 뭔지 본인도 알기 힘든, 그러면서도 그를 어지럽히는 뭔가가 있다고 느꼈다. 탠슬리는 가운을 입고 후드를 걸친 그가 대학 행사의 행렬 속을 걸어가는 모습을 램지 부인이 본다면 얼마나 좋을까 하고 상상했다. 연구원이든 교수든 뭐든 될 수 있고, 뭐든 할 수 있을 것 같은 느낌이 들었다. 그런데 부인이 지금 무엇을 보는 거지? 그녀는 광고지를 붙이는 남자를 보고 있었다. 한 남자가 아주 큰 광고지를 완전히 펴 벽에 바르기 시작했다. 솔질을 한 번 할 때마다 생생한 다리들이 나오고, 후프와 말과, 번쩍이는 빨간색과 파란색과, ……이런 것들이 아름답고 매끄럽게 나타나 이내 벽의 반이 서커스 광고지로 덮여버렸다. 기사 백 명과 공연 중인 물개와 사자와 호랑이 스무 마리…… 근시인 그녀는 고개를 앞으로 쑥 내밀어 광고지를 크게 읽었다. …… "이 읍을 방문합니다." 한쪽 팔만 있는 남자가 사다리 꼭대기에 올라서서 일을 하다니, 저런 식으로 일하는 건 소름 끼치도록 위험한 짓이에요. 그녀가 큰 소리로 말했다. 2년 전에 저 남자의 왼쪽 팔이 자동 수확기에 끼여 잘려나갔대요.

"우리 모두 갑시다!" 광고지 속의 기사와 말들을 보자 일하는 남자에 대한 연민도 잊어버린 듯 그녀는 아이처럼 기뻐 날뛰면서 계속 걸어가며 소리쳤다.

"갑시다." 그녀의 말을 되받아 탠슬리가 또박또박 반복했다. 하지만 따라하는 그 말 속에도 그의 자의식이 묻어 있어서 그녀는 자신도 모르게 몸을 움찔했다. "서커스에 갑시다." 아뇨. 그는 이 말을 바로 따라할 수 없었다. 서커스에 가는 기분을 당장 느낄 수 없었기 때문이다. 왜 따라하지 않아요? 그녀는 의아했다. 도대체 왜 그래요? 바로 그때, 그녀는 그가 마음에 들었다. 어릴 때 누군가가 서커스에 데려간 적이 없나요? 그녀가 물었다. 한 번도 없어요. 변명하고 싶었던 바로 그것을 그녀가 질문이라도 한 듯 그가 대답했다. 마치 요즘 내내 말이 하고 싶어 미칠 지경이었다는 듯 서커스에 가지 못한 이유를 댔다. 대가족으로 형제가 아홉에 아버지는 노동자 계급이라고 그가 말해주었다. "우리 아버지는 약제사예요, 램지 부인. 약국을 경영해요." 열세 살 때부터 혼자 힘으로 돈을 벌어 썼어요. 겨울에도 종종 방한복 없이 지냈죠. 대학 다닐 때 받은 "친절도 갚은 적이(이 말을 할 때 그의 입술은 바싹 마르고 경직되었다)" 한 번도 없어요. 무엇이든 다른 사람들보다 두 배로 오래 사용했어요. 담배도 제일 싸구려로 피웠구요. 독한 살담배인 섀그를 피웠죠. 선창에서 일하는 늙은이들이 피우는 바로 그 담배 말입니다. 정말 열심히 공부

했어요. 하루에 일곱 시간씩 했거든요. 제 연구 주제는 이제 빛을 발해 다른 사람들에게 영향을 미치고 있어요. 그들은 계속 걸어갔다. 램지 부인은 그가 무슨 말을 하는지 도통 알아들을 수 없었지만 그래도 간간이 귀에 익은 낱말들은 알아들었다. 논문이니, 장학금을 받는 특별 연구원 직이니, 대학 강사 자리니 하는 말은 귀에 들어왔다. 그가 너무나도 유창하게 너무나도 재빨리 말하는 바람에 어려운 학문 용어들을 이해하기 힘들다고 중얼대면서도 그녀는 이제야 서커스에 가자는 말이 그의 콧대를 꺾었다는 걸 이해했다. 또한 그가 왜 나들이에 따라 나섰는지, 왜 질문하자마자 바로 그의 부모와 형제들에 대해 모든 것을 말해주었는지도 이해했다. 불쌍한 양반. 아이들이 더는 그를 비웃지 않도록 조치를 취해야겠구나. 그녀는 그것에 대해 프루에게 말해야겠다고 생각했다. 램지 가족과 함께 입센의 연극을 보고 왔다고 말하고 싶은 것이 그의 솔직한 심정일 거라고 그녀는 추측했다. 아주 점잖은 체하는 젊은이로구나. 아, 맞아, 지나치게 지루하고 따분한 양반이야. 읍에 막 도착한 그들이 대로에 들어섰을 때도, 자갈이 깔린 도로 위를 이륜 짐마차들이 삐걱거리는 큰 소리를 내며 지나갈 때도 그는 쉬지 않고 얘기를 계속 해댔다. 일정한 직업들에 대해, 교수법에 대해, 노동자들에 대해, 우리 자신의 계급을 돕는 것에 대해, 그리고 강의에 대해 잃어버린 자신감을 완전히 회복할 때까지, 서커스란 말에 납작해진 콧대를 되찾을 때까지 그는 하염없이 주절댔다(그리고 이때쯤 그녀는 다시 그가 좋아졌다). 마침내 그들은 도로 양쪽의 집들에서 많이 떨어진 곳인 여기, 부두에 도착했다. 그들 앞에 펼쳐진 만의 전경을 보고 램지 부인이 "아, 정말 아름답군요!"라고 저절로 경탄했다. 끝도 모를 푸른 물이 그녀 앞에 놓여 있었다. 저 멀리 중앙에 회백색 등대가 수수한 모습을 드러냈다. 그리고 눈이 닿는 한 저 끝의 오른쪽에 잔잔한 물결 속에 모습을 살짝 드러냈다 사라지는 녹색 모래 언덕들이 있었고, 그런 언덕에는 물결 따라 흐늘거리는 풀들이 나 있었고, 풀들은 마치 인간이 살지 않는 달나라에 가려는 듯 항상 멀리 달아나려는 것처럼 보였다.

걸음을 멈추고 선 그녀가 회색 눈을 커다랗게 뜨면서, 저게 우리 남편이 사랑하는 경치예요 하고 말했다.

그녀는 잠시 말을 멈추었다. 하지만 곧, 지금 여기에 화가들이 와 있다고 말했다. 정말로 그녀에게서 몇 걸음 떨어지지 않은 곳에 파나마 모자에 노란 장화를 신은 화가가 꼬마 열 명이 그를 쳐다보는 가운데에도 진지하고 부드럽고 무언가에 완전히 몰두한 표정으로 서서, 뭔가를 응시하다가 둥글고 붉은 얼굴에 심오한 만족의 기색을 역력히 보이더니 고개를 조금 숙여 손에 든 붓끝에 녹색과 분홍색 물감을 약간 묻혔다. 3년 전 폰체포테 씨가 여기 온 이래로 화가들은 하나같이 똑같은 그림만 그려요. 해변의 여자는 모두 분홍색 옷을 입고, 돛배는 레몬색이고, 그 외는 온통 녹색과 회색이지요. 그녀가 말했다.

하지만 할머니의 친구들은 그림 하나를 그릴 때도 고생을 아주 많이 했답니다. 화가를 스쳐 지나갈 때 그림을 유심히 힐끗 쳐다보며 그녀가 말했다. 할머니 시절은 다양한 색깔의 혼합된 물감이 나오기 전이라서 직접 여러 물감을 섞어 원하는 색을 만들어 썼거든요. 물감도 고체라 가루를 내어 썼지요. 또 섞어놓은 물감이나 쓰고 남은 물감은 마르지 않도록 젖은 천으로 덮어놓아야 했어요. 그녀가 말했다.

그래서 탠슬리 씨는 그녀가 방금 스친 화가가 너무 개성 없이, 또 너무 편하게 그림을 그린다고 핀잔을 준 것이라 생각했다. 그림이 별로인가? 질감이 엉망인가? 왜 별로라는 식으로 말을 하는 거지? 그는 여기로 걸어오는 내내 이상야릇한 감정의 지배를 받았다. 그녀의 가방을 들어주고 싶었던 집의 정원에서부터 시작된 이름 모를 감정이 읍에 들어서자 더욱더 심해졌고, 결국 그에 대한 모든 것을 그녀에게 말하고 말았던 것이다. 겨우 정신을 차려 자신을 똑바로 보게 되었을 때 그가 여태까지 알고 온 모든 것이 약간은 달라 보였다. 그렇게 느껴지는 게 참으로 이상했다.

그는 그녀가 그를 데리고 간 갑갑할 정도로 비좁고 작은 어느 집 응접실에 서서 그녀를 기다렸고, 그녀는 아낙을 만나러 2층으로 올라갔다. 위층에서 빠르게 걷는 그녀의 발소리가 들렸고, 명랑하던 그녀의 목소리가 소곤대는 소리로 바뀌어 잘 들리지 않았고, 그러자 그는 마루에 깔린 매트와 차 통과 유리창 가리개를 바라보았고, 지겹지만 꽤 참을성 있게 기다렸고, 이젠 그만 집에 돌아가면 좋겠다는 생각과 그녀의 가방을 대신 들고 싶다는 생각을 했고, 그때 그녀가 밖으로 나오는 소리를 들었고, 문이 닫히는 소리도 들었고, 창문들은 열고 문들은 꼭 닫으세요, 뭐든 필요하면 말해(아이에게 말하는 게 틀림없었다) 하는 그녀의 말을 들었고, 갑자기 밑으로 내려온 그녀가 잠시 말없이 서 있었고(마치 2층에서 한 행위는 가식이었고 잠시 후 다시 본래의 모습으로 돌아온 듯), 푸른 띠의 가터 훈장*을 두른 빅토리아 여왕의 사진을 배경으로 그녀는 잠시 꼼짝도 않고 서 있었고, 그때 갑자기 그는 그의 맘속에 있던 무엇이 바로 이거라는 것을 깨달았다. 그것이 이거라는 것을. 그가 보아온 여자 중에서 그녀가 가장 아름다운 여자라는 것을.

별처럼 빛나는 눈과 시클라멘과 야생 제비꽃으로 만든 면사포를 덮어 쓴 머리와……. 그러다 문득 그는 정신을 차렸다. 무슨 쓸데없는 상상을 하는 거야? 적어도 오십은 되었을 텐데. 아이가 여덟이나 있는데. 그러면서도 그는 계속 꽃이 핀 들판을 걸어가다가 싹이 튼 꽃봉오리와 갓 태어난 새끼 양을 직접 그녀의 가슴에 안겨주는 상상을 했고, 그의 상상 속에서 그녀의 눈은 별처럼 빛이 났고 그녀의 머리칼은 바람에 마구 흩날렸다. 그는 그녀의 가방도 대신 들고 있었다.

"잘 있어요, 엘지." 그녀가 말한 후 그들은 거리로 걸어갔고, 마치 길모퉁이에서 누군가를 만나길 기대하듯 그녀는 양산을 똑바로 받쳐 들고 걸었고, 그러는 동안에 찰스 탠슬리는 난생 처음 묘한 자긍심을 느꼈고, 도랑을 파던 한 남자가 일을 멈춘 채 팔을 내리고 서서 우두커니 그녀를 바라보았고, 그래서 탠슬리는 묘한 자긍심을 느꼈고, 난생 처음 아름다운 여자와 함께 길을 걸으면서 시클라멘과 제비꽃의 향기를 느꼈다. 그는 그녀의 가방을 들고 있었다.

---

* 영국의 최고 훈장

2

"등대에는 못 갈 거야, 제임스." 눈치 없이 말했지만 겉으로는 최소한 다정한 표정으로, 램지 부인에게 경의를 표하려고 나름대로 애를 쓰면서 창가에 선 탠슬리가 말했다.

밉살스러워 죽겠네. 왜 자꾸 저런 말을 하는 거야? 정말 못 말릴 양반이군. 램지 부인이 속으로 구시렁댔다.

3

"아침에 일어나면 해가 반짝이고 새가 노래하는 걸 볼 수도 있어." 어린 아들의 머리를 부드럽게 어루만지면서 측은한 생각이 들어 그녀가 말했는데, 남편이 내일 날씨가 좋지 않을 거라고 신랄하게 말해서 아이의 기분이 상했다는 걸 알았기 때문이었다. 아이가 등대에 가길 간절히 바라는 것을 알았고, 그런데도 마치 내일 날씨가 좋지 않을 거라고 신랄하게 말한 남편의 말이 충분치 않다는 듯이 밉살스런 젊은이가 자꾸 되풀이해서 그것을 상기시킨 것이었다.

"내일 날씨가 좋을 수도 있어." 아들의 머리를 부드럽게 어루만지면서 그녀가 말했다.

이제 그녀가 할 수 있는 일은 아들이 냉장고 사진을 잘 오렸다고 칭찬하고, 백화점에서 가져온 카탈로그의 페이지를 계속 넘겨 포크 모양의 갈퀴나 손잡이가 달린 잔디 깎는 기계처럼 오리기 어려운 것을 찾아서 아들이 사진을 잘 오리도록 최대한 관심을 돌려놓는 거였다. 남편이 비가 오겠다고 말하기가 무섭게 젊은이들이 토네이도가 심하게 불지도 모른다는 식으로 대꾸하는 것을 본 그녀는 여기 온 모든 젊은이가 남편을 어설프게 흉내내고 있다고 생각했다.

하지만 페이지를 계속 넘기면서 갈퀴나 잔디 깎는 기계를 찾는 일이 갑자기 힘들게 느껴졌다. 약간 무뚝뚝하게 중얼대는 소리가 들려왔고, 그 소리는 담배 파이프를 입에 물었다 뗐다 하는 바람에 끊어졌다 들렸다 했고, 그래서 도대체 무슨 소리인지 알아들을 수 없었고(그녀는 창 안의 마루에 앉아 있었다), 그렇지만 남자들이 즐겁게 얘기하는 소리가 분명했고, 그런 소리는 벌써 삼십 분이나 지속되어 그녀의 머리 위로 윙윙거리는 여러 소리에 섞여 편안하게 들렸고, 크리켓 경기를 하는 아이들이 가끔 방망이가 공을 딱 하고 치면 "아웃이야? 아웃이야?" 하면서 갑자기 고함을 지르는 소리도 들렸지만 지금은 잠잠했고, 그래서 해변으로 떨어지는 단조로운 파도 소리가 들렸고, 그걸 듣고 있자니 리듬을 타고 부딪히는 파도 소리가 그녀의 상념을 달래는 감미로운 북소리로 들리기도 하고 아이들이 어렸을 때 옆에 앉아 잠을 재우며 몇 번이나 반복해서 부르던 "엄마가 아가를 보호하네, 엄마가 아가의 기둥이라네" 하는 옛날 자장가의 구절처럼 자연이 부르는 자장가로 들리기도 했고, 하지만 가끔씩 생각지도 않은 어느 순간에, 특히 상념에 빠져 일이 손에 잡히지 않을 때면 그런 친절한 의미는 사라지고 영혼의 북이 삶을 무자비하게 두들겨 패듯 섬이 파괴되어 바다 속으로 가라앉는 장면이 상상되었고, 하루하루가 너무 빨리 지나가는 바람에 모든 것이 무지개처럼 덧없다는 생각도 들었고 다른 소리들에 묻혀 희미하게 들리던 파도 소리가 갑자기 천둥 소리처럼 크게 들리자 무서운 생각이 충동적으로 인 그녀는 고개를 들었다.

그들이 대화를 멈춘 것으로, 그게 이유였다. 긴장이 순간적으로 풀리면서 마치 쓸데없이 소비한 감정에 대한 보상이라도 되는 것처럼 속이 다 시원하고 짜릿할 정도로 흥분되고 심지어 심술마저 약간 싹트는 다른 극단적인 감정이 솟아오르자 그녀는 저 불쌍한 찰스 탠슬리가 무리에서 쫓겨난 게 이유일 거라고 단정했다. 그런 건 그녀에게 별로 중요하지 않았다. 남편이 희생양이라도 요구한다면 (그리고 그는 정말로 원했다) 그녀는 어린 아들을 윽박지른 찰스 탠슬리를 즐거운 맘으로 기꺼이 바칠 참이었다.

마치 어떤 습관적인 소리, 어떤 규칙적인 기계 소리를 기다리는 것처럼 그녀는 고개를 들어 한 번 더 귀를 기울였고, 바로 그때 반은 말을 하듯 반은 노래를 부르듯 리듬을 타는 무슨 소리가 정원에서 흘러나왔고, 그것이 남편이 테라스의 아래위를 오가며 우는 소리 같기도 하고 노랫소리 같기도 한 무엇을 흥얼거리는 소리라는 것을 알았고, 그래서 그녀는 한 번 더 안도했고, 모든 것이 잘 되어간다고 확신했고, 다시 무릎에 놓인 백화점의 카탈로그로 눈을 돌려 날이 여섯 개 달린 주머니칼 사진을 찾아냈고, 이거라면 제임스가 제대로 오리기 힘들어 온 정신을 다 쏟을 거라고 여겼다.

갑자기 반쯤 깬 몽유병 환자가 울부짖듯 커다랗게 고함치듯

"총탄과 폭탄의 빗발치는 세례를 받았노라"*

---

* 알프레드 테니슨의 〈경기병 여단의 공격〉 시의 3절 5행

를 읊는 소리가 아주 강렬하게 그녀의 귀를 때렸고, 다른 사람도 그것을 들었나 싶어 그녀는 고개를 들어 주위를 천천히 돌아보았다. 릴리 브리스코만 보여서 기분이 좋아진 그녀는 릴리가 있는 것은 문제 삼지 않았다. 하지만 잔디밭 가장자리에 서서 그림을 그리는 릴리를 보자 생각나는 게 있었는데, 릴리가 그림을 그리도록 그녀가 계속 고개를 움직이지 않고 있겠다고 한 약속이었다. 참, 릴리가 그림을 그리고 있는데! 램지 부인이 빙그레 웃었다. 중국인의 눈매를 닮은 조그만 눈과 주름진 얼굴을 한 릴리가 절대 결혼하지 못할 것 같았고, 그렇다고 대단한 그림을 그리는 것도 아니었고, 그래도 독립심이 강한 아가씨였고, 그런 이유로 램지 부인은 릴리를 좋아했고, 그래서 약속을 떠올리자 그녀는 고개를 숙였다.

4

램지 씨가 두 손을 높이 쳐들어 흔들면서 "용감하게 우리는 말을 타고 달렸노라"*는 구절을 크게 읊으며 릴리에게로 다가오는 바람에 그녀의 그림 도구가 정말로 엉망이 될 뻔했다. 하지만 다행히 그가 몸을 홱 틀어 저쪽으로 나아갔다. 발라클라바 전투의 고지**로 영

---

* 알프레드 테니슨의 〈경기병 여단의 공격〉 3절 6행

** 1854년 영국과 러시아 사이의 크리미아 전쟁터. 능력보다 혈통과 돈만 있으면 지휘관이 될 수 있던 당시의 관행 탓에 무능한 지휘관 때문에 병사들이 죽어간 것으로 유명한 전투. 이런 광경을 알프레드 테니슨이 〈경기병 여단의 공격〉이란 시로 노래했다.

광스럽게 죽으러 달려가나 보다 하고 램지 부인은 생각했다. 남편처럼 저렇게 황당하고 저렇게 놀라게 하는 사람은 아무도 없었다. 하지만 남편이 저런 식으로 계속 팔을 흔들면서 소리를 치는 한 그녀는 안전하다고 느꼈다. 남편이 조용히 멈춰 서서 릴리의 그림을 훔쳐보진 않을 테니까 말이다. 그랬다면 릴리 브리스코는 참지 못했을 것이다. 릴리는 그림을 그리느라 풍경과, 선과, 물감과, 제임스와 함께 창 안의 마루에 앉아 있는 램지 부인을 쳐다보면서도 누군가가 살금살금 다가와 그녀의 그림을 훔쳐볼까 봐 계속 주위를 두리번거렸다. 하지만 저쪽의 벽과 저 너머의 자크마나 꽃의 색을 주시하면서도 나름대로 신경을 곤두세운 그녀는 이제는 누군가가 집 밖으로 나와 그녀에게로 다가오는 걸 느꼈고, 발소리를 듣고 윌리엄 뱅크스라는 것을 직감했고, 그래서 붓을 든 손이 잠시 떨렸고, 그래도 그리던 그림을 보지 못하게 잔디밭 쪽으로 돌리지 않고 그대로 두었는데 아마 탠슬리 씨나 폴 레일리, 민타 도일이나 다른 사람이었더라면 그림을 볼 수 없도록 엎어버렸을 것이다. 윌리엄 뱅크스가 다가와 그녀의 옆에 섰다.

그들은 마을에 방을 빌려 지내면서 함께 산책을 다녔고, 늦은 시간에 문간의 매트에서 만나면 잘 자라는 밤 인사도 나누었고, 수프와 아이들에 대해서 얘기했고, 그들을 동지로 만든 이런저런 것들에 대해 스스럼없이 대화도 나누었고, 그래서 그가 지금 나름대로의 안목으로(그는 그녀의 아버지만큼이나 나이가 많은 홀아비로, 항상 비누 냄새를 풍겼고, 아주 깔끔하고 꼼꼼한 성격의 식물학자였다) 그림을 쳐다볼 때도 그녀는 그의 옆에 그냥 서 있었다. 그도 그냥 거기에 서 있었다. 그는 그녀의 구두가 좋은 구두라고 판단했다. 구두 안의 발가락들이 꽉 조이지 않고 편하게 제자리를 찾을 것 같았다. 그녀와 같은 집에 하숙하는 동안 그는 그녀가 정리정돈도 잘하고, 늘 아침식사 전에 그림을 그리러 나가는 것도 알고 있었고, 미혼에다 가난하다고 믿었고, 확실히 도일 양처럼 얼굴이 예쁘거나 매력적이지 않았고, 그런데도 그의 눈에는 릴리가 도일 양보다 훨씬 더 돋보였고, 이유는 양식(良識) 때문이었다. 예를 들면, 지금 램지 씨가 손을 쳐들어 흔들면서

"누군가가 큰 실수를 했노라"*

고 크게 외치며 그들을 향해 다가왔지만 릴리는 그것을 시의 한 구절로 받아들여 언짢아하는 대신 램지 씨의 언행을 완전히 이해했다는 표정을 지었다고 그가 느꼈기 때문이다. 램지 씨는 눈을 부릅뜨고 그들을 노려보았다. 그들을 보지 않는 척하며 그렇게 노려보았다. 그런 행동이 그들의 심기를 좀 불편하게 했다. 그들이 보지 말아야 할 장면을 본 거였다. 그들이 사생활을 침범했다. 그래서 뱅크스 씨가 거의 즉시, 날씨가 쌀쌀한데 산책이나 갈까요? 하고 제안했을 때 릴리에게 그 말은, 얼른 이 고함 소리에서 벗어납시다 하는 변명으로 들렸다. 그래서 그녀도 좋다고, 가겠다고 말했다. 하지만 그녀의 그림에서 얼른 눈을 떼기는 어려웠다.

---

* 알프레드 테니슨의 〈경기병 여단의 공격〉 2절 4행

자크마나 꽃은 연보라색이고 벽은 눈에 띄는 흰색이었다. 폰체포테 씨가 여기를 다녀간 이래로 모든 것을 엷게, 기품 있게, 반투명하게 그리는 화풍이 유행했지만 릴리는 연보라색과 선명한 흰색을 함부로 바꾸어 그림을 그리고 싶다는 생각은 하지 않았다. 또한 색 밑의 형체도 문제였다. 실물인 꽃과 벽을 쳐다보면 그 모든 형체가 너무나도 분명하게, 너무나도 기품 있게 한 눈에 쏙 들어와 그대로 그릴 것만 같았지만 손에 붓만 들면 그 모든 것은 완전히 변해버렸다. 실물 그대로를 캔버스에 옮기려는 찰나, 마치 악마가 그녀에게 붙은 듯 맘대로 그려지지 않아 눈물을 흘린 적도 있었고, 머릿속의 구상을 작품으로 옮기려는데 어린아이가 어둠 속을 무서워 벌벌 떨며 걸어가듯 그렇게 소름이 끼친 적도 있었다. 그런 것을 그녀는 자주 느꼈고, 그럴 때마다 용기를 잃지 않으려고 소름끼치도록 무서운 무엇과 투쟁했고, "그래도 내가 본 건 이거야. 내가 본 건 이게 틀림없어"라고 말하면서 캔버스에 담지 못한 나머지 풍경을 가슴속에 꼭 품었고, 그럴 때면 어떤 엄청난 힘이 그것마저 그녀에게서 뺏어가려고 안간힘을 썼다. 그림을 그리기 시작했을 때 몰아치기 시작한 차가운 바람과 함께 다른 것들도 그녀의 머릿속으로 매섭게 엄습했는데, 그림에 대한 재능을 타고나지 못한 무능력과, 보잘것없는 자신과, 브롬튼 로드*에서 조금 떨어진 곳에 사는 아버지를 위해 계속 살림을 꾸려나가야 하는 척박한 현실이 떠올랐던 것이다. 그런 암울한 생각이 뒤범벅되어 떠오르면 그녀는 램지 부인에게로

* 런던 남서부의 유명한 상가 거리

달려가 그녀 무릎에 얼굴을 파묻고 아무 말이나 마구 떠들고 싶다는 충동을 종종 느꼈다(다행히 아직까지 그런 일은 일어나지 않았다). 하지만 무슨 말을 하지? "부인을 사랑해요"라고? 아냐, 그건 사실이 아냐. 손가락으로 울타리를 가리키고, 집을 가리키고, 아이들을 가리키면서, "이 모든 것을 사랑해요"라고 말할까? 하지만 그런 말을 하는 게 우습고, 있을 수도 없는 일이었다. 머릿속에 든 생각을 말로 정확하게 표현할 수는 절대 없을 테니까. 그래서 그녀는 이제 붓들을 가지런히 정리해 상자 속에 넣고는 윌리엄 뱅크스 씨에게 말을 건넸다.

"갑자기 추워지네요. 햇빛이 약해지나 봐요." 주위를 돌아보면서 릴리가 말했는데, 아직도 날은 충분히 밝았고, 풀은 짙은 녹색으로 여전히 부드럽게 빛났고, 집은 시계꽃들이 뿜는 보라색과 녹색에 싸여 빛을 발했고, 까마귀들은 창공에서 청명한 목소리를 내고 있었기 때문이다. 그런데 뭔가가 움직이다가 순간적으로 번쩍 하더니, 공중에서 은빛 날개를 뒤집었다. 어쨌든 9월이었고, 9월 중순으로 오후 6시가 넘은 시각이었다. 그래서 그들은 여느 때처럼 정원 아래로 걸어가, 테니스 코트를 지나, 팜파스 풀밭을 지나, 밝게 타오르는 석탄의 약한 불처럼 빨갛게 핀 레드핫포커 꽃들로 둘러싸인 울창한 울타리 속의 구멍을 지나, 여느 때보다 더 푸르게 빛나는 만의 푸른 물이 보이는 곳으로 걸어갔다.

그들은 무엇에 홀린 듯 저녁마다 규칙적으로 여기에 들렀다. 여기에 오면 마치 마른 땅에서는 정체된 상념들이 자연스럽게 떠올라 돛을 달고 저 멀리 물속으로 떠내려가는 것 같았고, 심지어 육체의 고단함도 약간 풀어지는 것 같았다. 무엇보다도 푸른색으로 넘실대며 약동하는 만의 물이 보기 좋았고, 그러면 가슴도 푸른 물로 맘껏 펴지고 신체 기능도 좋아져 몸도 덩달아 춤을 추는 것 같았고, 그러다가 밀려드는 파도 위로 어둠이 드리우면 한기를 느끼고 덩실대던 몸을 추스렸다. 그러면 그들은 어둠에 싸인 커다란 바위 뒤로 올라가 거의 저녁마다 불규칙적으로 밀려드는 파도를 바라보았고, 하얀 물보라를 일으키며 부서지는 파도를 바라보는 것도 하나의 환희였다. 부서진 파도가 물러가고 다음에 밀려들 파도를 기다리며 창백한 반원형 해변을 바라보면, 끝없이 반복되며 밀려드는 물결을 쳐다보면, 마치 진주조개 속의 매끈한 진주층을 보고 있는 기분이었다.

그들은 그곳에 서서 빙그레 웃었다. 둘 다 기분이 좋아짐을 느꼈고, 넘실대는 파도로 짜릿한 흥분도 느꼈고, 그러다가 만의 곡선을 가르듯 쏜살처럼 달리는 돛배 하나가 이내 멈추는 광경이 그들 눈에 들어왔고, 그 배가 심하게 흔들렸고, 돛이 툭 떨어졌고, 배의 그림이 완성되려는 순간 그들은 본능적으로 재빨리 눈을 돌려 저 멀리의 모래언덕을 쳐다보았고, 기쁨 대신 슬픔이 다가오는 걸 느꼈는데 부분적으로는 배의 그림이 완성되었기 때문이고, 부분적으로는 저 멀리의 풍경들이 풍경을 구경하는 그들보다 백만 년은 더 지속될 것 같았기 때문이고(릴리 생각에), 그 풍경들이 완전히 정지해 있는 지구를 바라보는 하늘과 이미 대화를 하는 것처럼 보였기 때문이었다.

윌리엄 뱅크스는 저 멀리 모래언덕을 쳐다보면서 램지를 생각했고, 웨스트모랜드*의 어떤 길이 떠올랐고, 타고난 고독을 씹듯 그 길을 따라 배회하던 램지가 생각났다. 하지만 갑작스레 떠오른 다른 생각에 이 상념은 깨졌고, 윌리엄 뱅크스는 (그리고 이것은 실제 일어났던 일이다) 암탉 한 마리가 어린 병아리들을 보호하기 위해 날개를 활짝 펴고 다리를 벌린 채 그 길에 서 있었고 길을 가던 램지가 그걸 보고 멈춰 서서 지팡이로 암탉을 가리키며 "예쁘구나, 정말 예쁘구나"라고 말했고, 암탉을 본 램지가 무언가 뜻밖의 것을 그때 가슴에 틀림없이 품었다고 자신이 생각했고, 그런 말을 통해 램지는 그의 소박한 성품과 보잘것없는 것들에 대한 그의 교감을 드러냈고, 하지만 자신은 쭉 뻗은 그 길의 거기에서 마치 그들의 우정이 끝나버린 듯하다고 느꼈던 기억이 났다. 그 뒤 램지는 결혼했다. 결혼 뒤 이런저런 이유로 어떤 덩어리가 그들의 우정에서 쑥 빠져나갔다. 그것이 누구의 탓이라고 말할 수는 없었고, 얼마의 시간이 흐른 후에는 그저 만날 뿐 그들의 만남에 더는 신선함이 없었다. 그저 그렇고 그런 만남을 되풀이할 뿐이었다. 하지만 모래언덕을 쳐다보면서 이런 무언의 대화를 통해 그는 램지에 대한 그의 우정과 애정이 조금도 줄어들지 않았다는 걸 깨달았고, 그렇지만 1세기 동안 토탄 속에 누워 있는 새빨간 입술을 한 젊은이의 육체처럼 모래언덕들 사이의 만을 가로질러 놓인 쓰라린 아픔과 현실 속에 그의 우정이 있었다.

그는 이 우정을 몹시 지키고 싶었지만 모든 게 너무 뻔해서(램지

---

* 영국 북서부의 지방

는 자식들과 더불어 살고 그는 자식도 없는 홀아비라는 사실 때문에) 자신의 감정이 어쩔 수 없이 메말라가고 마음도 위축된다는 것을 숨기기 힘들었다. 그는 릴리가 램지를 경멸하기보다는 (나름대로 훌륭한 사람이니) 그들 둘 사이에 놓인 것들을 어쨌든 이해해주면 좋겠다고 생각했다. 아주 오래전에 시작된 우리의 우정은 웨스트모랜드의 어떤 길에서 사라졌지요. 거기에 암탉 한 마리가 어린 병아리들을 보호하기 위해 날개를 활짝 펴고 다리를 벌린 채 서 있었거든요. 그런 뒤 램지는 결혼을 했고, 그로 인해 우리의 길은 서로 달라졌고, 달라져야만 했지요. 확실히 그 어느 누구의 탓도 아닌 채 만나야 할 필요가 있을 때 그저 그렇게 만남을 되풀이할 뿐이었지요. 그는 이렇게 그녀에게 말하고 싶었다.

맞아. 그런 거였어. 그가 회상을 마쳤다. 그는 풍경에서 눈을 뗐다. 차도를 따라 왔던 길로 되돌아가려고 몸을 돌린 뱅크스 씨는 저 모래언덕들이 토탄 속에 누운 새빨간 입술 모양의 그의 우정의 몸통을 떠오르게 하지 않았다면 신경조차 쓰지 않고 스쳤을 것들에 대해 민감하게 반응했고, 예를 들면, 램지의 막내딸인 어린 소녀 캠을 언뜻 보았던 거였다. 캠은 강둑에서 스위트앨리스 꽃을 꺾고 있었다. 성격이 거칠고 난폭한 아이였다. 유모가 캠에게 "뱅크스 씨께 꽃을 하나 드리렴" 했지만 주려고 하지 않았다. 싫어! 싫어! 싫단 말야! 아이는 주기 싫어 주먹을 불끈 쥐었다. 급기야 발까지 동동 굴렀다. 그러자 자신이 늙었다는 생각에 서러움이 북받쳐오른 뱅크스 씨는 아이의 행동으로 급기야 램지와의 우정도 자기 탓이라고 느꼈다. 자신의 감정이 메마르고 위축된 게 틀림없다고 보았다.

부자도 아닌 램지 집안이 살림을 그럭저럭 꾸려나가는 게 용하기만 해요. 자식이 여덟이나 되는데 말이죠. 철학을 가르치면서 여덟 아이를 먹여 살리다니, 참 대단해요! 또 다른 아이가 근처에 있었고, 이번에는 재스퍼가 태연하게 "총으로 새를 쏘러 가요"라고 말하면서 그의 곁을 어슬렁거리며 지나갔고, 지나가는 길에 마치 악수라도 하듯 릴리의 손을 잡고 아래위 마구 흔들어댔고, 그걸 본 뱅크스 씨는 씁쓸하게 웃으며 "인기가 대단하군요" 하고 말했다. 모두 건강하게 잘 자랐어요. "다 큰 녀석들"에게 허구한 날 입힐 옷과 구두와 양말도 필요하겠지만 고집 세고 인정머리 없는 자식들에게 이젠 교육도 고려해야 할 때지요. 물론 램지 부인 앞으로 된 재산이 좀 있긴 하겠지만 말이죠. 어느 애가 어느 앤지, 또 누가 위고 누가 아래인지 도통 모르겠어요. 그래서 제 나름대로 아이들에게 영국 왕과 여왕들의 별명을 붙여 부르지요. 그래서 캠은 심술쟁이 여왕, 제임스는 인정머리 없는 왕, 앤드루는 정의의 왕, 프루는 미의 여왕이라고 불러요. 프루는 아름다움을 타고났으니 그런 별명이 도움이 될 거라고 생각해요. 그리고 앤드루는 총명해요. 차도를 따라 걸어 올라가면서 릴리 브리스코는 뱅크스 씨가 하는 말들에 대해 그렇군요, 그렇지 않아요 하고만 대답했다(그녀는 아이들 모두를 사랑했고, 이 세상도 사랑했기 때문에). 램지의 입장에 서서 생각도 해보았지요. 램지가 한편으로는 부럽고 한편으로는 불쌍하더군요. 젊음을 불태우며 자신을 끝없이 괴롭힌 고독과 뛰어난 업적으로 얻은 영광스런 권위를, 마치 암탉이 날개를 퍼덕이며 다리를 벌려 어린 병아리들을 보호하려고 애를 쓴 것처럼 램지가 가정 생활에 얽매여 그 모든 고독과 권위를 벗어던진 걸 직접 보기라도 한 듯 뱅크스 씨가 말했다. 물론 아이들도 램지에게 뭔가를 주지요. 충분히 인정해요. 어린 딸 캠이 램지의 코트에 꽃 한 송이를 꽂아주거나 폭발하는 베수비오 산*의 사진을 보려고 램지의 어깨 위로 기어오르면, 그럴 때면 아버지로서 느끼는 말로 표현하기 힘든 행복을 맛보겠지요. 그러면서도 아이들은 램지의 뭔가를 파괴하고 있어요. 램지의 오랜 친구들은 그것을 당연히 느끼지요. 램지의 과거를 모르는 이방인이라면 지금의 그를 어떻게 생각하겠어요? 릴리 브리스코, 당신은 램지를 어떻게 생각해요? 램지에게 남아 있는 버릇들을 당신에게 말하면 도움이 될까요? 예를 들면, 이상한 옷차림을 하거나 기이한 언행을 하거나 못 견딜 정도로 뭔가를 아주 좋아하는 성벽 같은 그런 버릇이 있다는 걸 안다면? 그렇게도 지력이 넘치던 램지가 그렇게도 몸을 도사리고 그렇게도 남의 칭찬에 귀를 기울이는 게 놀라울 뿐이죠. 하긴 이렇게 표현하는 게 조금 그렇지만요.

"아, 하지만, 그의 업적을 생각해보세요!" 릴리가 말했다.

"그의 업적을 생각할" 때마다 릴리는 항상 그녀 앞에 나타나는 커다란 식탁을 또렷이 보았다. 그런 연상 작용은 앤드루 때문이었다. "아버지가 쓰는 책들의 주제가 뭐죠?" 하고 그녀가 앤드루에게 물은 적이 있었다. "주체와 객체, 그리고 실체의 본질에 대해서죠"라고 앤드루가 대답했다. "그리고 천체에 대해서죠. 하지만 천체가 무얼 의미하는지 도통 모르겠어요." 그녀가 말했다. "그럼, 식탁을

---

* 이탈리아 나폴리 만 동쪽의 활화산

생각하세요. 부엌에 없을 때면 말이죠." 앤드루가 대꾸했다.

그래서 릴리는 램지 씨의 업적에 대해 생각할 때면 언제나 깨끗하게 닦은 식탁을 연상했다. 그들이 걸어서 과수원에 도착했기 때문에 이제 그녀의 연상 속의 식탁은 배나무의 갈라진 가지 사이에 놓여 있었다. 정신을 집중하려고 애쓰면서 그녀는 마음을 모아, 은빛이 감도는 배나무의 나무껍질이나 물고기 모양의 이파리가 아닌, 깨끗하게 닦은 환영 속의 식탁을 바라보았다. 나뭇결이 그대로 살아 있고, 옹이가 많아 울퉁불퉁하고, 나이테가 그대로 드러나서 아름다워 보이는 식탁이 네 다리를 나뭇가지에 걸친 채 공중에 떠 있었다. 당연히 누군가가 이런 각이 진 사물의 실체를 보고 이해하며 하루하루를 보낸다면, 다시 말해, 이렇게 사랑스런 저녁을 맞아 홍학 같은 구름과 푸른 하늘과 은빛이 감도는 배나무를 쳐다보고, 또 배나무 가지 위에 걸린 다리가 넷인 식탁을 쳐다보며(그리고 이렇게 볼 수 있다는 그 자체가 최고의 지력을 가졌다는 증거다) 하루하루를 보낸다면, 정말 아무도 그가 평범한 사람이라고는 판단하지 않을 것이다.

뱅크스 씨는 릴리가 "그의 업적을 생각해보세요"라고 말해주어서 그녀가 맘에 들었다. 램지의 업적을 많이 생각하지요. 그것도 아주 자주. 셀 수 없을 정도로 정말 많이 생각했지요. 그가 말했다. "램지는 사십 전에 최고의 업적을 이룬 그런 사람들 중 한 명이었죠." 겨우 스물 하고도 다섯이었을 때 램지가 철학에 관한 얇은 책을 하나 썼는데, 그 책으로 철학계에 결정적인 기여를 했답니다. 그 뒤에 나온 책들은 모두 앞의 책을 다소 부연 설명하거나 반복하는 수준에 지나지 않았지요. 하지만 무엇을 하든, 어떤 분야에서 결정적인 기여를 하는 사람은 아주 극소수죠. 배나무 옆에 멈춰 서서 그가 말했다. 깨끗이 솔질한 옷을 입은 그가 매우 정확하게, 심할 정도로 공평하게 말했다. 그가 손을 놀리는 것을 보던 그녀는 마치 그가 손을 움직여 그것을 풀어놓기라도 하는 것처럼 갑자기 그녀에게 누적된 그에 대한 인상이 봇물 터지듯 흘러나와 그에 대해 느낀 모든 것이 한꺼번에 우르르 쏟아져 내리는 걸 느꼈다. 그것은 일종의 감정이었다. 그러더니 이번에는 다시 그란 존재의 본질에 대해 머리끝까지 화가 치밀어 올랐다. 그것은 또 다른 감정이었다. 그의 존재가 너무나 강하게 인식되는 바람에 그녀는 얼어붙은 듯 꼼짝 않고 그 자리에 서 있었다. 그것은 그의 엄격함이자 선량함이었다. 나는 당신의 모든 것을 존경해요(그녀는 속으로 그에게 말했다). 당신은 허망하지 않아요. 아주 객관적이에요. 램지 씨보다 더 훌륭해요. 내가 아는 제일 훌륭한 사람이에요. 당신은 아내도 아이도 없어요(이성에 대한 성적 충동 없이, 그녀는 그의 그런 고독을 소중히 보듬어주고 싶었다). 당신은 과학 연구에 일생을 바쳤어요(본의 아니게 그녀의 눈앞에 감자밭이 어렸다). 당신에게 칭찬은 오히려 욕이에요. 당신은 관대하고, 순수하고, 영웅적인 인물이에요. 하지만 동시에 그녀는 그의 다른 본질도 똑똑히 기억했다. 당신은 여기까지 시중들 몸종을 데려왔어요. 개가 의자 위에 올라가는 것도 용납 못 해요. 당신은 시간 가는 줄도 모르고 몇 시간 동안(참다못해 램지 씨가 방 문을 쾅 닫고 나갈 때까지) 음식이 짜다는 둥 싱겁다는 둥 영국 요리가 형편없다는 둥 쓸데없는 얘기를 주절대길 좋아해요.

그렇다면 이 모든 것을 도대체 어떻게 해결해야 하지? 누군가를 판단할 때 무엇을 가지고 해야 하는 거지? 꼭 이런저런 것을 덧붙여 누군가가 좋다 싫다 하고 결론지어야 하나? 또한 좋다 싫다라는 말에 대해 나중에는 무슨 의미까지 달아야 하지? 배나무 옆에 꼼짝도 않고 서 있는 그녀의 머릿속에서 이 두 남자에 대한 인상이 마구 소용돌이쳐 머릿속에 떠오르는 생각을 따라잡는 것은 연필로 받아 적기엔 너무도 빠른 목소리를 따라가는 것과 흡사했다. 그런데 줄줄 나오는 그 목소리는 부정할 수 없고 영원하고 상충하는 것들을 조금도 자극하지 않으며 내뱉는 자신의 목소리로, 그래서 무슨 말을 하든 배나무의 나무껍질 위로 드러난 갈라진 틈들과 옹이조차도 영원히 거기에 그대로 박혀 있었다. 당신은 훌륭해요. 하지만 램지 씨는 그렇지 않아요. 그녀는 계속 속으로 말했다. 램지 씨는 마음이 좁고, 이기적이고, 오만하고, 자기 중심적이에요. 성격도 더러워요. 독재자예요. 죽을 때까지 램지 부인을 고생시킬 거예요. 하지만 그도 당신이 (그녀는 뱅크스 씨에게 속으로 말했다) 가지지 못한 걸 가지고 있어요. 탈속적인 초연함이죠. 일상생활의 소소한 것에는 관심도 없고, 알지도 못해요. 개와 자식들을 끔찍이 사랑하죠. 자식도 여덟이나 돼요. 당신은 하나도 없는데 말이죠. 며칠 전 밤에는 코트를 두 개나 껴입고 내려와서 푸딩 그릇에 머리를 들이대고 램지 부인에게 머리를 자르라고 하지 않던가요? 이런 기억들이 우르르 한꺼번에 모기 떼처럼 내게 몰려오지만 모두 하나하나 분리되어 고무줄로 만든 보이지 않는 그네 속에서 희한할 정도로 제어되면서 마구 춤을 추고 있어요. 릴리의 맘속에서 춤을 추는 기억들은 배나무의 갈라진 가지들의 안과 주위에서도 똑같은 모습으로 춤을 추었고, 거기에는 램지 씨의 지력에 대한 그녀의 심오한 존경의 상징인 식탁의 형상도 여전히 걸려 있었다. 그렇게 꼬리에 꼬리를 물며 소용돌이치던 상념은 마침내 그 강도를 이기지 못하고 폭발해버렸다. 그러자 그녀는 안도의 한숨을 쉬었다. 바로 그때 가까이에서 총소리가 탕 하고 한 번 나더니 깜짝 놀란 찌르레기 무리가 부산스럽게 소란을 떨면서 하늘 저쪽으로 날아갔다.

"재스퍼군요!" 뱅크스 씨가 말했다. 그들은 고개를 들어 찌르레기 무리가 날아가는 테라스 위쪽을 쳐다보았다. 하늘로 재빨리 날아간 새들이 뿔뿔이 흩어지는 것을 쫓아서 높게 친 울타리의 구멍 속으로 들어간 그들은 그 안에 있던 램지 씨와 정면으로 부딪치고 말았다. 그는 그들을 보더니 비장한 음성으로 "누군가가 큰 실수를 했노라"고 크게 외쳤다.

격한 감정과 강렬한 비장감 때문에 도전적으로 변한 그의 눈이 그들의 눈과 딱 마주치자 그들을 알아본 그의 눈가가 파르르 떨렸다. 하지만 그는 이내 창피하고 언짢은 표정을 짓더니 아무렇지도 않게 쳐다보는 그들의 시선을 마치 피하듯, 먼지를 털듯, 두 손으로 얼굴을 반쯤 가려버렸다. 피할 수 없는 이런 순간을 맞이하자 마치 그들에게 물러가라고 애걸하는 것처럼, 그의 언행에 방해를 받자 마치 어린아이처럼 순진하게 화를 벌컥 내는 것처럼, 그렇지만 이렇게 들킨 순간조차도 패한 것이 아니라 창피하지만 이 불순한 서사시의 구절을 읊으며 맛본 감미로운 감정의 뭔가를 계속 즐기기로 결심이라도 한 듯, 그는 갑자기 몸을 홱 돌려 그들에게 등을 보였다.

그래서 민망해진 릴리 브리스코와 뱅크스 씨는 고개를 들어 하늘을 두리번거리다가 재스퍼가 쏜 총에 놀라 날아간 찌르레기 무리가 느릅나무 꼭대기에 앉아 있는 것을 찾아냈다.

5

"그리고 설사 내일 날씨가 좋지 않다 하더라도." 윌리엄 뱅크스와 릴리 브리스코가 함께 지나가는 것을 눈을 들어 흘깃 쳐다보며 램지 부인이 말했다. "다른 날이 있잖아. 그러니 이제," 릴리의 매력은 하얀 피부에 중국인의 눈매를 닮은 조그만 눈과 주름진 작은 얼굴로, 똑똑한 남자라야 그런 매력을 안다고 생각하면서 그녀가 말했다. "이제 그만 일어서. 다리 길이를 재야겠다." 언젠가는 등대에 갈 테니 그녀가 짜고 있는 양말을 제임스의 다리에 갖다 대어 3 내지 5센티미터 더 짜야 하는지 알아볼 필요가 있었다.

윌리엄과 릴리가 결혼할 거라는 생각이 순간적으로 머리를 스치자 빙그레 웃으면서 그녀는 헤더믹스처*로 짠 양말을 집어 들어 제임스의 발에 갖다 대고 길이를 쟀다. 양말 주둥이에는 여전히 금속 코바늘이 꽂혀 있었다.

"얘야, 가만히 서 있어." 그녀가 말했다. 등대지기의 어린 아들을 위해 양말을 짜주는 것도 질투가 나 기분이 나쁜데, 자기 다리로 양말 길이까지 재자 기분이 더 나빠진 제임스가 일부러 안절부절못하

---

* 혼색 모직물

고 다리를 이리저리 구부렸기 때문이다. 그렇게 자꾸 움직이면 길이가 짧은지 긴지 어떻게 잴 수 있겠어? 그녀가 물었다.

소중한 막내아들에게 악마라도 붙었나 싶어 그녀는 고개를 들어 방을 둘러보았다. 방 안의 의자들이 몹시 초라해 보였다. 며칠 전에 앤드루가 말했듯, 찢어진 의자들의 속이 모두 다 터져 나와 마루에 온통 뒹굴고 있었다. 하지만 꼭 의자를 살 필요가 있는지 그녀는 자문해보았다. 좋은 의자를 사봤자 이 집을 지키는 사람은 할머니 하나뿐이고, 겨울 내내 습기에 차 또 엉망이 될 게 뻔했다. 신경 쓰지 말자. 집세도 몇 푼 안 되는데. 공짜나 다름없고, 아이들도 여길 좋아하고, 남편도 연구실과 강의와 제자들에게서 오천 킬로미터, 아니 정확히 말해서, 오백 킬로미터 떨어져 있어서 좋아하고, 손님이 와도 묵을 공간이 충분하고, 매트와 캠프용 접이침대와 런던에서 사용하다 버린 찌그러지고 낡아빠진 의자와 탁자들도 있고. 여기서는 이런 것들로도 충분 이상이야. 그리고 사진도 한두 점 있고, 책들도 있고. 책이 자꾸 쌓이기만 한다고 그녀는 생각했다. 책 읽을 시간도 없구나. 어머! 선물받은 책조차 읽지 못하고 시인이 직접 서명해서 건네준 책도 읽지 못했구나. "소망이 이루어지길 빌면서" 라든가 "우리 시대의 더 행복한 미인 헬렌에게" 등의 친필이 책에 적혀 있는데 말이야. 말하기 부끄럽지만 그런 책조차 읽지 않았구나. 마음에 관한 크룸의 책과 폴리네시아의 야만적 풍습에 관한 베이츠의 저서도 있고("얘야, 움직이지 말고 가만히 서 있어." 그녀가 말했다). 이런 책들을 등대로 가져갈 수는 없어. 집이 아주 초라해지면 그땐 꼭 손을 봐야지. 해변에서 놀던 아이들이 모래를 털고 집에 들어오도록 그것만 제대로 가르쳐도 손을 좀 보는 결과가 될 텐데. 하지만 정말로 앤드루가 게를 해부하고 싶다면, 할 수 있나, 집에 갖고 들어오도록 해야지. 재스퍼가 해초로 수프를 만들겠다고 고집 피우면, 어떡해, 집에 갖고 오는 걸 허락해야지. 로즈가 조가비나 갈대나 돌을 주워오는 것도 어떻게 막을 수 있겠어. 아이들 모두 재능을 타고났지만 재능이 다 다르니 어쩔 수 없는 노릇이었다. 그래서 그 결과로 생긴 방의 모습을 제임스의 다리에 양말을 갖다 댄 채 눈으로만 마루에서 천장까지 구석구석 훑어본 그녀는 한숨을 푹 쉬었다. 모든 게 더 너덜해지고 여름만 지나면 더 엉망이었다. 매트도 색이 바랬고, 벽지도 군데군데 찢어져 바람에 펄럭였다. 벽지 무늬가 장미라고 말할 처지도 아니었다. 그런데다가 집 안의 문이란 문은 모조리 항상 열어놓는 바람에 스코틀랜드 전역을 뒤져서라도 빗장을 고칠 자물쇠 수리공을 구하지 못한다면 모든 것이 다 망가질 게 뻔했다. 비싼 녹색 캐시미어 숄로 사진틀 가장자리를 두른다 해도 소용이 없을 듯했다. 2주일도 채 못 되어 숄은 완두콩 수프 색깔로 변할 테니까. 하지만 정말 짜증나는 것은 문이었다. 문이란 문은 죄다 열려 있었다. 그녀는 귀를 기울여보았다. 응접실 문도 열려 있었다. 거실 문도 열려 있었다. 침실 문들도 죄다 열린 것처럼 들렸다. 그리고 층계참의 창문은 확실히 열려 있었다. 그녀가 직접 연 거니까. 창문은 모두 열어둬야 하고 문은 모두 닫아둬야 하는데. 간단한 걸 왜 모두 기억하지 못하는 걸까? 그녀는 가끔 밤에 하녀들의 침실에 가보았다. 모두 문과 창문을 꼭꼭 닫아버리는 바람에 밀폐된 공간의 공기가 화로처럼 후끈거렸다. 하지만 스위스에서 온 소녀인 하녀 마리는 목욕은 안 해도 좋은 공기 없이는 살 수 없다며 침실 창문을 열어두었다. 그러곤 창문 너머 고향산천이 있는 쪽의 산을 쳐다보면서 "산이 너무 아름다워요"라고 말하곤 했다. 어젯밤에도 창문 너머 밖을 쳐다보고 눈물을 글썽이며 "산이 정말 아름다워요"라고 말했다. 램지 부인도 마리의 아버지가 고향에서 죽어가는 걸 알고 있었다. 마리를 아비 없는 자식으로 남겨두고 떠나려 하다니. 야단도 치고 시범도 보이던(프랑스 여자처럼 손을 날렵하게 움직여 침대 정리하는 법과 창문 여는 법을) 램지 부인도 마리가 그렇게 말하자, 마치 햇빛을 뚫고 비행하던 새가 자리를 잡고 앉은 뒤 조용히 날개를 접으면 푸른 깃털이 밝은 금속빛에서 연보라색으로 변하는 것처럼, 그녀도 마리에게 하던 모든 언행을 조용히 접었다. 달리 해줄 말이 없는 그녀는 말없이 거기에 서 있었다. 마리의 아버지는 인후암을 앓았다. 그녀는 자신이 어떻게 거기에 서 있었는지, 마리가 무슨 말을 했는지 돌이켜보았다. "고향의 산도 매우 아름다워요"라고 마리가 말했지. 그런데 희망은 보이지 않았다. 전혀 보이지 않았다. 그래서 울컥 화가 치밀어오른 그녀는 제임스를 보고 괜히 짜증을 부리며 말을 걸었다.

"움직이지 말고 똑바로 서. 지루해하지 마." 그때서야 본능적으로 어머니가 정말 짜증을 낸다고 생각한 제임스가 똑바로 서자, 그녀는 비로소 양말 길이를 제대로 잴 수 있었다.

양말 길이는, 등대지기 솔리의 어린 아들이 제임스보다 발육이 훨씬 더디다 해도, 적어도 1센티미터는 아직 짧았다.

"너무 짧네. 아직 너무 짧아." 그녀가 말했다.

아무도 그렇게까지 슬퍼 보인 적은 없었다. 햇빛으로부터 어두운 심연까지 내리비추는 한 줄기의 광선 속에서, 반쯤 내려앉은 어둠 속에서, 쓰라리고 암울한 마음에 눈물이 한 방울 고였는지도 모르겠다. 눈물 한 방울이 뚝 떨어졌다. 바닥에 고인 눈물이 떨어지는 눈물 방울을 받아 이리저리 흔들리다 잠잠해졌다. 아무도 그렇게까지 슬퍼 보인 적은 없었다.

하지만 일부러 그러는 거 아니겠어요? 사람들이 수군댔다. 눈물 뒤에 무슨 사연이 있나 보지요? 아름답고 화려하니, 그럴 만도 해요. 사람들은 나도는 소문을 떠벌리기 좋아했다. 남자가 총으로 머릴 쏘아 자살했다면 램지 부인이 결혼하기 일주일 전에 죽은 게 아닐까요? 사람들은 서로에게 물었다. 옛 애인이 자살했다는 소문이 누군가의 귀에 들어갔겠지요? 아니, 아무 일도 없었다고요? 하긴, 뒤에 남은 그녀가 너무 예뻐서, 그래서 그녀를 방해할 게 뭐 있기나 했겠어요? 대단한 연애 이야기와 실패한 사랑 타령과 좌절당한 야망 등을 허심탄회하게 서로 말할 기회가 찾아오면 그녀도 역시 그런 이야기를 안다거나, 느꼈다거나, 경험한 적이 있다고 쉽게 속내를 비칠 만도 했지만 그녀는 아무 말도 하지 않았다. 그래서 사람들이 뒤에서 수군댔다. 그래도 그녀는 항상 입을 다물었다. 하지만 그녀도 알았다. 직접 듣지 않고도 알았다. 단순히 생각해도 세상물정 다 겪은 사람들이 무슨 오해를 하는지, 무슨 편견으로 그녀를 쳐다보는지 충분히 눈치챘다. 하지만 그녀의 외골수 성격은 그녀를 돌처럼 똑바로 하강하여 새처럼 정확하게 목표에 내려앉게 했고, 그래서 자연히 그녀를 즐겁게 만들고 마음을 편하게 해주고 지탱해주는 진리에 도달하게 했다. 아마 아닐 수도 있지만 말이다.

(“자연에는 희귀한 점토가 드물지요. 부인을 만든 그런 점토 말입니다.” 램지 부인과 전화 통화를 하던 뱅크스 씨가 그녀의 말에 감동받아 그렇게 말한 적이 있었다. 그녀는 열차에 대한 정보만 알려줬을 뿐이었다. 그는 전화선 저 너머의, 푸른 눈과 곧게 뻗은 코를 가진 그리스 사람인 램지 부인을 상상했다. 그런 미인과 전화로 대화를 나누다니, 꿈만 같았다. 부인의 얼굴을 만들기 위해 미의 여신들이 아스포델 초원에 모여, 서로 힘을 모아 그녀를 만든 듯했다. 알겠습니다. 유스턴에서 열 시 삼십 분 열차를 타겠습니다. 그가 말했다.

“그런데 부인은 자신의 미모를 더는 인식하지 않는구나.” 수화기를 내려놓으면서 뱅크스 씨가 말했다. 그는 방을 가로질러 인부들이 그의 집 뒤에 짓는 호텔 작업이 얼마나 잘 진행되고 있는지 가보았다. 그리고 아직 마무리되지 않은 벽들 사이에서 일꾼들이 수다를 떠는 걸 쳐다보면서 램지 부인을 생각했다. 아름다운 얼굴에 어울리지 않는 뭔가가 틀림없이 있었기 때문이다. 부인은 아무렇지도 않게 사냥 모자를 푹 눌러썼고, 오버슈즈*를 신고 아이들과 장난치며 잔디밭을 가로질러 달리기도 했다. 그래서 그것이 그녀가 지닌 아름다움이라고 단순히 생각한다면 전율하고 생동하는 뭔가를 (그가 일꾼들을 쳐다보자 그들은 조그만 두꺼운 판자 위에 벽돌을 담아 나르기 시작했다) 그림으로 담아두고, 그렇지 않고 뭔가가 단순히 여자라서 그런 거라면 그녀만의 특이한 개성으로 인정하고, 그것도 아니고 그것이 마치 타고난 자신의 미모와 그 미모만을 얘기하는 남자들이 싫증이 나 우아한 자태를 벗어

* 비올 때 방수용으로 구두 위에 신는 덧신

버리고 다른 여자들처럼 평범하게 생겼으면 좋겠고 또한 남의 눈에도 띄지 말았으면 좋겠다는 그런 소망이라면 하고 생각해보았다. 그는 알지 못했다. 정말 알 수 없었다. 그는 자신이 하던 일이나 해야 했다.)

붉은 기가 도는 갈색의 긴 양말을 계속 짜느라 고개 숙인 그녀의 머리가 금박 입힌 액자에 우스꽝스럽게 비쳤다. 액자는 미켈란젤로가 그린 진짜 그림으로, 액자의 가장자리에는 아까 그녀가 던진 녹색 숄이 그대로 얹혀 있었다. 조금 전에 제임스에게 짜증 부린 것을 만회하려고 양말 짜던 일을 그만둔 램지 부인은 아이의 고개를 들어올려, 이마에 뽀뽀를 해주었다. "다른 사진을 찾아서 오려보자." 그녀가 말했다.

6

그런데 무슨 일이야?

누군가가 큰 실수를 했다니?

망상에서 화들짝 깨어난 그녀는 한동안 단어가 주는 의미를 잊고 살아왔지만 들려오는 단어가 뜻하는 바를 새겨보았다. "누군가가 큰 실수를 했노라"라니. 근시의 눈으로 이제 방향을 틀어 그녀 쪽으로 다가오는 남편을 계속 응시하면서(머릿속으로는 시의 구절을 뜻과 연결시켜보았다) 그녀는 무슨 일이 생겼는지, 또 누군가가 어떤 큰 실수를 했는지 곰곰 생각해보았다. 하지만 아무래도 알 수 없었다.

그는 부들부들 떨었고, 전율했다. 앞장서서 군대를 지휘하고 죽음의 계곡을 향해 천둥처럼 무섭게 매처럼 사납게 달리던 그의 모든 화려함과 만족감과 허영심은 모두 산산이 부서져, 사라지고 없었다. 그는 총탄과 포탄의 세례를 받으며, 용감하게 말을 달려 죽음의 계곡을 스치듯 지나가, 일제히 사격을 가하고 또 큰 소리로 공격을 가하면서 똑바로 릴리 브리스코와 윌리엄 뱅크스에게로 돌진했다. 그는 전율했고, 흥분과 공포로 부들부들 떨었다.

남편에게 절대로 말하진 않았지만, 평정심을 회복하려면 마치 은둔처에서 혼자 몰래 뭔가에 몰두할 필요가 있는 것처럼 상대방의 눈을 피하고, 릴리와 뱅크스 씨가 함께 있는 것을 이상한 눈길로 쳐다보는, 그가 취하는 익숙한 신호에서 그녀는 남편이 화를 내고 고통스러워한다는 걸 알았다. 그녀는 제임스의 머리를 쓰다듬으면서 남편에 대해 느낀 것을 아들에게 전했고, 아들이 백화점의 카탈로그에서 신사의 흰 정장 셔츠 사진을 찾아서 노랗게 칠하는 것을 보고 아들이 이 다음에 자라 위대한 화가가 되면 참 좋겠다고 생각했고, 그렇게 되지 말라는 법도 없다 싶었다. 아들의 이마가 이렇게 훤칠하게 잘생겼으니 말이다. 그때 남편이 그녀를 한 번 더 스쳐 지나가는 것을 보고 고개를 든 그녀는 그에게서 고통스런 표정이 사라진 걸 보고 안도했고, 그것은 가정 생활의 승리였고, 습관적인 행위가 고통을 달래는 리듬을 읊조리게 한 거였다. 그래서 오가던 길을 일부러 멈춰 창가로 되돌아온 남편이 허리를 굽혀 잔 나뭇가지로 맨살이 드러난 제임스의 종아리를 장난치듯 간질이자 그녀는 "그 불쌍한 젊은이를 왜 쫓아냈어요?"라고 그에게 한마디했다. "탠슬리는 방에 들어가 써야 할 논문이 있어." 남편이 대꾸했다.

"제임스도 직접 논문 쓸 날이 올 거야." 잔 나뭇가지로 아들의 종아리를 가볍게 찰싹 때리며 빈정대듯 그가 말했다.

신랄함과 유머가 섞인 그만의 특이한 방식으로 막내아들의 맨다리를 잔 나뭇가지로 간질였지만 제임스는 그런 아버지가 미워 죽겠다는 표정으로 자신을 간질이는 잔 나뭇가지를 잡아 치워버렸다.

"내일 솔리의 어린 아들에게 줄 양말을 이렇게 지겹게 뜨고 있어요." 램지 부인이 말했다.

"내일 등대로 갈 기회가 손톱만큼도 없을 것 같은데." 램지 씨가 성마른 딱딱한 말투로 크게 말했다.

어떻게 알아요? 그녀가 그의 말을 받아쳤다. 바람은 자주 변하잖아요.

그는 이상할 정도로 비합리적인 그녀의 말에, 어리석기 짝이 없는 여자들의 행동에 화가 치솟았다. 그는 말을 타고 죽음의 계곡을 지나 오느라 만신창이가 되고 온몸을 부들부들 떠는데, 아내는 지금 사실이 명확한데도 아이들에게 희망을 주기 위해 일부러 거짓말을 하고 있었다. 그는 돌계단에서 발을 쿵쿵거렸다. "제기랄!" 그가 내뱉었다. 아니, 제가 뭐라 했다고 그 난리예요? 그냥 내일 날씨가 좋을지도 모른다고 했을 뿐이잖아요. 정말 좋을 수도 있잖아요.

기온이 내려가고 바람이 정서로 불기 때문에 절대로 못 간다니까.

남편이란 작자가 남의 기분은 조금도 생각지 않고 진실만을 추구하는 것이, 너무나도 제멋대로, 너무나도 잔인하게, 감춰도 될 자신의 지적인 교양을 명확하게 드러내는 것이 상대방의 기분을 무참히 짓밟는 무례한 행위로 느껴진 그녀는, 머리가 멍해지고 앞이 캄캄해지는 기분이 들어 입을 꾹 다문 채, 마치 빗발치는 우박을 피하듯 더러운 구정물을 피하는 듯 고개를 숙여 투덜대도 욕먹지 않을 말만 골라 구시렁댔다. 그래서 그런지 그녀에게로 되돌아오는 말이 없었다.

그가 그녀 옆에 말없이 조용히 서 있었다. 마침내 매우 겸손하게, 그녀만 좋다면 연안 경비원을 직접 찾아가 내일 날씨를 물어보겠다고 그가 말했다.

그녀는 남편을 제일 존경했고, 그래서 남편보다 더 존경하는 사람은 없었다.

이미 당신 말을 믿고 받아들일 준비가 되어 있어요. 그녀가 말했다. 그렇다면 샌드위치를 만들고 자르고 할 필요도 없겠네요. 그게 다예요. 내가 엄마라서 그런지 자연히 아이들이 내게 와서 하루 종일 이런 거 저런 걸 얘기해요. 누구는 이거 해달라, 누구는 저거 해달라, 그래요. 아이들이 자라고 있어요. 종종 내가 온갖 감정에 다 빠진 스펀지로 여겨질 때가 있어요. 그 외에는 나 자신이 아무것도 아닌 걸로 느껴져요. 그러자 그는 또 제기랄 하고 내뱉었다. 내일은 꼭 비가 와. 그가 말했다. 비가 오지 않을 거야. 그가 다시 말했다. 그 말을 들었을 때 이내 그녀 앞에 안전한 천국이 펼쳐졌다. 나만큼 남편을 존경하는 사람도 없어. 난 남편의 그림자도 따라가지 못 할 거야. 그녀가 속으로 느꼈다.

이미 군대의 선두에 서서 지휘 돌격할 때 보여준 성급한 언행에 부끄러움을 느낀 램지 씨는 양처럼 순해진 태도로 아들의 맨다리를 다시 한번 더 꾹 찌르고는 마치 떠나도 좋다는 그녀의 허락을 받은 것처럼 허둥대며 저녁 공기 속으로 걸어갔고, 그런 남편을 쳐다보면서 그녀는 물고기를 널름 받아 삼킨 뒤 뒤로 넘어져 허둥대는 바람에 수조 속의 물을 출렁이게 하는 동물원의 커다란 바다사자를 떠올렸고, 이미 엷어진 저녁 공기 때문에 나뭇잎과 울타리의 실체는 잘 보이지 않았지만 그에 대한 보상이라도 하는 것처럼 장미와 패랭이꽃들이 낮에는 채 보여주지 못한 광채를 내뿜었다.

"누군가가 큰 실수를 했노라." 테라스의 아래위를 성큼성큼 걸어 다니면서 그가 다시 소리쳤다.

하지만 그의 음조는 놀랄 정도로 변해 있었다. 뻐꾸기의 음조 같았다. 마치 새로운 분위기를 찾기 위해 시의 구절을 새로운 형태로 시도해보려는 것처럼, 일부러 그런 형태를 찾아보려는 것처럼, 그래서 새로운 음조를 가까스로 찾아 사용하긴 했지만 영 어색하고 이상한, 마치 6월에는 음조를 바꾸는 뻐꾸기처럼 그렇게 읊었다. 그런데 "누군가가 큰 실수를 했노라"가 마치 아무런 확신도 없이 물어보는 것처럼 "누군가가 큰 실수를 했노라?"로 읊조려지는 바람에 시의 구절이 굉장히 어색하고 우습게 들렸다. 우스워서 램지 부인이 빙그레 웃었고, 아니나 다를까, 테라스의 아래위를 오가며 바꾼 음조로 콧노래를 부르던 그도 읊조리던 것을 그만두고 말없이 조용해졌다.

그는 안전했고, 혼자만의 사생활 공간도 되찾았다. 그는 걸음을 멈추고 담배 파이프에 불을 붙이고는 창가에 있는 아내와 아들을 한 번 쳐다보았다. 그래서 특급열차 안에서 책을 읽던 눈을 들어 그림처럼 펼쳐진 농장과 나무와 초가집들을 구경한 뒤 다시 책으로 눈을 가져가 읽다만 구절을 찾아 확인하면 마음이 든든해지고 기분이 좋아지는 것처럼, 굳이 누가 누구인지 구별하지 않고 창 안의 마루에 앉아 있는 아내와 아들을 한번 힐끗 쳐다보는 것만으로도, 그들이 눈에 들어오는 것만으로도 마음이 든든해지고 기분이 좋아진 그는 이제 그의 최고의 지력으로 풀어야 할 연구 문제를 완벽하게 이해하기 위해 온 정신을 집중했다.

그의 지력은 정말로 뛰어났다. 인간의 사고(思考)가 수많은 선율로 나누어진 피아노의 건반이나 순서대로 나열된 스물여섯 개의 알파벳과 같다면, 그런 경우 그의 지력은 그런 문자들 하나하나에 확실하고도 정확하게 도달하는 데 별 어려움을 느끼지 않을 만큼 아주 뛰어났고, 그래서 그는 이미 대문자 Q에 도달해 있었다. 영국 전체를 통틀어도 Q자 수준에 도달한 사람은 거의 없었다. 조가비를 줍는 아이들처럼 그들의 발치에 놓인 사소한 것들에 정신이 팔려 그가 인지한 불운에 대해 완전 무방비 상태로 신성하리 만큼 천진난만하게 창 안의 마루에 앉아 있는 아내와 아들을 그는 별로 멀지 않은 거리인 여기, 제라늄을 심은 돌화분 옆에 멈춰 서서 한동안 바라보았다. 그들은 나의 보호를 필요로 해. 그리고 난 그들을 보호하고 있어. 하지만 Q 뒤에는 뭐지? 그다음에 오는 것은 뭐지? Q 다음에도 많은 문자가 있는데 말이야. 그리고 마지막 문자는 일반적으로 인간의 눈에는 거의 보이지 않고 저 멀리서 빨간색으로 빛나고만 있어. 마지막 단계인 Z를 보는 사람은 한 세대에 한 명 있을까 말까일 거야. 내가 R에만 도달한다 해도 그건 정말 대단한 일일 거야. 난 Q라는 단계에는 적어도 도달했어. Q에 도달함으로써 내 위치는 이미 확고해졌어. Q에서는 자신만만해. Q는 내 지력으로 설명 가능하니까. 그런데 Q 다음이 R이라면. R을 생각하다 멈춘 그는 수양의 뿔로 만든 돌화분의 손잡이에 담배 파이프를 두세 번 탁탁 치고는 앞으로 나아갔다. "다음은 R인데……." 그는 R을 알기 위해 마음을 다잡았다. 그러곤 주먹을 불끈 쥐었다.

해가 쨍쨍 내리쬐는 바다에서 겨우 비스킷 여섯 개와 물 한 병으로 뱃사람들을 모두 구조했을지도 모를 자질들이(인내와 공평함과, 예지와 애착과, 노련한 기술이) 그에게도 도움이 되었다. 그다음이 R인데. 도대체 R이란 뭐지?

도마뱀의 가죽 눈꺼풀처럼 축 늘어진 그의 눈꺼풀이, 뭔가를 응시하던 그가 눈꺼풀을 깜빡거리자 대문자 R이 흐릿해졌다. 그런 어둠 속에서 그는 사람들이 "램지는 실패자예요. R은 그가 미칠 수 없는 곳에 있어요. 그는 절대로 R에 도달할 수 없어요. R은 한 단계 더 높은 곳에 있어요. R은"이라고 말하는 것을 들었다.

극지대의 고독한 얼음바다를 가로지르는 황량한 탐험이었다면 그를 지도자, 안내자, 상담자로 만들었을 자질들이, 다시 말해, 지나치게 낙천적이거나 지나치게 비관적이지 않은 그의 기질이, 그게 무엇인지 침착하게 조사하고 정면으로 부딪치도록 그를 도우러 다시 왔다. R 말이다.

그는 도마뱀처럼 생긴 눈을 다시 한번 더 깜박거렸다. 이마에 핏줄이 돋았다. 화분 속의 제라늄이 유난히 눈에 들어오면서 원하지도 않았는데 희미하지만 뚜렷이 구분되는 두 계급의 남자들이 이파리 사이로 모습을 드러냈고, 한쪽에는 초인적 능력을 가지고 꾸준히 움직이는 사람들로 끈기 있게 일하면서 계속 참고 나아가 알파벳 문자 스물여섯 개 모두를 처음부터 끝까지 순서대로 반복하고 반복하는 남자들이 있었고, 다른 한쪽에는 재능과 영감을 부여받은 자들로 신기하게도 대번에 모든 알파벳 문자를 한 덩어리로 묶어 말하는 남자들이 있었다. 천재들이 하는 방식이었다. 그는 천재가 아니었고, 스스로 천재라고 주장할 입장도 아니었지만, 모든 알파벳 문자를 A부터 Z까지 순서대로 정확히 반복할 수 있는 그런 능력은 가졌거나 가졌는지도 모르는 상태였다. 그런데도 그는 Q에서 정지해버렸다. 그다음 단계인 R로 넘어가야 하는데 말이다.

눈이 내리기 시작하고 산꼭대기가 안개에 둘러싸인 험한 산에 있다면 쓰러져 있다가 아침이 오기 전에 죽을 거란 사실을 아는 지도자는 비난받지 않을 거란 생각이 들자 그의 눈빛은 흐려졌고, 테라스를 거닐다 방향을 바꿔 돌아서는 그 짧은 순간에도 자신이 아주 늙고 초라해진 기분이 들었다. 하지만 난 쓰러져 죽지는 않겠어. 험한 바위라도 찾아내어 그곳에서 몰아치는 폭풍을 맞으며 두 눈을 부릅뜨고 똑바로 서서, 끝을 보려고 애를 쓰면서 어둠을 뚫고 나아갈 거야. 그렇게 나아가다가 서서 죽을 거야. 그래도 R에는 절대 도달하지 못할 테니까.

그는 제라늄들이 활짝 핀 화분 옆에 여전히 꼼짝 않고 서 있었다. 십억의 남자 중 과연 몇 명이나 결국 Z에 도달할까? 그는 자신에게 물어보았다. 성공 가망이 없는 결사대의 지도자라면 스스로 이런 질문을 한 뒤 자신을 따르는 탐험대원들을 배신하지 않고도 확실한 어조로 "아마도 한 명쯤"이라고 대답할지도 몰라. 한 세대에 한 명쯤은 도달하겠지. 그렇다면 그 한 명이 내가 아니라면, 내가 비난

받아야 하나? 내가 정직하게 계속 애써 나아갔고, 더는 보여줄 것이 없을 정도로 내 지력의 한계를 모두 사용했다면? 그래도 비난받아야 하나? 그리고 내 명성은 얼마나 오래 갈까? 심지어 죽어가는 영웅도 죽기 전에 자신이 죽은 뒤 얼마나 많은 사람들이 자기 얘기를 하며 지낼지 궁금해하는데. 내 명성이 아마 2천 년은 가겠지. 그런데 2천 년이란 게 뭐지(울타리를 쳐다보며 램지 씨는 빈정대듯 물었다)? 산꼭대기에 서서 세월이란 긴 황무지를 내려다본다면 2천 년이란 게 참으로 뭘까? 돌멩이 하나를 구둣발로 차는 바로 그 순간이 셰익스피어의 명성이 지속되는 찰나이지 않을까? 내가 밝힌 불빛은, 매우 밝게는 아니더라도 일이 년 동안 약하게 빛나겠지. 그러다가 점점 더 밝은 불빛 속으로 녹아들고, 더 큰 고요한 불빛 속으로 녹아들어 빛을 발하겠지. (그는 어둠 속의 얽히고 설킨 잔 나뭇가지들을 들여다보았다.) 꼼짝도 못 할 굳은 몸으로 죽음 앞에 선 내가 마비된 손가락을 의식적으로 겨우 움직여 이마를 만지고 어깨를 쭉 편다면, 그래서 수색대가 왔을 때 훌륭한 군인의 모습으로 진지에서 죽은 나를 발견한다면, 그렇다면 세월이란 황무지와 별들이 명멸하는 것을 보려고 충분히 높은 곳에 올라간 결사대의 지도자를 과연 누가 비난할 수 있을까? 램지 씨는 양어깨를 쭉 펴고 화분 옆에 바른 자세로 섰다.

한동안 그런 자세로 서서 그는 생각에 잠겼다. 명성과 수색대와 사후 나를 따르던 추종자들이 세울 케른*을 깊이 생각한다고 누가

---

* 기념의 돌무덤

나를 비난하겠어? 마지막 극한까지 모험을 강행하여 최후의 순간까지 젖 먹던 힘을 다한 뒤, 죽을지 살지도 모르고 잠에 떨어졌다가 발가락을 찌르는 통증으로 깨어나, 살아 있는 것에 이의를 제기하지 않고 바로 동정과 위스키를 구하면서 내가 겪은 고통스런 이야기를 들어줄 누군가를 원한다면, 설령 그렇다 해도 운이 다한 탐험대의 지도자를 누가 비난하겠어? 누가 나를 비난하겠느냐고? 그런 영웅인 내가 갑옷을 벗어던지고 창 옆에 멈춰 서서, 나의 아내와 아들을 처음에는 조금 먼 거리에서 뚫어져라 쳐다보다가, 시나브로 더 가깝게 다가가, 내 앞에 그들의 입술과 책과 머리가 분명히 보이지만 여전히 강하게 밀려드는 고독과 세월의 황무지와 별의 명멸 때문에 내가 사랑스럽고 친근하게 행동하지 못한다 해도, 그렇다 해도 담배 파이프를 호주머니에 집어넣고 아내 앞에 내 잘난 머리를 숙인다면 속으로 은근히 기뻐하는 자도 있지 않을까? 속세의 미인에게 경의를 표한다고 누가 나를 비난할 수 있을까?

7

하지만 그의 아들은 그를 혐오했다. 제임스는 아버지가 그들에게 다가왔기 때문에, 멈춰 서서 그들을 내려다봤기 때문에 아버지를 혐오했다. 그들을 방해했기 때문에, 아버지의 의기양양한 태도와 고상함 때문에, 아버지의 엄격함과 이기주의 때문에(아버지가 거기에 서서 그에게 관심을 두도록 명령했기 때문에), 아버지를 혐오했다. 하지만 무엇보다도 맘이 들뜬 아버지가 침착하지 못하고 콧소리를 냈기 때문에, 콧소리 때문에 어머니와 단둘만의 소박하고도 완벽한 행복이 깨졌기 때문에 아버지를 혐오했다. 그는 페이지를 뚫어져라 쳐다보면서 아버지가 자리를 뜨길 바랐고, 손가락으로 페이지 속의 단어를 가리키면서 어머니의 관심이 다시 돌아오길 바랐다. 아버지가 멈춰 서자 거의 본능적으로 어머니의 관심이 흩어진 걸 알고 머리끝까지 화가 났기 때문에. 하지만 소용없었다. 무슨 짓을 해도 아버지는 그대로 거기에 서 있었다. 램지 씨는 거기에 서서 동정을 요구하고 있었다.

편안한 자세로 앉아 있던 램지 부인이 팔로 아들을 감싼 뒤 맘을 다잡고서 남편에게로 관심을 반쯤 돌려 애써 몸을 일으켜 바로 에너지란 비를, 한 줄기 물보라를 공중으로 똑바로 쏘아 올렸다. 그러자 마치 그녀의 모든 에너지가 힘으로 녹아든 것처럼 갑자기 그녀가 생기 넘치고 활기차 보이면서 이내 그녀의 온몸이 불타오르며 빛을 발했는데(밀쳐둔 양말을 다시 집어 들고 조용히 앉아 있었지만), 그녀가 뿜어낸 분수처럼 달콤하고 흘러넘치듯 샘솟는 삶의 물보라 속으로 힘없고 헐벗은 놋쇠의 부리처럼 생긴 그의 치명적인 불모성이 마구 빠져들었다. 동정이 필요해. 난 실패자야. 그가 말했다. 램지 부인은 뜨개질바늘로 눈을 돌렸다. 실패자라니까. 그녀의 얼굴을 빤히 쳐다보면서 램지 씨가 다시 말했다. "찰스 탠슬리는 ……." 그에게 말을 하다 말고 그녀는 말끝을 흐렸다. 하지만 그는 그 이상의 말이 듣고 싶었다. 그가 원한 건 동정으로, 무엇보다도 그가 천재라는 사실을 확인받고 싶었고, 삶의 고리 안으로 인도되어 애정과 위로를 받고 싶었고, 그래서 그의 모든 감각이 다시 살아나 그의 불모성이 비옥해지고, 또한 집의 모든 방이 삶의 생기로 충만하길 원했다. 응접실과 응접실 뒤의 부엌, 부엌 위의 침실들과 침실 위의 아이들 방. 이 모든 방들을 새로 꾸미고 싶었고, 삶의 생기로 가득 채우고 싶었다.

찰스 탠슬리는 당신을 이 시대의 최고 순수 철학자라고 생각해요. 그녀가 말했다. 하지만 그는 그 이상의 말이 듣고 싶었다. 동정을 원했다. 그도 삶의 한가운데에 살고 있고, 여기뿐 아니라 이 세상 모든 곳에서도 그를 필요로 한다는 것을 확인받고 싶었다. 뜨개질바늘로 양말을 짜던 그녀가 자신 있게 등을 똑바로 폈다. 내가 응접실과 부엌을 만들었고, 모두 멋지게 꾸몄어요. 거기 가 편히 쉬세요. 거기 들락거리면서 즐겁게 지내세요. 그녀가 말했다. 빙그레 웃고는 계속 양말을 짰다. 그녀의 두 무릎 사이에 뻣뻣이 서 있던 제임스는 활활 타던 어머니의 모든 힘이 동정을 요구하며 사정없이 내리친 아버지의 끝이 무딘 언월도, 놋쇠의 부리에 완전히 빼앗겨 소멸했다고 느꼈다.

나는 실패자야. 그가 되풀이했다. 그래요? 그렇다면 한번 둘러보세요. 그렇다면 한번 만져보세요. 그녀는 뜨개질바늘을 내려다보고, 주위를 힐끗 돌아다보고, 창문 밖을 기웃거리고, 방 안을 들여다보고, 제임스를 쳐다보았다. 의심의 그림자를 벗어던지세요. 그러면 보이는 게 모두 진짜예요. 웃으며, 침착하게, 능력껏(캄캄한 방을 가로질러 가 등불을 든 유모가 달래기 힘든 아이를 달래듯) 그녀는 그를 설득했다. 집은 생기로 가득 차 있어요. 정원에는 꽃들이 만발했어요. 내 말을 무조건 믿으면 아무것도 당신을 해치지 않아요. 아무리 당신이 땅속 깊이 들어가고 하늘 높이 올라간다 해도 난 항상 당신 옆에 있어요. 그래서 남편을 감싸고 보호하려고 그녀의 능력을 지나치게 사용하다 보니 정작 그녀 자신에 대해 알아볼 기력은 남아 있지 않았다. 모든 힘을 아낌없이 소진했던 것이다. 그래서 그녀의 두 무릎 사이에 뻣뻣하게 서 있던 제임스는 어머니가 이파리와 큰 가지들이 너울대는, 장밋빛 꽃이 피는 과일나무에서, 동정을 요구하며 사정없이 내리친 자기 중심적인 남자, 아버지의 끝이 무딘 언월도, 놋쇠의 부리 속으로 날아가는 것을 느꼈다.

배불리 먹은 뒤 엄마에게서 떨어지는 아이처럼 아내의 말을 곧이곧대로 받아들인 그는 그녀에게 겸허한 감사의 눈빛을 보냈다. 덕분에 생기를 되찾았어. 힘이 새로 나네. 한 바퀴 돌아봐야겠어. 크리켓 놀이를 하는 애들이 보고 싶군. 그가 말했다. 그러고는 자리를 떴다. 그러자 이내 램지 부인은 녹초가 되는 듯했다. 꽃잎이 하나하나 시들기 시작하더니 바로 모든 꽃잎이 시들어, 땅에 떨어졌다. 지칠 대로 지친 그녀에게는 그림 형제의 동화책 한 페이지를 손가락으로 겨우 넘길 정도의 힘만 남아 있었다. 완전히 팽창했다 다시 오그라들며 파동이 부드러워지는 용수철의 진동처럼 남편을 떠나보냈다는, 성공했다는 창조의 기쁨이 그녀의 온몸에 진동했다.

그가 멀리 걸어가자 이런 맥박의 진동이 울릴 때마다 그녀와 그녀 남편을 에워싸는 묘한 흥분이 느껴지면서 두 개의 다른 음조가 나는 듯했는데(하나는 높고 하나는 낮은) 그 둘이 화합하자 서로서로에게 기쁨을 주는 것 같았다. 하지만 공명이 사라지자 그녀는 다시 동화책으로 눈을 돌렸다. 눈을 돌리자마자 갑자기 육체적 피로가 한꺼번에 몰려왔다(항상 이런 식으로, 램지 부인은 당장이 아니라 나중에 피로를 느꼈다). 어디서 오는지 모르지만 다른 불쾌한 감정이 그녀에게로 다가와 육체적 피로와 어울리지 못하는 걸 느꼈다.《어부와 어부의 아내》라는 동화책을 큰 소리로 읽으면서도 그녀는 그런 감정이 어디서 오는지 상세히 알지 못했다. 책장을 넘기려고 읽기를 멈춰, 저 멀리서 떨어지는 파도의 둔하고도 불길한 소리를 들은 다음에야 이 감정이 어디서 오는지 알았지만, 감히 불만을 말로 표현할 수 없었다. 즉, 잠시라도 그녀는 자신이 남편보다 훨씬 낫다는 걸 느끼기 싫어했다. 한 걸음 더 나아가 남편과 대화할 때조차 자신이 말한 것이 진실이라고 남편 앞에서 명확히 말하기를 꺼려했다. 대학과 사람들이 그를 필요로 하고 그의 강의와 저서들도 원했지만 가장 중요한 것은 그들 부부의 존재였다. 이 모든 것을 그녀는 한 순간도 의심하지 않았지만, 그가 지금처럼 공공연히 그녀에게로 다가오는 것이 불안했는데, 그들 부부 중 그가 더 중요하고 그가 세상에 주는 것에 비하면 그녀가 주는 것은 하찮다고 마땅히 여겨야 할 사람들이 그가 그녀에게 기댄다고 입방아를 찧으면서 그들 부부의 관계를 의심했기 때문이다. 하지만 다른 이유들도 있었는데 온실의 지붕을 수리하려면 넉넉잡고 오십 파운드가 든다는 진실을 그에게 말하기 어려웠고, 최근에 출판한 그의 책이 별로라는(그녀는 이 이야기를 윌리엄 뱅크스에게 들었다) 것을 그가 조금이라도 눈치챌까 봐 두려웠고, 매일매일 일어나는 일들 중 사소한 것은 숨겨야 하는데도 그런 사실을 아이들이 알게 되어 아이들 마음이 멍드는 것이 두려웠다. 이 모든 것이 두 개의 음조가 한데 어울려 내는 완전한 기쁨, 순수한 기쁨을 누그러뜨리는 바람에 그 소리는 지금 그녀의 귀에 우울하고 단조롭게 들렸다.

그림자 하나가 페이지 위에 드리워지자 그녀는 올려다보았다. 오거스터스 카마이클이 발을 질질 끌면서 지나가고 있었고, 인간 관계라는 것이 완벽할 수 없고 가장 완벽한 관계에도 틈이 있다고 생각하는 바로 이 순간에, 남편을 사랑하지만 진실에 대한 본능 때문에 지금 그녀가 계속하던 고찰들을 참지 못하고 마침내 고개를 들어 올린 바로 이 순간에, 자신이 무가치하게 느껴지는 확신으로 고통스러운 이 순간에, 진실을 숨기려고 이런 거짓말 저런 거짓말로 과장까지 해가며 둘러대느라 아내다운 노릇 한 번 제대로 하지 못했다는 자책감에 빠져드는 바로 이 순간에, 계속 흥분되던 좋은 기분이 사라지고 우울하고 초조한 기분이 드는 바로 이 순간에, 카마이클 씨가 노란 슬리퍼를 질질 끌며 지나가고 있어서 방해받았다는 생각에 기분이 언짢아진 그녀는 그가 지나갈 때 한마디 툭 내던졌다.

"안으로 들어오시려고요, 카마이클 씨?"

8

그는 아무 대꾸도 하지 않았다. 그는 아편을 피웠다. 아편 때문에 수염에 노란 물이 들었다고 아이들이 말했다. 그럴지도 몰랐다. 그녀에게 분명한 사실은 이 불쌍한 노인이 불행하다는 것과 도망치듯 여기로 해마다 온다는 것과 그가 그녀를 믿지 않는다는 그런 느낌을 해마다 똑같이 받는다는 거였다. 그녀가 "읍에 가려고요. 우표나 편지지, 담배가 필요하세요?"라고 물을 때마다 그는 몸을 움츠렸다. 그는 그녀를 믿지 않았다. 그것은 그의 아내 때문이었다. 그녀는 그들이 사는 세인트존스우드의 누추하고 조그만 방에 찾아간 적이 있는데 그때 그의 가증스런 아내가 그를 집 밖으로 내쫓는 광경을 두 눈으로 똑똑히 보고 남편을 함부로 대하는 아내의 행동에 너무 놀라 온몸이 굳어진 적이 있었다. 그는 단정하지 않았고, 옷에 무엇을 흘리거나 묻혔고, 세상에 아무것도 할일이 없어서 시간만 때우며 하루하루를 지루하게 보내는 노인이었고, 그래서 그의 아내가 그를 집 밖으로 몰아냈던 것이다. 그의 아내가 가증스런 태도로 "지금 램지 부인과 할 얘기가 있어요"라고 말하는 걸 들은 그녀는 마치 눈앞에서 모든 걸 훤히 보는 것처럼 그의 삶이 말로 표현하기 힘들 정도로 아주 불행하다는 걸 알았다. 담배 살 돈이라도 있을까? 담뱃값 때문에 아내에게 손을 벌리는 건 아닐까? 반 크라운이라도 가졌을까? 18페니 말이다. 아! 갑자기 그를 괴롭힌 사소한 무례한 일들이 떠올라 그녀는 참기 힘들었다. 그래서 그런지 모르지만 그는 지금도 그녀에게서 몸을 도사렸다(왜 그러는지 그녀는 정말 이유를 몰랐다. 그냥 그의 아내 때문일 거라고 추측했다). 여태까지 그는 나에게 말도 한마디 걸지 않았어. 하지만 이보다 더 무엇을 잘 해줘야 해? 그에게 햇볕이 잘 드는 방도 주었는데. 아이들도 그에게 친절한데. 싫다는 내색 한 번 비춘 적도 없는데. 나도 나름대로 친절하게 대하려고 노력했는데. 우표가 필요하세요? 담배를 원해요? 읽고 싶어 하는 책이 여기 있어요, 등등. 그러면 마침내, 마침내(여기서 그녀는 가끔 그러듯 무의식적으로 자신의 미모를 인식하고 자세를 가다듬었다) 별 어려움 없이 사람들은 나를 자연스레 좋아했는데. 예를 들면, 조지 매닝이 그랬고 월러스 씨도 그랬잖아. 그들만큼 유명한 사람들도 그랬는데. 그런 사람들이 어느 날 저녁에 나를 찾아오면 조용히 난롯가에 함께 앉아 도란도란 대화를 나누곤 했는데. 그녀를 둘러싼 아름다움이란 화사한 빛이 그녀에게서 나오는 것을 그녀도 인정했다. 그녀가 들어가는 방마다 그 화사한 빛은 그녀를 따라다녔다. 그래서 그녀가 그 빛을 숨기려고 해도, 단순한 행동으로 그것을 피하려고 해도, 그럴수록 그 빛은 그녀의 아름다움을 더할 뿐이었다. 그녀는 칭송을 받아왔다. 사랑도 받아왔다. 상을 당해 사람들이 앉아 있는 방에도 들어갔다. 그러면 사람들은 그녀 앞에서 모두 눈물을 흘렸다. 남녀 할 것 없이 그녀 앞에서 이것저것 하소연하다 보면 모두 세상만사 시름을 잊고 단순히 위안을 받았다. 그렇기 때문에 그가 그녀 앞에서 몸을 움츠리는 것을 보았을 때 마음이 아팠던 것이다. 그의 행동이 마음의 상처가 되었다. 하지만 그녀도 잘못한 게 있는 듯싶어 왠지 마음이 편치 않았다. 남편에 대해 불만을 품은 이 순간에 이런 일이 일어나 그녀도 기분이 별로였고, 카마이클 씨가 그녀의 질문에 건성으로 고개를 끄덕이며 겨드랑이에 책을 낀 채 노란 슬리퍼를 질질 끌며 지나가는 것을 보고 그녀는 그가 그녀를 믿지 않는다는 것을 감지했고, 그래서 그녀가 남에게 베풀고 도와주려고 한 모든 것이 허영에 불과하다고 생각했다. 자신의 만족을 위해 그녀가 그렇게도 본능적으로 남에게 베풀려고, 또 도와주려고 한 것은 아니었을까 하는 생각이 들었던 것이다. 사람들이 "아, 램지 부인이 있잖아요! 램지 부인은 정말 친절하세요……. 물론 물어볼 필요도 없이 램지 부인이지요!" 하면서 그녀에게 도움을 청하러 사람을 보내고, 그래서 도움을 받은 사람들이 은근히 그녀를 칭송하길 바라는 마음에 그런 것은 아닐까 싶었다. 그래서 카마이클 씨가 몸을 움츠린 채 구석으로 가 정신없이 아크로스틱*을 하는 것을 보자 본능적으로 자신이 무시당했다는 느낌과, 자신이 보잘것없다는 생각과, 아무리 잘한다 해도 인간 관계란 것이 너무나 틈이 많고 너무나 비열하고 너무나 자기 본위라는 생각에서 벗어날 수 없었다. 초라하고 시든, 그래서 더는 눈도 초롱초롱 빛날 것 같지 않은(그녀의 두 볼은 움푹 꺼지고 머리는 하얗게 변했다) 자신의 모습을 의식한 그녀는 차라리 동화책《어부와 어부의 아내》이야기에 마음을 쏟아 막내아들 제임스의 예민한 성격이나(제임스가 아이들 중에서 가장 예민했다) 달래줘야겠다고 생각했다.

"어부의 마음이 무거워졌어요." 그녀가 큰 소리로 읽었다. "그래서 가고 싶지 않았어요. 어부는 혼자 중얼거렸어요. '이건 옳지 않아.' 하지만 어부는 갔어요. 바다에 도착했을 때 물은 보라색을 띤 검푸른 흰색으로 더는 녹색과 노란색은 아니었지만 그래도 물결은 여전히 잔잔했어요. 어부는 거기에 서서 말했어요."

램지 부인은 바로 그때 남편이 걸음을 멈추지 않고 계속 가길 속으로 빌었다. 크리켓 놀이 하는 아이들을 보러 간다더니 왜 가지 않아요? 하지만 그는 대꾸하지 않고 물끄러미 바라보기만 하다가 고개를 끄덕여 알았다는 듯 가던 길을 계속 걸어갔다. 걸어가다 쉬는

---

* 각 행의 첫 글자나 마지막 글자를 맞히면 어구가 되는 글자 퀴즈

몇 번의 휴식 동안에도 그는 생각을 정리하고 결론을 내리도록 도와준 앞의 울타리를 쳐다보고, 아내와 아들을 쳐다보고, 마치 책을 읽다가 급히 몇 마디 적는 종잇조각인 양 영감이 떠오르면 치렁치렁 늘어진 빨간 제라늄의 이파리에다 품은 생각을 갈겨쓰듯 꽃들이 담긴 화분을 쳐다보고, 이 모든 것을 쳐다보면서도 머릿속으로는 《타임즈》에 실렸던 매년 셰익스피어의 생가를 찾는 미국인의 수효에 관한 기사가 암시하는 추론에 조용히 빠져들었다. 셰익스피어가 존재하지 않았더라면 오늘날의 세상이 많이 달라졌을까? 그는 의심해보았다. 위대한 사람들이 정말 문명의 발전을 좌우했을까? 오늘날의 평범한 사람들이 파라오 시대의 평범한 사람들보다 처지가 더 나은 것일까? 그런데 평범한 사람들이 살아가는 처지를 문명의 척도를 판단하는 기준으로 삼아도 되는 것일까? 그럴 순 없어. 최고의 선(善)이 노예 계급을 필요로 할지도 모르는 판에 말야. 지하철의 승강기 운전사도 영원히 필요한 존재잖아. 이런 식으로 사고하는 게 별로구나. 그래서 그는 고개를 저었다. 그런 식의 사고를 피하기 위해 그는 예술의 우월성을 반박할 방법을 찾아야 했다. 그는 세상이 평범한 사람들을 위해 존재하고, 예술은 단순히 인간의 삶에 부과된 하나의 장식에 불과하고, 예술이 삶을 표현할 수 없다는 걸 주장해야 했다. 셰익스피어도 삶에 꼭 필요한 건 아니었다. 셰익스피어를 비방하고 승강기 안에 서서 영원히 일하는 사람을 구원하고 싶은 이유를 자세히 알지 못한 그는 울타리에서 삐죽 나온 나뭇잎 하나를 잡아챘다. 이 모든 것을 다음 달에 강연할 카디프대학의 젊은이들 앞에 내놓아야 할 거라고 그는 생각했다. 여기 집의 테라스에서, 그는 어릴 때부터 잘 알던 시골 울타리의 좁은 길과 들판을 유유히 걸으면서, 길을 가다가 말에서 내려 탐스럽게 핀 장미를 꺾거나 떨어진 밤톨을 주머니가 불룩하도록 주워 넣는 사람처럼, 사색에 잠긴 얼굴로 뭔가를 찾기 위해 이리저리 돌아다녔다(그는 잡아뜯은 잎을 화가 난 듯 멀리 던져버렸다). 모든 것이 그의 눈에 익숙했다. 여기에는 길을 돌아가는 모퉁이가 있었고, 저기에는 울타리를 넘어가는 층계가 있었고, 또 저기에는 들판으로 가는 지름길이 있었다. 그래서 저녁나절이면 그는 입에 파이프를 문 채 테라스의 아래위를 마냥 오르내리거나, 익숙한 옛날의 좁은 길과 울타리가 없는 황무지를 들락거리면서 거기서 일어난 역사의 대유격전에 대해 생각하고, 여기에 살았던 정치가의 삶과 이런 사상가와 저런 군인 등 여기의 인물들에 얽힌 시와 일화를 떠올리며 사색에 잠기기도 했다. 모든 게 너무나도 기운차고 명확해 보였지만 결국 오늘도 좁은 길과, 들판과, 황무지와, 열매가 탐스럽게 달린 밤나무와, 꽃이 풍성하게 핀 울타리를 지나 항상 말을 묶어두고 혼자 걸어가던 도로의 모퉁이까지 나아갔다. 그는 잔디밭 가장자리까지 내려가 아래의 만을 내려다보았다.

이렇게 바닷물이 서서히 밀려드는 곳으로 와 외로운 바닷새처럼 거기에 서 있는 것이, 그가 원하든 원하지 않든, 그의 운명이자 그의 별난 버릇이었다. 거기에 서면 갑자기 모든 형식적인 겉치레를 벗어던지게 되어 줄어들고 감소하여 자신이 더욱더 적나라해 보이고 육체조차 더 여위어 보이지만 그래도 마음의 강도는 조금도 약해지지 않았다. 그런 정신력으로 작은 암초에 서서 우리가 아는 것이 얼마나 보잘것없으며 우리가 서 있는 땅을 바다가 얼마나 잠식하고 있는지 등의 어둠에 갇힌 인간의 무지와 직면하는 것이 그의 힘이자 그의 타고난 재능이었다. 하지만 그가 여기로 내려와 모든 형식적인 행위와 겉치레와 밤톨과 장미의 전리품까지 던져버린 채 줄어들고 감소하여 자신의 명성과 이름까지 잊어버릴 정도였지만 그런 고독의 와중에도 그는 자신이 환영에 놀아나거나 환상에 빠지지 않도록 계속 경계를 늦추지 않았는데, 바로 그런 겉모습이 (간헐적으로) 윌리엄 뱅크스와 (아부 수준의) 찰스 탠슬리와 지금 고개를 들어 잔디밭의 가장자리에 서 있는 자신을 쳐다보는 아내의 마음속에 그에 대한 깊은 존경과 동정과 감사를 느끼도록 한 것으로, 그것은 마치 수로 바닥에 박아둔 말뚝 위에 갈매기들이 날아와 앉고 파도도 말뚝을 세차게 치는 것을 보고 배에 짐을 가득 실어 기분이 좋은 선원들이 물 한가운데 홀로 서서 수로를 표시하는 그 말뚝에 감사의 마음을 가지는 것과 비슷했다.

"하지만 여덟 아이의 아버지란 사실은 선택의 여지가 없는……" 하고 남이 들을 정도로 중얼거리다 말고 그는 걸음을 멈춰 서서, 몸을 돌려, 한숨을 푹 쉬고는, 눈을 들어 막내아들에게 동화책을 읽어주는 아내의 모습을 쳐다보았다. 그는 파이프에 담배를 가득 채웠다. 그는 멈추지 않고 계속 쳐다보았더라면 뭔가를 얻을 수도 있었을 인간의 무지와, 인간의 운명과, 우리가 서 있는 땅을 잠식하는 바다를 쳐다보길 그만두었다. 그러고는 바로 지금 그의 앞에 놓인 존엄한 주제와 비교하면 아주 사소한 일에서 위안을 얻었는데 마치 이 고통스런 세상에서 뭔가를 진지하게 생각하는 사람이 행복을 누린다는 건 극도로 비열한 죄악이라도 된다는 것처럼 평소에는 보고도 못 본 체하거나 경멸했던 위안이었다. 사실이었다. 그는 대부분 행복하게 지내는 편이었다. 아내도 있고 아이들도 있었다. 6주 뒤에는 로크와 흄과 버클리와 프랑스혁명의 원인에 대해 카디프대학교 학생들에게 '별 의미 없는' 대담도 할 예정이었다. 하지만 이와 같은 강연과 강연을 통해 누리는 즐거움과, 직접 쓴 글과, 열정적인 젊은이들과 미모의 아내와, 스완지대학, 카디프대학, 엑서터대학, 사우스햄튼대학, 키더민스터대학, 옥스퍼드대학, 캐임브리지대학에서 보내온 찬사들과 함께 그가 누린 모든 즐거움은 사실, 그가 해야 할 일은 하나도 하지 않았기 때문에 이 모든 것은 '의미 없는 대담'이라는 말로 경멸당하고 비밀에 부쳐져야 했다. 그것은 일종의 위장이었다. 다시 말해, 이것이 내가 좋아하는 것이고 이것이 바로 나의 모습이라는 식으로 자신의 솔직한 감정을 인정하고 고백하기 두려워하는 자의 도피처였다. 그래서 그런 것들을 숨길 필요가 있다는 이유를 이해하지 못하는 윌리엄 뱅크스와 릴리 브리스코는 차라리 경멸스럽고 불쾌했다. 그들은 그가 왜 항상 칭찬을 받아야 하는지, 그렇게도 심오한 사상을 가진 그가 실생활에서는 왜 그렇게도 소심한지, 기이한 행동으로 인해 그가 왜 존경과 비웃음을 동시에 받아야 하는지 늘 의아해했다.

가르치는 것과 설교는 인간의 능력을 뛰어넘는 것 같아요. 릴리가 말했다(그녀는 그림 도구를 챙기고 있었다). 아무리 고귀한 사람도 실패할 때가 있잖아요. 램지 부인은 남편이 요구하는 걸 너무 쉽게 들어주는 편이에요. 그러다 보면 사소한 변화에도 그가 무척 당황

할 텐데 말이죠. 릴리가 말했다. 책을 읽던 램지 씨가 우리가 게임을 하거나 잡담을 나누는 방에 들어왔다고 상상해보세요. 램지 씨가 하던 일과 얼마나 다르겠어요? 그녀가 말했다.

그는 그들을 향해 다가왔다. 그러다가 이제 죽은 듯 멈춰 서서, 말없이 바다를 바라보았다. 그러더니 다시 몸을 돌렸다.

9

그렇군요. 그가 등을 보이며 떠나는 것을 지켜보던 뱅크스 씨가 말했다. 너무 안됐어요. (램지 씨가 갑자기 너무 다른 성격으로 변해 놀란 적도 있어요. 릴리가 말했다.) 그래요. 램지가 다른 사람들처럼 평범하게 행동하지 못하는 게 정말 안됐군요. 뱅크스 씨가 말했다. (그는 릴리를 좋아했다. 그래서 그녀에게 램지에 대해 터놓고 토론하길 좋아했다.) 요즘 젊은이들이 칼라일*을 읽지 않는 것도 바로 그런 이유 때문이지요. 뱅크스 씨가 말했다. 요즘 젊은이들이 뭐라고 하는지 아세요? 죽이 식었다고 화를 내는 괴팍하고 늙어빠진 투정쟁이 램지에게 우리가 왜 설교를 들어야 하지? 한답니다. 램지처럼 당신도 칼라일이 인류의 위대한 스승 중 한 명이라고 생각한다면 정말 유감이에요. 릴리는 학창 시절 이래로 여태껏 칼라일을 읽은 적이 없다고 말하는 게 창피했다. 하지만 사람들은 램지 씨의 새끼손가락이 아프면 이 세상에 종말이 온다고 생각하기 때문에 오히려 램지 씨를 좋아

---

* Thomas Carlyle, 1795~1881. 영국의 평론가·사상가·역사가.

하는 것 같아요. 릴리가 그녀의 생각을 말했다. 제가 염두에 두는 건 그런 게 아니에요. 그에게 속아 넘어갈 사람이 누가 있겠어요? 그는 아부와 칭송을 받고 싶어 공공연히 요구하지만 아무도 그런 사소한 속임수에 넘어가질 않아요. 제가 싫어하는 건 그의 편협하고 맹목적인 성격이에요. 릴리가 등을 보이며 떠나가는 그를 바라보면서 말했다.

"약간 위선자 같지요?" 램지와의 우정과, 그에게 꽃을 주길 거부한 캠과, 이 집의 모든 아이들과, 정말 편했지만 아내가 죽은 이래로 적막강산이던 그의 집에 대해 생각하던 뱅크스 씨가 램지 씨의 등을 또한 바라보며 넌지시 암시했다. 물론 그도 하는 일이 있었다. ……그러면서도 그는 릴리가 램지를 '약간 위선자'라고 한 그의 말에 동의하면 좋겠다고 생각했다.

릴리 브리스코는 계속 고개를 들었다 숙였다 하면서 붓들을 챙겼다. 문득 고개를 들어보니 저 멀리서 램지 씨가 모든 것에 초연한 듯 아무렇게나 몸을 흔들며 그들을 향해 다가오고 있었다. 약간 위선자 같다고요? 릴리가 되물었다. 아, 절대로 아니에요(그는 이미 릴리 가까이 다가와 있었다). 가장 진지하고, 가장 진실하고, 가장 좋은 사람이에요. 하지만 고개를 숙이면서 그녀는 속으로 생각했다. 그는 자신에게만 빠져 있어요. 독재자이고 불공평해요. 그러고는 일부러 고개를 계속 숙이고 있었는데 그래야만 램지 가족과 계속 좋은 상태로 지낼 수 있기 때문이었다. 고개를 똑바로 들고 그들을 쳐다보면 그녀가 '사랑에 빠진 상태'라고 말한 것이 그들에게서 흘러넘쳤다. 그들은 비현실적이지만 통찰력 있고 흥미진진한 우주의 일부,

즉, 사랑의 눈으로만 볼 수 있는 세상의 일부가 되어 있었다. 그들은 하늘과 맞닿았고, 새들은 그들을 통해 노래했다. 그런데 더 흥미진진한 것은, 그녀가 램지 씨가 다가오다가 물러서는 것을 보고, 램지 부인이 창 마루에 제임스와 앉아 있는 것을 보고, 흘러가는 구름과 바람에 휘어지는 나무를 보면서 그녀도 하루하루 살아가면서 사소하고 구별되는 사건들로 만들어진 삶이란 것이 단숨에 세차게 뛰어올랐다 뛰어내리는 해변의 파도처럼 정말 서로 엉키어 전체가 된다는 것을 느꼈다는 사실이었다.

뱅크스 씨는 그녀의 대답을 기다렸다. 그래서 그녀는 램지 부인에 대해 램지 부인이 얼마나 놀라운 존재이고, 얼마나 고자세인지, 그런 효과를 내는 말을 얼마나 자주 하는지에 대해 말을 하려다가 희열에 빠진 뱅크스 씨를 보고 순간적으로 할 말을 잃어버렸다. 육십이 넘은 그의 나이와, 깔끔하고도 냉정한 성격과, 늘 입고 있는 과학자다운 하얀 코트를 고려할 때 그렇다는 거였다. 램지 부인을 응시하는 그의 눈길이 수많은 젊은이의 사랑에 필적하는 그런 희열이라는 것을 그녀는 느꼈다(그리고 램지 부인은 아마 수많은 젊은이의 사랑에 흥분한 적도 없었을 것이다). 캔버스를 챙기는 척하면서 릴리는 이것이야말로 증류되고 걸러진 사랑이라고 생각했다. 대상에 집착하지 않는 사랑 말이다. 하지만 수학자들이 가지는 기호에 대한 사랑이나 시인들이 시구에 대해 가지는 사랑처럼 이 세상에 널리 퍼져 인간을 이롭게 하는 사랑이라고 생각했다. 그것은 정말 그런 사랑이었다. 뱅크스 씨가 램지 부인이 왜 그렇게도 그를 기쁘게 해주는지 말할 수 있다면 세상 사람들도 모두 그런 사랑을 나눠 가질 것이다. 즉, 막내아들에게 동화책을 읽어주는 부인의 모습이 그가 과학 문제를 풀었을 때와 똑같은 효과를 내는 이유를 말할 수 있다면, 그래서 그런 모습을 응시하면 야만성이 길들여지고 혼돈이 평정되어 질서가 잡히는 식물의 소화 계통에 대한 절대적인 것을 증명했을 때 그가 느낀 희열을 지금도 똑같이 맛본다는 것을 말할 수 있다면 말이다.

그런 희열이(이것을 달리 뭐라 부르겠는가?) 릴리 브리스코로 하여금 그녀가 하려고 한 말을 잊어버리게 했던 것이다. 램지 부인에 관한 얘기는 아무것도 중요하지 않았다. 그런 것은 이런 '희열'과 이런 무언의 응시 앞에서는 빛을 잃었는데 그의 그런 모습을 통해 그녀가 느낀 감사의 마음이 너무나 강렬했기 때문에, 이런 숭고한 힘과 이런 하늘의 선물보다 그녀를 더 달래주고 어려운 삶을 더 쉽게 말해주고 삶의 짐을 기적적으로 덜어준 것은 아무것도 없었기 때문에, 그래서 바닥에 내리쬐는 한 줄기 햇빛이 지속되는 한 아무도 더는 이런 사랑을 막지 못할 것이 분명했기 때문이었다.

사람들이 이런 사랑을 한다는 것이, 뱅크스 씨가 램지 부인에게서 (부인은 그녀를 응시하는 그를 흘깃 쳐다보았다) 이런 사랑의 감정을 느낀다는 것이 그녀에게 도움이 되었고 그녀의 기분을 고양시켰다. 그녀는 일부러 낡아빠진 천에다 붓을 하나하나 닦았다. 모든 여자를 대신하여 존경을 받는 모습을 보고 안식처를 찾은 그녀는 자신이 칭찬받은 기분이었다. 그녀는 그가 계속 응시하도록 내버려둔 채 자기 그림을 슬쩍 보았다.

그녀는 울고 싶은 심정이었다. 그림이 엉망, 아주 엉망이었다. 물론 그녀는 다르게 그릴 수도 있었다. 폰체포테 씨가 보고 싶어 하는 식으로 색도 연하게 칠하고 형체도 있는 듯 없는 듯 그렇게 그릴 수도 있었다. 하지만 그녀는 그런 식으로 보지 않았다. 뚜렷한 형체 위의 색은 불타는 듯 강렬했고 대성당의 아치 위에는 나비의 날개 빛이 드리워져 있었다. 그 모든 풍경과 색채 중에서 그녀가 캔버스 위로 옮겨놓은 것은 아무렇게나 긁적인 흔적만이 전부였다. 그래서 그녀는 아무에게도 보여주지 않고, 심지어 벽에도 절대 걸지 않을 작정이었는데, 탠슬리 씨가 "여자는 그림도 못 그리고 쓰기도 못 해요……"라고 속삭이는 듯해서였다.

이제야 그녀는 램지 부인에 대해 무슨 말을 하려고 했는지 생각이 났다. 그녀도 딱 부러지게 무슨 말이었는지 기억나지는 않았지만 비판적인 말이었을 것이다. 며칠 전 밤에 램지 부인의 고압적인 자세에 화가 났다. 램지 부인을 응시하는 뱅크스 씨를 따라 부인을 쳐다보면서 그녀는 어떤 여자도 그가 부인을 숭배하는 식으로 다른 여자를 숭배할 수는 없을 거라고 생각했고, 그래서 부인과 그녀는 뱅크스 씨가 그들에게 드리운 그늘 아래서만 안식처를 구할 수 있었다. 램지 부인을 그윽하게 바라보는 뱅크스 씨의 시선에 그녀도 나름대로의 눈길을 보태어 보내면서, (동화책을 읽어주느라 허리를 구부린) 램지 부인이 의심의 여지없이 제일 사랑스럽고 최고지만 저기에 앉아 있는 완벽한 모습과는 달리 부인이 다른 면도 가지고 있다고 생각했다. 하지만 왜 다르고, 다르다면 어떻게 다른 것인지 팔레트에 묻은 파란색과 녹색 물감을 모두 긁어모아 다시 덩어리로 만들면서 그녀는 자신에게 물어보았고, 그리기를 그만두어 지금은 흙덩어리에 불과한 이 생명 없는 물감들이 내일이면 다시 생명력을 얻어 부드럽게 움직이는 물감이 되도록 하겠다고 다짐했다. 램지 부인이 어떻게 다른 것일까? 소파의 한 구석에 박혀 있는 장갑의 손가락이 뒤틀린 것을 보고야 자신의 것이 틀림없다고 판단하는 그런 본질적인 것이 부인의 영혼 속에 들어 있는 것일까? 부인은 재빨리 날아가는 새처럼 민첩하고, 똑바로 날아가는 화살처럼 직설적이었다. 고집도 세고, 태도나 풍채도 당당하고, 위엄도 서려 있었다(물론, 램지 부인을 다른 여자들과 비교할 때 말이다. 릴리는 부인보다 자기가 훨씬 어리지만 자기는 누추한 브롬튼 로드에 사는 하찮은 존재에 불과하다고 생각했다). 부인이 모든 침실 창문을 열었다. 문도 모두 닫았다. (이런 식으로 그녀는 머릿속으로 램지 부인의 성격을 알아보려고 애썼다.) 오래된 모피 코트를 걸치고(서두르면서 아무렇게나 걸치는 것 같아도 항상 그녀의 미모와 어울리도록 입었다) 아무나의 침실 문에 밤늦게 도착해서 가볍게 노크를 하고 들어온 뒤 그녀가 하고 싶은 말은 모든 연기력을 동원해 다 표현하는 성격이었다. 글쎄, 찰스 탠슬리가 우산을 잃어버렸대요, 카마이클 씨는 슬리퍼를 질질 끌고 코도 막 곤다니까요, 뱅크스 씨는 "채소 간이 싱겁군요" 하고 투덜댄답니다 등등. 모든 장면을 교묘하게 설명도 참 잘했고, 심지어 고의적으로 비틀어서 얘기하기도 했고, 그러다가 창가 쪽으로 다가가 이렇게 떠들다 보면 새벽이 되기 일쑤였다. 태양이 떠오르는 것이 부인의 눈에도 보이니까 이제는 가야 한다고 말하면서도 몸을 반쯤만 돌린 채 여전히 웃음 띤 얼굴로 더 다정한 척하면서 "릴리도 결혼하고, 민타도 결혼하고, 모두 결혼은 해야 해요" 하면서 부인의 주장을 계속 우겨

대면서 이 세상에서 결혼하지 않은 여자는 아무리 큰 영광을 누린다 해도(그런데 램지 부인은 그녀의 그림 따위는 신경 쓰지 않았다), 아무리 큰 승리를 손에 쥔다 해도(램지 부인은 나름대로 자기 몫의 승리를 손에 쥔 듯했다), 이 부분에 이르면 부인은 갑자기 어둡고 슬픈 얼굴이 되어 나가려다 말고 다시 제자리로 돌아와 앉아서 "결혼하지 않은 여자는(이 말을 할 때 릴리의 손을 가볍게 잡고서) 인생의 참맛을 모른답니다"라고 말했는데 그런 말을 들으면 릴리는 정말로 부인과 싸울 엄두가 나지 않았다. 집은 잠이 든 아이들과 귀를 기울이는 램지 부인과 그늘진 불빛과 규칙적인 숨소리로 가득 차 보였다.

아, 하지만 제겐 아버지도 계시고 집도 있어요라고 릴리는 말하고 싶었고 심지어 용기를 내어, 그림도 그리고 있어요라고 말하고 싶었다. 하지만 이 모든 것이 다른 것들과 비교하면 너무나도 하찮고 너무나도 보잘것없어 보였다. 그래도 밤새도록 얘기를 나누다가 커튼 뒤로 태양이 비치고 새들이 정원에서 지저귀는 소리가 가끔 들리면 그녀도 필사적으로 용기를 내어 자기는 보편적인 법칙에서 벗어난 사람이고, 그렇게 살려고 노력하고, 혼자 있기를 좋아하고, 자아를 찾고 싶고, 결혼은 자기에게 맞지 않는다는 식으로 말했다. 그러면 그윽하고 진지한 눈빛으로 변한 램지 부인이(이제 부인은 어린아이 같았다) 그녀를 똑바로 쳐다보면서 "사랑스런 릴리가, 소녀 릴리가 바보로군요" 하고 단순할 정도로 확실하게 말했다. 그녀는 램지 부인의 무릎에 머리를 박은 채 소리 내어 웃고 웃고 또 웃었는데, 램지 부인 자신이 이해하지 못한 운명들을 자기 멋대로 하려 든다는 생각이 들어 미친 듯이 웃었던 거였다. 거기에 앉은 램지 부인은 단순할 정도로 진지했다. 그러다가 그녀는 다시 제정신으로 돌아왔다. 이게 바로 장갑의 뒤틀린 손가락이었다. 그런데 릴리가 부인의 어떤 성역을 꿰뚫어본 것일까? 릴리 브리스코가 마침내 고개를 들어올렸을 때 부인은 그녀가 웃은 이유를 전혀 눈치채지 못한 채 여전히 고집을 피웠지만 이번에는 제멋대로 하는 표정이 사라진 대신 마침내 구름이 걷힌 하늘처럼(달 옆에서 자고 있는 작은 공간인) 분명한 뭔가가 부인에게 있었다.

그것이 지혜였을까? 지식이었을까? 아니면 다시 한번 그녀의 아름다움에 현혹되어서 반은 진실이라고 믿은 금빛 망사에 걸려든 것은 아니었을까? 아니면 그래도 세상이 계속 돌아가려면 누구든지 나름대로의 비밀은 있어야 한다는 것이 릴리의 믿음인데 그런 비밀을 램지 부인도 마음속에 지닌 것은 아니었을까? 모든 사람이 램지 부인처럼 근근이 생활을 꾸려가고 허둥대면서 살 수는 없었다. 하지만 안다고 해도 사람들이 아는 것을 말해줄까? 그녀가 램지 부인에게로 최대한 가까이 다가가 마루에 앉아 두 팔로 부인의 무릎을 감싸고 힘을 주어 누른 이유를 램지 부인은 죽어도 모를 거라고 생각하면서 릴리가 웃었는데, 부인의 마음과 심장이란 방에 왕의 무덤에 있는 보물처럼 신성한 비명을 새긴 비석이 있을 것 같은 예감이 들어 그 비석을 제대로 해독하면 모든 것을 알 수 있을 거라 생각했지만 그것이 해독되도록 공공연히 내버려두지는 않을 거란 생각을 하며 웃었다는 사실을 부인은 모를 거라고 생각했다. 그런 밀실을 뚫고 들어갈 수단으로 사랑이나 잔꾀로 알려진 무슨 특별한 기술이라도 있는 것일까? 마치 한 항아리에 쏟아 부은 물처럼 숭배하는 대상과 완전히 하나가 되게 하는 그런 기술은 없는 것일까? 육체가 그것을 성취할 수 있을까? 아니면 두뇌의 복잡한 흐름 속에서 마음이? 아니면 심장이? 그것을 사람들은 사랑이라고 부르는데 사랑으로 램지 부인과 그녀를 하나로 만들 수 있을까? 사랑은 지식이 아니라 그녀가 원하는 하나가 되는 것이고, 비석에 새겨진 비명도 아니고, 여태까지 인류가 알던 언어로 적힌 그 무엇도 아니고, 친밀감 그 자체로, 친밀감이 바로 지식인데 하고 램지 부인의 무릎에 머리를 파묻은 릴리가 생각했다.

아무 일도 일어나지 않았다. 아무 일도! 아무런 변화도 없었다. 그녀의 머리를 램지 부인의 무릎에 파묻고 있는데도 아무 일이 생기지 않았다. 하지만 램지 부인의 가슴에 지식과 지혜가 들었다는 것을 알 수 있었다. 그녀는 사람들이 입을 다물고 있는데도 어떻게 이런저런 일에 대해 알 수 있는지 자문해보았다. 만지거나 맛을 볼 수는 없지만 공중의 달콤하고 예리한 무엇에 이끌려 둥근 천장 모양의 벌집을 찾으러 다니고, 홀로 광활한 하늘을 통해 세계 각국을 넘나들고, 그러다가 다시 윙윙거리고 부산을 떨면서 벌집을 찾아다니는 벌꿀처럼, 이 경우 벌집이 사람이었다. 램지 부인이 일어섰다. 그녀도 일어섰다. 램지 부인이 자리를 떴다. 그로부터 며칠 동안, 꿈을 꾸고 난 후 꿈속의 사람이 현실에서는 약간 달라 보이듯 램지 부인이 말한 것보다 더 생생하게 웅얼대는 소리가 램지 부인을 휘감고 있었고, 응접실 창 안의 버드나무로 만든 안락의자에 앉아 시간을 보내는 램지 부인의 모습이 그녀의 눈에는 매우 당당하고 위엄이 서려 있어서 마치 웅장하고 아름다운 원형 건물처럼 보였다.

이런 눈길이 뱅크스 씨의 눈길과 함께 나란히 창 안의 마루에 앉아 무릎에 제임스를 앉히고 동화책을 읽는 램지 부인에게로 다가갔던 것이다. 릴리는 여전히 램지 부인을 쳐다보았지만 뱅크스 씨는 이미 부인에게서 시선을 거두었다. 그는 안경을 끼고 있었다. 그가 몇 걸음 뒤로 물러섰다. 그가 손을 들어올렸다. 맑고 푸른 눈 사이를 약간 찡그리는 그를 보았을 때 그가 무엇을 하려는지 눈치챈 릴리는 마치 자신을 때리려고 들어올린 손을 본 개처럼 주춤하며 뚱한 표정을 지었다. 그녀는 이젤에서 그림을 홱 떼어내고 싶었지만 혼잣말로 한 명 정도는 괜찮다고 중얼거렸다. 누군가가 그녀의 그림을 본다는 끔찍한 사실을 참기 위해 그녀는 두 팔로 자신을 꼭 껴안았다. 한 명은 괜찮아, 한 명은 괜찮다니까. 그녀가 중얼거렸다. 누군가가 그녀의 그림을 봐야 한다면 다른 사람보다야 뱅크스 씨가 훨씬 나을지도 몰랐다. 그런데 그 외 다른 사람이 삼십삼 년 동안 살아온 그녀의 흔적과 여태껏 살아오면서 그녀가 말하거나 보여준 것보다 더 많은 비밀이 녹아 있는 그녀의 퇴적물을 본다면 그건 고통일 것이다. 동시에 몹시 짜릿할지도 몰랐다.

아주 냉정하고 조용한 순간이었다. 주머니칼을 꺼내든 뱅크스 씨가 뼈로 된 손잡이로 캔버스를 톡톡 쳤다. 보라색 삼각형을 '그냥 여기에' 그려 넣어서 표현하고 싶은 게 뭐였지요? 그가 물었다.

제임스에게 책을 읽어주는 램지 부인이에요. 릴리가 대답했다. 그녀는, 아무도 이걸 사람 모양으로 보지 않겠는데요 하면서 뱅크스 씨가 반대할 거라는 것을 눈치챘다. 그런데 사람 모양으로 그릴 생각은 전혀 없었어요. 그녀가 말했다. 그러면 무슨 이유로 이런 식으로 그들을 그렸나요? 그가 물었다. 정말 이유가 뭐죠? 꼭 이유를 대라면 저기 저 구석은 밝게, 여기 이 구석은 약간 더 어둡게 하고 싶었어요. 있는 그대로의 단순하고, 분명하고, 평범한 것에 뱅크스 씨는 관심이 있었다. 그런 경우라면 어머니와 아들을 그린 이 모자상을, 만인의 존경을 받는 대상들이군요. 그리고 이 경우, 어머니는 미모 때문에 유명하겠군요. 모독하지 않고도 하나의 보라색 그림자로 축소하면 되겠군요 하고 그가 깊이 생각했다.

하지만 이 그림은 그들을 그린 게 아니에요. 그녀가 말했다. 또한 뱅크스 씨가 생각한 그런 그림도 아니에요. 다른 감각으로도 그들에 대한 존경을 나타낼 수 있어요. 예를 들면, 여기에는 그림자를 넣고, 저기는 밝게 하는 식이죠. 릴리가 막연히 암시한 대로, 그림을 통해 존경을 나타낼 수 있다면 릴리가 표현한 존경은 바로 그런 형태였다. 모자상을 모독하지 않으려면 하나의 그림자로 축소되어야 할 텐데. 여기는 밝게, 저기는 그림자를 넣으면 좋을 텐데. 그가 생각했다. 어쨌든 흥미로웠다. 그래서 그는 그림을 완전히 과학적으로 분석해보았다. 사실, 제 모든 편견은 다른 면에 있어요. 그가 설명했다. 우리집 응접실에 걸린 제일 큰 그림은 제가 지불한 액수보다 가치가 훨씬 많은 그림이랍니다. 화가들도 칭찬한 그림으로, 케넷 강둑 위에 흐드러지게 핀 벚나무를 그린 그림이지요. 케넷 강둑에서 신혼 여행을 보냈거든요. 릴리도 와서 한번 그 그림을 보세요. 그가 말했다. 그런데 그는 고개를 돌려 그녀의 캔버스를 과학적으로 검사하려고 안경을 들어올렸다. 솔직히 말해, 전에는 한 번도 고려하지 않았던 대상끼리의 관계나 명암끼리의 관계와 같은 그런 질문이 생각나서 설명을 듣고 싶군요. 도대체 이것을 어떤 식으로 표현하려고 했나요? 그러면서 그는 그들 앞에 놓인 풍경을 가리켰다. 그녀도 풍경을 바라보았다. 그녀는 자신이 표현하고 싶었던 것을 그에게 보여줄 수 없었고, 손에서 붓을 놓은 지금은 자신조차도 무엇을 표현하려고 했는지 알 수 없었다. 그녀는 아까 그림을 그리던 위치로 다시 돌아가 흐릿한 눈과 멍한 태도로 여자로서 받은 모든 느낌을 버리고 훨씬 더 보편적인 뭔가를 보려고 애를 쓰면서, 아까 본 풍경을 다시 한번 더 보면서 이제는 다른 각도로 울타리와 집과 어머니와 아이를 더듬어보고자 했다. 그림이 되도록 말이다. 아, 오른쪽에 있는 이 대상과 왼쪽에 있는 저 대상을 연결하는 방법이 문제였구나. 나뭇가지의 선을 가져와 교차시켜 그렇게 연결하거나 앞부분의 공간을 없애고 대상을 하나(아마 제임스가 되겠지) 넣어 그렇게 연결하면 되겠구나. 하지만 그렇게 하면 그림의 통일성이 깨질 위험이 있구나. 그가 지루해할까 봐 하던 생각을 멈춘 그녀는 이젤에서 캔버스를 가볍게 떼어냈다.

하지만 이미 남이 보고 난 후에야 그녀는 그림을 떼어낸 것이다. 이 남자가 릴리의 마음속 깊은 곳에 있는 비밀을 읽고 말았다. 그래서 이렇게 들켜버린 것에 대해 램지 씨에게 감사하고, 램지 부인에게 감사하고, 시간과 장소에 감사하면서 그녀는 자신이 알지 못하는 힘을 지닌 세상을 인정하고, 더는 혼자가 아닌 누군가와 함께 팔짱을 끼고 저 긴 테라스의 아래위를 걸어갈 수 있다는 것에(세상에서 제일 묘한 기분이면서 제일 좋은 기분이었다) 그녀는 필요 이상으로 그림 상자를 세차게 닫았는데 탁 하는 그림 상자가 닫히는 소리와, 잔디발과, 뱅크스 씨와, 무서운 속도로 옆을 홱 지나가는 악동 캠이 하나의 원으로 영원히 에워싸이는 듯했다.

10

캠이 이젤 옆을 아슬아슬하게 지나갔기 때문인데, 캠은 릴리와 뱅크스 씨를 보고도 그냥 지나갔고, 딸이 있었다면 아주 귀여워했을 뱅크스 씨가 손을 내밀어 악수를 청해도 마찬가지였고, 가까이서 빤히 쳐다보는 아버지를 보고도 모른 척 지나갔고, 램지 부인이 "캠! 잠깐만 이리 와!" 하고 불러도 멈추지 않고 바쁘게 지나갔다. 새처럼, 총알처럼, 화살처럼 그렇게도 빨리 지나가는 캠을 보고도 그녀가 어떤 욕망에 이끌려, 누구를 향해, 어디를 향해 그렇게 내달리는지 아무도 짐작조차 하지 못했다. 왜 저래, 왜 저러는 거지? 하고 램지 부인은 캠을 지켜보면서 속으로 곰곰 생각해보았다. 환영을 본 모양이었다. 조개나 손수레나 울타리 너머로 동화의 나라를 보았거나 아니면 빨리 달리는 속도를 자랑하고 싶어 저러는 모양인데 말을 하지 않으니 그 속을 아무도 모르지 싶었다. 하지만 램지 부인이 "캠!" 하고 두 번째로 부르자 마구 달려가던 캠도 멈추어 돌아서서 어머니를 향해 천천히 걸어가다가 잎사귀 하나를 뜯었다.

곁으로 다가온 딸아이가 넋이 나간 듯 뭔가에 골몰한 표정으로 거기 멍하게 서 있는 것을 본 램지 부인은 캠이 무슨 공상을 하는지 궁금해하면서도 같은 말을 두 번이나 되풀이하여 앤드루와 도일 양과 레일리 씨가 집으로 돌아왔는지 밀드레드에게 물어보라고 말했다. 그 말이 우물 속으로 떨어지는 듯했다. 물이 맑다 해도 굴곡 현상으로 밑으로 내려갈수록 기이하게 뒤틀리는 우물처럼 그 말이 아이의 마음 밑바닥에 떨어져서 어떤 형체를 그려낼지 도무지 알 수 없었다. 캠이 요리사에게 말을 제대로 전하긴 할까? 램지 부인은 걱정이 되었다. 한참을 끈기 있게 기다린 후에야 양 볼이 붉은 할머니* 가 부엌에서 그릇에 든 수프를 들이마시고 있다는 말을 전해들은 램지 부인은 무취무색의 노랫가락으로 밀드레드의 대답을 앵무새처럼 재잘대며 꽤 정확히 전하는 딸아이의 말을 들을 수 있었다. "아직 오지 않았대요. 그래서 내가 엘런에게 차를 치우라고 말해줬어요." 한 걸음 한 걸음 걸어오면서 캠이 말을 되풀이했다.

민타 도일과 폴 레일리가 아직 돌아오지 않았구나. 그것이 의미하는 건 뻔해. 램지 부인이 생각했다. 민타가 폴의 청혼을 받아들였거나 거절했거나 둘 중 하나가 틀림이 없어. 점심식사 후에 산책을 멀리 가는 이런 경우(비록 앤드루가 따라가긴 했지만) 그게 무엇을 의미하겠어? 민타가 그 선량한 남자의 청혼을 받아들이는 옳은 결정을 했길 바랄 뿐이야. 램지 부인이 생각했다(그녀는 민타를 정말 아주 좋아했다). 하긴 폴이 그렇게 명석한 두뇌의 소유자는 아니지. 램지 부인이 그런 생각들을 하고 있을 때 제임스가《어부와 어부의 아내》이야기를 계속 읽어달라고 그녀를 세게 잡아당겼지만 그녀는 그래도 논문을 쓰는 명석한 남자보다(예를 들면 찰스 탠슬리) 멍청한 바보가 더 낫다고 속으로 생각했다. 어쨌든 지금쯤 청혼을 받아들

---

* 2부에 나오는 맥냅이라는 가사도우미 할머니

였거나 거절했거나 둘 중 하나를 틀림없이 선택했을 거야.

하지만 그녀는 동화책을 계속 읽었다. "다음날 아침에 어부의 아내가 먼저 일어났어요. 그런데 아직 새벽이었어요. 그래서 어부의 아내는 침대에 누워 그녀 앞에 펼쳐진 아름다운 시골 풍경을 보았어요. 어부는 여전히 대 자로 누워서……."

그런데 민타는 이제 와서 어떻게 폴의 청혼을 받아들일 수 없다고 말할 수 있을까? 오후마다 내내 시골길을 둘이서 산책하기로 약속했으니 거절하기도 힘들 거야. 앤드루는 곧 게를 잡으러 떠날 테니. 하지만 낸시가 함께 있을지도 모르겠구나. 부인은 점심식사 후에 그들이 현관문에 서 있던 모습을 떠올렸다. 그들이 거기에 서서 하늘을 올려다보며 날씨를 걱정하는 것을 보고, 한편으로는 그들이 수줍어하는 것을 가려주고 한편으로는 그들이 함께 산책하는 것을 북돋워주려고 (폴을 동정했기 때문에) 그녀가 말을 꺼냈다.

"몇 킬로미터 내에는 구름이 한 점도 없겠군요." 램지 부인이 이 말을 하자마자 그들을 따라 밖에 나온 찰스 탠슬리가 킬킬대며 웃었다. 하지만 그녀는 일부러 그렇게 말했다. 낸시가 거기에 있었는지 아닌지 확실치 않지만 그녀는 마음의 눈으로 그들을 번갈아가며 바라보았다.

그녀는 계속 동화책을 읽었다. "'아, 여보.' 어부가 말했어요. '왜 우리가 왕이 되어야 하지? 나는 왕이 되고 싶지 않아.' '글쎄요.' 어부의 아내가 대답했어요. '당신이 왕이 되고 싶지 않다면 내가 되겠어요. 내가 왕이 될 테니 가자미에게 가세요.'"

"안으로 들어오든지 저리 가든지 해, 캠." 캠이 '가자미'라는 말에 관심을 보였지만 얼마 가지 않아서 제임스를 집적거려 싸울 것이 뻔했기 때문에 램지 부인이 그렇게 말했다. 캠이 쏜살같이 달려갔다. 제임스와 취미가 같아서 함께 있으면 편했기 때문에 램지 부인은 안도의 숨을 쉬면서 책을 계속 읽었다.

"그래서 어부가 바다에 도착했을 때 바다는 꽤 어두운 회색이었어요. 파도도 세게 치고 악취도 났어요. 그때 어부는 바다 옆에 서서 말했어요.

> '가자미야, 바다 속의 가자미야,
> 제발, 여기 나에게로 나오너라.
> 나의 아내, 착한 이사벨을 위해,
> 나와 다른 소원을 가진 아내를 위해.'

'그럼, 아내는 무엇을 원하나요?' 하고 가자미가 물었어요." 그런데 지금 그들은 어디에 있을까? 램지 부인은 책을 읽으면서도 동시에 그들이 궁금해져 생각에 빠져들었다.《어부와 어부의 아내》이야기는 부드러운 음조로 연주하는 저음과도 같아서 가끔 생각지도 않은 멜로디가 자연스럽게 튀어나왔다. 그리고 청혼받았다는 얘기는 언제쯤 들을 수 있을까? 아무 일도 생기지 않았다면 내가 민타에게 진지하게 말해봐야겠구나. 아무리 낸시가 따라갔다 해도 (그녀는 길을 따라 내려가는 그들의 뒷모습을 다시 상상하면서 모두 몇 명인지 세어보았지만 실패했다) 민타가 모든 시골길을 마구 돌아다니게 내버려둘 순 없어. 민타의 부모님이(부엉이와 부지깽이) 나를 믿고 민타를 맡겼으니까. 동화책을 읽는 도중에 그녀가 그들에게 지어준 부엉이와 부지깽이라는 별명이 떠올랐다. 그랬다, 그들이 별명을 들으면 화가 날 것이고, 또한 램지 가에 머무는 민타가 이런저런 사람과 어울려 다니고 이런저런 행동을 한다는 걸 들으면 기분이 나쁠 것인데 언젠가는 듣게 될 게 뻔했다. "민타 아버지가 하원의원으로 가발을 쓰는데 어머니가 계단 꼭대기에 서서 남편이 잘 쓰도록 도와준대요." 램지 부인이 남편을 즐겁게 해주려고 파티를 마치고 집으로 돌아오는 길에 맘속에 있는 그들에 대한 얘기를 꺼내어 되풀이했다. 저런, 저런. 램지 부인이 혼잣말을 했다. 어쩌다 언행이 엉망인 그런 딸을 낳았을까? 양말에 구멍이 나도록 말괄량이 짓을 하고 다니는 민타를? 앵무새가 흩트린 모래를 하녀가 항상 깔끔히 치우고, 대화라고 해봤자 앵무새와 주고받는 말이 고작인(재미는 있겠지만 결국에는 할 말이 제한된) 그런 숨 막히는 분위기 속에서 민타가 어떻게 살았을까? 자연히 민타에게 점심이나 같이 먹자, 차라도 같이 마시자, 저녁이라도 같이 먹자, 그러다가 결국 런던의 핀레이에 사는 우리와 함께 머물자는 말까지 하게 되었고, 이것 때문에 민타의 어머니 부엉이와 마찰이 생겨서 더 자주 전화를 하고, 더 자주 대화를 나누고, 더 자주 모래를 만지작거리고, 그러다가 결국 민타는 앵무새에게 한평생 하고도 남을 충분한 거짓말까지 해대고 말았고(그래서 램지 부인은 파티에서 돌아오는 그날 밤에 남편에게 말했던 것이다). 하지만 민타가 왔어…… 맞아, 민타가 내게 온 거야. 램지 부인이 생각했다. 이런 생각을 하게 된 데는 가시가 있어서일 거라고 생각한 그녀가 그 가시를 추리려고 기억을 더듬다가 도일 부인이 그녀에게 한 무슨 말 때문에 옛날에 어떤 여자가 "내 딸아이의 애정을 램지 부인이 빼어간다"고 욕을 했던 기억이 났다. 지배하기 좋아하고, 간섭하기 좋아하고, 그녀가 원하는 대로 남들이 해주길 좋아한다는 것이 바로 램지 부인에 대한 비난이었고, 램지 부인은 그런 비난이 정말로 부당하게 느껴졌다. 도와주려고 하는 걸 어떻게 '그런 식'으로 말할 수 있을까? 아무도 내가 남들에게 좋은 인상을 주려고 고통을 감수하는 걸 비난할 순 없어. 나 자신이 초라하게 느껴져 내가 얼마나 창피스러워하는지 남들은 몰라. 나는 지배하는 걸 좋아하지도 않고 독재도 휘두르지 않아. 하긴, 병원과 하수 시설과 낙농장에 대한 얘기는 약간 사실이지만. 이런 것에는 관심이 많아서 기회만 있다면 사람들의 목덜미를 잡고 끌고 가서라도 그들이 직접 보도록 하고 싶어. 섬을 다 뒤져도 병원 하나 없다니. 정말 부끄러운 일이야. 런던의 집으로 배달되는 우유에도 갈색 먼지가 분명히 보이잖아. 불법으로 우유를 만드는 게 틀림없어. 여기 이 섬에 모범 낙농장과 병원을 세우는 것. 그 두 가지를 내가 직접 해보고 싶어. 하지만 어떻게 할 수 있을까? 이 많은 아이들을 데리고? 아이들이 좀 더 자라면, 아이들이 모두 학교 갈 나이가 되면 아마 그때는 시간이 날지도 모르겠구나.

아, 하지만 그녀는 제임스나 캠이 하루라도 더 나이 먹는 것을 절대로 원치 않았다. 이 두 아이는 지금처럼 영원히 못된 짓만 골라서 하는 악당과 기쁨을 주는 천사들인 아이로만 계속 있게 하고 싶었고, 자라서 다리가 긴 악마로 변하는 걸 절대 보고 싶지 않았다. 아무것도 잃어버리는 것을 보상할 수 없었다. 그녀가 막 제임스에게

"그리고 케틀드럼과 트럼펫을 가진 수많은 군인들이 있었어요"라고 읽어주었을 때 제임스의 눈빛이 어두워지는 것을 보고 아이들은 왜 자라야만 할까? 자라면서 왜 이 모든 것을 잃어야만 할까? 하고 그녀는 생각했다. 제임스는 아이들 중에서 가장 재능이 뛰어났고 가장 예민했다. 하지만 아이들 모두의 미래가 밝다고 그녀는 생각했다. 남들과 잘 어울리는 완벽한 천사인 프루는, 특히 밤이면, 프루의 모습이 너무 아름다워 깜짝깜짝 놀랄 때가 많았다. 앤드루는, 심지어 남편도 수학에 비상한 두뇌를 가진 앤드루를 인정했다. 그리고 아직도 악당들인 낸시와 로저는 하루 종일 시골 전체를 누비며 뛰어다녔다. 로즈로 말할 것 같으면 입이 큰 게 흠이지만 손재주가 놀라웠다. 그들이 제스처 게임*을 할 때면 로즈는 옷도 만들고 무엇이든 다 만들었고, 특히 식탁 정돈과 꽃꽂이를 아주 잘했다. 하지만 재스퍼가 총으로 새를 쏘는 건 마음에 들지 않았다. 하지만 그것도 하나의 성장 과정에 지나지 않았다. 아이들이 모두 성장 과정들을 통해 자라고 있었다. 그녀는 제임스의 머리 위에 턱을 갖다 대면서 왜 아이들은 이렇게도 빨리 자라야 할까? 하고 물었다. 왜 아이들은 학교에 가야 하는 걸까? 그녀는 항상 갓난아기를 안고 싶어 했다. 갓난아기를 두 팔에 안고 있을 때가 가장 행복했다. 그런데도 남들은 그녀를 보고 독재자니, 지배적이니, 주인 노릇을 하니 하면서 떠들어댔다. 그녀는 그런 것에 상관치 않았다. 그리고 제임스의 머

* 문제내는 사람이 설명하는 각각의 음절을 연결하거나 추측해 각각의 구절을 맞히는 놀이. 각각의 음절을 행동으로 보여주는 형태가 가장 인기 있다.

리칼에 입술을 갖다 대면서 제임스가 두 번 다시 이렇게 행복하지는 않을 거라고 중얼대다가 하던 생각을 멈추고 남편이 이런 말을 들으면 굉장히 기분이 나쁠 거라고 생각했다. 여전히 그것은 사실이었다. 아이들은 다가올 미래보다 지금이 더 행복했다. 캠은 십 페니짜리 소꿉놀이 차 세트로도 며칠을 기뻐했다. 아침에 잠에서 깨어난 아이들은 그녀 머리 위의 마루에서 소란을 피우고, 쿵쿵거리면서 걸어다니고, 소리치고, 까르륵 웃어댔다. 아이들은 복도를 따라 걸을 때도 우당탕 하고 떠들어댔다. 그런 다음 문을 활짝 열고 아침식사를 하기 위해 식당 방으로 들어오는 것이 매일매일 일어나는 일이지만 마치 아이들에겐 아주 중요한 행사인 양 갓 피어난 장미처럼 싱싱하고 잠이 완전히 달아난 얼굴로 눈을 커다랗게 뜨고서 안으로 들어왔다. 그런 식으로 꼬리에 꼬리를 물고 하루 종일 내내 그녀가 아이들에게 잘 자라고 밤 인사를 하러 위층으로 올라갈 때까지 아이들은 버찌와 나무딸기 사이에 둥지를 튼 새들처럼 각자의 침대에 누워 엿듣거나 정원에서 주운 것들에 대한 별로 중요치 않은 이야기들을 마구 지껄여댔다. 아이들은 모두 나름대로의 작은 보물을 가지고 있었다. ……그래서 그녀는 아래층으로 내려가 남편에게 말했다. 왜 아이들은 자라야만 하고 자란 뒤엔 왜 모든 것을 잃어야만 할까요? 아이들 모두가 두 번 다시 이렇게 행복하진 못할 거예요. 그런 말을 하면 남편은 화를 냈다. 왜 그렇게 우울한 인생관을 가진 거야? 그가 말했다. 쓸데없는 소리는 하지도 마. 남편의 말이 이상하게 들렸지만 진실이라고 믿은 이유는 남편이 평소에는 우울하고 절망적인 표정을 짓지만 대체로 말해 그녀보다 더 행복하고 더 희망에 차 있었기 때문이다. 아마 남편이 인간사의 근심걱정에 덜 노출되어 그런 것 같았다. 남편에게는 항상 돌아가 기댈 수 있는 일이 있었다. 남편이 나무란 만큼 그녀도 그렇게 '비관적'이지는 않았다. 그래도 삶을 생각하면 어쩔 수 없이 우울한 생각이 들었다. 그녀의 오십 년 세월이 후딱 지나간 게 그녀의 눈에 보였다. 저기 그녀의 앞에 말이다. 삶. 삶이란 하고 숙고하던 그녀는 그런 생각을 계속할 수 없었다. 삶을 들여다보니 현실적으로나 개인적으로 그 속에서 느껴지는 무언가가 분명히 있었지만 그런 것을 아이들이나 남편과 절대로 나눌 수 없다는 것을 깨달았기 때문이다. 일종의 거래가 그녀와 삶 사이에서 계속 오갔고, 거래를 나누는 동안 그녀는 이쪽에 있었고 삶은 저쪽에 있었고, 거래가 그녀의 것이기 때문에 그녀는 항상 더 나은 삶을 살려고 노력했고, 그러면서도 삶과 그녀는 가끔 대화를 나누었고(그녀가 혼자 앉아 있을 때면), 대단한 화해를 한 적도 있었고, 하지만 대부분의 경우에는 이상할 정도로 그녀가 삶이라고 부른 이것이 무섭고 적대적이고 행동이 민첩해서 기회만 있으면 그녀에게 잽싸게 덤벼든다는 것을 인정해야 했다. 고통, 죽음, 가난한 사람들과 같은 영원히 해결되지 않는 문제도 있었다. 물론 여기에도 암으로 죽어가는 여자가 있었다. 그래서 그녀는 아이들에게 삶을 헤쳐 나갈 줄 알아야 한다고 말했다. 여덟 아이들에게 그런 말(과 온실을 고치려면 오십 파운드가 든다는 말)을 가차없이 했다. 그런 이유 때문에 아이들 앞에 놓인 것이 무엇인지(사랑과 야망과 황량한 장소에 홀로 내버려지는 것) 알게 된 그녀는 왜 아이들은 자라야 하고 자라면 모든 것을 잃어버려야 하는가? 하는 생각에 빠져들었던 것이다. 그러다가도 그녀는 자신의 칼로 삶을 휘두르는 건 쓸데없는 짓이라고 혼자 중얼거렸다. 아이들은 완벽하게 행복할 테니. 그리고 민타를 폴 레일리와 결혼시키려고 한 그녀는 삶이 차라리 불길하다고 다시 느끼게 되었는데, 사람이라면 응당 결혼해서 자식도 낳아야 한다는 말에 내몰려 마치 도피처로 도망치는 것처럼 자신이 생각해도 자기가 너무나도 일찍 결혼했고, 그로 인해 자신의 거래에 대해 느낀 것들과 모든 사람에게 일어날 필요가 없는 일들까지(그녀는 그것들을 말하지 않았다) 경험했기 때문이었다.

지난주와 지지난주 동안에 자신이 한 행동을 뒤돌아본 그녀는 이제 겨우 스물네 살 된 민타에게 결혼에 대해 빨리 결정하라고 지나친 압력을 가한 것은 아닌지, 이것이 잘못된 행동은 아닌지 자문해보았다. 그녀는 불안했다. 그녀는 그런 것을 그냥 한번 크게 웃고 넘어가면 안 되는 것일까? 그녀가 사람들에게 얼마나 영향력을 행사하는지 또 잊은 것일까? 결혼에는 모든 종류의 자질이 필요했다(온실을 고치는 데도 오십 파운드가 드니까). 결혼 생활에 그거 하나는(그녀가 그것의 이름을 들먹일 필요도 없었다) 꼭 필요했고, 그것을 그녀와 그녀의 남편도 가지고 있었다. 민타와 폴도 그것을 가지고 있을까?

"그러더니 어부는 바지를 입고 미친 사람처럼 도망쳤어요." 그녀는 동화책을 계속 읽었다. "하지만 밖에는 폭풍이 휘몰아쳐서 어부는 똑바로 서 있기도 힘들었어요. 집과 나무는 폭풍에 쓰러졌고, 산은 흔들렸고, 바위는 떨어져 바다 속으로 데굴데굴 굴러갔어요. 하늘은 캄캄했고, 천둥번개가 쳤고, 바다에는 교회의 탑과 산만큼 높은 검은 파도가 솟아올랐고, 파도의 꼭대기는 모두 하얗게 보였어요."

페이지를 넘긴 그녀는 겨우 몇 줄만 남은 것을 보고 잠잘 시간이 지나더라도 이야기를 끝내야겠다고 마음먹었다. 점점 저녁이 깊어 갔다. 정원에 켜진 불빛이 그것을 알려주었고, 하얗게 보이는 꽃과 회색으로 변한 이파리가 그녀의 마음을 불안하게 했다. 처음에는 왜 불안한지 몰랐다. 그러다가 폴과 민타와 앤드루가 돌아오지 않았다는 것을 기억했다. 그녀는 현관문 앞에 서서 하늘을 올려다보던 그들을 다시 떠올렸다. 앤드루는 어망과 바구니를 가지고 갔다. 그것은 앤드루가 게와 다른 것들을 잡으러 간다는 걸 의미했다. 그것은 앤드루가 바위까지 올라간다는 것을 뜻했고, 앤드루가 바위에서 떨어질 수 있다는 것을 의미했다. 아니면 집으로 돌아오는 길에 벼랑 위의 외길을 걸어오다가 누군가가 미끄러질 수도 있었다. 굴러 떨어져서 몸을 다칠 수도 있었다. 날이 꽤 어두워졌다.

하지만 책을 다 읽을 때까지 그녀의 목소리는 조금도 변하지 않았다. 책을 덮은 그녀는 마치 자신이 지어낸 이야기처럼 제임스의 눈을 들여다보면서 "그래서 어부와 어부의 아내는 지금까지 조용히 살고 있답니다" 하고 마지막 문장을 읽어주었다.

"자, 이게 끝이야." 그녀가 말했다. 이야기에 대한 흥미가 사라진 제임스의 눈빛에 다른 무엇이 들어선 것을 그녀는 보았다. 불빛에서 반사된 창백한 것을 응시하던 아이가 그게 무엇인지 궁금해하고 놀라는 눈치였다. 그녀가 고개를 돌려 만을 쳐다보니 파도 위를 가로질러 규칙적으로 처음 두 번은 빠르게, 나중 한 번은 느리고도 꾸준하게 비추는 등대의 불빛이 있었다. 등대에 불이 켜진 거였다.

조금 뒤에 아이가 "등대에 갈 건가요?" 하고 물어올 것이다. 그러면 그녀는 "아니. 내일은 아니야. 아버지가 아니라고 말했다"라고 대답해야 할 것이다. 다행히 밀드레드가 아이들을 데리러 왔기 때문에 부산을 떠느라 그런 순간을 면했다. 하지만 밀드레드의 손을 잡고 밖으로 나가면서도 계속 어깨 너머로 뒤돌아보는 제임스를 본 그녀는 제임스가 내일은 등대로 못 가나 보다 하고 생각할 거라고 확신했고, 이 순간을 제임스가 한평생 기억할 거라고 생각했다.

11

맞아, 제임스가 오린 사진들을(냉장고, 잔디 깎는 기계, 야회복을 입은 신사) 모으면서 그녀는 아이들은 절대 잊지 못한다고 생각했다. 이런 이유 때문에 말과 행동을 조심해야 했고, 그래서 아이들이 잠을 자러 간 후에야 안도의 한숨을 쉴 수 있었다. 이제부터 그녀는 어느 누구에 대해서도 생각할 필요가 없었다. 혼자 있을 때 그녀는 진정한 자기 자신일 수 있었다. 그리고 이것이 그녀가 종종 필요하다고 느낀 것이다. 생각에 잠기는 것, 심지어 아무 생각도 하지 않는 것. 조용히 있고, 혼자 있는 것 말이다. 모두 치장을 하고 모여서 먹고 놀고 웃고 떠들다가 사라진 지금에야 엄숙한 기운에 휩싸인 그녀는 자기 자신이 되기 위해 어둠이라는 쐐기 모양의 응어리로 오그라들었고, 그것은 다른 사람들 눈에는 보이지 않는 형체였다. 비록 똑바로 앉아 양말을 계속 떴지만 그녀는 자기 자신을 느꼈고, 모든 애착이 떨어져 나간 이런 자아로 그녀는 가장 기이한 모험까지도 마음대로 했다. 삶을 잠시 가라앉힐 때 체험의 폭은 끝이 없어 보였다. 그리고 모두에게도 이런 무한한 체험을 느낄 수 있는 통찰력이 있다고 그녀는 생각했고, 나아가 자신과 릴리와 오거스터스 카마이클은 우리라고 알고 있는 우리의 겉모습을 유치하게 느낄 줄 알아야 한다고 생각했다. 겉모습의 아래는 모두 어둡고 무한히 넓고 끝도 없이 깊지만 때때로 우리라는 것이 표면으로 올라와 남들이 인식하는 우리의 겉모습이 되는 것이었다. 그녀의 사고의 폭은 무한했다. 여태까지 가보지 못한 곳을 사고의 눈으로 모두 보았고, 인도의 평원도 보았고, 로마의 대성당에서 두꺼운 가죽 커튼을 젖히는 자기 자신도 느꼈다. 아무도 어둠이라는 이런 응어리를 보지 못하기 때문에 그녀는 이것으로 어디든지 마음대로 갈 수 있었다. 기쁨에 젖은 그녀는 아무도 이것을 막을 수 없다고 생각했다. 그 속에는 자유가 있었고, 평화가 있었고, 무엇보다도 모든 것을 하나로 불러 모아 안정이라는 역에서 쉬도록 해주는 휴식이 가장 반가웠다. 결코 맛보지 못한 휴식이 체험을 (여기서 그녀는 뜨개질바늘로 능숙하게 무언가를 완성했다) 통해 어둠이라는 쐐기에서는 가능했다. 개성을 벗어던지자 그녀의 분노와 성급함과 동요가 사라졌고, 그래서 모든 것이 이런 평화, 이런 휴식, 이런 영원으로 다가올 때마다 그녀의 입가에는 삶을 이겼다는 감탄이 흘러나왔고, 잠시 쉬면서 등대에서 비치는 불빛 중 길게 꾸준히 나오는 불빛의 세 번째인 마지막 불빛을 보기 위해 밖을 내다보았고, 그러면 그 불빛은 바로 그녀의 불빛으로 이런 시간에 이런 분위기에서 등대의 불빛을 바라보면 항상 바라보는 것과 하나가 되는 자기 자신을 느꼈고, 그래서 이런 것, 길게 꾸준히 비치는 불빛은 바로 그녀의 불빛이었다. 종종 그녀는 손에 일감을 든 채 앉아서 바라보고, 앉아서 바라보고, 그래서 그녀가 바라보는 것과(예를 들어 등대의 불빛) 자기 자신이 하나가 될 때까지 앉아서 바라보고, 앉아서 바라보고를 되풀이했다. 그러면 마음속에 숨어 있던 말 따위가 표면으로 떠올라 그녀는 "아이들은 절대 못 잊어, 아이들은 절대 못 잊어"라는 말처럼 그런 말을 되풀이하다가도 "끝날 거야, 끝날 거야"라는 말을 덧붙이기도 했다. "올 거야, 올 거야"라는 말을 하다가도 갑자기 "우리는 신의 수중에 있다"는 말을 하기도 했다.

하지만 이내 그녀는 그런 말을 한 자신에게 짜증이 났다. 나는 아닌데 누가 그런 말을 했을까? 그녀는 자신이 의미하지 않은 말을 하도록 함정에 빠졌다고 생각했다. 그녀는 눈을 들어 뜨개질감 너머로 세 번째 불빛을 보았고, 그녀에게 그 불빛은 그녀 혼자서 자신의 마음과 가슴속을 들여다보며 거짓말하는(어떤 거짓말이라도) 존재를 끄집어내어 정화하려고 찾아 헤매는 그녀의 눈이 그녀의 눈을 마주한 것 같았다. 그녀는 불빛을 찬양하면서 헛됨 없이 자신도 찬양했는데, 자신이 엄격하고 탐구적이고 저 불빛처럼 아름다웠기 때문이었다. 홀로 있을 때면 사물들, 삶이 없는 사물들인 나무나 시냇물이나 꽃들에게서 뭔가를 배운다는 것이 참으로 이상하게 느껴졌고, 그것들이 모두 하나를 표현한다고 느꼈고, 그것들이 하나가 된다고 느꼈고, 그것들은 어떤 의미에서 하나인 하나를 알고 있다고 느꼈고, 그래서 자기 자신을 위하는 것처럼 이성을 초월한 애정을 느꼈다(오랫동안 그녀는 길고 꾸준한 그 불빛을 바라보았다). 자리에서 일어나 뜨개질바늘을 손에 든 채 바라보고 또 바라보자니 마음의 저 밑바닥에서 돌돌 말린 무언가가 올라왔는데 연인을 만나러 가는 신부처럼 존재의 호수에서 안개가 피어올랐다.

무엇이 그녀로 하여금 "우리는 신의 수중에 있다"는 말을 하게 했을까? 하고 그녀는 의아해했다. 진실들 사이로 슬쩍 끼어든 위선이 그녀를 화나게 하고 고통스럽게 했다. 그녀는 다시 뜨개질을 계속했다. 어떻게 신이 이런 식의 세상을 만들 수 있다는 거지? 그녀가 물었다. 그녀의 마음속에는 이성과 질서와 정의는 없고 고통과 죽음과 불쌍한 사람들만 존재한다는 사실이 늘 박혀 있었다. 세상 사람들이 너무 야비해서 저지르지 못할 배신이 없었고, 그렇다는 걸 그녀도 알았다. 어떤 행복도 영원할 수 없었고, 그런 것을 그녀도 알았다. 입술을 약간 벌린 채 아주 침착한 태도로 뜨개질을 하면서 자신도 모르게 근엄한 표정을 짓는 버릇 때문에 그녀의 얼굴선이 경직되고 침착해 보여서, 몸집이 아주 큰 철학자 흄이 수렁에 빠져 꼼짝달싹 못 하던 일이 생각나 킬킬대면서 그녀를 지나쳐가던 남편은 그녀의 아름다움 속에 숨은 근엄한 위엄 같은 것에 주목하지 않을 수 없었다. 그것 때문에 그는 슬펐고, 그녀에게서 느껴지는 거리감 때문에 괴로웠고, 그녀를 지나쳐갈 때 자신이 그녀를 보호할 수 없다는 것을 느꼈고, 그래서 울타리에 도착했을 때 괜히 슬퍼졌다. 그가 아내를 도와줄 일은 아무것도 없었다. 그저 옆에 서서 그녀를 지켜볼 뿐이었다. 사실, 그녀를 위한다고 한 일의 결과는 끔찍스럽게도 일을 더 악화시킬 뿐이었다. 그는 성미가 급했고 성격도 괴팍했다. 아까 등대 일로도 화를 냈다. 그는 울타리 속을 들여다보면서 그 속에 얽히고 설킨 어둠을 들여다보았다.

항상 램지 부인은 어떤 사소한 것이나 어떤 소리, 어떤 풍경을 통해 마지못해 고독에서 벗어나도록 자기 자신이 스스로를 돕는다는 걸 느꼈다. 그녀가 귀를 기울였지만 사방은 아주 조용했고, 크리켓 놀이는 끝이 났고, 아이들은 목욕을 했고, 그래서 바다 소리만 들릴 뿐이었다. 그녀는 뜨개질하던 것을 멈추고 붉은 기가 도는 긴 갈색 양말을 손에 든 채 잠시 그대로 있었다. 그녀는 그 불빛을 다시 보았다. 조금이라도 깨어나면 관계가 변하기 때문에 약간 빈정대듯 질문하는 표정으로 그녀는 꾸준히 비치는 그 불빛, 무자비하고 냉혹한 것을 바라보았고, 그것은 그녀를 아주 많이 닮았으면서도 전혀 닮지 않았고, 그것은 그녀를 마음대로 부렸고(그녀는 밤에 깨어나 그 불빛이 그들의 침대를 가로질러 휘어지면서 마루를 치는 것을 보았다), 하지만 그런 생각을 하면서도 홀린 듯 최면에 걸린 듯 그 불빛을 바라보고 있자면 마치 불빛이 기쁨으로 흘러넘치는 그녀의 두뇌 안에 봉해진 용기를 은색 손으로 어루만지는 것처럼 그녀는 행복, 최고의 행복, 강렬한 행복을 맛보았고, 햇살이 사라질 때 그 불빛은 거친 파도를 좀 더 밝은 은색으로 물들였고, 푸른색이 바다에서 밀려나가고 순수한 레몬색 불빛이 밀려들어 곡선을 그리면서 부풀어오르다가 해안에서 부서질 때 그녀의 눈은 황홀에 빠졌고, 그녀의 마음 밑바닥에서도 순수한 기쁨의 파도가 출렁거렸고, 그러면 그녀는 이것으로 충분해! 이것으로 충분해! 하고 느꼈다.

그는 돌아서서 그녀를 보았다. 아! 그녀는 그가 여태까지 본 그 어느 때보다 더 사랑스러웠다. 하지만 그는 그녀에게 말을 걸 수 없었다. 그녀를 방해할 수 없었다. 제임스가 떠나버리고 그녀 홀로 남아 있었기 때문에 어서 그녀에게 말을 걸고 싶었다. 하지만 그는 안 된다고 결심했고, 그녀를 방해하지 않을 작정이었다. 그에게서 멀리 초연하게 떨어져 있는 그녀는 이제 자신의 아름다움과 자신의 슬픔 속에 빠져 있었다. 그녀가 그렇게도 멀어 보이고, 그녀에게 다가갈 수 없고, 아무것도 도와줄 수 없다는 사실에 상처를 받았지만 그는 그녀를 혼자 내버려둔 채 말도 한마디 하지 않고 그녀를 지나쳤다. 그래서 그가 말없이 다시 그녀를 지나치려고 한 바로 그 순간에 그녀는 그가 절대로 먼저 말을 걸지 않을 것을 알았기 때문에, 자진해서 말을 걸어서 그를 부르고는 사진틀에 걸쳐둔 녹색 숄을 거두어서 그와 함께 자리를 떴다. 그가 그녀를 보호하고 싶어 한다는 것을 그녀가 알고 있었기 때문이다.

12

그녀는 녹색 숄을 어깨에 둘렀다. 그녀가 그의 팔을 잡았다. 케네디가 너무 잘생겼어요. 일부러 그녀는 정원사 케네디의 얘기를 꺼내어 말을 시작했다. 너무 잘생겨서 해고할 수가 없다는 말도 했다. 온실에 기대놓은 사다리가 있었고 접착제의 작은 덩어리들이 여기저기 붙어 있었는데 온실의 지붕 수리를 시작했기 때문이었다. 그렇구나. 그녀는 남편과 함께 길을 걸으면서 문득 그녀가 걱정하는 것의 근원이 뭔지 알았다. 산책 도중에 그녀는 "수리비가 오십 파운드는 들 거래요" 하고 말할 뻔했지만 돈에 대해 말하는 게 마음이 아파 대신 재스퍼가 새 사냥을 즐긴다고 말했고, 이내 그는 사내아이들에겐 자연스런 일이고 머지않아 더 나은 놀이 방법을 찾을 거라고 말하면서 그녀를 달랬다. 남편은 정말 현명하고 매사에 옳은 판단을 내렸다. 그래서 그녀도 "하긴 그래요. 모든 아이들이 단계들을 거치니까요" 하고 맞장구를 쳤고, 큰 화단의 달리아들을 쳐다보다가 내년에는 어떤 꽃들이 필지 궁금하다고 하면서도 아이들이 찰스 탠슬리에게 지어준 별명을 들은 적이 있느냐고 그에게 물었다. 아이들이 탠슬리를 무신론자, 작은 무신론자라고 부른대요. "하긴, 보기 좋은 멋진 신사는 아니지." 그가 대꾸했다. "신사하고 거리가 멀긴 멀죠." 램지 부인이 맞장구를 쳤다.

그래도 자기 일은 자기가 알아서 하겠지요. 충고한다고 듣겠어요? 램지 부인은 그렇게 말하면서도 속으로는 구근들을 이런 시골에 보낸다고 무슨 소용이 있을까? 보낸다고 심기나 할까? 하고 의아해했다. "아, 탠슬리는 써야 할 논문이 있어." 램지 씨가 말했다. 나도 그것에 대해 다 알아요. 램지 부인이 말했다. 그는 아무 말도 하지 않았다. 논문은 뭔가에 대한 누군가의 영향에 관한 것이었다. "하긴, 그 논문에 탠슬리의 장래가 달려 있으니까." 램지 씨가 대꾸했다. "제발 탠슬리가 프루와 사랑에 빠지지 않으면 좋겠어요." 램지 부인이 말했다. 프루와 결혼하면 탠슬리는 프루가 물려받은 유산까지 다 말아먹을 거라고 램지 씨가 말했다. 그가 그녀가 보고 있는 꽃들을 보지 않고 그보다 30센티미터쯤 높은 곳을 올려다보는 이유가 그녀는 궁금했다. 탠슬리의 마음속에는 악의가 없다고 덧붙인 그는 어쨌든 탠슬리가 영국에서 그의 업적을 기리고 숭배하는 유일한 젊은이라고 말하려다가 참았다. 그의 책들에 대한 얘기로 다시 그녀를 괴롭히고 싶지 않아서였다. 이런 꽃들은 훌륭해 보여. 시선을 내려 빨간 꽃과 갈색 꽃들을 알아본 램지 씨가 말했다. 그래요. 하지만 이 꽃들은 제가 직접 심었어요. 램지 부인이 대꾸했다. 제가 런던에 있으면서 여기 시골로 구근만 내려보내면 무슨 일이 일어날지 궁금해요. 케네디가 그걸 심겠어요? 구제불능의 게으름뱅인데. 계속 걸어가면서 그녀가 말했다. 제가 직접 손에 삽을 들고 같이 일하면서 하루 종일 감독이라도 해야 케네디가 마지못해 일을 하는 형편이거든요. 길을 따라 산책하던 그들은 레드핫포커 꽃들이 핀 쪽으로 걸어갔다. "딸아이들이 당신이 과장하는 걸 보고 그대로 배우고 있어." 그녀를 꾸짖으며 램지 씨가 말했다. 저보다 카밀라 숙모가 과장이 더 심한 걸요. 램지 부인이 대꾸했다. "그러니까 아무도 카밀라 숙모를 미덕의 본보기로 천거하지 않잖아." 램지 씨가 말했다. "카밀라 숙모는 제가 본 여자들 중 가장 미인이에요." 램지 부인이 말했다. "내 눈엔 다른 사람이 더 미인인걸." 램지 씨가 말했다. 프루가 자라면 저보다 훨씬 더 미인일 거예요. 램지 부인이 말했다. 글쎄, 그럴 것 같지 않은데. 램지 씨가 말했다. "그럼, 오늘 밤에 자세히 한번 보세요." 램지 부인이 말했다. 그들은 가던 걸음을 잠깐 멈추었다. 앤드루가 공부에만 좀 더 매진하면 좋겠어. 램지 씨가 소망했다. 그렇지 않으면 장학금 받을 기회를 모두 잃어버릴 테니. "아, 장학금 말이군요!" 그녀가 말했다. 장학금과 같은 그런 심각한 문제를 아무렇지도 않게 말하는 그녀의 태도가 그의 눈에는 어리석게 보였다. 앤드루가 장학금을 받으면 무척 자랑스러울 텐데. 램지 씨가 말했다. 장학금을 못 받아도 자랑스러운 아들이에요. 램지 부인이 대꾸했다. 이런 식으로 항상 그들의 의견은 달랐지만 그렇다고 그런 게 문제가 되지는 않았다. 그녀는 앤드루가 장학금을 받을 거라고 여기는 남편이 좋았고, 그는 앤드루가 무엇을 하든 자랑스럽게 여기는 그녀가 좋았다. 갑자기 그녀의 머릿속에 벼랑 모퉁이의 외길이 떠올랐다.

늦지 않았나요? 그들이 아직 집에 돌아오지 않았어요. 그는 그의 시계 뚜껑을 아무렇게 열었다. 하지만 겨우 7시가 지났을 뿐이었다. 시계 뚜껑을 열어둔 채 잠시 그대로 서서 그는 아까 테라스에서 자신이 느낀 점들을 아내에게 말해야겠다고 생각했다. 무엇보다도 그렇게 신경을 쓴다는 것이 합리적이지 못했다. 앤드루는 자신을 보살필 수 있는 나이야. 그런 다음 그는 아까 테라스를 걸을 때 생각한 것을 그녀에게 모두 말하고 싶었다. 여기서 마치 아내가 홀로 즐기던 그 고독과, 그 초연함과, 그 거리감을 깨뜨리는 것 같아 그의 마음이 불편했다. 그런데 그녀가 재촉했다. 무슨 말이 하고 싶으세요? 등대에 가려고 한 문제와 "제기랄" 하고 투덜댄 것에 대해 사과하려고 하나 보다 생각한 그녀가 물었다. 하지만 아니었다. 그렇게 슬픈 얼굴을 한 당신이 보기 싫었어. 그가 말했다. 그냥 공상 좀 했을 뿐이에요. 얼굴을 약간 붉히면서 그녀가 변명했다. 마치 계속 걸어가야 할지 아니면 되돌아가야 할지 몰라 허둥대는 사람들처럼 그들은 마음이 불편했다. 제임스에게 동화책을 읽어주고 있었어요. 그녀가 말했다. 그랬다, 그들은 그런 말을 나눌 수 없었고, 그런 말을 할 수도 없었다.

레드핫포커 꽃이 많이 핀 곳으로 남편과 함께 걸어갔을 때 꽃들 사이의 틈을 통해 등대가 보였지만 그녀는 일부러 등대를 보지 않았다. 그녀는 남편이 그녀를 보고 있다는 걸 알았더라면 거기에 앉아 생각에 잠기진 않았을 거라고 생각했다. 그녀가 생각에 잠겨 앉아 있었다는 사실을 기억나게 하는 것은 뭐든지 싫었다. 그래서 그녀는 어깨 너머로 읍내를 바라보았다. 마치 불빛들이 바람 속에서도 형체를 유지하는 은색 물방울처럼 잔물결을 일으키면서 달렸다. 아, 가난과 고통이 모두 저것으로 향하는구나. 램지 부인이 생각했다. 읍내와 항구와 배에서 나오는 불빛들이 모두 거기에 뭔가 가라앉았다는 것을 표시하려고 떠도는 유령 그물처럼 보였다. 흠, 그녀의 생각을 내가 나눠 가질 수 없다면 나도 나름대로 내 생각이나 하지 뭐. 램지 씨가 혼자 중얼거렸다. 계속 생각에 잠기고 싶어 자신에게 흄이 수렁에 빠진 경위를 중얼대던 그는 큰 소리로 웃고 싶었다. 하지만 무엇보다도 앤드루에 대해 걱정하는 건 쓸데없는 짓이라고 말해주었다. 나도 앤드루 나이였을 때 호주머니에 비스킷 한 조각만 넣고 하루 종일 시골천지를 돌아다녔지만 아무도 나를 말리지 않았고, 또 벼랑에서 떨어졌다고 생각한 사람도 없었어. 날씨만 좋으면 나도 하루 정도는 산책할 요령으로 돌아다니고 싶어. 그가 말했다. 뱅크스와 카마이클은 늘 어울려 다녀서 이제 진저리가 나. 나도 조금은 고독을 맛보고 싶어. 그렇게 하세요. 그녀가 대답했다. 반대하지 않는 그녀를 보자 그는 짜증이 났다. 그녀는 그가 절대로 그렇게 하지 못한다는 것을 알았다. 그는 이제 나이가 너무 많아서 호주머니에 비스킷 한 조각만 넣고 하루 종일 싸돌아다닐 기운이 없었다. 그녀는 아이들 걱정만 했지 남편 걱정은 하지 않았다. 레드핫포커 꽃들 사이에 함께 서 있을 때 그는 만을 가로질러 바라보면서 결혼하기 전에 하루 종일 돌아다니던 때를 떠올렸다. 그는 그 당시 선술집에서 빵과 치즈로 끼니를 때웠다. 쉬지 않고 열 시간씩 연구했고, 할머니만 이따금 나타나 불을 보살펴주었다. 저기 저곳이, 저기 저 모래 언덕들이 어둠 속으로 사라지는 풍경을 그는 가장 좋아했다. 하루 종일 걸어도 사람 하나 만나지 않은 적도 있었다. 몇 킬로미터를 걸어도 집 한 채 나타나지 않았고 마을 하나 나타나지 않았다. 홀로 문제를 고민 고민하다가 마침내 풀기도 했다. 태초 이래로 인적이 없는 작은 해변들도 있었다. 바다표범들이 몸을 곧추세워 그를 바라보고는 했다. 가끔 저기 저 밖의 조그만 집에서 혼자, 하고 생각을 하다 말고 그는 한숨을 푹 쉬었다. 나에게는 그럴 권리가 없어. 자식이 여덟이나 되는데. 그는 자기 자신을 일깨웠다. 현재 상태에서 한 가지라도 변하길 바란다면 난 짐승만도 못한 놈이야. 앤드루는 나보다 훨씬 나은 남자가 되겠지. 프루도 미인이 될 거라고 아내가 말했고. 아이들이 세파를 잘 헤쳐 나가면 좋겠는데. 대체로 보아 꽤 괜찮은 내 업적은 바로 여덟 자식들 같아 보이는군. 반은 바다 밑에 잠겨버린 작은 섬이 오늘 같은 저녁에는 불쌍하리만큼 작아 보이는구나. 그래도 아이들이 있어서 이 불쌍한 작은 우주가 완전히 파괴되도록 내버려두진 않겠어. 바닷물에 잠겨 점점 작아지는 땅을 바라보면서 그가 생각했다.

"불쌍하고 작은 섬." 그가 한숨을 푹 쉬면서 중얼거렸다.

그녀가 그 말을 들었다. 그가 가장 우울한 것들을 말했지만 여느 때보다 더 활기찬 모습으로 말한 것을 그녀는 이내 눈치챘다. 그녀는 이런 말이 모두 말장난에 지나지 않는다고 생각했고, 남편이 내뱉은 우울한 말의 반이라도 그녀가 말했다면 그녀는 벌써 지금쯤 권총으로 머리를 쏴 자살을 했을 거라고 생각했다.

사실, 완벽하게 아름다운 저녁이잖아요. 이런 식의 말장난에 짜증이 난 그녀가 말했다. 도대체 뭐가 불만이세요? 남편이 무엇을 생각하는지, 혹시 결혼을 하지 않았더라면 좀 더 좋은 책들을 썼을 텐데 하고 생각하는 것은 아닌지 궁금했던 그녀가 반은 투정하듯 반은 웃듯 물었다.

불평하는 게 아냐. 그가 말했다. 불평하는 게 아니라는 것도 알아요. 당신이 불평할 게 아무것도 없다는 것도 알아요. 그녀가 말했다. 그러자 그가 그녀의 손을 잡아 입술로 가져가 진한 입맞춤을 했고, 그녀가 바로 눈물을 보이자 그는 얼른 그녀의 손을 놓아버렸다.

쳐다보던 풍경에서 눈을 뗀 그들은 은녹색 창살처럼 생긴 식물들이 자라는 곳에 난 길을 따라 위로 걷기 시작했다. 남편의 팔이 젊은이의 팔처럼 날씬하고 야물다고 램지 부인은 생각했다. 남편이 육십을 넘기고도 여전히 건강해서 기분이 좋았고, 참으로 야성적이고 낙천적인 성품에다 온갖 종류의 무서움에도 기가 죽지 않고 오히려 더 활기차 보이는 것이 참으로 신기했다. 그게 왜 이상하게 여겨지지 않는 거지? 그녀는 곱새겨보았다. 평범한 것들에 대해서는 장님이고 귀머거리고 벙어리였지만 평범하지 않은 것들에 대해서는 독수리처럼 날카로운 눈으로 이리저리 살피는 그가 그녀 눈에도 다른 사람들과는 가끔 정말로 달라 보였다. 그녀는 그의 이해력에 종종 놀랐다. 그렇다면 그가 저 꽃들을 눈치챘을까? 아니었다. 그러면 풍경은? 그것도 아니었다. 그러면 자기 딸이 미인이라는 것은 눈치챘거나 자기 접시에 푸딩이 놓였는지 로스트비프가 놓였는지는 눈치챘을까? 함께 식사할 때면 그는 꿈속을 헤매는 사람처럼 앉아 있곤 했다. 항상 큰 소리로 말하고, 시도 큰 소리로 낭독하는 게 몸에 밴 사람으로 가끔 그런 것이 어색하게 느껴져 그녀는 두려웠다.

가장 아름답고 가장 훌륭한 여인이여, 어서 오라!

이렇게 셸리의 시 한 구절을 그가 기딩스 양을 바라보며 큰 소리로 읊자 가엾게도 그녀는 거의 혼비백산했다. 하지만 그때 기딩스 양처럼 어리석은 세상 사람들을 모두 만난다 해도 그때마다 자기는 남편 편에 서야 한다고 생각한 램지 부인은 "너무 빨리 언덕을 올라가서 따라잡기가 힘들어요" 하면서 남편의 팔을 약간 눌러 친밀감을 표시했고, 두더지가 판 강둑 위의 흙구덩이가 새 것인지 아닌지 알아보려고 잠시 멈추어 허리를 굽혀 살펴보기도 하면서 남편처럼 비범한 사람은 모든 면이 보통 사람들과는 다를 거라고 생각했다. 토끼 한 마리가 저 흙구덩이 속으로 들어갔다고 단정한 그녀는 여태까지 그녀가 아는 모든 위인들도 그러했다고 생각하면서 젊은이들이 남편의 강의를 듣는 것만으로도(강의실 분위기는 지루하고 숨이 콱콱 막혀 그녀가 참아내기에는 매우 힘들었지만), 남편의 얼굴을 보는 것만으로도 좋을 거라고 생각했다. 그런데 총으로 쏘지 않고 어떻게 토끼를 쫓아내지? 그녀는 의아했다. 그것이 토끼 같기도 했고 두더지 같기도 했다. 어쨌든 어떤 동물이 그녀의 달맞이꽃들을 망쳐놓고 있는 것이 분명했다. 그리고 고개를 들어 위를 쳐다보다가 나무들 사이로 반짝이는 별을 하나 보았을 때 그 별빛이 너무나도 기분을 좋게 만들었기 때문에 그녀는 남편도 그것을 보았으면 좋겠다고 생각했다. 하지만 그녀는 그런 생각을 멈추었다. 그가 그런 것들을 쳐다본 적이 없기 때문이었다. 설령 쳐다본다 한들 겨우 한숨만 내쉰 뒤 불쌍한 작은 세상 하고 넋두리나 할 게 틀림없기 때문이었다.

바로 그 순간, 그가 그녀를 즐겁게 해주려고 "매우 멋지네" 하면서 꽃들을 경탄하는 체했다. 하지만 그녀는 그가 꽃들을 경탄한 것이 아니라는 것을 알았고, 심지어 꽃들이 거기에 있다는 것도 깨닫지 못했다는 것을 알았다. 그냥 그녀를 즐겁게 해주려고 한 빈말이었다. ……아, 저기 윌리엄 뱅크스와 함께 산책하는 사람이 릴리 브리스코 아닌가요? 근시인 그녀가 멀어져가는 두 사람의 등을 쳐다보면서 초점을 맞추려고 애를 썼다. 어, 정말 그렇군. 그가 말했다. 저게 저 두 사람이 결혼할 거라는 걸 의미하는 건 아닐까요? 맞아, 틀림없어. 정말 멋지군요! 두 사람은 꼭 결혼할 거예요!

13

암스테르담에 가 본 적이 있어요. 릴리 브리스코와 잔디밭을 가로질러 산책하면서 뱅크스 씨가 말했다. 램브란트의 그림들도 보았지요. 마드리드에도 가보았어요. 불행히도 그날이 성 금요일*이라

---

* 예수의 수난일

서 프라도 미술관은 휴관 중이었어요. 로마에도 갔어요. 브리스코 양은 로마에 가본 적이 없다고요? 아, 가봐야 해요. 정말 멋진 경험이 될 거예요. 시스틴 성당을 구경하고, 미켈란젤로의 작품을 감상하고, 조토의 작품이 많은 파도바 거리를 돌아다니는 재미가 쏠쏠하거든요. 아내가 몇 년 건강이 좋지 않아서 관광은 제대로 하질 못했어요.

전 브뤼셀을 다녀왔어요. 파리도 가보았지만 이모가 아파서 비행기를 타고 방문한 정도예요. 드레스덴에도 가보았고, 그곳에서는 여태까지 보지 못한 그림들도 많이 봤어요. 릴리 브리스코가 말했다. 그런데 유명한 그림들을 보지 않은 편이 더 나았는지도 모르겠어요. 유명한 그림들을 보고 나면 내 그림이 더 엉망으로 보여서 눈에 영 차질 않거든요. 릴리가 생각했다. 그런 관점으로 비약시킬 수도 있지요. 뱅크스 씨가 생각했다. 우리 모두가 티치아노 같은 화가가 될 수 없고, 우리 모두가 다윈 같은 생물학자가 될 순 없어요. 그가 말했다. 동시에 우리 같은 평범한 사람들이 존재하기 때문에 티치아노나 다윈 같은 유명한 사람이 존재하는 거 아니겠어요? 그를 칭찬하고 싶어진 릴리는 그가 평범한 사람이 아니라고 말하고 싶었다. 하지만 그는 그런 칭찬을 좋아하지 않았고(대부분의 남자들은 좋아한다고 그녀는 생각했다), 그런 말을 하고 싶은 충동을 느낀 자신에 대해 그녀는 약간 부끄러움을 느꼈고, 그래서 그가 자신의 말이 그림에는 아마 적용되지 않을 거라고 말하는 동안 그녀는 잠자코 있었다. 어쨌든 그리는 게 좋아서 그림은 계속 그릴 생각이에요. 그를 칭찬하고 싶던 마음을 밀어내면서 그녀가 말했다. 그럼요, 잘 할 수 있을 겁니다. 뱅크스 씨가 힘을 실어주었다. 런던에서는 그림의 소재를 찾기 힘드나요? 그들이 잔디밭 끝에 이르렀을 때 그가 그렇게 물었고, 그들은 고개를 돌려 램지 부부를 보았다. 맞아, 저게 바로 결혼이구나. 한 남자와 한 여자가 공을 던지는 아이를 바라보는 게 결혼 생활이구나. 저게 며칠 전 램지 부인이 그렇게도 나에게 말을 하려고 애썼던 것이구나. 릴리가 생각했다. 램지 씨가 녹색 숄을 어깨에 두른 부인과 함께 프루와 재스퍼가 공을 던지고 노는 것을 가까이 서서 구경하고 있었기 때문이다. 그런데 갑자기, 전혀 어떤 이유도 없이, 사람들이 전철역 밖으로 걸어 나오거나 초인종을 누르거나 할 때처럼, 그들에게 부여된 그 의미가 그들을 상징화하여 그들을 대표 인물로 만들고 그들에게로 다가가 어둠 속에 서서 공놀이를 구경하는 그들을 결혼의 상징인 남편과 아내로 만들어버렸다. 그러다가 이내 실제의 모습을 초월하던 그 상징적 윤곽은 사라지고 그들을 다시 만났을 때 그들은 아이들의 공놀이를 구경하는 원래의 램지 부부로 되돌아왔다. 하지만 여전히 잠시, 공놀이를 구경하던 램지 부인이 여느 때처럼 웃음으로 그들을 맞이하면서 (아, 부인은 우리가 결혼할 거라고 믿는구나 하고 릴리는 생각했다) "오늘은 내가 이겼군요"라고 뜬금없는 말을 했고, 이 말은 오늘 저녁은 뱅크스 씨가 그의 하숙집으로 돌아가 그의 요리사가 요리한 채소로 식사를 하지 않고 여기서 식사하기로 동의했다는 뜻이었고, 그러는 동안에도 여전히 잠시 공이 하늘 높이 올라갔을 때 광활한 공간으로 책임감을 벗어던진 뭔가가 폭발하는 느낌이 들었고, 그래서 모두의 눈이 공을 따라가다가 결국 놓치는 바람에 하늘에 박힌 별 하나와 축 늘어진 나뭇가지들을 대신 보았다. 희미한 불빛에서 그들의 윤곽은 더욱더 뚜렷했고, 꿈속처럼 모두들 아주 멀리 떨어진 듯 보였다. 그러다가 (마치 견고하던 것이 완전히 사라지는 것처럼 보였기 때문에) 광활한 공간 너머 뒤로 돌진하던 프루가 그들 속으로 바로 뛰어들어 하늘 높이 솟아올랐던 공을 왼손으로 멋지게 잡았을 때 램지 부인이 "아직도 그들이 돌아오지 않았니?" 하고 묻는 소리에 마법이 풀려버렸다. 그제야 램지 씨는 수렁에 빠진 흄을 노파가 주기도문을 외우면 구해주겠다고 한 말을 떠올리면서 맘껏 크게 웃어도 되겠다고 생각하고 킬킬거리면서 서재를 향해 어슬렁어슬렁 걸어갔다. 램지 부인은 프루가 다시 공놀이를 하도록 돌려보내면서 "낸시도 그들과 함께 갔니?" 하고 물었다.

14

(확실히 낸시는 그들과 함께 갔고, 이유는 낸시가 점심식사 후 잡다한 집안일에 휘말리지 않으려고 다락방으로 올라가려고 할 때 민타 도일이 손을 내밀면서 멍청한 표정으로 같이 가자고 물었기 때문이다. 그래서 낸시는 어쩔 수 없이 가야겠다고 생각했다. 그녀는 사실 조금도 가고 싶지 않았다. 그런 일에 휘말리고 싶지 않았다. 그들이 길을 따라 쭉 걸어서 절벽이 있는 곳으로 갈 동안 민타는 낸시의 손을 계속 잡고 있었다. 그러다가 낸시의 손을 놓아버렸다. 그러더니 다시 낸시의 손을 잡았다. 왜 다시 내 손을 잡으려고 하는 거지? 낸시는 자기 자신에게 물어보았다. 물론 사람들이 원하는 뭔가가 있었고, 이유는 민타가 그녀의 손을 계속 잡고 있을 때 낸시는 싫지만 어쩔 수 없

이 마치 안개 사이로 보이는 콘스탄티노플처럼 그녀의 발 아래 펼쳐진 세계를 모두 보면서 아무리 눈꺼풀이 무겁게 내려와 잠이 오더라도 "저게 산타소피아 회교 사원인가요?" "저게 항구 도시 골든혼인가요?" 하고 물었기 때문이다. 그래서 민타가 다시 그녀의 손을 잡았을 때 낸시는 "원하는 게 뭐예요?" "이제 저건가요?" "그리고 저건 뭐예요?" 하고 물었다. (낸시가 발 아래 펼쳐진 삶의 조감도를 내려다보았을 때) 때때로 안개 속에서 뾰족탑과 둥근 천장과 이름 모를 돌출물들이 나타났다. 하지만 민타가 그녀의 손을 놓았을 때 그녀가 모래언덕 아래로 달릴 때 그랬던 것처럼 뾰족탑과 둥근 천장과 안개를 뚫고 나타났던 모든 것들이 안개 속으로 다시 숨어버려 보이지 않았다.

민타가 잘 걷는다고 앤드루는 관찰했다. 그녀는 대부분의 여자들보다 더 세련되게 옷을 입었다. 그녀는 아주 짧은 치마와 검은 니커보커스*를 입고 있었다. 그녀는 개울을 만나면 바로 뛰어들어 허우적거리며 건넜다. 앤드루는 그녀의 무모함이 맘에 들었지만 이런 무모함의 끝이 좋지 않다는 것도 알았다. 그녀가 이런 식으로 우습게 살다가 자살할지도 몰랐다. 그녀는 아무것도 무서워하지 않는 듯했다. 황소만 빼고. 그녀는 들판에서 황소의 모습만 봐도 두 팔을 높이 쳐들고 고함을 내지르며 도망쳤고, 바로 그런 모습이 황소를 더 날뛰게 하는 건 당연했다. 하지만 그녀는 이런 사실을 조금도 숨기지 않았고, 그래서 모두들 이것만은 알았다. 나도 황소만큼은 아주 무서워요. 그녀가 말했다. 아마 아기였을 때 유모차에 탄 채 황소에게 받혔는지도 모르겠다고 그녀는 생각했다. 그녀는 무슨 말을 하든 무슨 행동을 하든 꺼리지 않는 듯했다. 갑자기 그녀가 지금 절벽의 가장자리 아래에 드러누워 "빌어먹을

---

* 무릎을 죄는 검은 등산용 바지

당신의 눈, 빌어먹을 당신의 눈" 하고 노래하기 시작했다. 그러자 그들도 모두 드러누워 합창을 하듯 큰 소리로 "빌어먹을 당신의 눈, 빌어먹을 당신의 눈" 하고 따라 불렀다. 하지만 조수가 밀려와서 좋은 사냥터를 모두 덮어버리는 바람에 우리가 해안으로 빠져나가지 못한다면 큰일이라고 민타가 말했다.

"큰일이고말고." 용수철이 튀듯 발딱 일어서면서 폴이 동의했다. 그래서 그들이 미끄러지듯 주르르 아래로 내려갈 때 그는 계속 가이드북의 내용을 인용하여 "이런 섬들은 공원처럼 넓은 면적과 아름다운 전망을 가지고 있으며 또한 다양한 해양 생물로 호기심을 자아내는 것으로 아주 유명합니다" 하고 읊어댔다. 하지만 앤드루는 길을 내려오면서 고함을 지르고 빌어먹을 당신의 눈이라고 큰 소리로 노래 부르고 잔가지로 자신의 등을 치면서 "어이, 친구" 하고 불러보아도 이런 일이 모두 시시하게 느껴졌다. 이런 식으로 여자들을 산책길로 데리고 다니는 것은 최악이었다. 해변에 도착하자마자 그들은 뿔뿔이 흩어졌고, 앤드루는 교황의 코가 있는 쪽으로 가서 양말을 벗어 돌돌 말아 구두 안에 넣고 폴과 민타가 그들끼리 놀도록 내버려둔 채 해변 밖으로 나갔고, 낸시도 나름대로 자신이 좋아하는 바위에 구두를 벗어두고 자신의 물웅덩이를 찾아가느라 그들을 내버려두었다. 그녀는 쭈그리고 앉아 고무처럼 매끈한 말미잘을 만지작거렸고, 말미잘은 바위 한 면에 젤리 덩어리처럼 붙어 있었다. 공상에 빠진 그녀는 물웅덩이를 바다로 바꿨고, 작은 물고기들은 상어와 고래로 변하게 했고, 손으로 햇빛을 가려 이 작은 세계에 거대한 구름을 드리웠고, 그래서 수많은 무지하고 순진한 생물들에게 곧 신과도 같은 어둠과 고립이라는 것이 찾아들게 했고, 그러다가 갑자기 손을 치워 햇살이 다시 물웅덩이를 비추도록 했다. 저 멀리 보이는 어슴푸레한 십자 모양의 모래톱 위에서 목이 긴 장갑을 끼고 옷에 술을 단 환상적인 거대한 바다 짐승이(낸시는 아직도 물웅덩이를 바다로 보는 공상에 빠져 있었다) 발을 높이 들어 젠체하면서 걸어가, 산 쪽의 커다란 갈라진 틈 사이로 미끄러지듯 들어갔다. 그러자 물웅덩이 위로 살며시 고개를 들어올려 바다와 하늘이 만나는 가물거리는 수평선에 시선을 두다가 수평선 위로 올라오는 증기선들의 연기 때문에 가물거리는 나무 몸통들로 눈길을 돌린 그녀는 야만적으로 휩쓸려 들어왔다가 어쩔 수 없이 도로 나가는 모든 힘 때문에 최면 상태에 걸려 들어, 그 속에서 피어오르는 아주 커졌다가 아주 작아지는(물웅덩이는 다시 작아졌다) 두 개의 감각으로 그녀의 몸과 그녀의 삶과 세상의 모든 사람들의 삶마저 영원히 아무것도 아닌 것으로 줄어들게 하는 강렬한 느낌을 받아서 그녀의 손발이 모두 묶여 꼼짝도 할 수 없었다. 그래서 파도 소리에 귀를 기울이면서 물웅덩이 위에 쭈그리고 앉아 그녀는 깊은 공상에 빠졌다.

바닷물이 들어온다는 앤드루의 고함 소리에 물가에 접한 얕은 파도를 철벅거리면서 빠져나와 해변으로 달려간 그녀는 급한 성미를 이기지 못해 재빨리 바위 뒤 오른쪽으로 돌아갔는데, 맙소사! 놀랍게도 그곳에서 폴과 민타가 서로 껴안은 채 키스를 하고 있었다. 그녀는 머리끝까지 화가 치밀어 올랐다. 그녀와 앤드루는 그것에 대해 아무 말도 하지 않고 입을 꼭 다문 채 양말과 구두를 신었다. 오히려 그들은 서로에게 신경이 더 곤두서 있었다. 게를 봤거나 뭐든 봤을 때 나를 불렀으면 좋았잖아. 앤드루가 낸시에게 투덜댔다. 하지만 그걸 본 게 우리 잘못은 아니잖아. 이런 끔찍한 일이 일어날 줄은 꿈에도 몰랐잖아. 그런데도 앤드루는 낸시가 여자라는 사실에 신경이 쓰이고 낸시는 앤드루가 남자라는 사실에 신경이 쓰여서 그들은 모두 구두끈을 단단히 묶은 뒤에도 리본 모양을 내어 다시 매듭을 지었다.

절벽 꼭대기까지 곧바로 다 올라갔을 때에야 민타가 할머니의 브로치를 잃어버렸다고 고함을 질렀다. 그녀가 소지한 유일한 장신구로 수양버들 모양에 진주가 박힌 브로치였다. 모두 다 봤을 거야. 우리 할머니가 돌아가실 때까지 모자에 꽂고 다녔던 브로치야. 그런데 그걸 잃어버렸어. 다른 건 몰라도 그건 절대 포기할 수 없어. 되돌아가서 찾아봐야겠어. 민타가 양볼에 눈물을 주르륵 흘리면서 말했다. 그들도 모두 되돌아갔다. 그들은 여기저기를 샅샅이 뒤졌다. 그들은 계속 고개를 낮게 숙인 채 열심히 찾으면서 짧고 퉁명하게 구시렁대기도 했다. 폴 레일리는 미친 사람처럼 그들이 앉았던 바위 주위를 모두 뒤졌다. "여기저기 샅샅이 뒤져봐"라고 폴이 앤드루에게 말했을 때 앤드루는 겨우 브로치 하나 가지고 이런 야단법석을 떠는 건 너무 심하다고 생각했다. 물이 점점 더 빠르게 밀려들어왔다. 바닷물이 그들이 앉았던 곳으로 이내 들어올 것이다. 지금 당장 브로치를 찾을 가능성은 없어 보였다. "이러다가 우리마저 고립돼요!" 갑자기 민타가 겁에 질려 비명을 질렀다. 마치 그런 위험에 처하기라도 한 것처럼! 마치 황소가 덮치기라도 한 분위기였다. 민타는 황소를 보면 정신을 못 차린다고 생각했다. 여자들이란 어쩔 수 없어. 불쌍한 폴이 그녀를 달래야만 했다. 남자들은(폴과 앤드루는 즉시 남자답게 돌변하여 여느 때와는 달라 보였다) 간단히 상의했고, 폴의 지팡이를 그들이 앉았던 곳에 꽂아두고 물이 나갔을 때 다시 오는 게 좋겠다고 결정했다. 지금 할 수 있는 일은 아무것도 없었다. 브로치가 거기에 있다면 아침에도 여전히 거기에 있을 거라고 그들이 그녀를 설득했지만 민타는 절벽 꼭대기까지 올라가는 동안에도 하염없이 울기만 했다. 민타는 그것이 할머니의 브로치여서 차라리 다른 것을 잃어버릴지언정 그것은 절대 잃어버리고 싶지 않았다고 말했지만 낸시는 민타가 꼭 브로치를 잃어버려 속상해서 우는 것 같지 않았다. 다른 이유 때문에 우는 것 같았다. 우리도 모두 바닥에 주저앉아 울어버렸으면 좋겠다고 낸시는 느꼈다. 하지만 민타가 정말 무엇 때문에 우는지 그녀는 알 수 없었다.

폴과 민타가 앞장서서 걸었고, 폴은 민타를 달래면서 자신이 잃어버린 물건을 찾는 데 도사라고 말했다. 어렸을 때 금시계를 찾은 적도 있어. 새벽에 일어나 꼭 브로치를 찾아줄게. 약속할게. 폴이 말했다. 새벽이라도 날이 어두워서 해변에 혼자 있는 게 약간 위험할 거라고 그는 생각했다. 하지만 그는 그녀에게 꼭 브로치를 찾겠다고 말했다. 그러자 그녀가 말했다. 새벽에 일어난다는 말은 듣기 싫어요. 브로치는 잃어버렸어요. 그냥 그런 것 같아요. 오후에 그걸 달았을 때 불길한 예감이 들었어요. 그러자 그는 그녀에게 말하지 않고 새벽에 일어나 모두 잠자고 있을 때 몰래 집을 나가 만약 찾지 못할 경우에는 에딘버러까지 가서 똑같이 생겼지만 더 아름다운 브로치를 사 그녀에게 주어야겠다고 생각했다. 그는 그의 능력을 보여주고 싶었다. 그들이 언덕 위로 올라가 발 아래의 읍내 불빛들을 바라보았을 때 갑자기 불빛들이 하나하나 그에게 일어날 일들(그의 결혼과 그의 아이들과 그의 집)을 예고하는 것처럼 보였고, 그래서 그들이 키가 큰 관목들이 그늘을 드리우는 대로로 나왔을 때 그는 어떻게 하면 민타와 단둘이 고립된 곳으로 들어가 함께 걸으면서 항상 그녀를 이끌고 (지금처럼) 그녀를 옆에 딱 붙인 채 다닐 수 있을까 다시 생각했다. 그들이 함께 십자로를 돌 때 그는 자신이 얼마나 엄청난 경험을 했는가를 생각하면서 이 이야기를 누군가에게 해야겠다고 마음먹었다. 물론 누군가란 램지 부인을 두고 한 말이었고, 오늘 얼마나 힘든 일을 겪었고 또 감행했는가를 생각하면 숨이 멎을 지경이었다. 그가 민타에게 청혼했을 때가 그의 삶에서 최악의 경우였기 때문이다. 청혼하도록 만든 게 램지 부인이었다고 믿었기 때문에 그는 곧장 부인에게로 갈 작정이었다. 램지 부인이 그로 하여금 무엇이든 할 수 있다고 믿게 만든 장본인이었다. 다른 사람들은 아무도 그의 말을 진지하게 받아들이지 않았다. 하지만 부인은 그가 원하는 것은 무엇이든 할 수 있다고 믿게 만들어주었다. 오늘 하루 종일 부인의 시선이 그를 따라 다니면서 (비록 말은 없었지만) 마치 그녀가 "그럼요, 할 수 있어요. 당신의 능력을 믿어요. 그렇다고 믿어요"라고 말한 것처럼 느껴졌다. 부인이 그가 이 모든 것을 느끼도록 만들었고, 그래서 집으로 돌아가면 (그는 만 위로 비치는 집의 불빛들을 보았다) 곧장 그녀에게로 다가가 "해냈어요. 램지 부인. 모두 부인 덕분입니다"라고 말하고 싶었다. 그런 생각을 품고 집으로 난 좁은 길에 들어섰을 때 그는 2층 유리창으로 불빛이 왔다 갔다 하는 것을 볼 수 있었다. 그때서야 그들은 무척 늦게 돌아왔다는 것을 깨달았다. 사람들이 저녁을 준비하고 있었다. 집의 곳곳에 불이 켜졌고, 어둠 속에서 밝은 불빛을 보자 눈이 부셨고, 그래서 그는 도로를 올라가면서도 아이처럼 혼자 불빛, 불빛, 불빛 하고 중얼거렸고, 집 안에 들어갔을 때 사람들이 그의 굳은 얼굴을 응시하자 그때도 불빛, 불빛, 불빛 하면서 불빛만 멍청하게 되뇌었다. 하지만 이내 그는 넥타이를 고쳐 매면서 맙소사, 바보처럼 굴면 안 되는데 하고 혼잣말을 했다.)

15

"예." 어머니의 질문에 한참을 생각하던 프루가 대답했다. "낸시가 그들과 함께 간 것 같아요."

16

그렇다면 낸시가 그들과 함께 간 모양이구나. 램지 부인은 그렇게 추측하면서 브러시를 내려놓고 빗을 집어 들었고, 문을 두드리는 소리에 "들어오세요"라고 말하면서도 (재스퍼와 로즈가 들어왔다) 맘속으로는 낸시가 함께 간 것이 결과적으로 그들에게 불상사가 일어날 가능성을 높인 건지 아닌지를 따져보았고, 그런 규모의 대참사는 일어날 가능성이 적기 때문에 그들 모두가 전멸하는 불상사는 생기지 않을 거라고 생각했다. 그들이 모두 익사할 수는 없었다. 그래서 그녀는 다시 오랜 숙적인 삶의 존재 앞에서 혼자라고 느꼈다.

밀드레드가 저녁식사를 차려야 하는지 기다려야 하는지 궁금하대요. 재스퍼와 로즈가 말했다.

"영국의 여왕이 오신다고 해도 기다릴 수는 없어." 램지 부인이 단호하게 말했다.

"멕시코의 여왕이 오셔도 마찬가지야." 재스퍼를 보고 웃으면서 그녀가 덧붙였는데 재스퍼가 어머니인 램지 부인을 닮아 과장하는 버릇이 있었기 때문이다.

내가 어떤 보석을 걸면 좋을지 로즈가 골라주면 좋겠네. 재스퍼가 말을 전하러 간 사이에 램지 부인이 말했다. 열다섯 명이나 되는 사람이 앉아 만찬을 기다리고 있어서 더는 버틸 수도 없었다. 그녀는 그들이 이렇게까지 늦도록 오지 않은 것에 슬슬 화가 나기 시작했고, 그들이 생각도 없는 사람들처럼 여겨졌고, 그들이 걱정되면서도 하필 오늘 밤에 외출하여 이렇게까지 늦는 것에 짜증이 와락 났고, 오늘 저녁은 윌리엄 뱅크스 씨가 그들과 함께 식사를 하겠다고 동의해서 사실 그녀도 나름대로 특별히 신경을 많이 썼고, 그들은 밀드레드의 걸작 요리인 비프스튜를 먹을 예정이었다. 음식은 무엇보다 요리가 나오는 정확한 순서와 정확한 시간을 맞춰야 제대로 맛이 나는 법이었다. 고기와 월계수 향신료와 포도주, 이 모든 것이 알맞게 요리되어 차례대로 나와야 했다. 식사 시간을 지연시키면 요리가 엉망이 되고 말 터였다. 그런데 그 많고 많은 밤들 중에 하필이면 오늘 밤에 그들이 밖으로 나갔고, 이렇게 늦게 들어오고, 음식들은 다시 데운다고 부엌으로 보내고, 부엌에서는 다시 계속 데워야만 할 처지가 되고, 그래서 보나마나 비프스튜 맛은 엉망일 게 뻔했다.

재스퍼는 그녀에게 오팔목걸이를 권했고, 로즈는 금목걸이를 권했다. 검은 드레스에 어느 것이 더 잘 어울리지? 정말 어느 것이 더 좋을까? 아무 생각 없이 거울 속에 비친 목과 어깨를 바라보면서(하지만 얼굴은 일부러 피했다) 램지 부인이 말했다. 그러고 나서 아이들이 보석함을 뒤지는 동안 그녀는 항상 그녀를 즐겁게 해주는 창밖의 광경을 내다보았다. 까마귀들이 어느 나무에 앉으면 좋을까 하고 궁리하는 광경 말이다. 매번 마음을 바꾼 까마귀들은 다시 공중으로 날아갔고, 그중에서 늙은 까마귀인 우두머리 까마귀에게 그녀는 조셉 할아버지라는 이름을 지어주었는데, 조셉 할아버지는 성미가 매우 까다롭고 거친 새였다. 악명 높은 새로, 날개의 깃털이 반은 떨어져나가고 없었다. 조셉은 선술집 앞에서 본 적이 있는 중산모를 쓰고 호른을 불던 누추한 노인을 닮은 듯했다.

"저길 좀 봐!" 웃으면서 그녀가 말했다. 까마귀들은 사실 싸우고 있었다. 조셉과 메리가 싸웠다. 둘 다 하늘 높이 다시 올라가 검은 날개를 펴면서 공중을 가르자 공중은 정교한 언월도 모양으로 잘렸다. 푸드득 푸드득(그녀는 그런 동작을 충분히 맘에 들게 묘사할 수 없었다) 하면서 날개 치는 모습을 쳐다보는 게 그녀에게는 크나큰 즐거움 중 하나였다. 저것 좀 봐. 자신보다 더 상세히 볼 수 있기를 바라면서 램지 부인이 로즈에게 말했다. 부모의 관찰력을 뛰어넘는 아이들이 종종 있기 때문이었다.

하지만 아이들은 그녀의 보석함 서랍을 모두 열어둔 채 말했다. 어떤 것으로 할까요? 이탈리아제 금목걸이로 할까요? 아니면 제임스 아저씨가 인도에서 사다준 오팔목걸이로 할까요? 아니면 자수정목걸이로 할까요?

“얘들아, 그냥 골라봐. 골라보라니까.” 램지 부인이 아이들을 재촉했다.

그러면서도 그녀는 아이들에게 고를 시간을 충분히 주었고, 특히 로즈가 이것저것을 골라 그녀의 검은 드레스에 갖다 대고 비교하는 것을 내버려두었고, 밤마다 되풀이되는 보석 고르기지만 이런 일을 로즈가 가장 즐긴다는 것을 그녀도 알았기 때문이다. 로즈에게도 어머니가 착용할 보석을 고르는 이런 일에 커다란 의미를 부여하고 싶은 나름대로의 숨은 이유가 있었다. 로즈가 고른 목걸이를 로즈가 직접 목에 걸어주도록 움직이지 않고 서서 램지 부인은 자신의 지나온 과거를 되돌아보았고, 로즈의 나이에 자신의 어머니에 대해 품은, 깊은 곳에 숨겨둔 채 뭐라 말로 표현하기 힘들어했던 감정을 더듬어보았고, 그래서 로즈가 품은 맘속의 이유는 무엇일까 하고 궁금해했다. 자기 자신을 위해 느끼는 감정들이 모두 그렇듯 그것을 생각하자 램지 부인은 갑자기 슬펐다. 그녀가 보답으로 줄 수 있는 게 너무나 부족했고, 로즈가 그녀에게 느낀 것이 실제의 그녀 모습보다 훨씬 과장되어 있었다. 로즈도 성장할 것이고, 이런 깊은 감정들 때문에 고통도 받을 거라고 램지 부인은 생각했다. 준비가 다 되었구나. 이제 그만 내려가자꾸나. 재스퍼는 신사라서 나를 부축하려고 팔을 내밀 거고, 로즈는 숙녀라서 나의 손수건을 (그녀는 손수건을 로즈에게 건넸다) 들고 가겠구나. 그리고 또 뭐가 있지? 아, 맞아. 날씨가 추울 거야. 숄이 있을 텐데. 숄을 하나 골라줄래? 그녀가 말했다. 그런 말을 로즈가 즐거워하고, 또 그렇게 하도록 운명지어진 로즈이기 때문이었다. "저기에" 램지 부인이 층계참의 창가에 멈춰 서서 "저기에 쟤들이 또 왔네" 하고 말했다. 조셉이 날아와서 다른 나무 꼭대기에 앉았다. "날개가 부러졌는데도 쟤들이 신경을 쓰지 않을 것 같니?" 램지 부인이 재스퍼를 보고 말했다. 왜 불쌍한 조셉과 메리를 쏘고 싶었니? 꾸지람을 듣자 그는 발을 약간 질질 끌면서 무안한 표정으로 층계를 걸었지만 어머니는 새를 쏘는 재미가 얼마나 큰지 모른다고 생각했기에 정말로 미안해하지는 않았다. 새가 무슨 감정이 있다고 그러세요. 어머니가 사는 세계랑 내가 사는 세계가 다른 걸 어떡해요. 그래도 어머니가 지어낸 조셉과 메리에 대한 이야기는 정말 재밌어요. 얘기를 들으면 웃음이 나와요. 하지만 쟤들이 조셉과 메리라는 걸 어떻게 아세요? 밤마다 똑같은 새들이 똑같은 나무에 내려앉는다고 생각하세요? 재스퍼가 물었다. 하지만 이 말을 했을 때 모든 어른들처럼 갑자기 그녀도 그의 말을 듣고 있지 않았다. 그녀는 현관에서 들려오는 소리에만 귀를 기울였다.

"그들이 돌아왔구나!" 그녀가 큰 소리로 말했다. 하지만 이내 안심보다는 그들에 대한 짜증이 확 몰려왔다. 그러면서도 그녀는 그 일이 일어났을까 하고 궁금해했다. 그녀가 내려가면 그들이 말해줄 거라고 생각했다. 하지만 아닐 수도 있었다. 이렇게 많은 사람들 앞에서 그들이 아무 말도 하지 않을 수 있었다. 그러니 그녀는 내려가서 식사를 시작하면서 때를 기다려야 했다. 그래서 현관에 모여든 모든 신하를 발견한 여왕처럼 그들을 내려다보고, 그들 사이를 지나가고, 그들의 목례를 조용히 받으면서 (폴은 그녀가 그의 앞을 지나갈 때 꿈쩍도 하지 않고 앞만 쳐다보았다) 계단을 내려가고, 넓은 현관을 지나고, 마치 그들이 말하지 않은 것을 받아들이는 것처럼 고개를 약간 숙여 절을 하고, 그렇게 함으로써 그녀는 그녀의 미모에 대한 그들의 경의를 받아들였다.

하지만 그녀는 걸음을 멈추었다. 뭔가 타는 냄새가 났다. 비프스튜가 타는 것일까? 그녀가 의아해하면서 제발 아니길! 하고 바라는 순간에 커다란 종소리가 엄숙하고 위엄 있게 울리면서, 다락방과 침실에서 각각 등불 아래 앉아 책을 읽거나, 글을 쓰거나, 마지막 머리 손질을 하거나, 옷매무새를 다듬거나 하면서 흩어진 모든 사람들이 하던 일을 멈추고, 세면대와 화장대 위의 자질구레한 것들도 그대로 놓아두고, 읽던 소설도 침대 옆 탁자에 올려놓고, 비밀 일기장도 빨리 숨기고 만찬을 위해 어서 식당 방으로 모이라고 소리쳤다.

17

하지만 난 내 삶을 가지고 무엇을 했지? 식탁의 상석에 앉아 식탁 위에 올려둔 하얗고 동그란 접시들을 바라보면서 램지 부인이 생각했다. "윌리엄, 내 옆에 앉으세요." 그녀가 말했다. "릴리는 저기에 앉으세요." 그녀가 기운 없이 말했다. 그들은(폴 레일리와 민타 도일) 저것을 가지고 있고 나는 겨우 이것, 한없이 긴 식탁과 접시와 칼들만 가지고 있구나. 저쪽 끝에 그녀의 남편이 이맛살을 찌푸린 채 하나의 형상으로 앉아 있었다. 왜 찡그린 얼굴이지? 그녀는 이유를 몰랐다. 알고 싶지도 않았다. 어떻게 저런 남자에게 그녀가 그렇게도 연정과 애정을 품고 지냈는지 이해할 수 없었다. 수프를 조금씩 떠 접시에 담으면서 그녀는 살아온 지난 세월 동안 모든 것을 겪었고, 그런 것들을 통해 모든 것을 초월했다고, 마치 거기에 소용돌이가 있어서 그 소용돌이에 빠질 수도 있고 벗어날 수도 있는데 그녀는 그 소용돌이에서 벗어난 것처럼, 모든 것을 다 초월했다고 생각했다. 사람들이 차례로 하나씩 들어오자 "찰스 탠슬리, 저기에 앉으세요. 오거스터스 카마이클은 저기 앉으시고요"라고 그녀가 말했고, 그들은 정해주는 좌석에 앉았다. 그러는 와중에도 그녀는 수동적으로 누군가가 그녀에게 말대꾸라도 하기를, 무슨 일이 일어나기를 기다렸다. 하지만 인사치레를 꼭 말로 표현할 필요가 있을까 하고 그녀는 수프를 접시에 퍼 담으면서 생각했다.

그녀가 생각하는 것과 실제로 하는 일(수프를 국자로 퍼내는) 사이의 모순에 놀라 눈살을 찌푸리면서 그녀는 더욱더 자신이 저 소용돌이에서 벗어나 있다고 강하게 느꼈고, 그늘이 져서 색이 희미해지자 사물들이 더 진실하게 보이는 듯했다. 방은 (그녀는 식당 안을 둘러보았다) 매우 초라했다. 아름다운 구석이 하나도 없었다. 그녀는 탠슬리를 보지 않으려고 애를 썼다. 아무것도 융합되지 않은 듯했다. 모두 고립된 채 앉아 있었다. 그래서 이 모든 것이 잘 융합되고, 사람들 사이에 감정이 흐르고, 창조적인 뭔가가 생겨나도록 그녀가 신경을 써야 했다. 그녀가 하지 않으면 아무도 하지 않을 것이기 때문에 그녀는 또 한 번 이럴 때 남자란 아무 쓸모도 없는 존재라는 적의 없는 사실을 느꼈고, 똑딱거리던 시계가 멈추었을 때 딱 하고 한 번 치면 다시 잘 돌아가듯 그녀도 하나 둘 셋, 하나 둘 셋 하면서 몸을 약간 좌우로 흔들어 느린 맥박이 정상으로 뛰도록 노력했다. 꺼져가는 불꽃을 신문지로 가려 지켜내듯 계속 하나 둘 셋을 반복하면서 그녀는 맥박에 귀를 기울이고, 약한 맥박을 보호하고, 키우고, 반복하면서 정상이 되게 했다. 그러고 나서 그녀는 윌리엄 뱅크스 쪽으로 조용히 몸을 구부려, 아내도 없고 자식도 없고, 오늘 밤 말고는 늘 하숙집에서 혼자 저녁식사를 해야 하는 불쌍한 노인! 하고 중얼거리면서 반복하던 행동을 멈추었고, 그를 동정함으로써 그녀는 다시금 삶의 보람을 느꼈고, 지친 선원이 바람에 부푼 돛을 보고도 재출범할 엄두는 내지 않고 오히려 배가 침몰당해 가라앉았더라면 자신이 소용돌이에 휘말려 정신없이 돌고 돌다가 마침내 바다 밑에서 안락한 휴식을 취했을 텐데 하고 생각하는 것처럼 그녀도 이런 모든 일을 시작했다.

"편지들, 보셨어요? 보시라고 현관에 놓아두라고 일렀는데요." 그녀가 윌리엄 뱅크스에게 말했다.

릴리 브리스코는 램지 부인이 사람들이 따라서 들어가기 어렵고 들어가는 것을 눈으로 지켜만 봐도 등골이 오싹해지는 그런 이상한 무인 지대로 표류하여 들어가는 것을, 침몰한 돛들이 수평선 아래로 가라앉을 때까지 사라지는 배를 눈으로 따라가듯 지켜보았다.

부인이 정말 늙어 보이고, 정말 지쳐 보이고, 정말 거리감이 있어 보인다고 릴리는 생각했다. 그러다가 윌리엄 뱅크스 쪽으로 고개를 돌린 램지 부인이 웃는 것을 보았을 때 그것은 마치 배가 방향을 돌리자 햇살이 다시 돛에 내리쬐는 것과 같아 보였고, 안도감을 느낀 릴리는 약간 즐거운 표정으로 램지 부인이 왜 그를 동정했을까? 하고 생각해보았다. 부인이 뱅크스에게 편지가 현관에 놓여 있다고 말했을 때 릴리가 받은 인상이 그러했기 때문이었다. 마치 부인이 지친 이유가 부분적으로는 사람들을 동정하기 때문이고 또 누군가를 동정함으로써 다시 살아보겠다는 삶의 의욕이 그녀의 내부에서 일어나기라도 하는 것처럼 램지 부인이 불쌍한 윌리엄 뱅크스라고 말한 것 같아 보였다. 그래서 릴리는 그것은 진실이 아니라고 생각했고, 다른 사람들이 필요로 해서라기보다 오히려 부인 스스로가 필요로 해서 생긴 부인의 본능이고 부인의 그릇된 판단들 중 하나라고 생각했다. 그는 동정받을 만큼 절대로 불쌍한 사람이 아니었다. 그도 하는 일이 있다고 릴리는 혼잣말을 했다. 그녀는 마치 보물이라도 발견한 것처럼 갑자기 자신도 하는 일이 있다고 생각했다. 그녀는 재빨리 그녀의 그림을 흘깃 보면서 나무를 좀 더 중앙으로 옮기면 저 어색한 공간이 해결되겠구나 하고 생각했다. 그렇게 해야겠구나. 그걸 해결하지 못해 쩔쩔맸구나. 그녀는 그림 속의 나무를 옮겨야겠다는 것을 자신에게 일깨우기 위해 소금 병을 집어 들어 식탁보의 꽃무늬 위에 다시 내려놓았다.

"우편으로 가치 있는 것을 받아보기 힘든데도 이상하게 늘 편지를 기다리게 되는군요." 뱅크스 씨가 말했다.

수프를 깨끗이 먹어치운 찰스 탠슬리는 숟가락을 접시의 중앙에 정확히 내려놓으면서 사람들이 정말 시시한 얘기들만 주고받는다고 생각했고, 릴리는 (창을 등지고 릴리와 마주보게 앉은 탠슬리는 정확하게 바깥 풍경의 중앙에 있었다) 마치 탠슬리가 작정을 하고 저녁 먹을 준비를 한 사람 같다고 생각했다. 그를 둘러싼 모든 것이 추하고 빈약하고 궁상맞아 보였다. 그런데도 누군가를 완전히 싫어하는 것이 거의 불가능했다. 그녀는 움푹 파인 그의 푸른 눈이 위엄이 있어 보여서 좋아했다.

"편지를 많이 쓰세요, 탠슬리 씨?" 램지 부인이 물었다. 램지 부인은 늘 이런 식(마치 남자들은 무언가가 결여된 것처럼 항상 동정하고 마치 여자들은 무언가를 가지고 있는 것처럼 절대로 동정하지 않는 것)이었기 때문에 릴리는 부인이 그도 동정했다고 생각했다. 어머니에게 편지를 씁니다. 그 외에는 한 달에 한 통도 잘 쓰지 않는 편입니다. 탠슬리가 짧게 대답했다.

그는 시시한 얘기들이나 나누는 이런 사람들과 말을 하기가 싫었다. 이런 어리석은 여자들 앞에서 자기가 잘났다는 생색도 내고 싶지 않았다. 그는 그의 방에서 책을 읽다가 종소리를 듣고 내려와 지금 식당에 앉아 있었고, 그래서 이 모든 것이 그의 눈에는 어리석고 피상적이고 하찮아 보였다. 식사를 할 때도 왜 이들은 정장 차림을 하는 거지? 나는 그냥 입고 있던 옷으로 내려왔는데. 하긴 차려입을 정장도 내겐 없구나. "우편으로 가치 있는 것을 받아보기 힘들다"는 말도 그들이 늘 주고받는 얘기잖아. 가만히 있는 남자들을 여자들이 들쑤셔서 그런 하찮은 얘기나 하도록 만드는 게 틀림없어. 하긴 그 말도 맞지. 일 년 내내 우편으로 가치 있는 것은 절대로 받아보지 못했으니까. 이 사람들은 그저 먹고 떠들고, 먹고 떠들 뿐이야. 이건 전적으로 여자들의 잘못이야. 남자들이 여자들의 "매력"과 어리석음에 사로잡혀 문명적이고 진보적인 얘기를 꺼내지 못하는 거니까. 그가 생각했다.

"내일 등대는 못 갈 겁니다, 램지 부인." 탠슬리가 자기 주장을 내세우며 말했다. 그는 부인을 좋아하고, 숭배하고, 도랑을 파던 남자가 부인을 올려다보던 일을 아직도 기억했지만, 그렇지만 자기 주장은 할 필요가 있다고 느꼈다.

릴리는 그가 멋진 눈을 가졌지만 그녀가 아는 사람들 중에 제일 매력 없는 남자라고 생각했다. 그런데도 그녀는, 여자들은 쓸 수도 없고 그릴 수도 없어요라고 한 그의 말에 신경이 쓰였다. 분명히 그것이 그에게도 진실은 아니었고, 하지만 어떤 이유로 그에게 도움이 되기 때문에 그가 그런 말을 한 것이라면, 그가 한 이 말이 무슨 문제가 된단 말인가? 그런데도 그녀는 왜 바람 앞의 옥수수처럼 고개를 푹 숙였다가 이런 굴욕에서 벗어나려고 안간힘을 쓰면서 고통스럽게 다시 고개를 똑바로 드는 것일까? 그녀는 그림의 구도를 다시 한번 더 생각해보아야 했다. 식탁보에는 잔가지가 있었고, 저기에는 그녀의 그림이 있었고, 그녀는 나무를 중앙으로 옮겨야 했고,

그것이 문제였다. 다른 건 문제가 되지 않았다. 그녀는 자신이 그와 싸우지 않으려고, 화를 내지 않으려고, 그래서 그녀가 이렇게도 그림에 매달리는 것은 아닐까? 하고 생각했다. 그렇게 자신에게 물어보면서 그녀는 조금이라도 복수하고 싶다면 그를 비웃으면 된다고 생각했다.

"아, 탠슬리 씨." 릴리가 말했다. "저를 등대에 데려가주세요. 정말로 가고 싶어요."

그는 그녀가 거짓말을 한다는 것을 알 수 있었다. 어떤 이유 때문에 그를 화나게 하려고 그녀가 마음에도 없는 말을 하고 있었다. 그녀는 그를 비웃고 있었다. 그는 허름한 플란넬 바지를 입었다. 다른 바지가 없었다. 그는 자신이 매우 초라하고, 고립되고, 외롭다고 느꼈다. 어떤 이유 때문에 그녀가 그와 함께 등대에 갈 생각이 전혀 없으면서도 그런 말로 그를 비웃고 경멸하고, 프루 램지도 그를 경멸하고, 다른 사람들도 모두 그를 경멸한다는 것을 알았다. 하지만 그는 여자들 때문에 바보가 되고 싶지 않아서 일부러 의자를 돌려 창밖을 내다보면서 아주 무례한 태도로 "릴리 양이 가기에는 내일 날씨가 많이 거칠겠군요. 뱃멀미를 하실 텐데요" 하고 말했다.

램지 부인이 듣는 앞에서 그런 식으로 말하도록 유도한 릴리가 그는 몹시 거슬렸다. 그의 방에서 혼자 책이나 읽으면 좋겠다고 생각했다. 그의 방이 그에겐 제일 편한 곳이었다. 그리고 여태까지 누구에게 한 푼이라도 빚진 적이 없고, 열다섯 살 이래로 아버지한테서도 한 푼 받은 적이 없고, 오히려 번 돈으로 집안에 보태고, 누이동생도 공부시킨 그였다. 브리스코 양에게 적절히 대답할 말을 찾았더라면 좋았을 거고, "뱃멀미를 하실 텐데요" 하는 식으로 말을 불쑥 내뱉지 않았더라면 좋았을 거라고 그는 후회했다. 그는 램지 부인에게 말할 뭔가를 생각하고 싶었고, 자신이 무미건조한 학자만은 아니라는 걸 보여주고 싶었다. 사람들은 그를 모두 그런 식으로 보았다. 그는 고개를 부인 쪽으로 돌렸다. 하지만 부인은 뱅크스 씨와 대화를 하고 있었고, 이름도 들어본 적이 없는 사람들에 대해 얘기했다.

"그래요, 치워요." 그녀는 뱅크스 씨와 나누던 말을 중단하고 하녀에게 간단히 말했다. "제가 그녀를 마지막으로 본 지 아마 십오 년, 아니 이십 년쯤 되었을 거예요." 이미 이야기에 흠뻑 빠져 있었기 때문에 마치 그들과 나누던 대화를 잠시라도 놓칠 수 없다는 듯 그녀는 고개를 다시 뱅크스 씨에게로 돌려 말했다. 그러고 보니 오늘 밤에야 그녀 얘기를 편지로 전해 들었네요! 그리고 캐리가 여전히 말로우에 살고, 모든 것이 여전히 다 똑같다는 말씀이군요? 아, 마치 엊그제 일처럼 기억이 생생하군요. 강둑 위를 걸었고, 매우 추웠어요. 하지만 매닝 부부는 일단 계획을 세우면 무조건 밀어붙이는 경향이 있었지요. 허버트가 강둑에서 장수말벌을 티스푼으로 찔러 죽인 일을 어떻게 잊을 수 있겠어요! 이십 년 전 매우 추웠던 어느 날 템즈 강 둑 위의 특별 전용실 식탁과 의자들 사이를 유령처럼 계속 날아다니는 게 램지 부인은 아주 즐거웠고, 지금 이 순간에도 유령처럼 그들 사이를 다녔고, 그래서 그녀가 이렇게 변했는데도 지나간 세월 동안 그 특별했던 날이 아직도 기억 속에 생생하고 아름답게 남아 있다는 사실에 매료당했다. 캐리가 직접 당신에게 편지를 썼나요? 그녀가 물었다.

"예. 캐리 말이 그들이 당구장을 새로 짓는답니다." 그가 말했다. 그럴 리가! 그럴 리가 없어요! 말도 안 되는 소리예요! 당구장을 짓다니요! 그것이 그녀에게는 말도 안 되는 소리로 들렸다.

뱅크스 씨는 당구장을 새로 짓는다는 게 별로 이상하게 보이지 않았다. 이제 그들도 그럴 만큼 여유가 생겼답니다. 캐리에게 부인의 안부를 전해드릴까요?

"아, 아니에요." 깜짝 놀라 대답한 램지 부인은 새 당구장을 짓는 캐리라는 여자를 알지 못한다는 생각이 들어 안부는 무슨 안부냐고 덧붙였다. 하지만 그들이 아직도 거기에 산다니 참 신기하다는 식으로 램지 부인이 되풀이해서 말하자 뱅크스 씨는 재미있다는 표정을 지었다. 그동안 그들을 한 번 정도밖에 생각하지 않았기 때문에 그들이 줄곧 같은 곳에 산다는 사실이 그녀에게는 참으로 이상하게 들렸다. 같은 이십 년이란 세월 동안 그녀에게는 사건들이 아주 많았다. 그녀는 캐리 매닝도 자기를 까맣게 잊고 지낼 거라고 여겼다. 그렇게 생각하자 이상하고 씁쓸했다.

"사람이란 만나면 헤어지는 법이지요." 자신이 매닝 가족과 램지 가족을 결국에는 모두 알게 되었다는 사실에 어느 정도 만족하면서 뱅크스 씨가 말했다. 숟가락을 내려놓고 깨끗이 면도한 입가를 어김없이 닦아내면서 자신은 만났다가 헤어지고 하는 사람이 아니라고 생각했다. 하지만 이런 면에서 자신이 좀 예외적이라고 생각한 그는 자신이 판에 박힌 생활을 무척 싫어하고 모든 계층의 사람을 친구로 사귀는 편이라고 생각했다. 이때 램지 부인이 말을 잠시

끊고는 하녀에게 음식을 계속 따뜻하게 데워두라고 일렀다. 이래서 그는 혼자 식사하는 걸 더 좋아했다. 이런 식으로 방해를 받는 것이 그는 기분이 나빴다. 기능공이 언제든지 사용할 수 있도록 도구를 아름답게 광을 내어 준비해두듯 뱅크스 씨도 식탁보 위에 왼쪽 손을 들어올려 고상하게 예의를 갖춘 태도를 보이면서 이런 식의 초대에 응하는 건 희생일 뿐이라고 생각했다. 그가 초대를 거절했더라면 램지 부인은 상처를 입었을 것이다. 하지만 이것이 그에게는 가치 없는 짓이었다. 그의 손을 내려다보면서 그는 혼자 저녁식사를 했더라면 지금쯤 벌써 끝났을 것이고, 지금은 자유롭게 다른 일을 하고 있을 거라고 생각했다. 맞아, 이건 완전히 시간 낭비야. 그가 생각했다. 아이들은 여전히 식당 방을 들락거렸다. "너희들 중 누가 로저 방에 빨리 갔다 왔으면 좋겠구나." 램지 부인이 말했다. 이 모든 것이 그가 해야 할 다른 일과 비교하면 정말 쓸데없고 지루하기만 하다고 그는 생각했다. 하숙집이라면 매서운 새의 눈으로 다른 일을 하고 있을 시간인데 여기서는 식탁에 앉아 손가락으로 하릴없이 식탁보나 두드리고 있었다. 정말 시간 낭비가 확실하군! 하지만 그는 램지 부인이 그의 오래된 친한 벗 중 하나라고 생각을 고쳐먹었다. 나도 나름대로 부인에게 정성을 다하는 편인데. 하지만 지금 이 순간에는 그녀의 존재가 내게 아무런 의미가 없고, 그녀의 아름다움도 의미가 없고, 막내아들과 창가에 앉아 있는 그녀의 모습도 내겐 의미가 없구나. 혼자가 되어 책 속에 파묻히고 싶은데. 그는 불편했고, 그녀 옆에 앉아 있어도 아무것도 느낄 수 없어서 배신당한 느낌이었다. 사실은 그가 가정 생활을 즐기지 못했기 때문에 그러했다. 바로 이런 상태에서 그는 삶의 목적이 뭐지? 도대체 이런 고생을 하면서까지 인류를 존속시킬 필요가 있을까? 그것이 그렇게도 바람직한 일일까? 인간이 종족으로서 그렇게도 매력적인 존재인가? 하는 등등의 질문을 스스로에게 했다. 여기에 앉아 있는 단정치 못한 사내아이들을 둘러보면서 그는 꼭 그렇지도 않다고 생각했다. 그가 제일 귀여워하는 캠은 자고 있을 거라고 추측했다. 뭔가에 몰두해 있다면 절대로 물어보지 않을 어리석고 덧없는 질문들이었다. 일에 몰두했다면 삶이란 게 이런 것인가? 삶이란 게 저런 것인가? 하고 절대 묻지 않았을 것이다. 하지만 램지 부인이 하인들에게 명령을 내렸고, 또 램지 부인이 캐리 매닝이 여전히 거기에 산다는 사실에 아주 놀라는 것을 보고 우정이라는 것이, 심지어 제일 친한 친구조차도 부질없다는 생각이 들었기 때문에, 여기서는 할 일이 없어진 그가 이런 질문을 스스로에게 퍼부었다. 사람은 만나면 헤어지는 법이었다. 그는 자기 자신을 다시 꾸짖었다. 그는 램지 부인 옆에 앉아 있었지만 그녀에게 얘기할 만한 화제가 하나도 없었다.

"정말 미안해요." 마침내 램지 부인이 그에게로 몸을 돌리면서 말했다.

물에 흠뻑 빠진 장화를 꺼내 말리면 너무 빳빳해져 발을 도로 집어넣기가 힘든 것처럼 그의 몸이 경직되고 무력해졌다. 하지만 그는 그 장화를 신어야 했다. 무슨 말이라도 해야 했다. 매우 조심스럽게 행동하지 않으면 그가 마음이 변했다고 부인이 눈치챌 것이고, 그건 그가 부인에게 관심이 없다는 것을 뜻하고, 그러면 그녀의 기분이 좋을 리가 없다고 그는 생각했다. 그래서 그는 그녀 쪽으로 몸을 돌려 정중히 고개를 숙였다.

"이렇게 시끄러운 곳에서 저녁식사를 하셔서 불편하신가 봐요?" 별로 신경 쓰지 않을 때 늘 하던 식의 사교적인 태도로 그녀가 말했다. 그래서 국제 모임이 있을 때 어느 나라 말을 사용할 것인가에 대한 논란이 생길 경우 의장이 통일을 기하기 위해 모두 프랑스어를 쓰자고 제의하는 식과 같았다. 그럴 경우 엉터리 프랑스어를 사용할지도 모르고, 또 프랑스어에는 화자의 생각을 표현할 단어가 없을지도 모르지만 그래도 일단 프랑스어로 말하는 것이 약간의 질서와 약간의 통일성을 가져올지도 모른다. 뱅크스 씨도 그녀에게 같은 식의 언어로 "아, 아닙니다. 천만에요"라고 사교적인 대답을 했고, 그러자 이런 언어에 대한 지식이 없는 찰스 탠슬리는 이내 그들이 건성으로 말을 한마디 한마디 주고받는다고 의심했다. 그는 램지 가 사람들이 쓸데없는 말만 지껄인다고 생각했고, 이런 기회를 포착하게 된 것에 기뻐하면서 그들의 말을 메모했고, 메모한 것을 조만간 친구들을 만나면 큰 소리로 읽어줄 생각을 했다. 하고 싶은 말을 맘대로 하는 모임인 그곳에 가서 "램지 가에서의 체류"와 그들이 주고받던 쓸데없는 말들을 아주 냉소적으로 떠벌리고 싶었다. 한 번 정도는 같이 지낼 가치가 있지만 두 번은 아닌 것 같다고 말할 작정이었다. 여자들이 너무 진부하다고 말할 셈이었다. 물론 램지가 미모의 여인과 결혼해서 아이를 여덟이나 낳은 뒤 꿈을 접었다는 말도 할 생각이었다. 그런 식으로 대충 말할 내용을 다듬었지만 그의 옆자리가 비어 있는 지금 이 순간에는 꼼짝없이 마냥 자리만 지키고 앉았을 뿐 그도 아무런 모양새를 갖추지 못했다. 모든 것이 단편적이었다. 그는 마음도 몸도 극도로 불편했다. 누군가가 그에게 말할 기회를 주면 좋겠다고 생각했다. 그런 기회를 너무나도 절실히 원했기 때문에 그는 의자에 앉은 채 안절부절못하는 태도로 이 사람 저 사람을 둘러보면서 그들의 대화에 끼어들려고 입을 열었다가도 이내 다물었다. 그들은 어업에 대한 얘기를 나누었다. 왜 아무도 내 의견은 묻지 않는 거야? 저들이 어업에 대해 알면 도대체 얼마나 안다고 저러는 거야?

릴리 브리스코는 이 모든 것을 알았다. 그의 맞은편에 앉은 그녀는 X레이 사진 속의 뼈를 훤히 들여다보듯 육체라는 안개 속에 어둡게 숨어 있는 자신을 드러내고 싶은 젊은이의 욕망이 담긴 그의 갈비뼈와 허벅지뼈를 볼 수 있었다. 대화 속으로 끼어들고 싶다는 불타는 욕망으로 덮인 인습이라는 엷은 안개 말이다. 하지만 릴리는 중국인의 눈매를 닮은 조그만 눈을 가늘게 뜨면서 그가 여자는 그림도 그릴 수 없고 글도 쓸 수 없다고 비웃은 말을 떠올렸고, 그런 그를 그녀가 무엇 때문에 편해지도록 도와줘야 할까? 하고 생각했다.

그녀에게는 자신이 아는 행동 규범이 있었고, 그 일곱 번째 조항에는 (아마도) 이런 종류의 경우 여자의 직업이 무엇이든 여자라면 마땅히 맞은편에 앉은 남자를 도와서 허영심에 사로잡혀 자기 주장을 하고 싶은 간절한 욕망에 빠진 그의 갈비뼈와 허벅지뼈가 드러나도록 남자가 편해지도록 도와줘야 한다고 되어 있었고, 또한 지하철이 폭발하면 여자를 도와주는 게 남자의 의무라는 것을 그녀는 노처녀다운 공평함으로 되새겨보았다. 그러자 그런 일이 생기면 탠슬리 씨가 자기를 구해주길 확실히 바랄 거라고 생각했다. 하지만 우리가 서로를 도와주지 않는다면 어떻게 되는 것이지? 하고 그녀는 생각했다. 그래서 그녀는 빙그레 웃으면서 거기에 앉아 있었다.

"등대에 갈 생각은 아니지요, 릴리?" 램지 부인이 말했다. "불쌍한 랭글리를 생각해보세요. 그는 몇십 번도 넘게 세계를 돌아다녔지만 우리 남편과 함께 했을 때 제일 심하게 고생했다고 내게 그러더군요. 배를 잘 타세요, 탠슬리 씨?" 그녀가 물었다.

탠슬리 씨는 망치를 치켜들고 공중으로 높이 휘둘렀지만 망치를 내리면서 이런 도구로 저런 나비를 때려죽이지 못한다는 것을 깨닫고, 여태까지 살아오면서 한 번도 뱃멀미를 한 적이 없다고 간단하게 말했다. 하지만 그런 간단한 문장 속에는 화약처럼 할아버지는 어부였고, 아버지는 약제사고, 자신은 완전히 자수성가하여 여기까지 왔고, 그런 게 자랑스럽고, 자기가 바로 찰스 탠슬리고, 아무도 그를 알아보지 못하는 게 사실이고, 하지만 머잖아 모든 사람이 그를 알아볼 거라는 그런 말이 함축되어 있었다. 그는 앞을 노려보았다. 그는 머지않아 그의 내면에 있는 화약이 터지면 화약에 맞은 털실뭉치와 사과궤짝처럼 문명에 물든 이 연약한 사람들도 형체를 잃고 산산이 부서져 하늘 높이 날아오를 거라고 생각하면서 그들을 한없이 동정했다.

"저를 데려가실 거죠, 탠슬리 씨?" 릴리가 재빨리 다정하게 물었다. 물론 램지 부인이 그녀에게 "릴리, 지금 내가 불바다에서 익사할 것 같아요. 릴리가 지금의 이 고통에 약을 발라주지 않거나 저기에 있는 저 젊은이에게 다정한 말을 하지 않으면 삶은 좌초되고 말 거예요. 정말로 이 순간에도 배가 바위에 부딪혀 부서지는 소리가 들리는 듯해요. 내 신경이 너무 예민해서 현악기의 줄처럼 아주 팽팽한 상태거든요. 한 번만 더 건드려도 줄이 끊어질 것 같아요"라는 식으로 말했다 해도(기실 한 거나 마찬가지였다) 결과는 똑같았을 것이다. 램지 부인이 그녀에게 이런 말을 눈길로 수없이 했기 때문에 릴리는 실험을 포기하고 그에게 다정하게 굴어야 했다.저기에 있는 저 젊은이에게 잘해주지 않으면 무슨 일이 생길까? 하는 실험 말이다.

릴리의 기분이 변했다는 것을 정확히 판단한(그녀는 이제 그에게 호의적이었다) 그는 자기 중심적인 욕구에서 벗어났고, 자신이 아기였을 때 아버지가 얼마나 자주 배 밖으로 자신을 내던졌고, 던지고 나서 갈고리 장대로 어떻게 건져 올렸고, 그런 식으로 수영을 배웠다는 것을 그녀에게 말해주었다. 삼촌 하나가 스코틀랜드에서 멀리 떨어진 연안에서 등대지기를 했다고 그가 말했다. 폭풍이 몰아치는 가운데 삼촌과 함께 그곳에 있었다고 말했다. 잠깐 쉬었다가 그가 이런 말을 크게 말했다. 폭풍 속에서 삼촌과 등대에 있었다는 말을 하자 사람들이 모두 그의 말에 귀를 기울였다. 대화가 이렇게 좋은 방향으로 나아가고, 또 램지 부인이 그녀에게 고맙다고 인사하는 듯 느껴져서 (부인도 잠시나마 혼잣말을 할 수 있게 되었기 때문에) 릴리는 부인을 위해 그녀가 정말로 큰 희생을 감수했다고 생각했다. 그녀도 진실한 편은 되지 못했다.

그녀는 늘 쓰던 속임수를 썼다. 친절하게 대하는 것. 그녀는 그를 절대로 알지 못할 것이다. 그도 그녀를 절대로 알지 못할 것이다. 인간 관계란 다 이런 식이라고, 그중에서도 최악이 (뱅크스 씨의 경우는 예외겠지만) 남녀 관계라고 그녀는 생각했다. 어쩔 수 없이 남녀 관계는 성실할 수 없다고 그녀는 생각했다. 그때 자신이 일부러 거기에 놓아둔 소금 병이 그녀의 눈에 들어왔고, 그것을 보자 내일 아침에 나무를 좀 더 중앙으로 옮겨야겠다던 생각이 떠올랐고, 내일 그림을 그린다는 생각에 기분이 좋아져서 탠슬리 씨가 하는 말을 듣고 큰 소리로 웃었다. 그래, 떠들고 싶으면 밤새도록 떠들어보세요.

"그런데 등대의 근무 기간은 얼마나 되나요?" 램지 부인이 물었다. 그가 그녀에게 말해주었다. 그는 놀라울 정도로 많은 것을 알고 있었다. 이제 탠슬리의 기분도 좋아졌고, 그가 그녀를 좋아하고, 자신도 이야기를 나누면서 즐기기 시작했기 때문에 램지 부인은 이제 자기도 이십 년 전의 말로우에 있던 매닝 부부의 응접실로, 비현실적이지만 환상적인 꿈의 나라로 되돌아갈 수 있다고 생각했고, 걱정할 미래가 없으니 돌아다니면서 서두르거나 걱정할 필요도 없었다. 그녀는 그들에게 일어난 일과 그녀에게 일어난 일을 모두 알았다. 그것은 이십 년 전에 일어난 일로 이야기의 결말을 이미 다 알고, 지금 이 식당 방의 식탁에서조차 폭포로 흘러내리고 있는 삶이, 하늘만이 아는 거기에서 봉해진 삶이 그것의 강둑들 사이에서 호수처럼 잔잔하게 놓여 있었기 때문에 좋은 책을 다시 읽는 것과 같았다. 뱅크스 씨는 그들이 당구장을 지었다고 말했고 그게 가능할까 싶었다. 그녀는 뱅크스 씨가 계속해서 매닝 부부에 대한 얘기를 하면 좋겠다고 생각했다. 하지만 아니었다. 어떤 이유로 그는 더는 그럴 기분이 아니었다. 그가 얘기하도록 유도해보았지만 그는 무반응이었다. 그렇다고 강요할 수도 없었다. 그녀는 실망했다.

“아이들이 엉망이에요.” 한숨을 쉬면서 램지 부인이 말했다. 시간을 잘 지키는 것은 나이가 좀 들어야 몸에 배니 너무 신경 쓰지 마세요. 뱅크스 씨가 말했다.

“그러면 오죽 좋겠어요?” 그냥 공백을 메우려고 한 말에 뱅크스 씨가 점점 노처녀 같은 말을 한다고 생각하면서 램지 부인이 대꾸했다. 그가 마음이 변했다는 것을 의식한 그녀가 좀 더 친숙하게 대화하길 바란다는 것을 알면서도 삶의 불쾌감이 밀려드는 것을 느낀 뱅크스 씨는 대화할 기분이 나지 않아 거기에 앉아서 마냥 기다렸다. 도대체 다른 사람들은 무슨 재미있는 얘길 하는 걸까? 무슨 얘기들을 나누는 걸까?

고기잡이철이 별로였다는 둥, 사람들이 이민을 간다는 둥, 임금과 실직이 어떻다는 둥, 그런 얘기들을 나누었다. 탠슬리가 정부를 비판했다. 사생활이 별로일 때 이런 종류의 화제에 몰두하는 것도 위안이 된다고 생각한 윌리엄 뱅크스는 그가 “현 정부의 가장 불미스런 일들 중 하나”에 대해 말하는 것을 들었다. 릴리도 듣고 있었고, 램지 부인도 듣고 있었고, 그들 모두 듣고 있었다. 하지만 이내 지겨워진 릴리는 뭔가 석연치 않다고 느꼈고, 뱅크스 씨도 뭔가 결여되었다고 느꼈다. 숄을 어깨 주위에 두르면서 램지 부인도 개운치 않다고 느꼈다. 그들은 그의 말에 귀를 기울이면서도 몸을 움츠리고 “제발 내 맘속의 생각을 들키지 말았으면” 하고 빌었고, 모두들 “다른 사람들은 이렇게 느끼는구나. 어부에 대한 정부의 태만한 조치에 화가 났구나. 그런데도 나는 아무것도 느끼질 못하는구나” 하고 생각했다. 하지만 탠슬리를 바라보는 뱅크스 씨의 생각은 약간 달랐고, 그는 이 젊은이가 우리가 기다리던 바로 그 자라고 생각했다. 항상 그런 자를 기다렸다. 기회는 늘 있었다. 지도자는 언제든지 부상하고, 다른 분야에서처럼 정치에도 천재 같은 자가 나타나는 법이니까. 이 젊은이는 우리를 시대에 뒤진 사람들로 생각하겠구나. 등줄기를 타고 흘러내리는 뭐라고 표현하기 힘든 오싹한 느낌에 뱅크스 씨는 그에게 후한 점수를 주었고, 그러면서도 때로는 자기 자신 때문에, 때로는 그의 일에 대한 애착 때문에, 때로는 그의 관점 때문에, 때로는 그의 과학 때문에 마음을 완전히 탁 털어놓거나 공평하게 행동하지 못하는 성격이어서 그는 솔직하게 말하는 탠슬리가 다소 부러웠다. 당신네들은 인생을 낭비하고 있어요. 당신들 모두 틀렸어요. 불쌍하고도 시대에 뒤진 사람들 같으니. 당신들은 희망을 잃은 채 시대에 뒤쳐지고 있단 말입니다. 이 젊은이는 아주 확신이 꽉 찬 모양이야. 한데 말하는 태도는 영 엉망이군. 그러면서도 그를 유심히 관찰한 뱅크스 씨는 그가 용기도 대단하고, 능력도 있고, 사실에 입각한 지식도 해박하다고 생각했다. 정부를 비판하는 걸 보고 뱅크스 씨는 그가 무슨 좋은 묘안이라도 가지고 있을지 모른다고 생각했다.

"자, 얘기 한번 들어봅시다……." 뱅크스 씨가 말했다. 그래서 그들은 정치에 대해 논쟁을 벌였고, 릴리는 식탁보의 잎사귀를 내려다보았고, 논쟁을 하는 두 남자의 손에서 완전히 벗어난 램지 부인은 이런 대화가 너무 따분하다고 느꼈고, 그래서 식탁의 다른 쪽 끝에 앉은 남편을 바라보면서 그가 무슨 말이라도 하면 좋겠다고 생각했다. 한마디라도 좋아요. 그녀가 혼잣말을 했다. 당신이 한마디만 해도 분위기가 완전히 싹 바뀔 테니까요. 당신은 사물의 정곡을 찌르잖아요. 어부와 그들의 임금에 대해서도 관심이 많잖아요. 그것들을 생각한다고 밤잠도 설치잖아요. 당신이 입을 열면 모든 게 완전히 달라질 텐데요. 당신이 입을 열면 모두 관심을 가지기 때문에 "내가 그런 일에 관심이 없다는 걸 당신은 모르는군요"라는 식으로 느끼진 않아요. 그러다가 남편이 무슨 말을 하길 기다리는 게 자신이 남편을 아주 숭배하기 때문이라는 것을 깨닫고, 남편을 칭찬한 사람이 자신이란 사실을 까맣게 잊은 채 마치 누군가가 그녀와 그들의 결혼에 대해 남편에게 칭찬이라도 늘어놓은 것처럼 기분이 붕 떠서 그녀의 온몸이 벌겋게 달아올랐다. 생각에 잠긴 남편의 얼굴에도 이런 모습이 있을까 싶어서 그녀는 그를 바라보았고, 적어도 훌륭한 모습을 하고 있을 거라고 생각했다. ……하지만 아니었다. 그는 인상을 찌푸리고, 얼굴을 붉히고, 화를 내고 있었다. 도대체 왜 저러는 거야? 그녀는 의아했다. 무엇이 문제지? 불쌍한 오거스터스 노인이 수프 한 접시를 더 청하고 있을 뿐인데. 그게 다인데. 오거스터스가 수프를 두 접시째 먹는다는 게 남편 입장에서는 생각도 할 수 없고 참을 수도 없는 일인가 보구나(남편이 식탁 너머로 그녀에게 이런 식의 신호를 보냈기 때문에). 그는 자신이 다 먹고 난 후에도 여전히 남들이 수프를 먹고 있는 걸 몹시 싫어했다. 그녀는 분노가 한 무리의 사냥개처럼 그의 눈과 이마로 마구 달려드는 것을 보았고, 금방이라도 무언가가 터질 것을 알았고, 다행히 그런 기분을 그가 억제하는 것을 보았고, 그래서 그의 온몸에서 분노의 불꽃이 말없이 터져 나오는 것을 보았다. 그는 그곳에 앉아 인상을 찌푸리고 있었다. 그는 아무 말도 하지 않았고, 그녀가 그를 지켜보기를 바랐다. 그렇게 행동하는 그를 그녀가 인정해주길 바랐다. 그런데 도대체 불쌍한 오거스터스가 수프 한 접시 더 먹는다고 뭐가 어떻다고 저러는 거야? 오거스터스가 엘런의 팔을 약간 치면서 "엘런, 미안하지만 수프 한 접시만 더" 하고 말했을 뿐인데. 그 말을 듣고 남편이 저런 식으로 화를 내고 얼굴을 붉히고 오만상을 다 찌푸리다니.

그러면 왜 안 되는데요? 램지 부인이 물었다. 그가 원하면 한 접시 더 먹을 수 있는 거잖아요? 걸신들린 듯 음식을 먹어대는 사람들이 정말 꼴 보기 싫거든. 램지 씨가 그녀를 쳐다보면서 인상을 찡그린 채 말했다. 이런 식으로 시간을 끄는 게 정말 싫거든. 그런 광경이 정말 보기 싫었지만 그래도 그는 자신을 억제하고 아내가 그를 관찰하도록 내버려두었다. 그렇다고 그렇게 눈에 띄게 싫어하는 내색을 하면 어떡해요? 램지 부인이 물었다(그들은 기다란 식탁을 사이에 두고 서로 마주보면서 이런 식으로 질문과 답을 주고받았고, 상대방이 느끼는 감정을 서로 정확히 알았다). 모두 보잖아요. 램지 부인이 생각했다.

로즈도 당신을 쳐다보고, 로저도 아버지를 뚫어져라 쳐다보잖아요. 그러다가 아이들이 우습다고 막 소리 내어 웃기라도 하면 어쩌려고요? (정말로 그럴 참이었다.) 그래서 그녀는 신속히 말했다.

"촛불을 찾아오렴." 그러자 아이들은 즉시 찬장으로 뛰어가 양초를 찾기 시작했다.

남편은 왜 감정을 숨기지 못하는 걸까? 램지 부인은 오거스터스 카마이클이 눈치라도 챘으면 어쩌지 하는 마음이 들었다. 눈치를

챌 수도 있었고, 아닐 수도 있었다.

그녀는 아무렇지도 않게 자리에 앉아서 수프를 먹는 그를 보자 저절로 존경심이 났다. 그는 수프를 더 먹고 싶어서 요청했을 뿐이었다. 사람들이 그를 보고 비웃거나 화를 내도 전혀 상관하지 않았다. 그가 그녀를 싫어한다는 것을 부인도 알았고, 바로 그 이유 때문에 그녀는 그를 존경했고, 희미한 불빛 아래서 아주 훌륭하고도 차분하게 기념비적이고도 명상적인 태도로 수프를 먹는 그를 바라보다가 문득 그가 무슨 생각을 하는지 궁금했고, 왜 그는 항상 만족하고 위엄 있는 얼굴을 하고 있는지 의아했고, 그가 그의 아들 앤드루를 아주 귀여워하는 것도 알았고, 자주 앤드루를 그의 방으로 불러들여 (앤드루 말에 따르면) 이것저것을 보여준다는 것도 알았다. 그리고 그는 저 잔디밭에 하루 종일 드러누워서 시를 구상하느라 사색했고, 그러다가 고양이가 새들을 쫓아내는 것을 보고서야 적절한 단어를 찾고는 너무 좋아 손뼉을 치기도 했고, 그럴 때면 남편이 "불쌍한 오거스터스 노인 같으니. 그는 진짜 시인이야"라고 말했고, 그것은 남편 입에서 나온 최고의 찬사나 다름없는 말이었다.

이제 초 여덟 개가 식탁에 모두 세워졌고, 처음에는 흔들거리던 불꽃들이 이내 똑바로 서서 기다란 식탁 전체를 환하게 비추었고, 과일을 담은 노란색과 보라색 접시들이 식탁 중앙에 놓인 것이 보였다. 어쩌면 저렇게도 예쁘게 장식했을까? 하고 램지 부인이 의아해했고, 로즈가 포도와 배와 뿔 모양의 분홍빛 줄무늬 조개와 바나나를 접시에 담아서 배열해놓은 형상이 해저에서 건져낸 트로피를 생각나게 하고, 바다의 신 넵튠의 연회를 떠오르게 하고, 또 (어느 그림에서처럼) 붉은 황금빛이 넘실대는 횃불 아래 표범 가죽을 밟고 서 있는 주신 바커스의 어깨 너머로 이파리와 함께 주렁주렁 달린 송이들을 보는 것 같아서였다. ……이렇게 갑자기 밝아지자 식탁이 너무 크고 깊어 보였고, 지팡이를 짚고 언덕으로 올라갔다가 계곡으로 내려와야 할 세계처럼 느껴졌고, 오거스터스도 황홀한 표정으로 같은 과일 접시를 바라보는 것을 보고 기뻤고(잠시나마 그와 공감대가 같아서 기뻤다), 접시로 다가가 여기서 꽃 한 송이 저기서 장식술 하나를 뽑아 실컷 즐긴 후 자리로 돌아가는 그를 보고 사물을 보는 관점이 그녀와 다른 것을 느꼈고, 관점이 달라도 바라본다는 행위가 그들을 이어주는 것 같아 기뻤다.

모든 초에 불이 켜지자 식탁 양쪽에 앉은 얼굴들은 촛불 때문에 더 가까워졌고, 해 질 무렵에는 그러지 않았는데 이제 식탁을 에워싸고 차분하게 한 무리를 이루었고, 밤도 이제는 유리창 때문에 차단되었고, 유리창은 바깥 세계의 정밀한 풍경을 막아버렸고, 바깥 풍경이 이상하게 아른거리자 여기 방 안이 질서와 메마른 땅의 화신으로 비쳤고, 저기 바깥은 사물이 물처럼 흔들거리다 사라지는 반사물처럼 보였다.

마치 이것이 진짜 일어나기라도 한 것처럼 그들은 이내 무슨 변화를 감지했고, 그들은 섬의 한 동굴에서 무리를 이룬 자신들을 의식했고, 동시에 저기 밖에서 어른거리는 게 무엇일까 하는 의문을 품었다. 불편한 심기로 폴과 민타를 기다리면서 불안해하던 램지 부인도 이제는 불안이 기대로 바뀌는 것을 느꼈다. 이제 그들이 들어올 것이기 때문이다. 갑자기 기분이 상쾌해지는 것을 느낀 릴리는 그 원인을 알아보려고 애를 썼고, 테니스장에서 공이 그들 사이에 놓인 드넓은 공간 속으로 사라질 때 느낀 기분과 지금의 기분을 비교했고, 그래서 똑같은 효과가 난 것은 불이 켜진 많은 촛불과 가구가 별로 없는 식당 방과 커튼을 치지 않은 창과 촛불에 비친 밝은 가면을 쓴 듯한 얼굴들 때문이라고 생각했다. 사람들의 얼굴이 아까보다 밝아보여서 그녀는 무슨 일이 일어나고 있다고 생각했다. 문을 바라보면서 램지 부인은 그들이 들어온다고 생각했고, 그렇게 생각하는 바로 그 순간 민타 도일과 폴 레일리와 손에 커다란 접시를 든 하녀가 함께 방 안으로 들어왔다. 그들은 지나칠 정도로 늦었다. 너무 늦어서 죄송해요. 민타가 말한 뒤 그들은 식탁의 한쪽 끝으로 가 자리를 찾아 앉았다.

"제가 브로치를 잃어버렸어요. 할머니의 브로치를요." 민타가 울먹이는 애절한 목소리로 말했다. 커다란 갈색 눈에 흥건히 고인 눈물이 흘러내리지 않도록 그녀가 시선을 올렸다 내렸다 하자 옆에 앉은 램지 씨가 기사도 정신을 발휘하여 그녀를 놀렸다.

보석을 달고 바위를 기어 올라가는 바보가 어딨어요? 그가 말했다.

민타는 평소에도 그를 두려워했다. 그는 소름 끼칠 정도로 아주 명민했고, 그의 옆에 앉아 처음으로 대화를 나누던 어느 날 밤에 하필이면 조지 엘리엇에 대해 그와 토론을 주고받게 되어 겁을 먹었는데 그녀가 조지 엘리엇의 소설《미들마치》3권을 기차에 놓고 내리는 바람에 소설의 결말을 알지 못해서였고, 그 뒤로는 서로 사이가 완벽할 정도로 좋아졌고, 그런데도 그가 그녀를 바보라고 놀리는 것을 좋아했기 때문에 그녀는 실제 이상으로 무식한 체하기를 좋아했다. 그래서 오늘 밤에도 그가 그녀를 보고 직접적으로 놀려대도 놀라지 않았다. 게다가 그녀는 방으로 들어오자마자 기적이 일어났다는 것을 이내 눈치챘고, 기적이란 게 바로 자신이 황금빛 안개에 둘러싸였다는 것이다. 때때로 그녀는 그것에 둘러싸였고, 때때로는 둘러싸이지 않았다. 그녀는 왜 그것에 둘러싸이는지, 왜 둘러싸이지 않는지 알지 못했고, 방으로 들어올 때까지도 그것에 둘러싸였다는 사실을 알지 못했지만 방 안에서 그녀를 쳐다보는 한 남자의 시선 때문에 바로 알게 되었다. 그랬다, 그녀는 오늘 밤에 그것에 굉장히 많이 둘러싸였고, 램지 씨가 바보짓 하지 말라고 했을 때 그것을 알게 되었다. 그의 옆에 앉은 그녀는 빙그레 웃었다.

일이 생겼구나 하고 여긴 램지 부인은 그들이 약혼했겠다고 생각했다. 그러다가 그녀는 두 번 다시 느끼지 못하리라 여긴 감정이 순간적으로 솟아오르는 것을 느꼈다. 질투심이었다. 그에 대해 말하자면, 남편도 그것을 느꼈다. 민타의 온몸이 벌겋게 달아올랐고, 그는 황금빛으로 붉게 타오르고 자유분방하고 약간 거칠고 약간 덤벙대고 헝클어진 머리를 빗지 않고 빗을 생각도 아예 하지 않는 이런 아가씨들을 좋아했고, 릴리 브리스코에 대해서는 그런 것이 "모자란다"고 말했다. 부인에게는 없는 자질인 광채와 풍요로움을 가진 민타 같은 아가씨들이 남편을 유혹하고, 즐겁게 하고, 좋아하게 만들었다. 그런 아가씨들이 남편의 머리를 잘라주고, 남편에게 회중시계 줄을 땋아주고, 계속 하던 연구를 방해하고, "이리로 오세요, 램지 씨. 이제 우리가 저들을 이길 차례예요(부인은 그런 말을 들었다)"라고 소리치면 남편은 하던 일을 멈추고 밖으로 나가 테니스를 쳤다.

하지만 그녀가 정말로 질투한 것은 아니었고, 그녀가 만든 잘못 때문에 가끔씩 거울 속에 비친 자신의 모습이 늙었다는 게 조금 분했다. (온실 수리 비용과 기타 근심걱정들이 쌓인 결과였다.) 그녀는 아가씨들이 남편과 즐겁게 지내면서 놀리고 웃고 하는 것이(오늘은 담배를 몇 대나 피웠어요, 램지 씨? 등등의 얘기로) 고마웠고, 남편 얼굴이 젊은이의 얼굴처럼 환해지는 게 좋았고, 여자에게 매우 매력적인 남자, 부담스럽지 않은 남자, 그의 위대한 연구 업적과 세상에 대한 슬픔과 명성과 실패에 눌리지 않고 처음 그녀가 그를 보았을 때처럼 수척하지만 여자에게 매우 친절한 남자, 배 밖으로 빠진 그녀를 구해준 남자, 저런 식으로 (그녀가 쳐다보니 민타를 놀리는 그의 얼굴이 놀라울 정도로 젊어 보였다) 기쁨에 넘치는 젊은 남자로 보이는 게 좋았다. 그녀에 대해 말하자면("그것을 거기에 내려놓으렴." 그녀 앞에 비프스튜가 담긴 커다란 갈색 냄비를 스위스 하녀 아이가 살포시 놓도록 도와주면서 그녀가 말했다) 그녀는 바보들을 좋아했다. 폴이 그녀 옆에 앉아 있었다. 그녀는 폴이 그 자리에 앉도록 늘 지켰다. 그녀는 정말로 자신이 바보들을 제일 좋아한다고 생각했다. 그들은 논문 따위로 그녀를 괴롭히지 않았다. 소위 똑똑하다고 설쳐대는 남자들은 삶에서 소중한 것들을 너무 많이 놓쳤다. 정말로 그들은 감정이 너무 메마른 상태였다. 그녀는 그녀 옆에 앉은 폴이 나름대로 매력을 물씬 풍긴다고 생각했다. 그의 태도도 그녀를 기분 좋게 했고, 날카롭게 쭉 뻗은 그의 콧날과 연푸른 눈도 쳐다보니 즐거웠다. 그는 생각도 깊었다. 그녀는 이제 사람들이 모두 얘기를 나누고 있으니 폴도 그들 사이에 일어난 일을 그녀에게 말하지 않을까? 하고 생각했다.

"우리는 민타의 브로치를 찾기 위해 되돌아갔어요." 폴이 그녀 옆에 앉으면서 말했다. "우리" 그 한마디로 충분했다. "우리"라는 말을 하기가 너무 힘이 들어서 목소리도 높이고 안간힘까지 쓰는 폴을 보고 이 말을 처음 사용했다고 눈치챈 그녀는 모든 것이 어떻게 돌아갔는지 이해했다. "우리"가 이랬어요, "우리"가 저랬어요. 그들은 평생 함께 살면서 "우리"라는 말을 쓸 거라고 그녀는 생각했고, 약간 자랑하듯 마티가 비프스튜의 냄비 뚜껑을 열자 커다란 갈색 냄비에서 올리브와 기름과 고기즙이 섞인 향긋한 향기가 피어올랐다. 요리사가 이것을 요리한다고 사흘을 수고했다. 그녀는 개인 접시들에 국자로 부드러운 고기들을 떴고, 특히 뱅크스 씨에게는 연한 고기 조각을 골라주려고 신경을 썼다. 그녀는 반짝이는 접시에 담긴 갈색과 노란색으로 알맞게 익은 고기 조각들과 월계수 잎과 포도주를 넣어 맛을 낸 비프스튜를 내려다보면서 이것으로 약혼을 축하해 주고 싶다고(마치 그녀의 맘속에서 두 개의 감정이 일어난 것처럼 이내 축제를 거행하는 야릇하고 부드러운 호기심이 솟아났고, 하나는 심오한 감정이었다) 생각했고, 남자가 여자를 사랑하는 것보다 더 진지한 것이 어디에 있고, 사랑의 가슴에 죽음의 씨를 품는 것보다 더 공을 들이고 더 감동적인 일이 어디에 있을까 싶었고, 동시에 이런 연인들은, 눈을 반짝이며 환상 속으로 빠져드는 이런 사람들은 화환으로 장식하고 그들의 주위를 맴돌며 춤을 추는 사람들의 놀림을 받을 거라고 생각했다.

"기가 막히게 맛있군요." 나이프를 잠시 내려놓은 뱅크스 씨가 말했다. 그는 맛을 음미하며 천천히 먹었다. 고기는 연하고 맛이 좋았다. 요리도 완벽했다. 이런 깊은 시골에서 어떻게 이런 것을 준비하셨나요? 그가 그녀에게 물었다. 그녀는 아름다운 여인이었다. 그녀에 대한 그의 사랑과 숭배가 다시 돌아왔고, 그것을 그녀도 눈치챘다.

"할머니께서 가르쳐주신 프랑스 요리에요." 기쁨에 들뜬 목소리로 램지 부인이 말했다.

물론 프랑스 요리랍니다. 영국 요리는 형편없잖아요(그들도 동의했다). 영국 요리는 물속에 배추를 담그는 수준이에요. 고기는 너무 익혀서 가죽처럼 질기죠. 배추의 껍질도 맛있는데 모두 잘라버리지요. "그 안에 배추의 영양소가 모두 들어 있는데도 말입니다." 뱅크스 씨가 말했다. 또 쓰레기는 어떻구요. 램지 부인이 말했다. 영국 요리사 하나가 쓰레기로 버리는 양이 한 프랑스 가족이 요리해서 먹을 정도 양이랍니다. 이런 말에 윌리엄의 애정이 그녀에게로 되돌아왔고, 모든 것이 다시 정상으로 보였고, 그녀의 엉거주춤하던 행동도 끝났고, 의기양양해져서 남을 놀릴 여유도 이제 생겼고, 그래서 그녀는 과장된 몸짓을 하고 큰 소리로 웃었고, 그런 그녀를 쳐다보던 릴리는 저곳에 앉아 자신의 미모를 자랑하고 배추 껍질에 대해 얘기를 나누는 부인이 정말 어리석고 유치하기 짝이 없는 여자라고 생각했다. 부인에게는 놀라운 점이 있었다. 부인이 결국에는 자신이 원하는 것을 항상 가진다고 릴리는 생각했다. 지금의 일만 해도 부인이 만든 결과였다. 폴과 민타가 그녀가 추측컨대 약혼한 것도 부인의 뜻이었다. 뱅크스 씨도 여기에 와서 저녁식사를 했다. 부인은 아주 간단하고 아주 직접적으로 소원을 빌어 모두에게 마법을 걸었고, 릴리는 램지 부인의 풍부한 정신력과 자신의 빈약한 정신력을 비교해보았고, 그러자 이 이상하고 무서운 것에 숨은 그런 믿음이 (부인의 얼굴이 완전히 빛이 났다. 젊어 보이지는 않았지만 홍조였다) 폴로 하여금 온몸을 전율케 하고, 그것의 중심에 있게 하고, 멍한 표정으로 뭔가에 말없이 몰두하도록 만들었다고 생각했다. 배추 껍질에 대해서 말할 때도 램지 부인은 그것을 자랑하고, 숭배하고, 손을 들어 따뜻하게 영접하고, 보호하고, 하지만 영접한 뒤에는 어쨌든 큰 소리로 웃으면서 그녀의 희생자들을 그것의 제단으로 인도할 거라고 릴리는 느꼈다. 그것이 이제 릴리에게도 다가왔다. 감정, 사랑의 설렘 말이다. 폴의 옆자리에 앉은 그녀는 얼마나 아닌 척했던가! 그의 얼굴은 타오르듯 빛이 났고, 그녀는 무관심한 척 빈정댔고, 그는 모험을 향해 출발했고, 그녀는 해안에 홀로 남아 있었다. 그리고 그것이 재앙이라면, 그의 재앙이라면, 그녀도 그 재앙 속에 뛰어들 생각을 했고, 그래서 그녀는 부끄럽게 말을 걸었다.

"언제 민타가 브로치를 잃어버렸나요?"

폴이 기억을 더듬고 꿈속을 헤매듯 아주 묘한 웃음을 지었다. 그는 고개를 저었다. "바닷가에서요." 그가 말했다.

"찾을 겁니다." 그가 말했다. "내일 일찍 일어날 겁니다." 민타에게는 비밀로 해달라고 목소리를 죽여 말한 뒤 그는 램지 씨 옆에 앉아서 큰 소리로 웃는 민타 쪽으로 눈길을 돌렸다.

릴리는 그를 돕고 싶은 자신의 욕망을 격하고도 난폭하게 알리고 싶었고, 새벽의 바닷가에서 바위 틈에 반쯤 숨겨진 브로치를 향해 막 달려가는 자신의 모습은 어떨까 생각했고, 그렇게 되면 자신도 선원과 모험들 사이에 끼게 될 거라고 생각했다. 하지만 그녀의 말에 그가 뭐라고 반응했던가? 그녀가 평소에는 잘 드러내지 않는 감정을 담아 "같이 가고 싶어요"라고 조용히 솔직하게 말했을 때 그는 큰 소리로 웃었다. 그것은 좋다거나 싫다는 뜻이었다. 아마 반대일 수도 있지만. 하지만 그의 뜻은 그게 아니었다. 그가 큰 소리로 웃은 것은 마치 뛰어내리고 싶으면 절벽에서 뛰어내려봐, 난 상관없어 하는 식이었다. 그는 그녀의 뺨에 사랑의 열기, 사랑의 무서움, 사랑의 잔인성, 사랑의 무모함을 마구 뿌렸다. 그것이 그녀를 꾸짖었고, 릴리는 식탁 저쪽 끝의 램지 씨 옆에 앉아 매력을 풍기고 있는 민타를 바라보았고, 저런 엄니들의 위험에 노출된 그녀를 보고 움찔 하면서도 고마워했다. 어쨌든 다행이라고, 자신은 결혼하지 않을 거라고, 저런 타락한 짓을 경험할 필요가 없다고 그녀는 식탁보의 소금 병을 바라보면서 혼잣말을 했다. 그녀는 차라리 나무를 중앙으로 좀 더 옮겨야겠다고 생각했다.

그런 건 너무 복잡한 일이었다. 특히 램지 가에 머물면서 릴리는 동시에 두 개의 상반된 감정을 격렬하게 느끼게 되었고, 그중 하나는 상대방이 느끼는 감정이고 다른 하나는 자신이 느끼는 감정으로, 이 두 감정이 지금처럼 그녀의 마음속에서 싸웠다. 이런 사랑은 너무나도 아름답고 너무나도 짜릿해서 릴리로 하여금 사랑의 가장자리에서 온몸을 부르르 떨게 만들고 평소의 습관을 버리고 브로치를 찾기 위해 바닷가로 따라가겠다는 말을 하도록 만들고, 그러면서도 사랑은 인간이 가진 열정 중에서 가장 어리석고 가장 야만스러워 보석처럼 옆얼굴이 잘생긴 젊은이가(폴은 멋지게 생겼다) 마일 엔드 로드*에서 쇠지레를 든(폴은 허풍을 떨었고 거만했다) 골목대장으로 변하게 한다. 하지만 그녀는 옛날부터 사랑을 노래한 송시가 있었고, 장미와 화환을 바쳤고, 열에 아홉은 사랑 말고 원하는 것은 아무것도 없다고 말하고, 한편 릴리의 경험으로 보면 여자들은 그들이 원하는 것은 사랑이 아니라고 항상 느끼고, 사랑보다 더 지루하고 더 철없고 더 비인간적인 것은 없고, 하지만 사랑은 역시 아름답고 필요하다고 혼잣말을 했다. 글쎄, 그렇다면? 글쎄, 그렇다면? 마치 사랑에 대한 토론에서 최선을 다했지만 그 뜻이 미치지 못하자 다른 사람들이 이어서 말해주길 바라는 것처럼 그녀는 다른 사람들이 사랑에 대해 토론하기를 기대하면서 물었다. 그래서 그녀는 사랑이라는 질문에 어떤 빛을 던질까 싶어 그들이 하는 말에 귀를 기울였다.

"그런데 영국 사람들이 커피라고 부르는 액체가 있습니다." 뱅크스 씨가 말했다.

"아아, 커피 말이군요!" 램지 부인이 말했다. 하지만 커피보다 더 중요한 문제는 진짜 버터와 깨끗한 우유에 관한 겁니다(부인은 완전히 일어나서 매우 강조하듯 말했고, 그런 부인을 릴리는 볼 수 있었다). 그녀는 열을 올려가면서 유창하게 영국 농장 시스템이 불법으로 운영되고 집집마다 배달되는 우유 상태도 엉망이라고 말하고는 이런 얘기를 꺼낸 이유를 설명하려다 말고 입을 다물었는데 그녀가 이 문제

---

* 런던의 빈민굴 지역

를 깊이 들어가자 식탁 중앙에 앉은 앤드루부터 시작하여 바늘금작화의 덤불에 튄 불꽃이 모든 덤불에 옮겨가듯 그녀의 아이들이 모두 큰 소리로 웃고, 그녀의 남편도 크게 웃고, 주위의 모든 사람들까지 웃음의 불꽃을 터트리자 그녀는 어쩔 수 없이 고개를 푹 숙이고 깃발을 내린 채 포대에서 내려와 영국 여론의 편견을 공격하면 당하게 되는 고통의 예가 바로 지금 이 식탁에서 일어나는 비웃음과 조롱이라는 것을 뱅크스 씨에게 보여주는 것으로 보복을 마칠 뿐이었다. 하지만 아까 탠슬리와 관련된 일로 자신을 도왔던 릴리는 다른 사람들과 생각이 다를 거라고 여긴 램지 부인은 일부러 "어쨌든 릴리는 나와 생각이 같아요"라고 했고, 그런 식으로 부인 편으로 빨려 들어간 릴리는 약간 당황하고 약간 놀랐다. (릴리는 사랑에 대해 생각하고 있었기 때문이다.) 릴리와 찰스 탠슬리가 대접을 받지 못하고 있다고 램지 부인은 아까부터 생각했다. 그들 둘은 다른 두 사람 때문에 고통을 받았다. 잘생긴 폴 레일리 때문에 방 안의 여자들이 아무도 그를 거들떠보지 않았기 때문에 탠슬리는 자신이 푸대접받는다는 것을 분명히 느끼고 있었다. 불쌍한 젊은이! 그래도 그는 뭔가에 대한 누군가의 영향이라는 논문을 쓰고 있으니 다행이었고, 적어도 자기 앞가림은 할 줄 아는 젊은이였다. 릴리는 달랐다. 그녀는 민타의 광채 아래 시들어버렸고, 볼품없는 회색 드레스에 주름투성이의 조그만 얼굴에 중국인의 눈매를 닮은 작은 눈 때문에 오늘은 여느 때보다 더 눈에 띄지 않았다. 그녀에 대한 모든 것이 너무 왜소했다. 하지만 램지 부인은 릴리에게 도움을 청하면서(릴리는 남편이 그의 장화에 대해 떠드는 것보다 그녀의 낙농에 대한 얘기를 참고 들어줄 것이다. 남편은 입을 열면 적어도 한 시간은 떠들었다) 사십 대가 되면 그들 둘 중 릴리가 더 나을 것이라고 생각했다. 릴리에게는 실낱 같은 뭔가가, 불길처럼 너울거리는 뭔가가, 남자들은 전혀 좋아하지 않지만 램지 부인은 정말로 아주 많이 좋아하는 그녀 특유의 뭔가가 있었고, 그것을 부인은 걱정했다. 윌리엄 뱅크스처럼 아주 나이가 많은 남자가 아니라면 분명히 좋아하지 않을 그런 거였다. 하지만 윌리엄은 그의 아내가 죽은 이래로 자신을 좋아한다고 램지 부인은 생각했다. 물론 "연애" 감정은 아니지만 분류할 수 없는 복잡한 감정 중 하나라고 생각했다. 어머, 무슨 쓸데없는 생각을 하는 거야 하고 램지 부인이 생각하면서 윌리엄과 릴리가 결혼할 거라고 여겼다. 그들은 공통점이 많았다. 릴리는 꽃을 무척 좋아했다. 그들은 모두 냉정하고, 초연하고, 경제력도 있었다. 그녀는 그들을 위해 언젠가 긴 산책을 마련해야겠다고 생각했다.

어리석게도 부인은 그들이 서로 맞은편에 앉도록 자리를 마련했다. 그런 것은 내일 개선해도 괜찮아 보였다. 내일 날씨가 좋으면 그들은 산책을 갈 것이다. 모든 것이 가능해 보였다. 모든 것이 순조로워 보였다. 바로 지금(하지만 이런 상태가 오래가진 않을 거라고 그녀는 모든 사람들이 장화에 대해 얘기를 나누는 동안 잠시 자리에서 슬쩍 빠져나오면서 생각했다), 바로 지금 그녀는 안전한 곳에 도달했고, 공중을 빙빙 맴도는 매처럼 주위를 돌아다녔고, 완전하고 달콤하고 그러면서도 소란스럽지 않고 차라리 엄숙한 그런 기쁨에 빠져 펄럭이는 깃발처럼 돌아다녔고, 식탁의 남편과 아이들과 친구들을 쳐다보다가 부인은 그 기쁨이 식사를 하는 그들 모두에게서 솟아나는 것을 깨달았고, 이렇게 심오한 고요함 (부인은 윌리엄이 좀 더 작은 고기 덩어리를 먹을 수 있도록 퍼주고는 질그릇 냄비 속을 들여다보았다) 속에서 올라오는 것들이 특별한 이유 없이 위로 발산하는 향기와 연기처럼 이제 그곳에 머무르면서 그들을 안전하게 감싸고 있는 듯했다. 아무것도 말할 필요가 없었고, 아무것도 말할 수가 없었다. 기쁨만이 그들 주위를 감쌌다. 뱅크스 씨에게 특별히 연한 고기 덩어리를 건져줄 때 그녀는 이런 기분이 영원히 함께 할 거라고 느꼈고, 오늘 오후에 지금과 비슷한 기분을 다른 것을 통해 이미 한 번 느꼈고, 그것은 바로 사물에는 안정성이라는 일관성이 있고, 즉, 변화에도 불변하고 흘러가는 것과 덧없는 것과 괴기한 것과 맞서 싸우면서도 루비처럼 빛나는 (그녀는 반사된 불빛에 어른거리는 창을 힐끗 바라보았다) 무언가가 있다는 것이고, 그래서 오늘 오후에 느꼈던 평화와 휴식의 기분을 오늘 밤에 또 느끼는 것이었다. 그녀는 이런 순간순간들이 모여서 영원을 이루는 뭔가를 만든다고 생각했다. 오늘의 이 순간도 남을 것이다.

"걱정 마세요. 모두들 들고 남을 만큼 충분히 있어요." 램지 부인이 뱅크스 씨를 안심시켰다.

"앤드루, 접시 좀 내려주렴. 아니면 내가 쏟겠구나." 램지 부인이 말했다. (비프스튜는 대성공이었다.) 숟가락을 내려놓으면서 램지 부인은 여기가 바로 사물의 중심이 놓인 고요한 공간이라고 느꼈고, 그런 공간에서 그녀는 움직이거나 휴식할 수 있고, 이제는 (모두의 접시에 요리가 담겼다) 귀를 기울이면서 기다릴 수도 있고, 그러다가 높은 곳에서 갑자기 아래로 내려오는 매처럼 식탁의 저쪽 끝에 앉아 그의 기차표에 찍힌 번호 1253의 제곱근에 대해 얘기하는 남편에게로 온몸을 기울여 그들의 웃음 속으로 뛰어들 수도 있었다.

도대체 무슨 말을 하는 거지? 오늘날까지 그녀가 들어보지 못한 말이었다. 제곱근이라니? 그게 뭐지? 그녀의 아들들은 알았고, 그녀는 세제곱과 제곱근에 대해 아들들에게 물어봐야겠다고 생각했다. 그런 것이 지금 그들이 주고받는 대화의 내용이었고, 볼테르와 마담 드 스타엘에 대해, 나폴레옹의 성격에 대해, 프랑스의 토지 소유 제도에 대해, 로즈베리 백작과 크리비의 회고록에 대해서도 말했다. 그녀는 알아듣지도 못하는 그런 대화에 귀를 기울이고 억지로 버티고 앉아 자신을 지탱하면서 남자들의 감탄할 만한 이런 지성이, 종횡무진하는 남자들의 이런 지성이 구조물의 양끝이 흔들리지 않도록 연결하는 쇠로 만든 대들보처럼 이 세상을 지탱하는 힘이 된다고 굳게 믿었고, 그러면서도 베개를 베고 잠자리에 든 아이가 창밖에 매달린 나무의 이파리를 빤히 쳐다보면서 눈을 깜박이다가 잠이 드는 것처럼 그들의 얘기를 듣던 그녀도 스르르 눈이 감기고 졸음이 와 눈을 감았다가도 이내 눈을 뜨고는 했다. 그러다가 그녀는 잠에서 깨어났다. 아직도 얘기가 진행 중이었다. 윌리엄 뱅크스가 웨이벌리 소설*을 침이 마르도록 칭찬하고 있었다.

그는 육 개월마다 그 소설을 하나씩 읽는다고 말했다. 그런데 그 말을 듣고 찰스 탠슬리가 왜 저렇게도 화를 내는 것일까? 그녀는 탠슬리가 하는 말에 귀를 기울이기보다는 그의 행동을 관찰하면서 그

---

* 월터 스코트가 쓴 연작 소설

가 웨이벌리 소설에 대해 알지도 못하고 또 내용도 전혀 모르면서 갑자기 뛰어들어 저렇게 화를 내고(프루가 그에게 다정하게 굴지 않았기 때문이라고 램지 부인은 생각했다) 맹비난하는 이유가 뭘까 하고 생각했다. 그녀는 그의 태도로 말미암아 이유를 알 수 있었다. 그는 자기 주장을 하고 싶었고, 그런 태도로 그는 교수가 되거나 결혼을 해도 자기 주장이 필요하다고 느끼면 언제든지 "나는, 나는, 나는"을 되풀이할 것이다. 그는 불쌍한 월터 경과 제인 오스틴을 비평할 때도 결과적으로 늘 "나는, 나는, 나는"을 사용했기 때문이다. 그녀는 그가 "나는, 나는, 나는"을 말할 때의 목소리와 강조하는 말투와 불안해하는 태도로 그가 말을 하면서도 자기 자신과 남이 봐주는 인상을 중요시하고 있다는 걸 알 수 있었다. 출세만 하면 만사형통할 젊은이였다. 어쨌든 그들은 다시 대화를 주고받았다. 이제 그녀는 들을 필요가 없었다. 이런 상태가 오래 가지 않을 거라는 것을 램지 부인은 알았고, 바로 그 순간 너무나도 맑고 투명한 눈을 가진 그녀가 강물의 잔물결과 강변의 갈대와 강물 속에서 균형 있게 유영하는 황어들과 소리 없이 갑자기 나타나 몸을 떠는 숭어 떼가 물속에 비치는 햇살에 모두 그대로 투명하게 비치는 것처럼 아무 노력도 들이지 않고 자신의 눈으로 식탁을 둘러싼 모든 사람들의 속내와 감정을 꿰뚫어보았다. 그렇게 그녀는 그들을 보았고, 그들이 하는 얘기를 들었고, 하지만 마치 그들이 말하는 것이 물속에서 숭어가 움직이면서도 잔물결과 자갈을 보고 동시에 오른쪽과 왼쪽에 있는 것을 보는 것처럼 그들이 무슨 말을 하든지 또한 이런 자질이 있었고, 그래서 전체가 하나로 통일되었고, 하지만 현실의 삶이라면 그녀도 그물을 쳐서 사물을 하나하나 분리할 것이고, 그녀도 웨이벌리를 좋아한다거나 아직 그것들을 읽어보지 못했다고 말하고 싶었고, 그런 말을 하고 싶은 충동을 느꼈고, 하지만 이제는 아무 말도 하지 않았다. 한동안 그녀는 멍한 기분으로 그냥 앉아 있었다.

"아, 하지만 그것이 얼마나 오래 갈 거라고 생각합니까?" 누군가가 물었다. 마치 그녀에게 떨리는 목소리를 감지하는 안테나가 있는 것처럼 그들이 주고받는 말이 그녀의 귀에 잡히면 어쩔 수 없이 그녀도 관심을 내비쳤다. 그런데 이 말이 그녀의 귀에 잡혔다. 그녀는 남편이 위험에 처했다는 걸 즉시 눈치챘다. 남편이 저런 식의 질문에 넘어가면 그가 실패한 것들을 말할 게 거의 확실했다. 그의 책들이 얼마나 오랫동안 읽힐 것인가? 남편이 이내 생각할 게 틀림없었다. (이런 허영심에서 완전히 벗어난) 윌리엄 뱅크스는 큰 소리로 웃으면서 자신은 유행 따라 변하는 것에 별로 의미를 두지 않는다고 말했다. 영원한 게 뭔지 누가 장담할 수 있겠습니까? 문학인지 아니면 그 밖의 다른 것인지 누가 알겠습니까?

"즐기는 걸 즐기면 됩니다." 그가 말했다. 정직하게 말하는 그가 램지 부인은 꽤 칭찬할 만하다고 생각했다. 그는 절대로 "한데 이것이 내게 무슨 영향을 미치지?" 하는 식으로 생각지 않았다. 하지만 다른 기질, 즉 칭찬이나 격려를 받으려고 하는 기질이 있다면 당연히 마음이 불편해지기 시작할 것이고(그리고 그녀는 램지 씨가 불편해하기 시작한 것을 알았다), "아, 하지만 당신의 책은 영원히 남을 겁니다, 램지 씨"나 그런 식으로 누군가가 칭찬해주기를 바랄 것이다. 남편은 어쨌든 그가 살아 있는 한 스코트(아니, 셰익스피어라고 말했던가?)라는 작가는 영원할 거라는 말을 약간 짜증 섞인 말투로 분명히 말함으로써 그의 초조함과 불안감을 노골적으로 드러냈다. 그는 그 말을 짜증을 내며 했다. 그녀는 모든 사람들이 이유도 모르면서 약간 불편해한다고 생각했다. 성격이 좋은 민타 도일이 엉뚱하게도 셰익스피어의 작품을 정말로 좋아서 읽는 사람은 아무도 없을 거라고 퉁명하게 말했다. 램지 씨는 우울한 표정으로(하지만 그의 마음은 이미 불안한 상태를 벗어났다) 셰익스피어를 좋아한다고 말하는 사람들 중에도 정말로 좋아서 읽은 사람은 별로 없다고 말했다. 하지만 램지 씨는 그의 희곡 몇 개는 상당히 훌륭한 편이라고 덧붙였고, 램지 부인은 남편이 잠시 동안은 괜찮을 거라고 보았고, 남편은 민타를 비웃을 것이고, 램지 부인은 남편이 극도로 불안해하는 것을 깨달은 민타가 어떤 식으로든지 그를 돌보고 칭찬하려고 애를 썼다는 것을 알았다. 하지만 부인은 그런 것이 꼭 필요하지 않으면 좋겠다고 바랐고, 꼭 필요하다면 아마 그녀 탓일 거라고 생각했다. 어쨌든 이제 자유로워진 그녀는 소년 시절에 읽은 책들에 대해 말하는 폴 레일리에게 귀를 기울였다. 그때 읽은 책들이 오래가는 것 같아요. 폴이 말했다. 학교 다닐 때 톨스토이 작품을 좀 읽었어요. 항상 기억나는 게 하나 있는데 책 이름은 잊어버렸어요. 램지 부인이 러시아 이름들은 기억하기가 힘들다고 말했다. 브론스키였어요. 폴이 말했다. 악인에게 꽤 어울리는 이름이라 생각해서인지 그 이름만은 기억이 나요. 브론스키라구요? 아,《안나 카레니나》군요. 램지 부인이 말했다. 하지만 제목을 알았다고 해도 책은 그들의 관심사가 아니어서 그런 대화는 그들 사이에 오래 가지 못했다. 아니, 책에 관해서라면 찰스 탠슬리가 그들에게 자세히 설명하겠지만, 탠슬리는 내가 바로 말하고 있을까? 내가 남에게 좋은 인상을 주고 있을까? 하는 망상에 사로잡혀 결국 톨스토이보다는 자신에 대한 말을 더 많이 할 게 뻔했고, 그에 비하면 폴은 자신보다 책에 대해 간단하게나마 얘기를 하는 성격이었다. 대부분의 아둔한 사람들처럼 폴도 겸손을 떨면서 남이 느낀 감정을 배려할 줄 알았고, 그래서 그녀는 그런 점이 폴의 매력이라고 느꼈다. 이제 그는 자신이나 톨스토이가 아니라 부인이 추워하는지, 부인이 문 틈으로 들어온 바람을 느끼는 것은 아닌지, 부인이 배가 먹고 싶은 것은 아닌지를 생각했다.

램지 부인은 배가 먹고 싶지 않다고 말했다. 그러면서도 그녀는 과일이 담긴 접시를 하염없이 질투하듯 흘겨보았고(그녀는 그런 행동을 깨닫지 못했다), 아무도 과일에 손을 대지 말았으면 좋겠다고 생각했다. 그녀는 눈으로 계속해서 과일의 곡선과 그림자를 번갈아 바라보고, 저지대산 포도의 진한 보라색을 맘껏 바라보고, 다시 보라색에 대비되는, 노란색 뿔처럼 단단한 조가비를 바라보고, 또 둥근 형태에 대비되는 곡선 형태의 것을 바라보았는데, 이유는 모르겠지만 이런 식으로 과일 접시를 바라보면 항상 마음이 더 편해지는 것을 예전부터 느꼈고, 아, 그런데, 이런! 이런 망측한 일이! 누군가가 손을 내밀어 배를 하나 잡는 바람에 전체 모양이 엉망이 되고 말았다. 동정어린 눈으로 그녀는 로즈를 바라보았다. 그녀는 재스퍼와 프루 사이에 앉은 로즈를 바라보았다. 우리 아이가 저런 짓을 하다니 참으로 희한하구나!

그녀의 아이들인 재스퍼와 로즈와 프루와 앤드루가 저기에 나란히 앉아서 입술만 달싹거리면서 아주 조용히 무언가를 계속 소곤대고 농담을 주고받는 걸 보자 그녀는 기분이 묘했다. 전혀 다른 뭔가를, 아이들 방에서만 맘껏 웃어대고 재잘대던 숨겨둔 뭔가를 이야기하는 것 같았다. 아이들이 아버지에 대한 얘기를 하는 것이 아니기를 그녀는 희망했다. 아니라고 그녀는 생각했다. 그녀가 거기에 없는데도 아이들이 재밌게 웃고 소곤대는 것이 차라리 슬프게 느껴졌고, 도대체 무슨 일로 그러는지 의아했다. 남과 쉽게 어울리는 아이들이 아닌데 부동자세로 조용히 앉아 있는 것을 보니 가면 같은 얼굴 뒤에 모두 뭔가를 숨기는 것이 틀림없었고, 어른들보다 약간 높은 곳에 부동자세로 앉아 있는 아이들이 마치 감독자나 감시자들처럼 느껴졌다. 하지만 프루를 쳐다보았을 때 그녀는 오늘 밤의 프루 모습이 이제까지 그녀가 알던 프루가 아니라는 걸 깨달았다. 이제 막 아이 티를 벗어난 프루가 꿈틀대기 시작하면서 어른들 세계로 내려오고 있었다. 마치 흥분과 다가올 행복에 사로잡힌 맞은편에 앉은 민타의 광채 나는 얼굴 표정에 감염이라도 된 것처럼, 마치 남녀 사이의 사랑을 알리는 태양이 식탁보 가장자리로 솟아오르기라도 한 것처럼 프루의 얼굴에 아주 희미한 빛이 스쳤고, 그런 것조차 의식하지 못한 프루는 그쪽으로 몸을 구부려 그것을 맞이했다. 프루는 부끄러워하면서도 호기심어린 눈빛으로 민타를 계속 바라보았고, 그래서 램지 부인은 프루와 민타를 번갈아 바라보다가 프루에게 맘속으로 '너도 민타처럼 머지않아 행복해질 거야'라고 말했다. '너는 내 딸이니까 더 행복해질 거야'라고 그녀가 덧붙였고, 그 말은 '넌 내 딸이니까 어느 누구의 딸보다 더 행복해야 한다'는 뜻이었다. 그리고 저녁식사가 끝이 났다. 모두 헤어질 시간이었다. 그들은 하릴없이 접시 위에 남은 음식을 지분거렸다. 그녀는 남편이 하는 얘기에 모두 크게 웃는 것으로 식사가 끝나기를 기다렸다. 그는 장난삼아 민타와 내기를 걸었다. 내기가 끝나면 그녀는 일어날 생각이었다.

갑자기 그녀는 찰스 탠슬리가 마음에 든다고, 그가 크게 웃는 모습도 마음에 든다고 생각했다. 그가 폴과 민타에게 화를 내는 것도 좋아했다. 그의 어색한 행동도 마음에 들었다. 어쨌든 저 젊은이에게는 많은 면이 있었다. 그리고 냅킨을 접시 옆에 내려놓으면서 그녀는 릴리는 항상 나름대로 농담도 잘 한다고 생각했다. 릴리에 대해서는 걱정할 필요가 없었다. 그녀는 기다렸다. 그녀는 냅킨을 다시 접시의 가장자리 아래로 밀어 넣었다. 이제는 얘기가 끝났겠지? 아니었다. 얘기는 꼬리에 꼬리를 물고 계속되었다. 오늘 밤 기분이 아주 좋아진 남편이 수프 사건으로 토라진 오거스터스와 화해하고 싶어서 그를 얘기 속으로 끌어들인 모양이라고 그녀는 추측했다. 그들은 대학 시절에 함께 알고 지낸 누군가에 대해 얘기를 나누었다. 그녀는 어두워져 까매진 유리창 때문에 촛불이 한층 더 밝게 타오르는 쪽의 창을 바라보았고, 바깥을 바라본다고 무슨 말을 하는지 귀를 기울이지 않은 탓에 얘기하는 소리가 마치 성당에서 예배드릴 때의 목소리처럼 아주 이상하게 들렸다. 갑자기 터져 나오는 웃음소리와 그런 뒤 혼자서 얘기하는 목소리(민타의 목소리였다)를 듣자니 가톨릭 성당에서 예배를 드린다고 소리 지르는 남자와 소년들이 생각났다. 그녀는 기다렸다. 그녀의 남편이 말하고 있었다. 남편이 뭔가를 반복했고, 리듬과 희열과 우울이 섞인 목소리를 통해 그가 시를 읊는다는 것을 알아차렸다.

> 바깥으로 나와 정원 길을 걸어보라.
> 루리아나 루릴리.
> 중국 장미가 활짝 피었고 노란 꿀벌이 윙윙거린다네.

그 단어들은 (그녀는 여전히 창을 바라보고 있었다) 마치 저기 바깥의 물위에 떠 있는 꽃들처럼 모두 분리된 듯, 마치 아무도 그런 말을 하지 않았는데 저절로 생겨난 듯 그렇게 들렸다.

> 그리고 여태껏 살아온 모든 삶과
> 앞으로 살아갈 모든 삶도
> 나무와 변해가는 이파리로 가득 차 있다네.

그녀는 그것들이 무엇을 의미하는지 알지 못했지만 음악처럼, 그녀 목소리로 직접 그 단어들을 내뱉은 것처럼, 자아를 감춘 채 저녁 내내 다른 일들을 가지고 서로 이야기를 주고받으면서도 속으로 느낀 점들을 아주 쉽고도 자연스럽게 표현한다는 기분이었다. 그녀는 주위를 둘러보지 않고도 식탁의 모든 사람들이 시를 읊는 목소리에 귀를 기울인다는 것을 알았다.

> 그대도 그렇게 느끼는지 궁금하다네.

루리아나 루릴리.

결국 이렇게 표현하는 것이 가장 말하기 자연스럽다는 듯 그녀가 느낀 것과 같은 종류의 안도와 기쁨이 모두의 얼굴에 서렸고, 이 시를 그들 모두가 직접 읊는 것처럼 느껴졌다.

그런데 목소리가 멈췄다. 그녀는 주위를 돌아보았다. 그녀는 자리에서 몸을 일으켰다. 오거스터스 카마이클이 냅킨을 들고 일어서서 시를 받아 계속 읊었고, 냅킨은 기다란 하얀 옷처럼 보였다.

종려나무 잎과 삼목 다발을 든 왕이
말을 타고 잔디밭을 지나
데이지가 핀 초원 너머로
계속 달리는 것을 본다네.
루리아나 루릴리.

그리고 그녀가 그의 옆을 지나가자 그는 그녀 쪽으로 몸을 약간 틀어 마지막 단어들을 반복했다.

루리아나 루릴리.

그러고는 경의를 표하듯 그는 그녀에게 목례를 했다. 이유도 모르면서 그녀는 그가 그 어느 때보다도 더 그녀를 좋아하고 있다고 느꼈다. 그래서 그녀는 안도와 감사의 뜻으로 그에게 답례한 뒤 그가 그녀를 위해 열어준 문 쪽으로 나아갔다.

이제 모든 것을 한 단계 더 나아가도록 할 필요가 있었다. 문지방을 밟고 선 그녀는 잠시 더 기다렸고, 심지어 그녀가 바라보고 있는데도 사라지는 장면을 바라보았고, 그러다가 민타 쪽으로 가서 민타의 팔을 잡고 방을 나섰고, 장면이 변했고, 매우 다른 형상이 나타났고, 그것을 그녀의 어깨너머로 한번 힐끗 쳐다보는 것만으로도 모든 것이 이미 과거가 되었다는 것을 그녀는 알게 되었다.

18

여느 때처럼 릴리는 생각했다. 저렇게 정확한 순간에 행해져야 할 뭔가가 항상 있다고, 지금처럼 모두 흡연실로 가야 할지 응접실로 가야 할지 아니면 다락방으로 올라가야 할지 결정도 못 하고 그냥 일어서서 농담이나 하는 이런 경우에 램지 부인이 나름대로의 이유를 들어 이내 결정해야 하는 뭔가가 꼭 있었다. 때를 봐서 램지 부인이 왁자지껄한 틈을 타 거기에 서 있는 민타에게로 가서 민타의 팔을 잡고 "그래요, 이젠 그것을 할 때예요"라고 말했고, 무언가를 비밀스럽게 할 요령으로 홀로 자리를 뜨는 것을 보았다. 그리고 그녀가 자리를 뜨자마자 분위기가 바로 깨졌고, 잠시 동요하던 그들도 각자의 길을 찾아 자리를 떴고, 뱅크스 씨는 찰스 탠슬리의 팔을 잡고 저녁식사 때 꺼낸 정치에 대한 토론을 마무리하려고 테라스로 나갔고, 그래서 오늘 저녁에 나눈 대화의 전체 균형을 완전히 다른 방향으로 틀어버렸고, 그들이 테라스로 나가 노동당의 정책에 대해 얘기하는 걸 한두 마디 엿들은 릴리의 눈에는 마치 그들이 배가 나아갈 방향을 잡기 위해 배의 브리지로 올라가 주위의 사정을 살피는 사람들로 여겨졌고, 시에서 정치로 대화의 방향을 바꾼 것이 릴리에게는 그런 느낌을 주었고, 그래서 뱅크스 씨와 찰스 탠슬리는 저 멀리 가버렸고, 반면 다른 사람들은 램프 등불을 들고 홀로 위층으로 올라가는 램지 부인을 바라보았다. 릴리는 그녀가 어디를 저렇게 빨리 가는지 궁금했다.

사실 그녀는 달리거나 서두르지 않았고, 오히려 느릿느릿 올라가고 있었다. 그녀는 오히려 수다스레 얘기를 나눈 뒤라 잠시라도 조용히 혼자 있고 싶다는 생각에 뭔가 특별한 것을 끄집어내고 싶은 기분이었고, 그 뭔가가 문제였고, 그것을 분리하고 싶었고, 그것을 떼어내고 싶었고, 그것에 들러붙은 모든 감정과 잡다한 것들을 말끔히 씻어내고 싶었고, 그래서 그녀 앞에 놓인 그것을 들고 이런 일을 결정하도록 그녀가 선임한 판사들이 앉아 있는 비밀 회의에 부쳐진 법정으로 가고 싶었고, 그것이 좋은 겁니까? 나쁜 겁니까? 아니면 옳은 겁니까? 그른 겁니까? 우리는 어디로 가는 겁니까? 등등을 판사들에게 물어보고 싶었다. 그래서 그녀는 사건의 판결에 따른 충격에 몸의 안정을 취하도록 도움을 받기 위해 무의식적이고 부조리하게 바깥의 느릅나무 가지를 잡은 뒤에야 비로소 몸을 똑바로 지탱했다. 그녀의 세계는 변했고, 그들은 조용했다. 그 사건은 그녀에게 움직임의 감각이라는 판결을 내렸다. 모두들 판결에 따라야 했다. 그녀는 옳은 판결이겠지 옳은 판결이겠지 하고 생각했고, 무의식적으로 나무의 고요함의 권위를 인정했고, 이제 다시 바람이 불자 느릅나무 가지들이 위를 향해 움직이는(파도 위에 올라탄 뱃머리처럼) 훌륭함의 권위를 인정했다. 정말 바람이 불었기 때문에(그녀는 잠시 서서 바깥을 내다보았다). 바람이 불었고, 그래서 이파리 사이로 가끔 별이 비쳤고, 별들도 이파리 사이로 명멸하는 빛을 발하면서 이파리의 가장자리 사이로 얼굴을 내밀려고 기를 썼기 때문이었다. 그랬다, 그때 그것이 행해졌고, 완성되었고, 그래서 모든 것이 행해졌을 때 엄숙해졌다. 이제야 그녀는 그것을 생각했고, 수다와 감정을 말끔히 씻어내고 나니 그것은 항상 존재했던 것으로 보였고, 지금도 보았고, 그래서 모든 것이 안정성으로 귀착하는 것을 보았다. 그들이 살아 있는 한 모두들 오늘 밤을 계속 회상할 거라고 그녀는 생각했고, 오늘 밤의 이 달과, 이 바람과, 이 집과 그녀도 회상할 거라고 생각했다. 그렇게 생각하자 그녀는 기분이 좋았고, 그녀는 그런 종류의 아부에 가장 약한 성격이어서 그들이 아무리 오래 산다 해도 사는 동안 그녀가 그들의 가슴속에 심어놓은 모든 것들을 기억할 거라고 생각하니 기분이 좋았고, 그리고 이것도, 이것도, 이것도 하면서 계단을 올라갔고, 올라가면서 큰 소리로 웃고 다정한 눈빛으로 층계참에 있는 (그녀의 어머니가 쓰던) 소파를 쳐다보고, (그녀의 아버지가 쓰던) 흔들의자를 쳐다보고, 또 헤브리디스 제도의 지도를 쳐다보면서 그들이 이 모든 것을 회상할 거라고 생각했다. 이 모든 것은 폴과 민타의 삶에서도 회상될 것이고, "레일리 부부", 그녀는 새 부부의 이름을 몇 번이고 속으로 불러보았고, 아이들 방문에 손을 대고 서서 다른 사람들과 공통으로 느끼는 감정이라는 것이 마치 방을 가른 칸막이 벽이 너무 얇아서 사실상 그것이(그것은 안도와 행복의 감정이었다) 모두 하나의 물결을 이루고, 의자와 식탁과 지도들도 그녀의 것이고, 또 그들의 것이고, 그것이 누구의 것이든 문제가 되지 않았고, 그녀가 죽은 뒤에는 폴과 민타가 그것을 가질 거라고 느꼈다.

그녀는 방 문의 손잡이를 꽉 잡고 소리가 나지 않도록 돌린 뒤 큰 소리를 내지 않을 요령으로 입술을 약간 오므린 상태로 방 문을 열었다. 하지만 방 안으로 들어서자마자 이렇게까지 미리 주의할 필요가 없었다는 걸 깨닫고 기분이 상했다. 아이들이 자지 않고 있었다. 그게 가장 그녀의 기분을 상하게 했다. 밀드레드가 좀 더 아이들에게 신경을 써야 했는데 싶었다. 제임스는 말똥한 눈으로 완전히 깨어 있었고, 캠도 침대에 똑바로 앉아 있었고, 밀드레드는 침대 밖에서 맨발로 서성거렸고, 열한 시가 거의 다 되었는데도 모두 얘기를 하고 있었다. 도대체 무슨 일이니? 저 무서운 해골 때문에 그래요. 맙소사, 밀드레드에게 저 해골을 치우라고 했는데 밀드레드가 그만 잊어버린 모양이구나. 그래서 몇 시간 전에 잠자리에 들었어야 할 캠과 제임스가 자지 않고 말똥한 눈으로 서로 으르렁대고 있었던 것이다. 어쩌자고 에드워드는 저 무섭게 생긴 해골을 아이들에게 보내 이 야단을 친담? 하긴 내가 너무 어리석었어. 거기 벽에다 못을 박아 걸어두게 했으니까. 단단히 못질해서 떨어질 염려는 없어요. 밀드레드가 말했다. 하지만 캠은 방 안에 해골을 걸어둔 채 잠을 잘 수 없다고 생떼를 썼고, 제임스는 그것을 건드리기만 해봐라 하는 식으로 캠에게 눈을 부라리며 협박을 했다.

그러자 램지 부인은 캠이 앉은 침대 곁으로 다가가 옆에 앉으며 말했다. 캠, 이젠 자야지(저 해골에 뿔이 나 있어요. 캠이 말했다). 잠을 자야 꿈나라에서 아름다운 궁전도 구경하고 그러지. 온 방 안에 저 뿔이 마구 보인단 말이에요. 캠이 대꾸했다. 그것은 사실이었다. 방 안의 어디에 등불을 놓든지 간에(그리고 제임스는 등불을 켜두지 않으면 잠을 자지 않았다) 항상 해골의 그림자가 어딘가에는 꼭 생겼다.

"하지만 생각해보렴, 캠. 그건 그냥 늙어빠진 돼지에 불과해." 램지 부인이 말했다. "농장에 있는 돼지들처럼 그냥 잘생긴 검은 돼지일 뿐이야." 하지만 그게 온 사방에서 뿔로 제게 덤벼들 것 같아 무서워요. 캠이 말했다.

"그래? 그럼," 램지 부인이 말했다. "그걸 뭔가로 덮어두자꾸나." 그래서 모두가 지켜보는 가운데 옷장으로 걸어간 그녀는 작은 서랍을 하나하나 재빨리 열어 뒤졌지만 마땅한 것을 찾지 못했고, 문득 그녀 어깨에 걸친 숄이 생각났고, 숄을 벗어 해골에 둘둘 말고는 캠에게로 돌아왔고, 캠의 옆에 있는 베개를 베고 드러누웠다. 어머, 이제는 저게 정말 예쁘게 보이네! 요정들도 정말 좋아할 것 같지 않니? 그녀가 속삭였다. 마치 새의 둥지처럼 보이는구나. 엄마가 외국에서 본 아름다운 산처럼도 보이는데? 그 산에는 계곡도 있고, 꽃도 있고, 종도 울리고, 새도 노래하고, 어린 염소와 영양도 뛰어논단다. 그녀가 리듬을 타며 말을 하자 캠이 마음속으로 그녀의 말을 하나하나 따라하는 것이 느껴졌다. 말을 끝내자 캠이 이내 그녀의 말을 반복하여, 산처럼 보이고요, 새의 둥지처럼 보이고요, 정원으로도 보이고요, 산에는 어린 영양도 있고요 하면서 졸린 듯 눈을 떴다 감았다 반복했다. 그래서 램지 부인은 계속해서 조용히 더 리듬을 타면서도 더 눈치채지 못하게 더 단조롭게 소곤댔다. 자, 이제 잠을 자야지. 잠을 자야 꿈속에서 산에 대한 꿈을 꾸지. 계곡과, 떨어지는 별과, 앵무새와, 영양과, 정원과, 모든 아름다운 것을 꿈속에서 만나 봐야지. 그녀가 말했다. 베개에서 머리를 매우 서서히 들어올리면서 더욱더 기계적으로 소곤대던 그녀는 캠이 잠든 것을 알고 이내 몸을 똑바로 세워 앉았다.

자, 이제 너도 잠을 자야지. 제임스의 침대로 발길을 옮긴 램지 부인이 속삭였다. 수퇘지의 해골이 여전히 저기 있는 게 보이지? 아무도 그걸 만지지 않았단다. 네가 원하는 대로 그대로야. 조금도 건드리지 않고 그냥 그대로 있단다. 그제야 제임스는 숄 아래 해골이 정말 여전히 있다는 것을 확신했다. 하지만 그는 그녀에게 묻고 싶은 게 더 있었다. 내일 등대에 갈 건가요?

아니, 내일은 아냐. 그녀가 말했다. 하지만 곧 갈 거야. 약속하마. 다음에 날씨가 좋으면 꼭 갈 거란다. 기분이 매우 좋아진 제임스는 침대에 드러누웠다. 그녀는 그에게 이불을 덮어주었다. 하지만 제임스가 오늘 일을 절대 잊지 않을 거라는 걸 그녀도 알았고, 그래서 남편과 찰스 탠슬리에게 화가 나고 그녀 자신에게도 화가 났는데, 그녀가 제임스에게 그런 희망을 품도록 부추겼기 때문이다. 숄을 어깨에 걸치려다 문득 숄로 수퇘지의 해골을 둘둘 말아둔 사실을 기억한 그녀는 바로 자리에서 일어나 창문을 삼사 센티미터 아래로 내려 바람 소리를 들으면서 완벽하게도 무관심한 쌀쌀한 밤공기를 들이마시고는 밀드레드에게 밤 인사를 중얼거린 뒤 방 문의 손잡이를 잡고 문이 서서히 닫히도록 끌어당기면서 아이들의 방을 나섰다.

그녀는 찰스 탠슬리가 정말 짜증스런 사람이라고 생각하면서도 그가 제발 책들을 방바닥에 쿵 하고 떨어뜨리지 말기를 바랐다. 캠과 제임스가 이제 선잠이 들었고, 아이들은 예민해서 무슨 소리에 잘 깨는 편이었고, 또 탠슬리가 등대에 대해서 좋지 않은 말을 했고, 그래서 아이들이 막 깊은 잠에 빠지려는 순간 혹시나 탠슬리가 책상에 쌓인 책들을 눈치 없이 팔꿈치로 밀어내어 방바닥에 떨어뜨리지나 않을까 겁이 났다. 그가 2층으로 올라와 일을 하고 있다고 추측했기 때문이었다. 하지만 그는 너무 고독해 보였고, 그가 아직 2층으로 올라오지 않았다면 안심이라고 느꼈고, 그러면서도 그녀는 내일은 그에게 좀 더 나은 대접을 해야겠다고 신경을 썼고, 그래도 그는 그녀의 남편을 숭배하는 젊은이였고, 하지만 그의 태도는 고칠 점이 많았고, 그래도 그녀는 큰 소리로 웃는 그의 모습이 맘에 들었다. 계단을 내려오면서 이런 생각을 하던 그녀는 계단 창을 통해 밖의 달을(샛노란 보름달이었다) 내다보다가 몸을 돌렸고, 그때 아래에 있던 사람들이 모두 계단에 서 있는 그녀를 올려다보았다.

'아, 저 분이 우리 어머니시구나!' 프루가 생각했다. 맞아, 민타도 우리 어머니를 우러러봐야 하고, 폴 레일리도 우리 어머니를 우러러봐야 해. 마치 세상에 저런 분은 오직 하나뿐이라는 듯, 저분이 바로 어머니의 표본이라는 듯 프루는 저분이 바로 우리 어머니야 하고 속으로 감탄했다. 그리고 조금 전까지만 해도 다른 사람들과 얘기를 나누면서 꽤 어른스러워 보였던 프루는 다시 아이로 돌아왔고, 그들이 하는 것이 일종의 게임인데 어머니가 좋아할지 싫어할지 모르겠다고 생각했다. 민타와 폴과 릴리가 우리 어머니를 만난

건 정말 복이 많은 거야. 아, 저런 분을 어머니로 둔 나는 정말 굉장한 행운아야. 난 절대로 자라지도 않고, 절대로 집도 떠나지 않을 거야. 그렇게 생각하면서 프루는 아이처럼 "우리는 파도 구경하러 바다로 내려가려던 참이었어요"라고 말했다.

그 말을 듣자마자 램지 부인은 이유도 모르면서 이십 대 아가씨가 된 듯 기분이 아주 좋았다. 갑자기 그녀도 환락의 분위기에 빠져든 기분이었다. 물론 가야지. 가고 싶으면 응당 가야 하고말고. 그녀가 큰 소리로 웃으면서 소리쳤다. 그러고 나서 서너 개 남은 마지막 계단을 뛰어내려와 그들을 번갈아 쳐다보았고, 민타의 목도리를 바로잡아주면서 "나도 가고 싶군요. 늦게 돌아올 건가요? 시계 가진 사람 있어요?" 하고 물었다.

"예. 폴이 가지고 있어요." 민타가 대답했다. 폴이 가죽으로 된 조그만 주머니에서 금시계를 꺼내 램지 부인에게 보여주었다. 그리고 손바닥 위에 금시계를 올려 그녀에게 보여주던 그는 '램지 부인이 그 사건을 모두 아는구나. 따로 설명할 필요가 없겠구나' 하고 느꼈다. 그는 그녀에게 시계를 보여주면서 '해냈습니다, 램지 부인. 모두 부인 덕분입니다' 하고 속으로 말했다. 민타가 금시계를 가죽 주머니에 넣고 다니는 남자와 결혼하다니! 민타가 정말로 복도 많구나! 하고 그의 손바닥에 놓인 금시계를 보면서 램지 부인이 생각했다.

"나도 따라가면 정말 좋겠군요!" 그녀가 소리쳤다. 하지만 따라나서고 싶은 행동을 말리는 뭔가가 강하게 느껴졌고, 그녀는 그것이 뭔지 전혀 알 수 없었다. 물론 내가 따라가는 건 불가능해요. 하지만 다른 일만 없다면 정말 함께 가고 싶군요. 그러고는 그녀는 자신의 어리석은 생각이(가죽 주머니에 금시계를 넣고 다니는 남자와 결혼하는 것이 얼마나 행운인가 하던) 떠올라 씩 웃었고, 웃음을 머금은 채 그녀는 다른 방으로 들어갔고, 그 방에는 남편이 앉아서 책을 읽고 있었다.

19

분명히 뭔가를 가지러 여기에 들어왔는데 하고 방 안으로 들어선 램지 부인은 혼자 중얼거렸다. 처음에는 특정한 등불 아래 특별한 의자에 앉고 싶다고 생각했다. 하지만 원한 것이 뭔지 알지도 못하겠고 생각도 나지 않자 그녀는 그 이상의 뭔가를 원하게 되었다. (양말을 집어 들고 뜨개질을 시작하면서) 그녀는 남편을 쳐다보았고, 그는 방해받고 싶지 않다는 표정을 분명히 짓고 있었다. 그것이 분명했다. 그는 매우 감동받은 표정으로 뭔가를 열심히 읽었다. 반쯤 웃음을 머금고 읽는 남편을 보고 그녀는 그가 감정을 억누르고 있다는 것을 눈치챘다. 그는 페이지들을 급하게 넘겼다. 마치 책 속의 인물이라도 되는 것처럼 그렇게 행동했다. 그녀는 그 책의 내용이 무엇인지 궁금했다. 불빛이 뜨개질감 위를 비추도록 등불의 갓을 조정하다가 그녀는 그것이 월터 경의 책이라는 것을 알게 되었다. 찰스 탠슬리가 사람들이 더는 스코트의 책을 읽지 않는다고 말했다(마치 방바닥에 책들이 쿵 하고 떨어지는 소리를 듣길 기대라도 하듯 그녀는 천장을 올려다보았다). 그러자 남편은 "사람들이 내 책에 대해서도 마찬가지가 아닐까" 하는 생각을 했고, 그래서 서재로 와 스코트의 책을 하나 꺼내 읽었다. (책을 읽어보고) 찰스 탠슬리의 말이 옳다 싶으면 스코트에 대한 탠슬리의 말도 받아들일 태세였다. (그녀는 남편이 책을 읽으면서 이것저것을 저울질하고, 비교하고, 심사숙고하는 모습을 보았다.) 하지만 그 자신에 대해서는 아니었다. 그는 항상 자신의 문제에 봉착하면 불안해했다. 그것이 그녀를 괴롭혔다. 그는 항상 자기가 쓴 책들에 대해서 사서 걱정을 하는 편이었다. 책들이 읽힐까? 내용들이 좋을까? 더 좋게 쓰고 싶은데 왜 안 될까? 사람들이 나를 어떻게 생각할까? 남편을 그런 식으로 생각하는 게 싫어진 그녀는 저녁식사를 하면서 책과 명성에 대해 얘기할 때 남편이 갑자기 짜증을 낸 이유를 사람들이 눈치챈 것은 아닌지, 또 그것 때문에 아이들이 킥킥대고 웃은 것은 아닌지 의아해하면서 양말의 양끝을 잡고 쭉 당겼고, 금속 코바늘과 함께 모든 무늬가 일그러지면서 그녀의 입술과 이마 주위로까지 양말이 늘어났고, 미풍이 멈추어 살랑대던 잎들이 하나하나 고요 속으로 떨어지자 동요를 일으키면서 흔들리던 그녀의 마음도 나무처럼 고요해졌다.

그것은 문제가 아니라고, 전혀 문제가 아니라고 그녀는 생각했다. 위대한 인물, 훌륭한 책, 명성. 누가 말할 수 있을까? 그녀는 그런 것을 아무것도 알지 못했다. 하지만 그것은 남편의 내부에 있는 남편의 방식이었고, 그의 솔직함이었다. 예를 들면, 저녁식사 때에 그녀는 꽤 본능적으로 남편이 한마디라도 하면 좋겠다고 생각했다. 그녀는 남편의 솔직한 성품을 완전히 믿었다. 그리고 물속으로 뛰어 들어가 잡초와 지푸라기와 거품을 헤치고 앞으로 나아가듯 이 모든 것을 깨끗이 잊고 그녀는 아까 응접실에서 사람들이 얘기하던 것을 듣고 뭔가를 다시 더 깊이 생각하게 되었고, 그래서 뭔가를 원하는 게 있다고 여겼고 뭔가를 가지러 여기에 들어왔는데 그것이 뭔지 정확히 몰라 눈을 감고 점점 더 깊은 생각에 빠져들었다. 그리고 그런 식으로 잠깐 있다가, 양말을 뜨다가, 의아해하다가, 저녁식사 때 들은 단어들인 "중국 장미가 활짝 피었고 노란 꿀벌이 윙윙거린다네"를 천천히 읊다가, 리듬에 맞춰 맘속에서 가끔 그 단어들을 하나하나 씻어냈고, 모든 단어를 씻어버리자 조그만 그림자가 진 불빛 같던 단어들이 그늘진 그녀의 맘속에 하나는 빨갛고 하나는 파랗고 하나는 노란 불빛을 피웠고, 그러다가 그들의 횃대를 떠나 저기 저곳의 위로 훨훨 날아가거나 소리를 지르거나 메아리가 되어 돌아오는 듯했고, 그래서 그녀는 고개를 돌려 옆에 있는 탁자 위의 책에 손을 가져갔다.

그리고 여태껏 살아온 모든 삶과
앞으로 살아갈 모든 삶도
나무와 변해가는 이파리로 가득 차 있다네.

그녀는 중얼거리면서 코바늘로 양말을 계속 짰다. 그리고 책을 펼쳐 아무렇게나 여기저기를 닥치는 대로 읽기 시작했고, 그렇게 읽다 보니 꽃잎에 완전히 파묻힌 그녀가 길을 뚫으려고 사방팔방으로 기어 다닌다고 겨우 이 꽃은 하얗고 저 꽃은 빨갛다는 정도만 아는 그런 기분이 들었다. 그녀는 처음에는 단어들이 의미하는 것이 뭔지 전혀 알지 못했다.

노를 저어라, 지쳐버린 선원들이여,

돛대 달린 배를 저어 여기로 오라.

이것을 읽고 난 그녀는 페이지를 넘겨 몸을 흔들어대면서 눈이 가는 대로 이쪽저쪽, 한 가지에서 다른 가지를 쳐다보듯 한 줄에서 다른 줄을 읽고, 빨갛고 하얀 꽃에서 다른 꽃으로 눈을 돌리고, 그러던 중에 어디선가 희미한 소리가 들려왔다. 남편이 무릎을 치는 소리였다. 그들은 잠시 눈을 마주쳤지만 둘 다 서로에게 말을 걸고 싶지 않았다. 서로 아무 말도 하지 않았지만 그런데도 그녀는 그가 그녀에게로 건네는 말을 알아들었다. 그가 무릎을 치도록 만든 것은 바로 삶이고, 삶의 힘이고, 대단한 유머라는 것을 그녀는 알았다. 나를 방해하지 마. 아무 말도 하지 마. 그냥 거기에 앉아 있어. 그가 그렇게 말하는 것 같았다. 그러고는 계속 책을 읽었다. 그의 입술이 씰룩거렸다. 흡족한 표정이었다. 고무된 듯했다. 그는 오늘 저녁에 있었던 모든 자질구레하고 기분 나빴던 일과, 사람들이 일어날 생각도 않고 죽치고 앉아 끝없이 먹어대고 마셔대는 동안 어쩔 수 없이 따분하게 앉아 있던 일과, 아내에게 심하게 짜증을 부린 일과, 또 사람들이 그의 책에 관심을 보이지 않자 과민하게 반응하고 신경을 썼던 일들을 모두 깨끗이 잊어버린 모습이었다. 하지만 이제야 비로소 그는 누가 Z에 도달하든 상관없다는 기분이 들었다(사상이라는 게 알파벳처럼 A에서 Z까지의 단계가 있다면 말이다). 누군가가 Z에 도달하겠지. 내가 아니라면 그땐 다른 누군가가 도달하겠지. 스코트의 뛰어난 건전한 정신력과, 사물을 단순하게 바로 꿰뚫어보는 그의 직감력과, 소설 속의 이 어부들과, 오두막에 사는 미쳐버린 불쌍한 늙은 어부 머클배키트가, 이 모든 것이 그에게 너무나도 많은 힘을 불어넣어주고 안도하게 하여 고무되고 승리한 기분을 느낀 그는 북받쳐 오르는 눈물을 제어하기 힘들었다. 그는 책을 약간 높이 들어 얼굴을 가린 뒤 눈물을 흘렸고, 가끔 좌우로 고개를 흔들었고, 자기라는 존재를 깡그리 잊어버렸다(하지만 도덕성과 프랑스 소설과 영국 소설과 스코트의 소설이 약간 속박을 받고 있다는 한두 가지 생각과, 자신의 견해가 다른 견해와 마찬가지로 옳다는 생각은 기억했다). 불쌍한 스티니가 물에 빠져 죽은 것과 그로 인한 머클배키트의 슬픔으로(이 부분이 스코트 소설의 최고 대목이다), 그런 것이 그에게 불어넣어준 놀라운 기쁨과 활력 때문에 자신의 근심걱정과 실패는 완전히 잊어버린 상태였다.

글쎄, 이것보다 더 잘 쓰긴 힘들겠는걸. 소설의 한 장(章)을 마치면서 그가 생각했다. 그는 마치 누군가와 토론을 했는데 자신이 이긴 그런 기분이었다. 암, 아무리 떠들어대도 아무도 이보다 더 잘 쓸 수 없을 거야. 내 입장이 더 확고해진 기분이군. 연인들이 웃기는구나. 그는 마음속으로 읽은 것을 다시 정리하면서 그렇게 생각했다. 이건 별로고, 저건 아주 뛰어나구나. 그는 이것저것을 비교하면서 생각했다. 하지만 그는 다시 읽어야 했다. 장(章)의 전체 모습이 기억나지 않았다. 그는 판단을 잠시 미루기로 했다. 그래서 그는 다른 생각들을 했다. 젊은이들이 이 책을 좋아하지 않는다면 당연히 내 책도 좋아하지 않겠구나. 불평하면 안 되겠구나. 램지 씨는 젊은이들이 그의 책을 읽고 감탄하지 않는다고 아내에게 불평하고 싶어 미칠 지경이었지만 불평하지 않기로 생각을 고쳐먹었다. 그리고 그의 아내도 두 번 다시 괴롭히지 않겠다고 다짐했다. 그는 여기서 책을 읽는 아내를 바라보았다. 책을 읽는 그녀의 모습이 매우 평화스러워 보였다. 그는 아내와 자신만 남기고 다른 사람들은 모두 떠났으면 좋겠다고 생각했다. 그는 스코트와 발자크를 회상하고 또 영국 소설과 프랑스 소설을 회상하면서 한평생을 굳이 한 여자와 한 이불을 덮고 살 필요는 없겠다고 생각했다.

램지 부인이 고개를 들어올렸는데 마치 선잠에 빠진 사람 같았다. 당신이 깨라고 하면 깨고, 아니면 계속 더 자고 싶어요. 조금만 더요, 조금만 더요, 예?라고 말하는 표정이었다. 그녀는 이 꽃 저 꽃에 손을 올린 채 길을 찾기 위해 이 길 저 길을 헤매면서 나뭇가지 위로 기어올랐다.

진한 주홍빛 장미는 찬미하지 말지니.

그녀가 읽었고, 그녀는 이렇게 읽다 보면 꼭대기, 정상으로 올라가겠구나 하고 느꼈다. 정말로 만족스럽구나! 얼마나 마음이 편안한지 모르겠구나! 오늘 낮에 있었던 모든 잡다한 일이 이 자석에 다 달라붙어서 그녀의 마음이 깨끗이 청소된 기분이었다. 그러더니 갑자기 그녀의 손에 아름답고 이성적이고 투명하고 완벽한, 완전한 모양의 삶에서 빠져나온 정수가 쥐어졌다. 바로 소네트*였다.

---

* 셰익스피어의 소네트 9.

하지만 그녀는 자신을 바라보는 남편을 의식했다. 마치 밝은 대낮에 낮잠을 자는 그녀를 보고 놀리기라도 하는 것처럼 그는 그녀를 보고 야릇한 웃음을 보냈고, 그러면서도 동시에 책을 계속 읽으라고 하는 것 같았다. 그는 그녀가 이제는 슬퍼 보이지 않는다고 생각했다. 그리고 그녀가 똑똑하지 않고 교육도 전혀 받은 적이 없는 여자라고 생각하기를 좋아했기 때문에 그는 그녀가 무슨 책을 읽는지 궁금했고, 그녀의 무지와 단순성을 과장했다. 그는 그녀가 읽는 책을 이해했을까 하고 궁금해했다. 그녀는 놀라울 정도로 아름다웠다. 놀랍게도 그의 눈에는 그녀가 세월이 지날수록 더 아름다워지는 것 같았다.

하지만 여전히 겨울 같음은
그대가 떠나고 없어서라네.
그대의 그림자와 놀 듯이
나는 이 꽃들과 놀았다네.

그녀가 읽기를 마쳤다.

"예?" 책에서 눈을 뗀 그녀가 꿈을 꾸듯 남편의 웃음에 반응하면서 말했다.

그대의 그림자와 놀 듯이
나는 이 꽃들과 놀았다네.

그녀가 책을 탁자 위에 내려놓으면서 중얼거렸다.

그녀는 남편이 홀로 있는 것을 마지막으로 본 이래로 무슨 일이 일어났는지 뜨개질감을 집어 들면서 궁금해했다. 그녀는 정장을 차려 입은 것을 기억했고, 달을 본 것과 저녁 먹을 때 앤드루가 접시를 너무 높이 들었던 일, 윌리엄이 무슨 말을 해서 우울했던 것과 나무들에 앉은 새들, 층계 위의 소파와 아이들이 깨어 있던 일, 찰스 탠슬리가 책을 방바닥에 떨어뜨려 아이들이 깨도록 했던 것과 아, 아냐. 그런 일이 생길까 봐 걱정만 했지, 폴이 금시계를 넣은 가죽 주머니를 가지고 있었다는 것을 기억했다. 어떤 것을 남편에게 말해야 할까?

"그들이 약혼했어요." 뜨개질을 시작하면서 그녀가 말했다. "폴과 민타 말이에요."

"나도 그렇게 생각했어." 그가 대꾸했다. 그 일에 대해선 더는 할 말이 없었다. 그녀의 마음은 여전히 시에 빠져 있었다. 그는 스티니의 장례에 관한 대목을 읽은 다음부터 아직까지 매우 활기차고, 매우 고무되어 있었다. 그래서 그들은 말없이 조용히 앉아 있었다. 그러다가 그녀는 남편이 아무 말이라도 먼저 하길 바랐다.

아무 거라도, 아무 거라도 좋으니 말을 하세요. 뜨개질을 계속 하면서 그녀가 생각했다. 아무 말이라도 하세요.

"금시계를 가죽 주머니에 넣고 다니는 남자랑 결혼하면 참 멋질 거예요." 여느 때처럼 그들이 함께 나누는 종류의 농담으로 생각하면서 그녀가 말했다.

그가 코웃음을 쳤다. 그는 약혼 때마다 아가씨가 상대방 젊은이에게는 너무 과분하다고 느꼈는데 이번 약혼도 마찬가지 느낌이었다. 나는 왜 사람들이 결혼하기를 원하는 것일까 하고 그녀는 머릿속으로 천천히 생각해보았다. 결혼의 가치와 의미는 무엇일까? (지금 그들이 하는 말은 모두 진실이었다.) 무슨 말이라도 좋으니 좀 하세요. 남편의 목소리가 듣고 싶어진 그녀가 생각했다. 그림자 때문에, 그들을 둘러싼 것이 다시 그녀의 주위로 다가오는 것을 그녀는 느꼈다. 마치 도움이라도 청하는 것처럼 그녀는 그를 바라보면서 제발 아무 말이라도 해보세요 하고 애원했다.

그는 말없이 시곗줄에 달린 나침반을 이리저리 흔들면서 스코트와 발자크의 소설을 생각하고 있었다. 하지만 어슴푸레 깔린 어둠 때문에 서로에 대한 친밀감이 본의 아니게 서로에게 다가서서 그녀는 그녀의 마음에 그림자를 드리우는 치켜든 손처럼 그의 마음을 느낄 수 있었고, 그는 그가 싫어하는 방향으로(그가 '비관주의'라고 부른) 아내가 뭔가를 생각한다는 것을 눈치채고 비록 말은 하지 않았지만 손으로 이마를 짚고 손가락으로 머리카락을 빙빙 돌렸다 풀었다 반복하면서 초조한 마음을 드러내기 시작했다.

"오늘 밤에 그 양말을 다 짤 것 같지 않은데?" 그녀가 뜨는 양말을 가리키면서 그가 말했다. 그런 말이 그녀가 원한 것이었다. 그의 목소리에 담긴 그녀를 꾸짖는 듯한 말투 말이다. 그녀는 당신이 비관주의자가 되는 게 나쁘다고 말한다면 아마 나쁘겠지요 하고 생각했고, 그래도 결혼하는 게 안 하는 것보다 훨씬 낫다고 생각했다.

"그러게요." 무릎 위에 양말을 펼쳐 보이면서 그녀가 말했다. "마칠 것 같지 않네요."

또 뭐죠? 그녀는 자신을 계속 쳐다보았지만 이제 그의 표정이 바뀐 것을 알고 속으로 물었다. 그는 뭔가를 원했다. 그녀가 항상 남편에게 말하기가 너무 힘들다고 느끼는 뭔가를 원했고, 그녀가 그에게 사랑한다는 말을 하길 원했다. 그런데 그녀는 그 말을 할 수가 없었다. 그는 그녀보다 훨씬 더 쉽게 말했다. 그는 말을 할 수 있었다. 그녀는 절대로 할 수 없었다. 그래서 자연히 말을 하는 편은 그였는데 무슨 이유인지 갑자기 말하기를 꺼리면서 그녀를 꾸짖었다. 그는 그녀를 보고 매정한 여자라고 불렀고, 그녀는 그를 보고 사랑한다고 말한 적이 한 번도 없었다. 하지만 그렇지 않았다. 꼭 그렇지만은 않았다. 그녀는 자신이 느낀 것을 말로 표현할 수 없었을 뿐이었다. 당신 코트에 뭐가 묻었나요? 내가 당신을 위해 할 일은 정말 아무것도 없나요? 그녀는 한편으로는 남편에게서 몸을 돌리기 위해 한편으로는 남편이 쳐다보아도 꺼리지 않고 등대를 바라보기 위해 일어서서 붉은 기를 띤 갈색 양말을 손에 쥐고 창가로 다가갔다. 그녀가 몸을 돌리자 남편도 고개를 돌려 그녀를 지켜본다는 것을 그녀는 눈치챘다. 그녀는 그가 무슨 생각을 하는지 알았다. 당신이 어느 때보다 더 아름답군. 그리고 그녀도 자신이 매우 아름답다고 느꼈다. 한 번이라도 좋으니 날 사랑한다고 말해줄 수는 없겠어? 민타의 일과 그의 책과 오늘도 하루가 끝나간다는 것과 등대 문제로 그들이 신경전을 벌인 것으로 그의 신경이 곤두서 있었기 때문에 그는 그렇게 생각했다. 하지만 그녀는 사랑한다는 말을, 그것을 할 수 없었다. 그가 자신을 쳐다본다는 것을 아는 그녀는 고개를 돌려 무슨 말을 하는 대신 양말을 든 채 그를 바라보았다. 그리고 그녀가 그를 보고 웃기 시작했을 때 그녀가 아무 말도 하지 않았지만 그는 그녀가 그를 사랑한다는 것을 알았다. 그도 그것을 부정할 수 없었다. 그리고 웃음을 지으면서 그녀는 창밖을 내다보고 말했다(세상에 이런 행복과 견줄 것은 아무것도 없어라고 자신에게 말하듯 생각했다).

"그래요, 당신 말이 맞아요. 내일은 비가 올 것 같네요." 그녀는 말하지 않았지만 그는 그것을 알았다. 그래서 그녀는 그를 바라보면서 웃음을 지었다. 그녀가 다시 승리했기 때문이었다.

2부

세월이 흐르다

1

“글쎄, 보려면 기다려야죠.” 테라스에서 안으로 들어오면서 뱅크스 씨가 말했다.

“너무 어두워서 볼 수가 없어요.” 해변에서 올라오면서 앤드루가 말했다.

“어느 게 바다고 어느 게 땅인지도 모르겠어요.” 프루가 말했다.

“저 불은 그냥 켜둘 건가요?” 안으로 함께 들어온 릴리가 코트를 벗으면서 말했다.

“아뇨.” 프루가 말했다. “모두 들어오면 끌 거예요.”

“앤드루, 거실의 불 좀 꺼줄래?” 프루가 다시 소리쳤다.

차례로 등불이 모두 꺼졌지만 베르길리우스의 시를 읽는 카마이클 씨의 촛불은 여전히 켜진 채로 타올랐다.

2

그래서 모든 등불이 꺼지고, 달도 기울고, 가랑비도 지붕 꼭대기를 살살 두드리는 가운데 짙은 어둠이 내리깔리기 시작했다. 홍수처럼 물밀듯 밀려온 어둠이 열쇠 구멍과 갈라진 틈 사이로 살며시 들어오고, 창의 블라인드 주위로도 슬쩍 들어오고, 그래서 어느새 침실까지 침입하여 여기 있는 주전자와 대야를, 저기 놓인 꽃병의 빨갛고 노란 달리아를, 저기의 날카로운 모서리와 서랍이 달린 튼튼한 옷장의 몸체까지 모두 삼켜버려서 아무것도 보이지 않는 듯했다. 가구들만 알아보기 힘든 게 아니라 "이것이 남자고 저것은 여자"라고 부를 수 있는 육체나 정신도 거의 남지 않았다. 가끔씩 마치 뭔가를 움켜쥐거나 막으려는 듯 손이 올라오거나, 누군가가 신음소리를 내거나, 마치 허무와 농담이라도 하는 것처럼 누군가가 큰 소리로 웃을 뿐이었다.

응접실과 식당과 계단도 쥐죽은 듯 고요했다. 바람의 몸통에서 벗어난 샛바람도 녹슨 돌쩌귀와 바닷물로 축축해져 부풀어오른 목조를 통해 (마침내 집이 바람에 흔들렸다) 모퉁이들 주위로 슬며시 기어들어와, 위험을 무릅쓰고 실내로 들어왔다. 응접실로 들어온 샛바람이 너덜대는 벽지를 보고, 얼마나 더 벽에 붙어 있을 거야? 언제 떨어질 건데? 하며 농을 거는 것처럼 보였다. 그러고는 매끄럽게 벽들을 쓱 만지고 지나가다가 생각에 잠긴 듯 벽지 위의 노랗고 빨간 장미에게, 언제 퇴색할 거야? 하고 묻고 쓰레기통의 찢어진 편지와 꽃과 책들을 들여다보고, 너희들은 적이니? 아군이니? 얼마나 버틸 건데? 하고 물었다(부드럽게 물었는데, 마음대로 처분할 시간적 여유가 있어서였다).

그리하여 얼굴을 드러낸 별빛과, 정처 없이 헤매는 배에서 흘러나온 불빛과, 심지어 등대에서 비추는 불빛에 인도받은 샛바람은 계단과 매트에 남은 희미한 발자국을 좇아 계단을 올라가서 침실의 문 주위로까지 조심스레 나아갔다. 하지만 여기서는 샛바람도 확실히 멈춰야만 했다. 다른 것들이 모두 부패하고 사라진다 해도 여기 누워 있는 것은 불변이었다. 여기의 누군가가 저 흔들리는 불빛들과 숨을 몰아쉬고는 바로 침대 위로 몸을 구부린 샛바람에게, 여기서는 아무것도 만지거나 파괴할 수 없어라고 말하는 듯했다. 그러면 샛바람은, 마치 깃털처럼 가벼운 손가락과 가볍고 질긴 깃털의 힘을 가진 것처럼, 지친 표정으로, 유령처럼, 감은 두 눈과 느슨하게 깍지 낀 손가락들을 흘깃 내려다보고는 피곤하다는 듯 옷깃을 여미고 사라졌다. 그렇게 빠져나간 샛바람은 코를 흥흥거리고 문지르면서 계단의 창과, 하인들의 침실과, 다락방의 상자들이 있는 곳을 누비고 다니다가 아래로 내려가서 식당 방의 식탁 위에 있는 사과를 퇴색시키고, 장미 꽃잎도 만져보고, 이젤에 걸린 그림도 건드리고, 바닥의 매트를 스치고 지나가면서 마룻바닥에 모래를 약간 흩뿌리기도 했다. 마침내 단념했고, 모든 것이 하던 일을 중단했고, 모두 함께 모여 한숨을 쉬었고, 그러다가 힘을 합해 목적 없는 한바탕 돌풍을 부엌 문으로 보냈고, 이에 화답하듯 문이 활짝 열렸지만 아무것도 들어오지 않고 문만 쾅 하고 다시 닫혔다.

이때쯤 베르길리우스의 시를 읽던 카마이클 씨는 그의 촛불을 후 불어 껐다. 자정이 지난 시간이었다.

3

하지만 결국 하룻밤이란 무엇일까? 짧은 시간에 불과했고, 특히 어둠이 그렇게도 빨리 사라지고, 새가 그렇게도 빨리 노래하고, 수탉이 홰를 치고, 파도의 골에서 뒹구는 나뭇잎처럼 희미한 녹색이 되살아날 때면 더욱 그러했다. 하지만 밤이 가면 또 밤이 온다. 겨울은 밤이란 꾸러미를 저장하고는 지칠 줄 모르는 손가락으로 밤을 똑같이, 평등하게 나누어준다. 밤은 길어지고, 밤은 어두워진다. 어떤 밤은 환한 접시처럼 맑은 유성을 하늘 높이 떠받든다. 가을의 나무들은 해마다 그렇듯 늘 황폐한 모습인데, 마치 전장에서 죽은 자들의 이름과 그들의 뼈가 저 멀리 인도 사막에서 어떻게 썩는지 어떻게 불타는지를 황금 글자로 대리석에 새겨놓은 차갑고 어두운 대성당의 동굴에 꽂아둔 너덜너덜해진 깃발처럼, 그렇게 번쩍였다. 가을의 나무들은 노란 달빛 속에서, 수확의 달빛 속에서, 노동의 에너지를 무르익게 하고 그루터기를 반드럽게 만들고 푸른 파도를 해안으로 올라오게 하는 그런 달빛 속에서, 어슴푸레한 빛을 뿜었다.

이제는 마치 인간의 참회와 모든 노고에 감동한 신성선(神聖善)이 커튼을 열어젖히고 그 뒤에 숨은 유일하고 분명한 것을 보여주는 듯했고, 귀를 쫑긋 세운 산토끼와 떨어지는 파도와 흔들리는 배가 그것으로, 마음만 먹으면 언제든지 우리의 소유가 될 수 있는 것들이었다. 하지만 슬프게도, 기분이 나빠진 신성선이 줄을 확 잡아당겨 커튼을 드리우는 바람에, 선(善)의 보물들 위로 우박이 마구 쏟아져서 깨어지고 뒤죽박죽이 되어 원래의 고요한 상태를 되찾거나, 조각을 모아 완전한 전체로 조립하거나, 쓰레기가 된 조각에서 뚜렷한 진실의 단어를 읽는 것은 불가능해진다. 우리의 참회가 일회용에 지나지 않기 때문에, 우리의 노고가 휴식에 지나지 않기 때문이다.

밤들은 이제 바람과 파괴로 가득 찼고, 나무들은 앞뒤로 흔들리고 휘어지고, 그래서 저 멀리 날아간 이파리는 잔디밭에 수북하게 쌓이고, 도랑에도 무더기로 쌓이고, 배수관도 막아버리고, 축축해진 길에도 아무렇게나 흩뿌려진다. 또한 바다도 바람에 흔들려 마구 부서지고, 그래서 잠자리에 들어 몽상을 하던 자가 고독을 벗 삼아 의문스런 것을 해변에서 찾기 위해 잠옷을 벗어던지고 해변으로 내려가 홀로 모래 위를 걸어보지만, 아무리 신속하게 그를 도와주는 신성한 영상이라 할지라도 기꺼이 손을 내밀어 밤에게 명령하거나 영혼의 나침반을 가리켜주지는 않는다. 그 손은 도움을 바라는 자의 손에 쉽게 잡히지 않고, 그 목소리는 도움을 바라는 자의 귓가에 그저 크게 맴돌 뿐이다. 그런 혼돈 속에서 밤에게, 왜, 무엇 때문에, 무슨 이유로 잠자리에 든 사람을 깨워 해변으로 나오게 하여 답을 찾도록 유혹했는지 물어봤자 소용없는 일이다.

램지 씨는 어느 어슴푸레한 새벽에 책의 한 구절을 띄엄띄엄 읽다가 옆의 아내에게로 팔을 뻗었지만 램지 부인이 간밤에 갑자기 죽었기 때문에 그의 손은 허공을 더듬을 뿐이었다.

4

그래서 집은 텅 비었고, 문은 모두 잠겼고, 매트리스는 모두 둘둘 말린 채였는데 위대한 선발 호위병인 저 샛바람이 거세게 몰아쳐 안으로 들어와, 벗겨진 판자를 스쳐 지나가면서 흠을 조금씩 더 내고 부채질하면서 침실과 응접실까지 쳐들어갔으나 그들에게 그렇게도 저항하던 사람은 아무도 만나지 못한 채 펄럭이는 벽지와, 삐걱대는 목조와, 맨다리를 내놓은 탁자와, 모피에 덮인 변색되고 금이 간 스튜 냄비와 도자기만을 만날 뿐이었다. 사람들이 흘리고 남긴 것들(구두와 사냥모자, 옷장에 든 색이 바랜 스커트와 코트), 그런 것들만이 이 텅 빈 집에 한때 사람들이 북적대며 활기차게 살았다는 것을, 한때 손을 바삐 놀려가며 후크와 단추를 달았다는 것을, 한때 거울을 쳐다본 얼굴이 있었다는 것을, 한때 고개를 돌리고, 손을 번쩍 들어올리고, 문을 활짝 열고, 넘어질 듯 아이들이 우르르 들어왔다 다시 우르르 나간 적이 있었다는 것을 거울이 알려주듯 한 세상을 움푹 파서 보여줄 뿐이었다. 이제 날이면 날마다 빛은 물에 비친 꽃처럼 맞은편 벽지 위에 자신의 영상을 뚜렷이 남겼다. 바람에 흔들리는 나무들의 그림자만이 벽을 보고 절했고, 그런 순간이면 빛을 받던 수영장도 이내 어두워졌고, 아니면 가끔 날아가는 새들이 침실 마루를 가로지른 맞은편에 날개를 천천히 퍼덕이며 날아가는 희미한 그림자를 드리울 뿐이었다.

그리하여 멋스러움과 고요함이 군림했고, 그들이 함께 어우러져 멋스러움 그 자체의 형상을 만들어냈고, 삶이 떨어져나간 형상으로, 그것은 기차를 타고 빨리 달리면서 창 너머로 언뜻 본 저 멀리의 연못에 깔린 어슴푸레한 저녁의 고독과도 같은 형상이었다. 멋스러움과 고요함이 침실에서도 손을 꼭 잡고, 보자기로 싼 주전자와 시트로 덮은 의자 사이에서도 손을 꼭 잡고 있어서 샛바람과 끈끈한 바닷바람의 부드러운 코조차도 이것저것을 문지르고 킁킁 냄새를 맡으면서, 퇴색할래? 죽을래? 하는 질문을 수없이 반복했지만, 마치 이런 질문에 대답할 필요도 없다는 듯(우린 남아 있을 거야라는 대답) 좀체 이 평화와, 무관심과, 원래의 순수한 형상을 깨뜨릴 수는 없었다.

아무것도 이 영상을 깨거나, 순수함을 부패시키거나, 고요함이라는 너울대는 망토를 방해할 수 없을 듯 보였고, 이 고요함은 일주일이 지나고 또 일주일이 지난다 해도 텅 빈 방에 울려 퍼지는, 새가 날아가며 우짖는 소리, 배의 고동 소리, 수벌이 들판을 날아다니며 윙윙거리는 소리, 개가 짖어대는 소리, 사람들의 고함 소리 속으로 짜여 들어가 집 주위를 감싼 침묵과도 같은 고요함이었다. 한번은 층계참의 판자가 툭 튀어 올랐고, 한번은 한밤중에 몇 세기의 침묵을 깨고 산에서 떨어져 나온 바위 하나가 요란하게 계곡으로 떨어지자 누군가가 걸쳤던 숄이 느슨해지면서 이리저리 흔들리기도 했다. 그러다가 다시 평화가 내려앉았고, 숄의 그림자도 가물거렸고, 빛은 침실 벽 위로 자신의 영상을 비추며 구애하듯 절을 했고, 맥냅 할머니는 빨래하던 손으로 고요함의 베일을 찢어서 장화 신은 발로 조약돌을 우지직 밟아 잘게 부수고는 방으로 들어가, 창을 모두 열고 침실마다 먼지를 털어냈다.

5

그녀는 뒤뚱거리는 걸음으로(바다에 떠 있는 배처럼 몸을 흔들며 걸었기 때문에) 곁눈질을 하면서(뭐든 절대 똑바로 보지 않고 곁눈질로 세상을 향해 경멸과 분노를 폭발시켰기 때문에. 그녀도 자신이 제정신이 아니라는 걸 알았다) 난간을 꽉 붙잡고 2층으로 올라가, 방마다 돌아다니며 노래를 불렀다. 그녀는 기다란 거울의 유리 면을 닦으면서도 거울에 비친 자신의 흔들리는 옆모습을 곁눈질하며 입으로는 노래를 흥얼거렸고, 한 이십 년 전에 무대 위의 가수가 경쾌하게 노래 불렀을 때 많은 사람들이 따라 부르고 춤까지 추었을 그런 노래가, 이제는 이도 다 빠지고 보닛을 쓴 채 청소하는 할머니의 입에서 흘러나오자 그 의미도 사라지고, 어리석고 우습고 짓밟혔다가도 다시 솟아오르는 집요함 그 자체로 흥얼대는 목소리로 들려, 뒤뚱거리는 걸음으로 먼지를 털고 걸레질하며 부르는 노래가 마치 그녀가 얼마나 긴 세월을 슬픔과 고통으로 보냈는지, 아침에 일어나 잠자리에 들 때까지 얼마나 힘들게 사는지, 물건들을 꺼내어 정리하고 내다버리는 것이 얼마나 힘들고 고통스러운지를 하소연하는 소리로 들리는 듯했다. 칠십 가까이 살아온 그녀는 이 세상이 살아가기 쉽지 않고 안락하지 않다는 것을 알았다. 일에 지쳐 허리도 꼬부라졌다. 무릎을 꿇어 침대 밑의 마루판자에 묻은 먼지를 닦아낼 때 무릎이 삐걱거리면서 아파 신음 소리가 새어나오자, 이런 일을 언제까지 해야 하지? 하고 말하면서도 절뚝거리는 다리로 다시 일어나 자세를 가다듬고는 거울 속에 비친 슬픔 어린 옆얼굴을 곁눈질하면서 입도 크게 벌려보고 의미 없는 웃음도 지어보고 다시 느릿느릿

절뚝거리며 걸어가 매트도 걷어 올리고 도자기도 닦아 도로 내려 놓으면서 마치 언젠가는 위안을 받을 거라는 듯, 마치 언젠가는 그녀가 부른 만가에 깃든 뿌리 깊은 희망을 찾게 될 거라는 듯 거울 속에 비친 자신의 옆모습에 또 곁눈질했다. 빨래를 하면서도, 자식들을 생각하면서도(하지만 자식 둘은 모두 사생아로, 그중 하나는 그녀를 버리고 도망갔다), 주막에서 술을 마시면서도, 자신의 장롱에서 잡동사니를 뒤적이면서도, 그녀는 행복을 맛보는 기쁜 순간들을 공상했다. 어둠 속에서도 분명히 갈라진 틈은 존재하는 모양이었고, 깊이를 알 수 없는 어둠의 통로를 뚫고 희미하게 들어온 빛을 통해 그녀는 거울을 들여다보면서 이를 드러내어 씩 웃기도 하고, 다시 일손을 움직이기도 하고, 옛날 뮤직홀에서 부르던 노래를 흥얼거리기도 했다. 한편 해변으로 걸어온 신비주의자와 공상가들은 웅덩이를 휘젓기도 하고 바위를 바라보기도 하면서 "내가 누구지?" "이게 뭐지" 등의 질문을 스스로에게 던지다가 갑자기 답을 받기도 했다(그게 뭔지 그들은 말로 표현할 수 없었다). 그래서 그들은 서리 속에서도 온기를 느꼈고 사막에서도 위로를 받았다. 하지만 맥냅 할머니는 예전처럼 계속 술을 마시고 잡담이나 해댔다.

6

흔들릴 잎사귀 하나 없는 봄, 순결을 지키려고 사나워진 처녀처럼 꾸밈없고 생기발랄한 봄, 순결해서 남을 경멸하는 처녀 같은 봄, 그런 봄이 구경꾼들이 무슨 짓을 하든 무슨 생각을 하든 아랑곳하지 않고 두 눈을 부릅뜬 채 경계하는 눈빛으로 들판에 누워 있었다.

[프루 램지는 그해 5월 아버지의 손을 잡고 나아가 결혼식을 올렸다. "너무 잘 어울려!" 사람들이 수군댔다. "신부가 정말 너무 예뻐!" 사람들이 덧붙였다.]

여름이 가까워지자 저녁도 길어져서 잠이 들지 못한 사람들과 가슴에 희망을 품은 사람들이 해변을 걸어와 웅덩이를 휘저어보기도 하고 가장 이상한 종류의 상상을 하기도 했다. 바람 앞에서 육체는 한낱 분자로 변하는 상상, 별들이 그들의 가슴에 박혀 반짝이는 상상, 절벽과 바다와 구름도 상상하고, 하늘이 그 안에 흩어진 공상의 부분들을 일부러 하나가 되도록 모으는 상상도 했다. 그런 거울 속에서도, 그런 사람들의 마음속에서도, 모양이 늘 변하는 구름과 그 그림자를 비추는 웅덩이에 고인 불안한 물속에서도 꿈은 죽지 않고 항상 꿈틀거렸고, 그래서 갈매기와 꽃과 나무와 남녀와 하얀 땅이 모두 하나같이 마침내 선(善)이 승리하고 행복도 넘쳐흐르고 질서도 잡힌다고 선언하는 것처럼 야릇하게 암시하는 말을 거부하기 힘들었고, 그래서 모두 우리가 아는 쾌락이나 귀에 익은 미덕과는 꽤 거리가 멀고 가정생활의 일상사와는 아주 동떨어진, 주인이 안전하게 되찾도록 모래에 묻은 다이아몬드처럼 유일하고 단단하고 밝게 빛나는 수정같이 맑고 투명한 결정체인 절대선(絶對善)을 찾아 여기저기를 마구 헤매고 다니고 싶은 기이한 충동을 억제하기 힘들었다. 더군다나 부드러워지고 고분고분해진 봄은, 윙윙대는 벌과 춤을 추며 날아다니는 각다귀 때문에 망토를 벗어던지고 베일로 눈을 가린 채 고개를 옆으로 돌렸지만, 스쳐지나가는 그림자와 부슬부슬

내리는 빗속에서도 인간의 슬픔을 아는 듯 야릇한 표정을 짓고 있었다.

[프루 램지는 그해 여름 아이를 낳다가 죽었다. 너무 안됐어. 정말 행복해 보였는데. 사람들이 수군댔다.]

그래서 한여름인 지금, 다시 바람이 그 집에 스파이를 보냈다. 햇빛이 드는 방마다 날벌레들이 거미줄에 걸려들고, 창유리 가까이에 자라난 잡초들은 밤마다 규칙적으로 창을 두드렸다. 어둠이 내리자 어둠 속에 깔려 있는 마루 위의 카펫을 아주 위엄 있게 비추며 그 무늬를 밝히던 등대 불의 광선이, 이제는 마치 그것을 애무하느라 몰래 시간을 질질 끌며 바라보다가 다시 사랑스럽게 애무하듯, 살포시 내려앉은 달빛과 섞여 한결 부드러워진 봄빛 속으로 들어왔다. 하지만 이런 사랑의 고요한 애무 속에서도 긴 광선이 침대 위를 비스듬히 비췄을 때 바위 하나가 산에서 떨어져 나와 굴러 떨어지면서 부서졌고, 접힌 숄의 또 다른 부분이 벗겨져 매달린 채 하늘거렸다. 여름철의 짧은 밤과 긴 낮에도 들판의 메아리와 파리들이 윙윙거리는 소리가 빈 방에 울려 퍼졌고, 길게 늘어진 숄의 장식 리본도 부드럽게 하릴없이 펄럭거렸고, 그러는 동안에도 내리쬐는 뜨거운 햇볕으로 달궈진 빈 방마다 노란 아지랑이가 모락모락 피어올랐고, 그것을 찢고 방으로 들어간 맥냅 할머니가 절뚝거리면서 먼지를 털고 청소를 하자 마치 그 모습이 태양으로 노랗게 물든 바다를 헤엄쳐가는 열대어처럼 보였다.

하지만 잠을 설치던 여름도 후반으로 들어서면서 불길한 소리들이 들려왔고, 망치를 규칙적으로 내리치는 듯 느낌은 둔하지만 반복되는 충격으로 숄은 더 느슨하게 풀렸고 찻잔도 부서지고 금이 갔다. 때때로 찬장 안의 유리컵들이 서로 부딪쳤고, 커다란 목소리로 신음하듯 들려오는 굉장한 쇳소리에 찬장 안의 텀블러 잔들도 진동했다. 그러다가 다시 고요함이 내려앉았고, 그러고는 밤마다, 그리고 장미가 활짝 피어나고 햇살이 벽에 그 모습을 비추는 평범한 한낮에도 가끔씩, 이런 고요함과 이런 무관심과 이런 완전무결한 모습을 한 이곳에도 뭔가가 쿵 하고 떨어졌다.

[포탄이 폭발했다. 이삼십 명의 젊은이가 프랑스에서 포탄에 날아갔다. 그중에 앤드루 램지도 있었는데, 자비롭게도, 그는 즉사했다.]

그해 여름에 해변으로 내려가 바다와 하늘에게, 무슨 메시지를 말해주었습니까? 통찰력으로 확인한 게 무엇입니까? 하고 물었던 사람들은 신의 자비가 항상 배어 있는 증거들(바다에 떨어지는 일몰, 어슴푸레 밝아오는 여명, 떠오르는 달, 바다를 배경으로 한 고깃배, 한줌의 흙을 집어 들고 서로를 향해 팔매질하는 아이들) 중에서 이런 즐거움과 이런 고요함과 불협화음을 이루는 게 무엇일까? 하고 깊이 생각했다. 예를 들면, 유령처럼 회색빛의 배가 말도 없이 바다 위에 나타났다가 사라졌고, 마치 눈에 보이지 않는 저 아래의 무언가가 솟구쳐 오르는 감정을 참지 못해 피를 토한 듯 고요한 바다 표면으로 자줏빛 얼룩을 내뱉었다. 그런 장면이 눈에 들어오면 깊이 생각하다가도, 바로 저것 때문이구나 하는 가장 안일한 결론을 내리고 걸음을 멈추었다. 그것들을 완전히 무시하거나 풍경을 차지하는 그런 존재를 완전히 없애는 것도 불가능했고, 또 해변을 계속 걸어가면서 외면의 아름다움이 내면의 아름다움을 정말로 반영하는구나 하고 감탄하기도 불가능했다.

자연이 인간이 진보시킨 것을 보완해주었던가? 자연이 인간이 시작한 것을 완성해주었던가? 자기만족에 빠진 자연은 인간의 불행을 구경하고, 인간의 비열함을 용서하고, 인간의 고뇌를 묵인했다. 그렇다면 해변에서 홀로 고독을 씹으며 답을 찾아 공유하고 완성하고자 하는 그런 꿈은 거울에 비친 영상에 불과하고, 거울 그 자체도 더 숭고한 힘들이 아래에 잠들었을 때 조용히 만들어진 표면의 유리질에 불과했던 것일까? 참기 힘들 정도로 절망이 밀려왔지만 아직 떠나기는 싫었고(아름다움이 자연의 매력이고, 자연에서 위안을 받기 때문에), 해변을 오가는 것도 불가능했고, 명상도 견디기 힘들었는데 거울이 깨져서였다.

그해 봄, 카마이클 씨는 두꺼운 시집 하나를 출판했는데 의외로 잘 팔려 대성공을 거두었다. 전쟁 때문에 모두 시에 관심을 가지게 된 거야. 사람들이 한마디씩 했다.

7

밤이면 밤마다, 여름과 겨울에도, 모진 폭풍과 화창한 날씨의 화살 같은 고요함이 아무런 방해도 받지 않고 이 집의 안뜰을 지배했다. 텅 빈 집의 2층에서 나는 소리에 귀를 기울이면(들을 사람이라도 있다면 말이다) 내리쬐는 빛줄기에 넘어지고 뒹구는 거대한 혼돈만을 들을 것이고, 마치 바람과 파도가 바보놀이를 한다고 어두우나 밝으나(낮과 밤, 해와 달이 모습도 없이 지나갔기 때문에) 흉겹게 서로의 몸에 올라타고 찌르고 뒹굴고 어우러져 형체도 없는 거대한 바다짐승으로 변해 마치 우주가 저절로 황당하고 무모한 욕망에 빠져 목적 없이 전쟁을 벌이고 난동을 부리는 것처럼 그렇게 될 때까지 바보놀이를 하는 듯했다.

봄이면 정원의 화분들은 바람을 타고 우연히 날아와 뿌리를 내린 식물들로 가득 찼고, 여느 때처럼 늘 화려했다. 제비꽃과 수선화도 피었다. 하지만 낮의 고요함과 화려함은, 저기에 서 있는 나무들과 저기에 핀 꽃들이 서로 앞을 바라보고 위를 바라보았지만 눈이 없어서 아무것도 보지 못해 너무나 무서웠기 때문에, 밤의 혼돈과 법석만큼이나 기이했다.

8

누군가가 램지 가족은 오지 않을 거라고, 두 번 다시는 절대 오지 않을 거라고, 미카엘 대천사 축일*쯤 집을 팔지도 모른다고 말해주었기 때문에 괜찮겠지 생각한 맥냅 할머니는 자기 집에 가져가려고 허리를 굽혀 꽃을 한 다발 꺾었다. 그녀는 꺾은 꽃을 탁자 위에 올려놓고 청소를 했다. 그녀는 꽃을 무척 좋아했다. 보는 이도 없는데 꽃을 시들게 내버려두는 게 안타까워서였다. 이 집을 팔려면 손을 좀 봐야 할 텐데(그녀는 거울 앞에 서서 양손을 허리에 대었다). 정말 그랬다. 이 집은 아무도 살지 않은 채 여러 해 동안 그냥 방치되었다. 책

* 9월 29일

과 물건은 모두 곰팡이가 피었고, 전쟁이 나는 바람에 일손 구하기가 힘들어 그녀가 원하는 만큼 이 집을 관리할 수도 없었다. 이제 와서 혼자 힘으로 치운다는 게 역부족이었다. 그러기엔 그녀가 너무 늙었다. 다리도 아팠다. 책이란 책은 모두 꺼내 햇볕에 말려야 할 지경이었고, 응접실 벽의 회반죽도 군데군데 떨어져 나갔고, 서재 창 위의 홈통도 막혀버려 빗물이 안으로 샜고, 카펫도 너무 낡았다. 하지만 가족들이 내려와서 직접 보면 좋겠고, 오지 못하면 사람이라도 보내어 보게 하면 좋을 듯싶었다. 벽장에도 옷이 있었고, 침실마다 옷이 그대로 있었다. 옷을 어떻게 처리하면 좋을까? 램지 부인의 옷은 모두 좀까지 먹었구나. 불쌍한 부인! 두 번 다시 이 옷들을 입지 못할 거야. 그녀는 부인이 몇 해 전 런던에서 죽었다는 말을 들었다. 부인이 정원에서 일할 때 입던 낡은 회색 망토가 그곳에 있었다(맥냅 할머니는 망토를 손으로 만져보았다). 그녀가 빨랫감을 들고 대문에서 현관까지 이어진 길을 따라 올라올 때마다 본, 허리를 굽혀 꽃을 돌보던 부인의 모습이 눈에 선했고(정원은 이제 엉망이었고, 모든 게 망가졌고, 할머니를 보고 놀란 토끼들은 잠자리에서 뛰쳐나와 깡충깡충 뛰어다녔다), 이 회색 망토로 옆에 있는 아이를 감싸주던 것도 눈에 선했다. 장화와 구두도 그대로 있었고, 마치 내일이라도 당장 돌아올 것처럼(정말로 갑자기 죽었다고 사람들이 수군댔다) 화장대 위에는 브러시와 빗들도 놓여 있었다. 언젠가 가족들이 여기에 오려고 했고, 전쟁 때문에 여행하는 게 여간 힘든 일이 아니어서 미루게 되었고, 그때부터 지금까지 한 번도 오지 않았고, 관리비만 그녀에게 보내었고, 편지도 한 장 쓰지 않았고, 그러던 사람들이 이제 와서 마지막 떠날 때처럼 모든 게 그대로 있기를 바란다고 했다. 그녀의 입장에서 보면 정말로 기가 막히는 일이었다. 화장대 서랍에도(그녀는 서랍마다 열어보았다) 손수건과 리본과 여러 물건들이 그대로 가득 들었다. 정말이지, 물건들을 보자니 그녀가 빨랫감을 들고 현관까지 올라올 때마다 본 램지 부인의 모습이 눈에 선했다.

"안녕하세요, 맥냅 할머니?"라고 램지 부인이 말하곤 했다.

램지 부인은 그녀에게 잘 대해주었다. 딸아이들도 모두 그녀를 좋아했다. 그런데 그때 이래로 많은 게 변했고(그녀는 서랍을 닫았다), 많은 가족들이 사랑하는 식구를 잃었다. 그래서 램지 부인도 죽고, 앤드루도 전사했고, 아이를 낳다가 프루도 죽었다고 하지만 요즘 들어서는 모두들 한 명 정도는 잃었다. 물가*는 하늘 높은 줄 모르고 치솟았고, 한 번 올라간 물가는 내려올 줄 몰랐다. 그녀는 회색 망토를 걸친 부인의 모습을 생생하게 기억했다.

"안녕하세요, 맥냅 할머니?" 그렇게 인사를 한 부인은 항상 그녀를 위해 요리사에게 우유 수프 한 접시를 마련하도록 일러두었다. 읍내에서 무거운 빨랫감을 들고 집까지 내내 올라온 그녀가 허기질 거라고 생각했기 때문이다. 지금도 허리를 굽혀 꽃들을 보살피던 부인의 모습이 눈에 선했다(그리고 그녀가 절뚝거리는 걸음으로 먼지를 털고 정리정돈을 할 동안, 노란 빛줄기나 망원경 끝의 동그라미처럼 희미하게 나풀거리는 회색 망토를 걸친 부인이 허리를 굽혀 꽃들을 돌보기도 하고, 침실 벽 쪽으로 어슬렁거리며 다니기도 하고, 그러다가 세면대를 가로질러 화

---

* 전시(戰時)의 물가

장대가 있는 곳으로 걸어올라갔다).

그런데 요리사의 이름이 뭐였지? 밀드레드였나? 마리안이었나? 그와 비슷한 이름이었는데. 아, 잊어버렸구나. 다른 것도 생각이 나지 않는구나. 다른 빨간 머리 여자들처럼 그 요리사도 성깔이 대단했는데. 웃기기도 잘 했고. 부엌에 가면 모두 나를 반겨주었는데. 나도 그들을 잘 웃겼는데. 모든 면에서 지금보다 그때가 사정이 더 좋았구나.

그녀가 한숨을 쉬었고, 여자 혼자 하기에는 일이 너무 많아서였다. 그녀가 고개를 절레절레 저었다. 여기는 아이들 방이었다. 방은 축축했고, 회반죽이 뚝뚝 떨어져졌다. 도대체 뭣 때문에 짐승의 해골을 저기에 걸려고 했을까? 해골에도 곰팡이가 슬었다. 그리고 다락방마다 쥐가 들끓었다. 비도 새어 들어왔다. 그런데도 그들은 직접 오지도 않았고, 사람도 보내지 않았다. 고장난 자물쇠도 많아서 문이 쾅 쾅 하고 닫혔다. 그녀도 해 질 무렵에는 이곳에 홀로 있고 싶지 않았다. 노인 혼자 하기에는 일이 너무 너무 많았다. 다리도 아파서 삐걱거렸고, 신음 소리도 저절로 나왔다. 그녀가 대문의 자물쇠를 열쇠로 잠그고 떠나자 집도 잠긴 채 홀로 남았다.

9

집이 텅 비었고, 그래서 집은 황무지로 변했다. 이곳을 떠나버린 삶 때문에 집은 메마른 소금 덩어리로 채워진 모래 언덕 위의 조가비처럼 버려졌다. 긴 밤이 시작되는 듯했고, 더듬거리듯 입질하는 끈적끈적한 공기가 승리한 것처럼 보였다. 스튜 냄비도 녹이 슬고 매트도 썩었다. 두꺼비가 길을 뚫고 안으로 들어왔다. 늘어진 숄은 하릴없이 아무렇게나 이리저리 춤을 추었다. 엉겅퀴가 식료품 저장실의 타일을 뚫고 피어올랐다. 제비가 응접실에 둥지를 틀었고, 마루에는 지푸라기가 흩날렸고, 회반죽은 한 삽 가득 떨어졌고, 서까래도 벌거벗은 모양을 드러냈고, 쥐들은 여기저기 다니면서 징두리 널 뒤를 갉아먹었다. 들신선나비들이 번데기 허물을 벗고 막 세상 밖으로 나와 창유리 위에서 팔랑거리며 삶을 시작했다. 양귀비가 달리아들 속에서 피어올랐고, 잔디밭은 풀들이 길게 자라 흐느적거렸고, 커다란 아티초크는 장미들 사이로 얼굴을 불쑥 내밀었고, 카네이션은 양배추들 속에서 꽃을 피웠고, 그러는 동안에도 창가에서 자라나 창을 부드럽게 톡톡 치던 잡초 소리는 겨울 밤에는 여름마다 방 전체를 녹색으로 물들이던 건장한 나무와 찔레나무에서 나오는 소리처럼 툭툭 하는 소리로 변했다.

이제 어떤 힘이 이 무성함을, 자연의 이 무신경을 막을 수 있을까? 램지 부인과, 아이와, 우유 수프 한 접시에 대한 맥냅 할머니의 몽상이? 그런 추억은 벽 위에 비친 한 줄기 햇빛처럼 너울대다가 사라졌다. 그녀는 문의 자물쇠를 잠그고, 사라졌다. 여자 혼자 하기에는 일이 너무 많다고 구시렁대면서. 그들은 사람도 절대로 보내지 않았다. 편지도 절대로 쓰지 않았다. 서랍마다 썩어가는 물건들로 가득했다. 그렇게 내버려두는 것이 창피한 일이라고 그녀는 중얼거렸다. 집은 무리하게 비틀리고 구부러져, 폐허가 되었다. 등대의 광선만이 잠시 방 안으로 들어왔고, 들어온 광선은 어둠 속에서 침대와 벽만 비출 뿐 엉겅퀴와 제비와 쥐와 지푸라기는 태연하게 바라보았다. 아무것도 이제 그것에 저항하지 못했고, 아무것도 그것에 대답하지 않았다. 바람은 불게 하고, 양귀비는 씨를 흩뿌리게 하고, 카네이션은 양배추와 짝을 이루도록 내버려두자. 제비는 응접실에 둥지를 틀게 하고, 엉겅퀴는 타일 사이로 피어오르게 하고, 나비는 색 바랜 안락의자의 찢어져 튀어오른 곳에 내려앉아 햇볕을 쬐도록 내버려두자. 부서진 컵과 도자기는 잔디밭에 드러누워 풀과 야생 딸기 위로 마구 뒹굴도록 내버려두자. 새벽이 진동하고 밤이 쉬는 그런 순간이, 가벼운 깃털이 하나 떨어져도 무게가 나가 저울이 한쪽으로 기우는 그런 순간이 다가왔기 때문이다. 깃털 하나로도 집이 가라앉고 무너져 어둠의 나락으로 곤두박질칠 터였다. 폐허가 된 방에서 소풍 나온 사람들이 주전자에 불을 붙이고, 연인들은 은신처를 찾아들어 헐벗은 판자 위에 드러눕고, 양치기는 벽돌 위에 도시락을 올려놓고, 떠돌이는 추위를 막으려고 코트를 입은 채 잠을 잘 터였다. 그러다가 지붕이 폭삭 내려앉고, 히스와 독미나리들도 길과 계단과 창을 가리고, 그런 것들이 무성하게 자라 작은 언덕을 덮어버리면 길을 헤매던 침입자가 쐐기풀 속에 피어난 레드핫포커 꽃이나 독미나리 사이에서 도자기 조각을 발견하고 여기에도 한때 사람이 살았다는 것을 알게 되고, 집이 있었다는 것을 알게 될 터였다.

깃털이 하나라도 떨어졌더라면, 그 깃털 하나로 저울이 한쪽으로 조금이라도 기울어졌더라면, 이 집은 완전히 깊이 모를 나락으로 떨어져 망각의 모래 위에 드러누웠을 것이다. 하지만 움직이는 무리가 있었고, 별 생각 없이 일하는 뭔가가, 곁눈질하고 비틀거리는 뭔가가, 위임 있는 의식이나 엄숙한 노래에 고무되어 이리저리 돌아다니는 것이 아닌 뭔가가 있었다. 맥냅 할머니가 신음 소리를 냈고, 바스트 할머니의 무릎에서 삐걱대는 소리가 났다. 그들은 늙었고, 몸이 굳어 움직이기도 힘이 들었고, 다리도 아팠다. 그들이 마침내 빗자루와 들통을 들고 여기로 와서 일을 하는 거였다. 갑자기 맥냅 할머니가 집주인 딸이 쓴 편지를 받았는데, 집을 쓸 수 있도록 서둘러서 이것저것을 고치고 청소해달라는 내용이었다. 올 여름에 집으로 갈 예정인데 모든 게 엉망이지 싶어서 마지막으로 떠났을 때의 집 모습을 그대로 보고 싶다는 편지였다. 천천히 그리고 힘겹게, 빗자루와 들통을 들고 다니면서 자루걸레로 밀고 구석구석을 말끔히 닦으면서 맥냅 할머니와 바스트 할머니는 붕괴와 부패를 막아냈고, 세월이란 웅덩이에 굳게 갇혔던 물건 중에서 어떤 때는 세면대를 어떤 때는 찬장을 건져냈고, 어느 날 아침에는 망각의 늪에서 웨이벌리의 연작소설과 차 세트를 가져왔고, 오후에는 청동 난로 가리개와 금속 난로용 도구를 모두 끄집어내어 햇볕과 신선한 공기를 쐬도록 했다. 바스트 할머니의 아들 조지는 쥐를 잡고 풀을 벴다. 그들은 목수도 불렀다. 허리를 굽혔다가도 똑바로 펴고, 신음 소리를 내다가도 노래를 부르면서 문을 쾅 닫고 때로는 2층으로 때로는 지하실로 부산스럽게 오르내리는 두 여자 때문에 돌쩌귀가 삐걱대는 소리와 빗장이 끼익 하는 소리, 습기로 부풀어오른 목재가 쾅, 탕 하고 부딪치는 소리가 나면서 녹이 슬어 힘들지만 새로운 삶이 태동하는 듯했다. 아이고, 해도 해도 끝이 없구나! 두 할머니가 말했다.

그들은 가끔 침실이나 서재에서 차를 마시며 쉬었고, 검댕이가 묻은 얼굴로 일을 하다가도 한낮에는 휴식을 취했고, 그런 와중에도 손에는 항상 빗자루를 꽉 쥐고 있었다. 의자에 털썩 주저앉아 때로는 반들반들 윤이 나는 세면대와 욕조를 바라보았고, 때로는 청소하기가 너무 힘들어 아직 완전히 정리하지 못한 책들을(한때는 까마귀처럼 새까맸지만 지금은 부분적으로 희게 변했고 허연 버섯과 살진 거미가 아직도 판을 치는 길게 빽빽이 들어선 서재의 책들) 바라보며 순간적으로 흡족해하기도 했다. 한 번 더, 들이마신 차로 속이 따뜻해진 걸 느낀 맥냅 할머니는 망원경으로 빛이 들어오는 동그란 테를 통해 그녀가 빨랫감을 들고 길을 따라 올라올 때마다 갈퀴처럼 비쩍 마른 노신사가 잔디밭에 드러누워 고개를 끄덕이고 혼자 중얼대는 걸 보았다고 느꼈다. 그는 그녀를 결코 아는 체하지 않았다. 그가 죽었다고 말했고, 램지 부인도 죽었다고 했다. 어느 말이 맞는 것일까? 바스트 할머니도 확실히 알지 못했다. 젊은 신사가 죽은 것은 분명했다. 그녀는 신문의 부고란에서 앤드루란 이름을 읽었다.

요리사가 있었어요. 밀드레드, 마리안, 그런 이름의 여잔데 대부분 빨강머리 여자들처럼 성격이 급했죠. 하지만 사귀는 법을 알면 좋은 여자였어요. 함께 웃기도 참 잘했죠. 나를 위해 일부러 수프를 한 접시 남겨두기도 하고, 햄을 남겨두기도 하고, 뭐든 남겨서 주곤 했답니다. 그들은 그 당시 잘살았거든요. 원하는 것은 모두 다 가진 사람들이었어요(아이들 방 난로용 가리개 옆의 버드나무로 만든 안락의자에 앉아 들이마신 차로 속이 따뜻해진 그녀는 기분이 좋아져서 입심 좋게 지나간 추억들을 한 보따리 풀어놓았다). 일거리도 항상 많았고, 집도 붐볐고, 어떤 때는 이십 명이나 되는 손님이 집에 머물렀어요. 그럴 때면 자정이 한참 지나도록 일을 했지요.

바스트 할머니가(그녀는 그 당시 글래스고에 살았기 때문에 그들을 몰랐다) 찻잔을 내려놓으면서 의아한 표정을 지었다. 도대체 짐승 해골을 왜 저기에 걸어놓은 거예요? 딱 보니, 외국에서 사냥한 것 같은데요.

아마 그럴지도 모르겠군요. 추억 속을 이리저리 헤매던 맥냅 할머니가 대꾸했다. 그들에겐 동쪽 나라에 사는 친구들도 많거든요. 이 집에 머물던 신사들과 이브닝드레스를 입었던 귀부인들이 생각나는군요. 언젠가 응접실 문을 통해 저녁식사를 하려고 모두 식탁에 앉은 걸 본 적이 있어요. 스무 명 정도 되었는데 모두 보석으로 치장했더군요. 그날 저녁에 램지 부인이 가지 말고 기다렸다가 설거지를 도와달라고 했어요. 자정이 지나야 끝날 것 같다고 말하면서 말이죠.

아, 그들이 오면 집이 변했다는 걸 알게 되겠군요. 바스트 할머니가 말했다. 그녀는 상체를 굽혀 창밖으로 고개를 내밀었다. 그녀는 아들 조지가 풀을 큰 낫으로 베는 걸 지켜보았다. 그들이 오면 집에 무슨 일이 생겼는지 물어보겠지요. 집을 관리하던 정원사 케네디 노인이 짐수레에서 떨어져 다리를 다쳤고, 그러는 바람에 일 년 정도 집을 돌보지 못하게 되었고, 일 년이 넘어도 돌볼 수 없게 되자 급기야 데이비드 맥도널드란 양반을 구하게 되었고, 런던에서 씨를 보냈지만 씨를 뿌렸는지 아닌지, 그런 얘기들을 누가 할 수 있겠어요? 그들이 오면 당연히 변했다는 걸 알게 되겠지요.

낫질하는 우리 아들을 내다보세요. 우리 아들이 적당한 일꾼이군요. 군말 없이 일만 하잖아요. 자, 이제 찬장을 청소합시다. 그녀가 제안했다. 그들은 몸을 일으켰다.

마침내 며칠 만에 집 안에서의 일과 집 밖에서 풀을 자르고 땅을 파고 하는 모든 일을 끝냈고, 창들도 깨끗이 닦고, 닦은 창들을 잠그고, 문들도 자물쇠로 잠그고, 마지막으로 대문을 쾅 하고 닫았는데, 일이 끝난 거였다.

그래서 이제야 마치 청소와 걸레질과 낫질과 잔디 깎기에 파묻힌 것처럼 약하게 들리다가 이내 사라지고 말던 멜로디와 간헐적인 음악이 다시 들려왔고, 개가 짖어대는 소리, 염소가 매애 우는 소리, 불규칙적이고 간헐적이면서도 다소 관계 있는 소리, 윙윙거리는 곤충 소리, 잘려나갔지만 아직도 풀이라는 듯 떠는 풀의 소리, 귀에 갑충이 붕붕거리며 날아다니는 거슬리는 소리, 때로는 시끄럽고 때로는 나지막하지만 이상하게도 서로 연관되어 삐걱대는 수레바퀴 소리, 이런 소리들이 조화를 이루는가 싶어 늘 귀를 기울여보지만 조용하거나 조화로운 음악으로 들리는 법은 절대 없었고, 그러다가 저녁이 다가오면 소리는 하나하나 죽어갔고, 조화는 비틀거리다가 넘어졌고, 고요함이 드리워졌다. 저녁놀은 빛을 잃었고, 조용히 일어나 말없이 퍼져가는 안개처럼 바람이 자리를 잡았고, 세상은 뒤척이다 서서히 잠에 빠져들었고, 여기 이 집에도 이파리를 뒤덮은 녹색과 창가의 하얀 꽃들에 머문 파리한 색을 제외하고는 불빛 하나 없는 어둠이 내려앉았다.

릴리 브리스코는 9월의 어느 날 저녁 늦게 이 집에 그녀의 가방을 가지고 왔다. 카마이클 씨와 같은 기차를 타고 왔다.

10

그러자 정말로 평화가 찾아왔다. 평화의 메시지가 바다에서 해변으로 불어왔다. 세상의 잠을 더는 깨우지 말고, 차라리 더 깊은 잠에 들어 휴식을 취하도록 달래고, 무엇을 꿈꾸었는지 꿈꾼 자들이 성스럽고 지혜롭게 꿈을 확인하도록 하고, 또 뭐라고 중얼대더라? 릴리 브리스코는 깨끗하게 청소된 방에서 베개에 머리를 대고 누워 바다가 전해주는 소리에 귀를 기울였다. 열린 창 너머로 인간 세상의 아름다움의 목소리가 너무나도 부드럽게 속삭여서 사람들에게(집은 다시 사람들로 가득 찼다. 벡위스 귀부인 할머니도 머물렀고, 카마이클 씨도 머물렀다) 정말 해변으로 내려갈 생각이 없으면 블라인드라도 들어올려 창밖을 내다보라고 애원하는 소리를 아무도 알아들을 수 없었다. 하긴 정확히 알아들었다고 달라질 게 있었을까? 그렇게 했다면 그들은 머리에는 왕관을 쓰고, 손에는 보석을 박은 홀을 쥐고, 눈에는 아이처럼 천진난만한 표정을 지으면서 아래로 내려오는 보라색으로 치장한 밤을 보았을 것이다. 그런데도 그들이 머뭇거리거나(여행으로 피곤해진 릴리는 이내 잠이 들었고, 카마이클 씨는 촛불 옆에서 책을 읽고 있었다), 밤의 이런 장관은 한낮 수증기에 불과하고 이슬이 밤보다 더 힘이 세기 때문에 잠을 더 자고 싶다고 대꾸하면서 애원하는 대로 하기 싫어한다면, 그래도 밤의 목소리는 아무런 불평이나 불만도 말하지 않고 계속 속삭이듯 노래할 것이다. 파도는 부드럽게 부서지고(잠결에 릴리는 파도가 부서지는 소리를 들었다), 불빛은 살포시 내려앉았다(불빛이 릴리의 눈꺼풀 사이로 들어왔다). 그래서 카마이클 씨는 책을 덮고 잠을 청하면서 밤이 몇 해

전의 모습과 똑같다고 생각했다.

어둠이라는 커튼이 집과 벡위스 부인과 카마이클 씨와 릴리 브리스코를 감싸서 그들이 그들의 눈 위로 여러 겹 겹쳐진 어둠 속에 누웠을 때 밤의 목소리가 다시 한번 더 "이것에 만족하고, 이것을 받아들이고, 묵인하고 포기하는 게 어때?" 하는 말을 속삭이는 듯했다. 섬을 둘러싼 바다가 파도를 일으키면서 내쉬는 한숨 소리가 그들을 달래주었고, 밤이 그들을 감싸주었고, 새가 노래하기 시작하고 새벽이 희미한 목소리로 하얀 얼굴을 내밀고 짐수레가 덜거덕거리면서 지나가고 개가 어디선가 짖어대고 떠오르는 태양이 커튼을 밀어내고 그들이 그들의 눈을 덮은 베일을 벗을 때까지 아무것도 그들의 잠을 방해하지 않았고, 벼랑에서 떨어지는 사람이 풀이라도 움켜쥐듯 릴리 브리스코는 몸을 뒤척이면서 덮었던 담요를 거머쥐었다. 그녀가 눈을 크게 떴다. 아, 여기에 다시 왔구나. 일어나 침대에 똑바로 앉으면서 그녀가 생각했다. 깨어난 것이었다.

3부

등대

1

그렇다면 그것은 무슨 의미일까? 그 모든 것은 무엇을 뜻하는 걸까? 홀로 남자 릴리 브리스코는 커피 한 잔을 더 마시기 위해 직접 부엌으로 가야 할지 아니면 여기서 기다려야 할지 몰라 의아해하면서 자신에게 물어보았다. 그것은 무슨 의미일까? 어떤 책에서 읽은 구절인 이것은 지금의 그녀 생각을 어느 정도 나타내는 문장으로, 램지 가족과 함께 보내는 첫날인 오늘 아침의 기분이 별로여서 텅 빈 가슴을 메우려고 허황된 망상이 사라질 때까지 그녀는 이 문장을 자꾸만 뇌까려보았다. 몇 해가 지나고 또 램지 부인이 죽고 없는 지금의 시점에서 그녀가 여기로 돌아와 느낀 건 정말 무엇이었을까? 아무것도 없었다. 아무것도. 정말 그녀가 말로 표현할 수 있는 건 아무것도 없었다.

그녀는 어젯밤 늦게 모든 것이 불가사의한 어둠으로 둘러싸였을 때 이곳에 도착했다. 이제야 잠에서 깨어난 그녀는 아침식사를 하기 위해 옛날부터 늘 앉던 식탁 의자에 앉았지만 혼자가 아니었다. 너무 일러서 8시도 채 안 된 시각이었다. 오늘은 원정을 떠난다고 했다. 램지 씨와 캠과 제임스가 함께 등대로 갈 예정이라고 들었다. 그들이 이미 떠나고 없어야 할 시각이었다. 조수나 그런 걸 염두에 두어야 하니까. 그런데 캠과 제임스는 아직도 준비를 끝내지 않았고 낸시도 샌드위치를 주문하는 걸 깜박 잊어버려서 화가 머리끝까지 난 램지 씨는 문을 쾅 닫으며 밖으로 나가버렸다.

"도대체 지금 가봤자 무슨 소용이냔 말이야?" 램지 씨가 버럭 화를 내며 호통을 쳤다.

낸시도 사라져버렸다. 화가 난 그는 거기에서 테라스의 아래위를 성큼성큼 걸어다녔다. 문들이 쾅 닫히는 소리와 집이 떠나가도록 불러대는 소리가 들렸다. 그러자 낸시가 안으로 급히 들어와 방을 둘러보면서 마치 자신의 힘으로는 아무것도 감당할 수 없다는 표정을 지으며 반은 멍한 상태로 반은 절망적인 상태로 "등대에 뭘 보내면 될까요?" 하고 물어왔다.

정말, 등대에 뭘 보내면 좋을까? 다른 때 같으면 릴리도 차나 담배나 신문을 보내라는 둥 합리적으로 말해줬을 것이다. 하지만 오늘 아침은 모든 것이 기이할 정도로 너무 이상하게 느껴진 릴리도 낸시의 그런 질문(등대에 뭘 보내면 될까요?)을 받자마자 덩달아 급해진 마음의 문이 쾅 열리면서 앞뒤로 마구 흔들리는 것 같아 망연자실하여 입을 크게 벌린 채, 뭘 보내야 하다니? 뭘 해야 할지 모르겠다니? 도대체 뭘 하는 거야? 하는 질문만 도로 해댔다.

깨끗한 컵들이 놓인 기다란 식탁에 홀로 앉은(낸시가 다시 밖으로 나갔기 때문에) 그녀는 자신이 다른 사람들과 고립된 채 다만 그들을 지켜보고, 물어보고, 의아해할 뿐이라고 느꼈다. 이 집과, 이 마을과, 오늘 아침이 그녀에게는 낯설었다. 이 집에 자신이 사랑하는 사람도 이젠 없고 이 집과 친척 관계도 아니었지만 그녀 기분에도 이 집에 무슨 일이 일어날 것만 같았고, 실제로 무슨 일이 일어난다 해도, 예를 들어 지금 밖에서 테라스를 오가는 발소리와 누군가가 크게 외치는 소리(그건 찬장 안에 없고 층계참에 있어. 누군가가 외쳤다), 그런 일은 마치 사물을 잇는 연결 고리가 잘려나가면 일부는 여기로 떠다니고 일부는 저기로 떠다니다 마침내 모두 사라지고 마는 것처럼 가벼운 문제들이었다. 텅 빈 커피잔을 바라보면서 그녀는 이 모든 것이 아무런 목적도 없고, 너무 혼란스럽고, 너무 비현실적이라고 생각했다. 램지 부인이 죽고, 앤드루는 전사하고, 프루도 죽었다. 이 말을 아무리 되풀이해도 그녀는 아무런 감정이 생기지 않았다. 그런데도 우리는 이 집에 모두 모여 오늘 아침을 맞이해서 살고 있구나 하고 그녀는 창밖을 내다보며 말했다. 정말 아름답고 고요한 날이었다.

그녀를 지나치던 램지 씨가 갑자기 고개를 들어 마치 찰나지만 처음이자 마지막으로 영원히 보는 것처럼 꿰뚫을 듯한 눈빛으로 그녀를 똑바로 쳐다보았고, 그걸 눈치챈 릴리는 그의 눈빛과 요구를 피하기 위해, 그의 오만한 요구를 무시하기 위해 일부러 빈 잔을 기울여 커피를 마시는 척했고, 그러자 그는 고개를 한 번 저은 후 지나가버렸고(그녀는 그가 '혼자'라고 말하는 것과, '죽는다'라고 말하는 것을 들었다), 오늘 아침에 들은 다른 말들과 마찬가지로 이상하게도 이 말도 그녀에게 상징이 되어 회녹색의 벽에 모두 새겨졌다. 그녀는 상징을 나타내는 저 말들을 제대로 엮어 문장을 만들어낸다면 사물의 진실을 알 수 있을 것 같았다. 늙은 카마이클 씨는 커피를 가지러 조용히 안으로 들어왔다가 햇볕이 잘 드는 곳에 앉으려고 커피잔을 들고 다시 밖으로 나가버렸다. 모든 것이 이상하리만치 실감이 나지 않아 두려우면서도 짜릿했다. 등대로 갈 예정이었다고? 그런데도 등대에 뭘 보내야 할지 모른다고? 죽는다고? 혼자라고? 맞은편 벽에 비친 회녹색 불빛과 텅 빈 자리들. 그녀는 부분을 이루는 이런 말들을 어떻게 엮어볼까 고민했다. 마치 그녀가 식탁 위에서 만드는 어떤 나약한 형상을 누군가가 방해하여 부수기라도 하는 것처럼 그녀는 램지 씨가 그녀를 보지 못하도록 창 쪽으로 몸을 돌렸다. 어쨌든 도망을 쳐, 어딘가에 홀로 있어야 했다. 갑자기 그녀는 뭔가를 기억했다. 십 년 전 그녀가 마지막으로 거기에 앉았을 때 식탁보에 새겨진 작은 나뭇가지나 나뭇잎 모양을 보고 마치 계시라도 받은 것처럼 한동안 식탁보를 바라본 기억이 났다. 그림의 전경에 문제가 있었다. 나무를 중간으로 옮겨야겠다고 생각했다. 하지만 그녀는 그 그림을 완성하지 못했다. 그것이 세월이 흐르는 동안에도 그녀의 마음속에 남아 있었던 것이다. 이제 그 그림을 그려야겠다고 생각했다. 그녀는 그림 도구들이 어디에 있는지 의아했다. 그녀의 물감 말이다. 그것을 지난밤에 응접실에 놔둔 기억이 났다. 그녀는 즉시 그림을 그릴 작정이었다. 램지 씨가 몸을 돌리기 전에 그녀가 먼저 재빨리 일어났다.

그녀는 의자를 하나 들고 밖으로 나왔다. 그녀는 노처녀 특유의 섬세한 행동으로 잔디밭 가장자리에 이젤을 단단히 고정시켰는데, 카마이클 씨와 너무 가깝지 않으면서도 그의 보호를 충분히 받을 수 있는 거리였다. 그랬다, 그녀가 십 년 전에 서 있던 곳도 바로 여기쯤이었다. 그림 속의 벽과 울타리와 나무가 그대로 있었다. 문제는 저 풍경들 사이의 상호관계였다. 십 년 동안 그녀의 마음속에 늘 품고 있던 문제 말이다. 마치 해결책이라도 떠오른 듯 이제야 자신이 원하는 게 뭔지 그녀는 알게 되었다.

하지만 램지 씨가 쳐들어오듯 다가온다면 아무것도 할 수 없을 것이다. 그가 다가올 때마다(그는 계속 테라스의 아래위를 성큼성큼 걸으며 오가고 있었다) 파멸이 다가왔고, 혼란이 다가왔다. 그래서 그림을 그릴 수 없었다. 그녀는 일부러 허리도 굽혀보고, 몸도 돌려보고, 여기 있는 헝겊 조각도 집어보고, 저기 있는 물감 튜브도 짜보았다. 하지만 그런 행동은 모두 그를 피하기 위한 임시방편이었다. 그의 존재로 인해 그녀가 제대로 할 수 있는 게 아무것도 없었다. 그녀가 조금이라도 그에게 기회를 주거나, 잠시라도 쉬거나, 그가 있는 쪽을 쳐다보거나 하면 그는 잽싸게 그녀에게로 다가와 지난밤에 그랬듯이 "우리가 많이 변했지요"라고 말을 붙일 게 틀림없었다. 지난밤에 자리에서 벌떡 일어난 그가 그녀 앞으로 다가와 멈춰 서서 그렇게 말했다. 모두 멍하니 서로를 쳐다보며 말없이 앉아 있었지만 영국의 왕과 여왕 이름으로(붉은 여왕, 미의 여왕, 심술궂은 여왕, 인정머리 없는 왕) 불리던 여섯 아이들은 아버지의 그런 말에 무척 분개했다는 걸 그녀는 분명히 느꼈다. 사려 깊은 벡위스 노부인이 재치 있는 말을 했다. 하지만 이 집은 언급되지 않은 격정으로 가득 차 있었다. 어제 저녁 내내 그녀는 그런 느낌을 받았다. 그런 혼동의 와중에 램지 씨가 일어나 그녀의 손을 꼭 잡고 "우리가 많이 변했다는 걸 알게 될 거요"라고 말했고, 마치 그가 꼼짝 말고 제자리를 지키라는 명령이라도 내린 것처럼 그런 말을 듣고도 아이들은 모두 입을 꾹 다문 채 꼼짝하지 않았다. 제임스만이(확실히 부루퉁 왕이었다) 부루퉁한 얼굴로 등불을 노려보았고 캠은 손가락으로 손수건을 비비꼬아댔다. 그때 그가 내일 등대에 갈 거라는 사실을 아이들에게 상기시켰다. 아이들은 일곱 시 반까지 모든 준비를 마치고 응접실에 모여야 했다. 말을 마친 그는 문의 손잡이를 잡고 나가려다 말고 멈춰 서서 뒤돌아보았다. 가기 싫어? 그가 물었다. 아이들이 가기 싫다고 대답했다면(확실히 어떤 이유로 그는 그런 식의 답을 약간 기대했다) 그는 쓰디쓴 절망이라는 바다에 몸을 비참하게 날렸을 것이다. 자신의 의사를 그렇게 몸짓으로 표현하는 재능이 그에게는 있었다. 그는 추방당한 왕처럼 보였다. 제임스는 갈 거라고 우겨댔다. 캠은 더 비열하게 말까지 더듬거렸다. 아, 예, 무, 물론 가야죠. 갈 준비를 하겠다고 아이들이 말했다. 그러자 이런 게 비극이라는, 관이나 시체나 수의가 비극이 아니라 아이들이 억지로 강요당하고 아이들의 기가 죽도록 만드는 이런 게 진짜 비극이라는 생각이 릴리의 뇌리를 순간적으로 스쳤다. 제임스는 열여섯 살이고 캠은 아마 열일곱 살일 것이다. 그녀는 거기에 없는 누군가를(아마도 램지 부인을) 두리번거리며 찾아보았다. 하지만 등불 아래 그녀의 스케치를 들춰보는 벡위스 노부인만이 있었다. 그러다가 피곤해진 그녀는 마음은 여전히 오랜만에 찾아온 출렁대는 바다와 시골의 정취와 냄새에 있었지만 눈에 촛불까지 아른거리자 그만 정신을 잃고 말았다. 별이 빛나는 아름다운 밤이었다. 그들은 2층으로 올라가면서 파도 소리를 들었고, 계단의 창을 지나면서 본 하얀 달이 너무나도 크게 보여 놀라기도 했다. 그녀는 바로 잠이 들었다.

그녀는 이젤 위에 깨끗한 캔버스를 단단히 고정시켰고, 그것이 장벽으로는 약하지만 램지 씨와 그의 강요를 막아내기에는 충분하다고 생각했다. 그가 등을 돌려 테라스 위쪽으로 걸어갈 때마다 그녀는 저기의 저 선, 저기의 저 풍경 하면서 최선을 다해 그림을 그리려고 노력했다. 하지만 집중할 수 없었다. 그가 1.5미터쯤 떨어져 있도록 해야지. 그녀에게 말도 못 붙이게 하고, 그녀의 얼굴도 못 보게 해야지 하고 생각했다. 그렇지 않으면 그녀에게로 슬그머니 다가와 위세를 떨고 말도 붙이면서 주제넘게 참견할 게 뻔했다. 그의 존재로 모든 것이 변해버렸다. 그녀는 색깔도 선도 볼 수 없었고, 심지어 그가 등을 돌려 그녀 쪽으로 걸어올 때면 순간적으로 그가 그녀를 덮치면서 그녀가 그에게 절대로 줄 수 없다고 느낀 뭔가를 요구할 것만 같았다. 그녀는 잡았던 붓을 내려놓고 다른 것을 골라 집었다. 아이들이 언제쯤 집 밖으로 나올지, 언제쯤 아이들이 모두 떠나게 될지 몰라 그녀는 안절부절못했다. 저 남자는 절대로 주는 법 없이 받기만 한다고 생각하자 그녀는 화가 나 속이 부글부글 끓어올랐다. 그러면서도 어쩔 수 없이 자신도 주게 될 거라고 여겼다. 램지 부인도 주기만 했다. 주고, 주고, 또 주고, 그러다가 죽어버렸다. 이 모든 것을 남겨두고 떠나버렸다. 정말로 그녀는 램지 부인에게 화가 나 있었다. 울타리와, 계단과, 벽을 바라보는 그녀의 손에 쥔 붓이 약간 떨렸다. 이 모든 게 램지 부인이 한 일이었다. 부인은 죽었다. 여기에 있는 그녀는 마흔네 살의 나이에 아무것도 하지 못한 채 전에 완성하지 못한 그림을 가지고 장난삼아 시간을 낭비했고, 그리고 이건 모두 램지 부인의 잘못이었다. 부인이 죽었다. 부인이 즐겨 앉던 계단도 텅 비었다. 부인은 죽었다.

하지만 왜 자꾸 이런 말을 되풀이하는 것일까? 왜 그녀에게 없는 감정을 불러일으키려고 애를 쓰는 것일까? 그 속에는 일종의 모욕도 들어 있었다. 그녀에게는 이미 그런 게 메말라버렸고, 시들어버렸고, 다 타버리고 없었다. 그들이 그녀를 초청하지 말아야 했고, 그녀도 오지 말아야 했다. 마흔네 살이나 먹고도 시간을 낭비할 순 없다고 그녀는 생각했다. 장난삼아 그림을 그리는 게 싫었다. 투쟁과 파괴와 혼란이 판을 치는 이 세상에서 그녀가 의지해온 유일한 것이 붓이었다. 장난이란 걸 안다 해도 그렇게 해서는 안 되었다. 그녀는 그런 행위를 몹시 싫어했다. 하지만 그로 인해 그녀는 그렇게 하고 있었다. 그녀를 덮치면서 그가 '내가 원하는 걸 줄 때까지 캔버스도 만지지 못하게 할 거요'라고 말하는 것 같았다. 뭔가를 갈망하는 눈빛으로 그가 다시 그녀에게로 미친 듯이 다가왔다. 절망에 빠져 오른손을 옆으로 내려놓으면서 릴리는 차라리 결판을 내는 게 더 간단하겠다고 생각했다. 이런 경우에 많은 여자들이 동정심과 그 보상으로 받은 황홀감에 빠져 얼굴이 빨개졌고(그녀는 램지 부인이 그랬던 것을 기억했다) 그 여자들의 얼굴에서 볼 수 있던 광채와 열광과 자기포기를 (예를 들면, 램지 부인의 얼굴에서) 그녀가 지금 흉내내는 것은 어렵지 않았고, 그런 보상이 생기는 이유를 알지 못했지만 그래도 그것이 인간에게 주어진 가장 최상의 축복이라는 것은 분명했기 때문이다. 그가 여기로 다가와 그녀 옆에 멈추어 섰다. 그녀는 최선을 다해 그가 원하는 것을 줄 작정이었다.

2

그녀가 옛날보다 주름이 약간 더 생겼다고 그는 생각했다. 좀 말라 보이고 빈약해 보였지만 매력이 없는 것도 아니었다. 그는 그녀를 좋아했다. 한때 윌리엄 뱅크스와 결혼한다는 풍문이 돌았지만 그런 일은 생기지 않았다. 그의 아내도 그녀를 무척 좋아했다. 그는 아침식사 때 신경질을 약간 부렸다. 그러고 나서, 그러고 나서 뭔지는 모르겠지만 어떤 거대한 욕구가 그를 충동질했고, 아무 여자에게라도 다가가 수단 방법을 가리지 않고 구슬려서 그가 원하는 욕구인 동정을 받고 싶었다.

돌봐주는 사람이라도 있습니까? 필요한 물건은 없으신가요? 그가 물었다.

"아, 예. 고맙습니다. 필요한 거 없어요." 릴리가 초조한 표정으로 대꾸했다. 안 되는구나. 그녀는 그가 원하는 동정을 줄 수 없었다. 이내 동정의 물결을 타고 바로 휩쓸려가야 했지만 그러질 못해서 압박감이 그녀에게로 엄청나게 다가왔다. 하지만 그녀는 꼼짝않고 그대로 서 있었다. 무거운 침묵이 흘렀다. 그들은 모두 바다를 바라보았다. 내가 여기에 있는데 왜 그녀는 바다를 바라보는 것일까? 램지 씨가 생각했다. 등대에 가신다니 등대에 도착할 때까지 날씨가 차분했으면 좋겠군요. 그녀가 말했다. 등대라니! 등대라니! 도대체 등대가 무슨 상관이란 말이지? 초조해하면서 그가 생각했다. 갑자기 원시적인 돌풍의 힘으로(그는 더는 그의 성격을 자제할 수 없었다) 그의 입에서 이 세상의 그 어떤 여자라도 마음이 약해져 당장 어떤 행동이나 무슨 말을 하게끔 만드는 그런 신음 소리가 새어나왔다. 나는 아니랍니다. 나를 제외한 모든 여자들은 그렇겠지요. 릴리가 자신을 씁쓰레하게 비웃으면서 생각했다. 나는 여자도 아니랍니다. 고집불통에, 성질도 더럽고, 감정도 메말라버린 노처녀일 뿐이랍니다.

램지 씨는 땅이 꺼지도록 한숨을 내쉬었다. 그는 기다렸다. 정말 그녀는 아무 말도 하지 않을 작정인가? 내가 원하는 게 뭔지 눈치채지 못한 걸까? 그러자 그는 등대에 가고 싶은 특별한 이유가 있다고 먼저 말을 꺼냈다. 아내가 등대로 선물을 보내곤 했지요. 불쌍한 등대지기 아들이 결핵성 고관절염을 앓는답니다. 그는 한숨을 깊이 내쉬었다. 그는 의미심장하게 한숨을 내쉬었다. 릴리는 이 거대한 슬픔이라는 홍수와, 이 물릴 줄 모르는 동정에 대한 굶주림과, 이런 식의 요구로 자신이 그에게 완전히 넘어갈지도 모른다는 사실과, 그렇지만 그의 슬픔이 너무 많아서 아무리 받아줘도 영원히 계속될 거라는 두려움이 밀려와서, 그런 모든 것이 그녀에게서 떠나버리면 좋겠다는, 그런 물결에 자신이 휩쓸려 떠내려가기 전에 먼저 피해버리면 좋겠다는 생각만 골똘히 했다(방해라도 생기면 좋겠다는 희망으로 그녀는 집만 계속 쳐다보았다).

"그런 원정은," 발끝으로 땅을 긁으면서 램지 씨가 말했다. "매우 고통스럽지요." 여전히 릴리는 아무 말도 하지 않았다. (완전 나무토막이군. 돌이야. 램지 씨가 혼잣말을 했다.) "아이들이 매우 지치거든요." 비참한 표정으로 자신의 고운 손을 내려다보면서 그가 말했다. 그녀는 그런 모습이 역겨웠다(그녀는 그가 연기를 한다고, 이 위대한 남자가 완전 작정을 하고 연기를 한다고 느꼈다). 이런 게 무서웠고, 이런 게 꼴사나웠다. 아이들이 안 나올 모양이지요? 그녀가 물었는데 이런 슬픔의 무게를 감당하기 힘들었고, 이런 슬픔의 무거운 휘장을 더는 떠받칠 힘이 없기 때문이었다(그는 극도로 쇠진한 자세를 가장했고, 심지어 옆에 서 있을 때 비틀거리기도 했다).

그녀는 여전히 아무 말도 할 수 없었고, 넓은 지평선을 아무리 훑어보아도 얘깃거리 하나 찾기 힘들었고, 옆에 선 램지 씨가 햇빛에 반짝이는 풀을 쓸쓸한 눈빛으로 응시하자 이내 풀이 퇴색하는 듯해서 놀라웠고, 카마이클 씨가 접의자에 앉아 붉은 혈색으로 꾸벅꾸벅 졸다가도 만족한 표정으로 베일에 가린 듯 프랑스 소설을 읽는 모습을 보고 고통으로 신음하는 이 세상에 저렇게 복을 누리고 잘 사는 노인네를 보니 우울한 생각이 마구 떠오른다는 눈빛을 보내는 그를 보고 놀랄 뿐이었다. 그가 "카마이클 씨를 보세요, 그리고 나를 보세요"라고 말하는 듯했고, 하지만 실은 "항상 나만 생각하세요, 나만 생각하세요"라고 말한다는 느낌이었다. 릴리는 저 남자가 아이들과 함께 가버렸으면 좋겠다고 소망했고, 이젤을 일이 미터 정도 더 카마이클 씨 가까이에 설치했더라면 싶었고, 남자라면,

어떤 남자라도 이런 분출을 저지했을 것이고, 이런 한탄을 막았을 거라고 생각했다. 그녀가 여자라서 이런 무서운 상황을 불러일으켰고, 여자이기 때문에 그녀가 이런 상황을 처리할 줄도 알아야 했다. 말도 제대로 하지 못하고 여기에 얼어붙은 채 서 있는 것이 여자로서는 체면이 말이 아니었다. 누군가가 말했다. 뭐라고 했더라? 어머, 램지 씨! 존경하는 램지 씨! 스케치를 들춰보던 저 친절한 벡위스 부인이라면 당장 분위기에 맞는 적당한 어휘를 찾아 말했을 것이다. 하지만 그녀는 아니었다. 그들은 세상의 나머지 사람들과 격리되어 여기에 서 있었다. 엄청난 자기 연민과 동정에 대한 그의 요구가 홍수처럼 쏟아지면서 그녀의 발치에는 웅덩이가 생겼고, 비참한 죄인 모습을 한 그녀는 옷이 젖을까 걱정되어 치맛자락을 발목 위로 약간 걷어올릴 뿐이었다. 그림 붓만 손에 쥔 채 그녀는 벙어리가 되어 말없이 거기에 서 있었다.

이렇게 고마울 수가 있을까! 그녀는 집 안에서 소리가 나는 것을 들었다. 제임스와 캠이 밖으로 나오는 모양이었다. 하지만 램지 씨는 마치 남은 시간이 별로 없다는 걸 알기라도 하는 것처럼 외로운 모습을 하고 있는 그녀에게 그의 압축된 슬픔을 마구 쏟아 부었고, 그의 나이와, 그의 나약함과, 그의 고독도 함께 쏟아 부었고, 그러다가 갑자기 짜증을 내면서 참을 수 없다는 듯(아니, 도대체 어떤 여자가 감히 나에게 저항하는 거야? 하는 기분에) 고개를 돌렸고, 그의 장화 끈이 풀린 것을 보았다. 그의 장화를 내려다보면서 릴리는 장화가 참 멋지다고 생각했는데, 조각한 듯했고, 크기도 아주 컸고, 닳아빠진 넥타이부터 단추를 반만 잠근 조끼까지 그가 입은 모든 것처럼 장화도 그의 개성을 물씬 풍겼다. 그녀는 그의 비애와, 무뚝뚝함과, 고약한 성미와, 매력을 아는 그의 장화가 그의 방으로 저절로 걸어 들어가는 모습을 볼 수 있었다.

"장화가 참 멋지군요!" 그녀가 탄성을 지르듯 말했다. 그녀는 부끄러웠다. 영혼을 달래주길 원하는데 장화를 칭찬했고, 피가 흐르는 손과 갈가리 찢어진 심장을 보여주면서 동정을 원하는데 쾌활하게 "어머, 정말 멋진 장화를 신었군요!"라고 말했고, 그래서 이성을 완전히 잃은 그가 화를 내고 고약한 성미를 드러낼 줄 알았고, 그녀는 욕을 먹을 각오를 하고 위를 올려다보았다.

그런데 그는 웃음을 짓고 있었다. 그를 덮은 휘장과 나약함이 모두 떨어져나가고 없었다. 아, 예. 최고급 장화지요. 그녀가 잘 볼 수 있도록 발을 치켜올리면서 그가 말했다. 이런 장화를 만들 수 있는 사람은 영국에 한 명밖에 없답니다. 장화는 인류의 커다란 저주 중 하나지요. 그가 말했다. "제화공들은 장화 만드는 것을 업으로 삼고 있지요." 그가 큰 소리로 말했다. "사람들이 발을 절룩거리고, 발도 고통을 당하도록 말이죠." 또한 가장 완고하고 괴팍한 사람들이지요. 청춘을 다 바쳐야 제대로 된 장화를 만들 수 있으니까요. 이전에 그런 장화를 한 번도 본 적이 없는 그녀를 위해 그는 (오른발을 들었다가 다시 왼발을 들어올리면서) 그녀가 장화를 맘대로 관찰하도록 내버려두었다. 세계에서 제일 좋은 가죽으로 만든 거랍니다. 대부분의 가죽은 갈색 종이나 판지 같지요. 그는 아주 만족스러운 듯 여전히 공중에 들어올린 그의 발을 바라보았다. 릴리는 마침내 그들이 평화가 숨을 쉬고, 이성이 지배하고, 태양이 영원히 빛나고, 축복이 내려앉은 훌륭한 장화의 섬에 도달했다고 느꼈다. 그녀는 그에게 마음이 끌렸다. “이제 장화 끈을 얼마나 잘 매는지 한번 보여주실래요?” 그가 말했다. 그는 엉성하게 구두끈을 맨 그녀를 비웃었다. 그는 그녀에게 자신이 고안한 독특한 구두끈 매는 법을 보여주었다. 일단 이런 식으로 매면 절대 풀리지 않는답니다. 그는 그녀의 구두끈을 세 번이나 그의 방식으로 매어 보였고, 세 번이나 그녀의 구두끈을 풀었다.

그녀는 그가 그녀의 구두 위로 허리를 굽힌 이 부적절한 순간에 그에 대한 동정이 매우 고통스럽게 올라오는 것을 느꼈고, 그녀도 허리를 굽히자 피가 거꾸로 솟아오르듯 얼굴이 화끈거렸고, 왜 그렇게도 매정하게(그녀는 그를 연극 배우라고 불렀다) 그를 대했는지 생각하자 그녀의 두 눈에 눈물이 고이고 아팠다. 그래서 구두끈을 매느라 열중한 그의 모습이 영원한 비애에 젖은 듯 보였다. 그가 내 구두끈을 매어주었어. 장화도 사고. 여행을 떠나는 램지 씨를 막고 싶은데 막을 길이 없구나. 하지만 그녀는 이제야 말이 하고 싶어졌고, 그에게 뭔가를 말하려고 하는 순간 아이들이(캠과 제임스가) 밖으로 나왔다. 아이들이 테라스에 모습을 나타냈다. 아이들은 심각하고 우울한 표정을 지은 채 다리를 질질 끌면서 나란히 걸어왔다.

그런데 아이들이 왜 저런 모습으로 나오는 것일까? 그녀는 그런 아이들 모습에 짜증이 났고, 아이들이 좀 더 쾌활하게 걸어오면 좋겠다고 생각했고, 이제 그들이 멀리 떠날 거니까 아이들이 그에게 뭔가를 줄 거라고 느꼈고, 그녀가 그에게 줄 기회는 놓치고 말았다고 생각했다. 갑자기 그녀는 허전함을 느꼈고, 좌절감을 맛보았다.

그녀의 감정이 너무 늦게 찾아왔고, 그녀는 이제야 동정할 준비가 되었고, 하지만 그는 더는 동정을 필요로 하지 않았다. 그는 아주 기품 있는 노신사로 변해버렸고, 그녀에게 아무것도 원하는 게 없었다. 그녀는 냉대받은 기분이었다. 그는 어깨에 배낭을 둘러맸다. 그는 꾸러미를 나눠 들었다. 갈색 종이로 어설프게 묶은 꾸러미가 많았다. 그는 캠을 시켜 망토를 가져오게 했다. 그는 원정을 준비하는 지도자의 모습이었다. 그런 다음 멋진 장화를 신고 갈색 종이 꾸러미를 든 그가 홱 돌아서서 엄한 군대식 걸음으로 앞으로 나아가 오솔길을 내려갔고, 아이들도 그의 뒤를 따라갔다. 그녀에게는 마치 운명이 그들에게 엄격한 하나의 무리를 이루어 헌신하라고 명령한 것처럼 그들이 그런 식으로 거기에 간다는 생각이 들었고, 아직 어리기 때문에 아버지의 말씀에 묵묵히 복종하지만 아이들의 창백한 얼굴과 눈을 통해 말없는 세월의 흐름 속에서 아이들이 엄청난 고통을 당했다는 걸 느꼈다. 그렇게 그들은 잔디밭의 가장자리를 지나갔고, 행진을 지켜보는 릴리에게는 그들이 공감하는 스트레스를 받아 찡그린 얼굴로 비틀거리고 축 늘어졌지만 소규모의 보병을 이루어 행진하는 모습이 참으로 인상적이었다. 그녀 곁을 지나칠 때 램지 씨는 손을 들어 정중하지만 매우 거리감 있는 태도로 그녀에게 깍듯이 인사했다.

하지만 동정을 바라지도 않는 그에게 동정을 주고 싶다는 생각이 불쑥 그녀의 맘을 헤집고 들어서는 바람에 그녀는 그의 얼굴 표정이 왜 저럴까? 하고 궁금해했다. 무엇이 저런 얼굴을 만들었을까? 밤이면 밤마다 사색에 빠지느라 그런 모양이라고 추측했고, 그녀가 램지 씨가 사색하는 것이 뭔지 잘 모르겠다고 말했을 때 앤드루가 그럴 때마다 하나의 상징으로 부엌 식탁을 떠올려보라던 말이 생각났다. (그녀는 앤드루가 포탄 파편에 맞아 즉사했다는 걸 상기했다.) 부엌 식탁은 사변적이고 간결한 무엇이었고, 있는 그대로의 신뢰할 수 있는 꾸미지 않은 무엇이었다. 그것에는 색깔도 없었고, 모서리와 각도만 있었고, 완고할 정도로 평범했다. 하지만 램지 씨는 늘 거기에만 계속 눈을 고정시켜 사색했고, 다른 곳으로 눈을 돌리거나 미혹에도 빠지지 않았고, 그 결과 저렇게 수척한 얼굴과 몸에 밴 금욕생활로 꾸밈없는 이런 아름다움을 가지고 되었고, 그런 아름다움에 그녀는 그렇게도 깊은 인상을 받았던 것이다. 그러다가 그녀는 (붓을 든 채 그가 떠나고 없는 거기에 그대로 서서) 근심걱정으로 그의 얼굴이 더 엉망이 되었고, 그래서 그런지 그렇게 고상해 보이지 않는다고 생각했다. 그녀는 그도 부엌 식탁에 대해 의문을 품었다고 추측했고, 그 식탁이 진짜 식탁인지 아닌지, 그게 시간을 투자할 가치가 있는지 없는지, 그도 언젠가 그것을 찾을 수 있는지 없는지를 사색했다고 생각했다. 그녀는 그가 그런 의문을 품었다고 생각했고, 품지 않았다면 다른 사람들에게 그렇게 많이 물어보지 않았을 거라고 생각했다. 그녀는 그게 그들이 가끔 밤늦도록 대화한 내용이 아닐까 싶었고, 그런 다음날이면 램지 부인은 여지없이 지쳐 보였고, 그런 부인 때문에 화가 난 그녀가 사소한 일로 그에게 화를 냈다고 생각했다. 하지만 이제 그에게는 식탁이나 그의 장화나 장화 끈에 대해 얘기할 상대가 없어졌고, 그래서 그가 게걸스럽게 먹이를 찾아 헤매는 사자처럼 보였고, 그의 얼굴에도 절망과 과장의 기미가 스몄고, 그걸 본 그녀가 깜짝 놀라 치맛자락을 끌어올렸던 것이다. 그러다가 갑자기 저렇게 생기가 살아났고, (그녀가 그의 장화를 칭찬했을 때) 갑자기 불이라도 붙은 듯 눈빛이 살아났고, 갑자기 생활력을 되찾아 평범한 사람들의 일상사에 관심을 보였고, 그런 것들이 너무나 빨리 사라지고 빨리 변했고, 변해서 이제는 마지막 단계로 들어섰고(그는 항상 변하는 중이었고, 변해가는 것을 아무것도 숨기지 않았다), 그런 것이 그녀에게는 새롭게 보였고, 그런데도 그녀가 너무나 예민하게 반응한 게 부끄러웠고, 마치 근심걱정과 야망과 동정과 칭찬에 대한 갈망까지 모두 떨쳐버린 것처럼, 마치 호기심에 가득 찬 것처럼 자기 자신과 아이들에게 무언의 대화를 건네면서 작은 행렬의 대장이 되어 손길이 닿지 않는 다른 세계로 가고 있었다. 참으로 비범한 얼굴이구나! 대문이 쾅 하고 닫히는 소리가 났다.

3

안도와 실망이 뒤섞인 한숨을 쉬면서 그녀는 그들이 그렇게 가버렸구나 하고 생각했다. 그에 대한 동정이 싹이 튼 가시나무처럼 그녀 얼굴에 다시 어렸다. 신기하게도 그녀의 몸이 두 개로 갈라지는 느낌이었고, 한쪽은 저기 저 밖으로 나간 그들을 쫓아갔다. 안개가 낀 조용한 날이구나, 오늘 아침에는 등대가 아주 멀어 보이는구나. 다른 한쪽은 여기 잔디밭에 꼼짝 않고 단단히 고정되어 있었다. 그녀는 캔버스를 바라보았고, 캔버스는 마치 공중으로 붕 올라갔다가 바로 그녀 앞의 허공에 자리를 잡고 타협도 모른 채 하얀 얼굴을 내민 듯했다. 이렇게 부산을 떨고 동요하는 그녀를 캔버스가 어리석은 감정의 낭비라고 싸늘한 눈빛으로 꾸짖는 듯했고, 그래서 지나간 것들을 극적으로 되돌아보면서 그녀는 혼란한 감정들을 (그는 가버렸고, 그녀는 그에 대한 동정을 느꼈고, 그런 동정은 아무런 말도 전하지 못한 채 그대로 남았다) 저 들판으로 무리지어 보내버렸고, 그러자 처음에는 그녀의 맘속에 평화가 찾아들었고, 그다음에는 덧없다는 생각이 다가왔다. 그녀는 타협할 줄 모르는 하얀 얼굴로 그녀를 쏘아대는 캔버스를 멍한 표정으로 바라보다가 눈을 떼 정원을 바라보았다. 뭔가가 있었고(그녀는 주름진 얼굴에 중국인 눈매를 닮은 조그만 눈을 가늘게 뜬 채 서 있었다), 가로지르고 베이고 아래로 늘어지면서 서로 얽힌 선들의 관계와 푸른색과 갈색으로 어우러진 녹색 구멍이 있는 울타리의 풍경이 그녀의 맘속에 늘 머물러 있었다는 것을 기억했고, 그래서 그런 것들이 그녀의 맘속에 풀리지 않는 매듭으로 남아 세월의 흐름 속에서 브롬튼 로드를 거닐 때도, 머리를 손질할 때도, 본의 아니게 저 그림을 완성하려고 그녀는 늘 머릿속으로 그림을 그렸던 것이다. 하지만 캔버스 없이 머릿속으로만 매듭을 풀어 그림을 그리는 것과 실제로 붓을 들어 한 점이라도 캔버스에 찍어보는 것은 차이가 이루 말할 수 없었다.

램지 씨가 나타났을 때 그녀는 마음이 산란하여 아무 붓이나 골라잡았고, 또 너무 흥분하여 이젤의 다리도 땅속에 아무렇게나 박아 넣어 각도도 잘못되어 있었다. 그녀는 이제 그런 것을 바로잡았고, 그러는 동안 일부러 무례한 행동이나 말도 자제했고, 그러면서도 "난 이러이러한 사람이야. 사람들과도 이러이러한 관계야"라고 중얼거리면서 붓을 잡았다. 잠시 그대로 서 있자 그녀는 붓을 든 손이 떨려 고통스러웠지만 짜릿한 희열을 맛보았다. 어디서부터 시작해야 하지? 그것이 문제였다. 그녀는 어디에다 먼저 점을 찍어야 할지 몰랐다. 그녀에게는 캔버스에 선을 하나 긋는 것도 무수한 위험과 돌이킬 수 없는 결단을 요구하는 힘든 일이었다. 머릿속에서는 그렇게 간단해 보이던 것들이 실제로 하려고 덤비자 너무나도 복잡해 보였고, 절벽 꼭대기에서 내려다보면 파도 모양이 일정해 보이지만 막상 그 속에서 헤엄치는 사람에게는 깊은 골과 거품이 마구이는 물마루로 이루어진 것과 마찬가지 형상이었다. 그래도 모험은 강행해야 했고, 첫 점이라도 찍어야 했다.

마치 몸을 앞으로 빼려다가 동시에 뒤로 빼듯 기이한 육체적 감각으로 그녀는 재빨리 단호하게 첫 번째 점을 찍었다. 붓이 내려갔다. 하얀 캔버스 위에 갈색이 어른거리더니 선이 하나 그어졌다. 두 번째에도 그렇게 했다. 세 번째에도. 그녀는 마치 쉬는 것도 긋는 것의 일부이고 모든 것이 다 관계가 있다는 것처럼 쉬었다가 선을 한 번 긋고 쉬었다가 또 한 번 긋고, 그런 식으로 춤을 추듯 리듬을 타면서 선을 그어갔고, 가볍게 약간 쉬어가면서 선을 긋는 일을 반복하자 캔버스 위에는 많은 갈색 선들이 생겨났고, 그 선들은 하나의 공간을 에워쌌다(그녀는 그녀에게로 솟아오른 그 공간을 어렴풋이 느꼈다). 굽이치면서 솟아오른 파도가 밀려나가자 그녀는 그 뒤를 이은 파도가 그녀 위로 점점 더 높이 솟아오르는 것을 느꼈다. 저런 공간보다 더 무서운 것이 있을까? 그녀는 그것을 바라보기 위해 뒤로 물러섰고, 잡담과 일상생활과 사람들과의 공동체에서 벗어난 그녀가 옛날부터 그녀 안에 있던 이 무서운 적 앞에 와 있다고 생각했다. 이 색다른 것, 이 진실, 이 현실, 이런 것들이 갑자기 그녀에게로 다가와서 모습의 이면을 적나라하게 보여주면서 그녀의 주의를 끌려고 했다. 그녀는 끌리고 싶은 마음이 반, 끌리고 싶지 않은 마음이 반이었다. 왜 항상 끌려서 멀리로 가야 하는 걸까? 왜 잔디밭에 있는 카마이클 씨와 대화하도록 평화롭게 내버려두지 않는 걸까? 어쨌든 이런 형태의 교섭은 힘들었다. 다른 경배의 대상들은 경배만으로 만족했고, 남자든 여자든 신이든 모두 한쪽 무릎을 꿇고 경배하면 모두 끝이었지만 이런 형태는 달랐고, 이것이 겨우 버드나무로 만든 식탁 위에 모습을 드러낸 하얀 전등갓의 모양을 하고 있더라도 이런 형태는 영원한 전투에 임하도록 부추겨 최악의 경우를 뻔히 알면서도 당연히 싸우도록 만들었다. 일상생활에서 잠시 벗어나 집중해서 그림을 그리기 전에 그녀는 늘 (이것은 그녀의 본성이나 그녀의 여성성 속에 있었다. 어디에 있는지 그녀가 알지 못할 뿐이었다) 몇 분 정도 벌거벗은 기분을 느꼈는데, 자신이 아직 태어나지 않은 영혼이나 죽어서 육체를 떠난 영혼으로 온갖 미혹에도 보호받지 못하고 노출된 채 바람이 부는 뾰족한 산봉우리에서 머뭇거리는 존재로 느껴졌기 때문이었다. 그렇다면 왜 내가 그림을 그리는 걸까? 그녀는 선들이 그어진 캔버스를 바라보았다. 그림이 하인들의 침실에나 걸릴지도 몰랐다. 아니면 둘둘 말린 채 소파 밑에 처박힐지도 몰랐다. 그렇다면 무슨 덕을 보려고 그림을 그리는 것일까? 그때 그녀는 "너는 그림을 그릴 수 없어, 너는 창조할 수 없어" 하고 누군가가 외치는 소리를 들었고, 경험한 일들이 맘속에 새겨져도 시간이 흐르면 다른 것과 섞여 흐릿해지듯 누가 그런 말을 하는지 몰라도 자꾸만 들려오는 듯했다.

그림을 그릴 수 없다니, 창조할 수 없다니 하고 그녀는 단조롭게 중얼거리면서도 그런 말을 듣고 어떻게 반격해야 할지 깊은 생각에 빠졌다. 그녀 앞에 어렴풋이 모습을 드러낸 풍경 때문이었고, 풍경이 불쑥 튀어나와 그녀의 안구를 내리누르는 기분이었다. 그러자 마치 신체 기능이 안구를 매끄럽게 하기 위해 필요한 눈물을 이내 분출하는 것처럼 그녀도 푸른색과 황갈색을 지레짐작으로 붓에 찍어 여기저지 재빨리 놀려대기 시작했고, 마치 리듬을 타면서 보기라도 하는 것처럼 (그녀는 계속 울타리와 캔버스를 번갈아가며 바라보았다) 갈수록 그녀의 붓놀림은 점점 무거워지고 느려졌고, 붓을 쥔 손이 떨리는 동안에도 그녀는 그 리듬을 따라 자신을 지탱하면서 그림에 몰두했다. 확실히 그녀는 외부 사물에 대한 의식을 잃어갔다. 외부 사물들에 대한 의식을 잃자 그녀는 자신의 이름과 성격과 외모와 심지어 카마이클 씨가 거기에 있다는 사실조차 까맣게 잊어버렸고, 그런 상태로 녹색과 파란색으로 그림을 계속 그려가는 동안에도 빤히 노려보는 소름끼치도록 대하기 힘든 하얀 공간 위로 솟아오르는 분수처럼 그녀의 맘 깊은 곳에서 장면과 이름과 얘기와 추억과 생각들이 하염없이 떠오르는 것을 보았다.

찰스 탠슬리가 여자는 그림도 그리지 못하고 글도 쓰지 못한다고 말하곤 했구나 하고 그녀가 기억해냈다. 바로 이 장소에서 그녀가 그림을 그릴 때 그가 뒤로 다가와 그녀 옆에 서 있었고, 그것을 그녀는 아주 싫어했다. "새그 살담배랍니다. 일 온스에 오 펜스짜리지요." 그가 말했고, 그런 말로 그는 자신의 가난과 원칙을 뽐냈다. (하지만 그런 전쟁은 그녀가 여자라는 아픈 상처를 없애주었다. 여자든 남자든 불쌍한 사람들이 그런 실수를 저지른다고 그녀는 생각했다.) 그는 항상 겨드랑이에 책을 끼고 다녔다. 보라색 책을. 그는 늘 "연구했다". 태양이 작열하는 아래에 앉아서 그가 연구하는 것도 그녀는 기억했다. 저녁식사 때 그는 언제나 식탁의 중간 오른쪽에 앉았다. 그러다가 그녀는 해변에서의 한 장면을 회상했다. 잊을 수 없는 장면이었다. 바람이 부는 아침이었다. 그들은 모두 해변으로 갔다. 램지 부인은 바위 옆에 앉아서 편지를 썼다. 그녀는 편지를 쓰고 또 썼다. "어머, 저게 새우잡이 통발인가요, 아니면 뒤집힌 배인가요?" 마침내 바다에 붕 떠 있는 뭔가를 바라보면서 램지 부인이 물었다. 근시인 부인이 그것을 알아보기 힘들어하자 찰스 탠슬리는 최대한으로 부인에게 친절하게 굴었다. 그가 물수제비뜨기 장난을 시작했다. 그들은 편편한 조그만 돌들을 골라 파도 속으로 던졌다. 때때로 램지 부인도 안경 너머로 그들을 쳐다보면서 소리 내어 웃었다. 그들이 무슨 말을 했는지 기억나지 않았지만 찰스와 그녀가 돌을 던지면서 갑자기 친해졌고, 그런 그들을 램지 부인이 쳐다보았다. 그녀는 그것을 무척 의식했다. 램지 부인 하고 속으로 한 번 불러보고는 그녀는 뒤로 물러나서 눈을 가늘게 떴다. (램지 부인이 제임스와 계단에 앉아 있다면 그림의 구도가 상당히 달라졌겠구나. 그림자가 생겼을 테니까.) 램지 부인. 그녀가 해변에서 탠슬리와 물수제비뜨기 장난을 하던 장면과 해변에서의 모든 장면이 바위 옆에 앉아서 무릎 위에 편지지를 올려놓고 편지를 쓰던 램지 부인을 빼고는 전혀 떠오르질 않았다. (부인은 편지를 참 많이도 썼다. 가끔 바람에 편지가 날아가면 찰스와 그녀가 바다로 뛰어들어가 달랑 편지 한 장만 구한 적도 있었다.) 그런데 인간 영혼의 힘이 참으로 대단하구나! 하고 그녀는 생각했다. 바위 아래 앉아서 편지를 쓰는 램지 부인을 생각하자마자 모든 것이 너무나 간단하게 풀렸고, 그녀가 가진 이 분노와 초조함까지도 모두 오래된 누더기처럼 떨어져나갔고, 그녀는 이것과 저것과 또 이것을 몽땅 끌어와서 비참할 정도로 어리석고 심술궂은 것들을(그녀와 탠슬리의 시시한 말다툼이 이제 와서 보니 어리석고 심술궂은 짓이었다) 세월이 흘러도 살아남아 생생하게 기억되는 다른 것들로 바꿔야 했다. 예를 들면, 해변의 이런 장면을 우정과 호감이 싹트는 순간으로 다시 싹 바꿔야 했다. 탠슬리에 대한 그녀의 기억을 새롭게 바꾸자 그 해변에서의 장면이 예술 작품처럼 그녀의 맘속에 머물렀다.

"예술 작품처럼." 릴리는 캔버스에서 시선을 거두어 응접실 계단을 바라보다가 다시 캔버스로 시선을 옮기면서 되뇌었다. 그녀는 잠깐 쉬었다. 쉬면서 이것저것을 막연히 바라보았고, 그러자 끊임없이 영혼의 하늘을 날아다니는 해묵은 질문이 또 고개를 쳐들었고, 지금처럼 그녀가 휴식을 취하느라고 긴장을 풀고 막연히 있을 때마다 거의 그 거대하고 평범한 질문은 그녀의 머리 위로 다가왔고, 다가와 그녀 앞에 멈춰 섰고, 멈춰 서서는 그녀를 마구 덮쳤다. 삶의 의미가 무엇이지? 그게 다였다. 간단한 질문이지만 세월이 흐를수록 더욱더 죄어오는 질문이었다. 위대한 계시는 절대로 오지 않았다. 대신 매일 일어나는 사소한 기적과 깨달음과 뜻밖에 어둠을 밝히는 성냥 같은 그런 순간들이 있었고, 이것도 그런 하나였다.

이것도 저것도 다른 것도, 그녀 자신과 찰스 탠슬리와 부서지는 파도도, 램지 부인이 탠슬리와 그녀를 화해시킨 것도, 램지 부인이 "삶이 여기에 조용히 자릴 잡고 있어요"라고 말한 것도, 램지 부인이 순간을 영원한 뭔가로 바꾼 것도(다른 면에서는 릴리 자신도 순간을 영원한 뭔가로 바꾸려고 노력했듯) 이것이 계시의 본질이었다. 혼돈의 와중에도 형체는 존재했고, 이렇게 영원히 오고 감이 (그녀는 흘러가는 구름과 바람에 흔들리는 이파리를 보았다) 안정한 자리를 잡았다. 삶이 여기에 조용히 자리를 잡고 있다고 램지 부인은 말했다. "램지 부인! 램지 부인!" 그녀는 반복해서 불렀다. 그녀는 이런 계시를 부인 덕에 알게 되었다.

모든 것이 고요했다. 아직 집 안에서 부스럭대는 사람은 없는 듯했다. 그녀는 이파리가 비쳐서 녹색과 파란색으로 물든 창으로 이른 아침의 햇볕이 내리쬐는, 사람들이 잠을 자는 집을 물끄러미 바라보았다. 희미하게나마 램지 부인을 이렇게 회상하다 보니 부인이 이 집과 참 잘 어울렸다는 생각이 들었고, 이 안개도, 이렇게 화창한 이른 아침의 공기도 부인과 잘 어울렸다 싶었다. 희미하고 비현실적인 상태에서 집은 그녀에게 놀랍도록 순수하고 짜릿한 흥분을 주었다. 그녀는 아무도 창을 열지 않기를 희망했고, 아무도 집 밖으로 나오지 않기를 바랐고, 혼자 계속 생각에 젖어 그림을 그릴 수 있기를 소망했다. 그녀는 캔버스 쪽으로 고개를 돌렸다. 하지만 어떤 호기심에 끌린 듯, 보여주지 못해 아직 남아 있는 불편한 동정에 밀린 듯, 그녀는 한두 걸음 옮겨 잔디밭 가장자리에 섰고, 그곳에서 아래의 해변이 잘 보이는지 살펴보았고, 작은 무리가 배를 저어가는 것을 볼 수 있었다. 파도가 매우 잔잔하고 배들이 멀리 나가 있었기 때문에 돛을 감아올리고 아주 느리게 움직이는 작은 배들 사이에서 저 아래에 다른 배들과는 제법 거리가 멀어진 곳에 배 한 척이 있었다. 그 배의 돛이 이제 막 펼쳐졌다. 그녀는 저 멀리 아주 조용하게 떠 있는 정말 작은 저 배 안에 램지 씨와 캠과 제임스가 앉아 있을 거라고 확신했다. 이제야 그들의 돛도 완전히 올라갔고, 잠시 펄럭이고 머뭇거리던 돛이 이내 바람을 가득 안았고, 깊은 고요에 빠졌고, 다른 배들을 지나서 신중히 자기의 길을 나아가는 그 배를 그녀는 지켜보았다.

4

돛이 그들의 머리 위에서 펄럭였다. 물이 낄낄 웃으면서 배의 양옆을 철썩 때렸고, 배는 태양 아래 미동도 하지 않고 꾸벅꾸벅 졸았다. 가끔 아주 약하게 불어오는 미풍으로 돛이 잔물결을 일으켰고, 미풍이 지나고 나면 돛은 다시 잠잠해졌다. 배는 전혀 움직이지 않았다. 램지 씨는 배의 중앙에 앉아 있었다. 제임스와 캠은 그들 사이에서 다리를 완전히 꼬고 앉은(제임스는 키를 잡았고, 캠은 뱃머리에 홀로 앉아 있었다) 아버지를 바라보면서 아버지가 조금 있으면 안달을 내실 거라고 생각했다. 그는 꾸물거리는 것을 참지 못하는 성격이었다. 아니나 다를까, 한두 번 불안해하던 그가 매칼리스터의 아들에게 무언가를 신랄하게 말했고, 그러자 그 아들이 노를 꺼내어 배를 젓기 시작했다. 하지만 배가 날아가듯 앞으로 나아가야 비로소 아버지가 만족한다는 걸 아이들은 알았다. 그는 계속 미풍이 불길 바라면서 초조해하고 구시렁댈 게 틀림없었고, 매칼리스터와 그의 아들이 그런 말을 엿들을 것이고, 그러면 그들은 무척 불편해질 것이다. 그가 아이들을 등대에 가게 했다. 어쩔 수 없이 가도록 만들었다. 자신들의 의지와는 반대로 어쩔 수 없이 가는 바람에 화가 난 그들은 미풍이 절대로 불지 말았으면 싶었고, 모든 것이 아버지를 방해했으면 좋겠다고 생각했다.

해변으로 내려가는 내내 아버지가 "빨리 걸어, 서둘러"라고 말없이 명령했지만 그들은 뒤에 처진 채 느릿느릿 걸었다. 그들은 고개를 숙였는데, 무자비한 질풍에 고개를 아래로 숙인 거였다. 그들은 아버지에게 가기 싫다는 말을 할 수 없었다. 무조건 따라가야만 했다. 그들은 갈색 종이 꾸러미를 들고 아버지의 뒤를 졸졸 따라가야만 했다. 하지만 그들은 걸어가면서도 말없이 서로를 도와 위대한 협정을 수행하기로 맹세했다. 목숨을 걸고 폭정에 저항하기로 했다. 그래서 그들은 입을 꽉 다문 채 하나는 배의 이쪽에, 다른 하나는 배의 맞은편에 앉아 있었던 것이다. 그들은 다리를 꼬고 앉아서 인상을 찌푸리고, 불안해하고, 경멸하는 투로 혼자 중얼거리면서 미풍이 불기를 애타게 기다리는 아버지를 가끔 바라볼 뿐 아무 말도 하지 않을 작정이었다. 그래서 그들은 날씨가 잔잔하기를 희망했다. 그들은 아버지의 기대가 무너지길 바랐다. 그들은 이 원정이 완전히 실패하고, 꾸러미를 들고 다시 해변으로 돌아가길 희망했다.

하지만 매칼리스터의 아들이 노를 젓자 돛이 천천히 돌았고, 배가 빨라지고 균형을 잡더니 이제는 쏜살같이 달리기 시작했다. 이내 마치 커다란 긴장이라도 풀린 것처럼 램지 씨가 꼬았던 다리를 풀었고, 담배쌈지를 꺼내어 약간 퉁명스럽게 매칼리스터에게 건네주었고, 아이들의 속은 타들어갔고, 그는 완전히 만족한 표정을 지었다. 이제 배는 이런 식으로 몇 시간 나아갈 것이고, 램지 씨는 매칼리스터 노인에게 질문을 할 것이고 아마도 작년 겨울에 불어닥친 심한 태풍에 대해서 물을지도 모른다. 매칼리스터 노인은 대답할 것이고, 그러면서 함께 담배 파이프를 뻐끔뻐끔 빨 것이고, 매칼리스터는 매듭을 짓고 풀면서 타르를 칠한 밧줄을 손에 쥘 것이고, 그의 아들은 물고기를 잡으면서 아무에게도 말 한마디 하지 않을 것이다. 제임스는 어쩔 수 없이 내내 돛에 시선을 둬야 할 것이다. 잠시라도 딴 눈을 팔아 돛에 주름이 잡혀 펄럭이고 배의 속도가 느려지면 램지 씨가 날카롭게 "주의해! 주의하라니까!" 하고 야단칠 것이고, 그러면 매칼리스터 노인이 앉은 자리에서 천천히 뒤돌아볼 것이다. 그래서 그들은 램지 씨가 크리스마스 때 불어닥친 심한 폭풍에 대해 몇 가지 질문하는 것을 들었다. "폭풍이 곶 주위로 휘몰아쳤지요." 작년 크리스마스 때 불어닥친 거대한 폭풍을 묘사하면서 매칼리스터 노인이 말했다. 한 척은 저기에, 한 척은 저기에, 또 한 척은 저기에 있는 걸 보았지요(그는 손으로 만 주위를 천천히 가리켰다. 램지 씨는 고개를 돌려 그가 가리키는 곳을 보았다). 돛배에 딱 붙어 있는 남자 세 명도 보았답니다. 아, 그런데 배가 사라졌어요. "그래서 결국 우리가 그 배를 끌어내야 했답니다." 매칼리스터가 계속 말했다(하지만 분노와 침묵 속에서 목숨을 걸고 폭정에 저항하기로 한 협정을 지키기 위해 배의 양쪽 맞은편에 앉은 그들은 겨우 단어 하나 정도만 가끔 알아들었다). 결국 배를 끌어내기로 결정하고 구조선을 띄워서 곶을 지나 그 배를 구출했지요. 매칼리스터가 얘기를 했고, 그들은 아버지를 늘 의식했다. 아버지가 상체를 앞으로 기울이는 것도, 일부러 매칼리스터의 목소리를 흉내내어 맞장구치는 것도, 파이프의 담배를 뻐끔뻐끔 피우는 모습도, 매칼리스터가 가리키는 곳을 바라보는 것도, 폭풍과 시커먼 밤과 거기서 고군분투하는 어부들 생각에 빠져 흐뭇한 표정을 짓는 것도 의식했다. 그는 밤중에 바람 부는 해변에서 땀을 흘리며 일하는 남자들을 좋아했고, 파도와 바람에 맞서 육탄전을 벌이고 두뇌를 사용하고, 어쨌든 그런 식으로 일하는 남자들을 좋아했고, 또한 남자들이 폭풍으로 물에 빠져 죽을 때도 집을 지키고 잠자는 아이들 옆에 앉아 있는 여자들을 좋아했다. 그래서 제임스와 캠은 아버지가 매칼리스터에게 폭풍으로 열한 척의 배가 어떻게 만에 들어오게 되었는지 물었을 때 보여준 마음의 동요와 조심하는 눈빛과 울리는 목소리와 스코틀랜드 사투리가 약간 섞인 말투를 보고 아버지가 마치 농부처럼 행세한다는 것을 눈치챘다(그들은 아버지를 바라보다가, 서로를 바라보았다). 세 척은 가라앉았답니다.

그는 매칼리스터가 가리키는 곳을 자랑스럽게 바라보았고, 캠은 이유는 잘 모르겠지만 아버지가 자랑스럽다는 생각이 들었고, 아버지가 그곳에 계셨더라면 그래서 그 구조선을 탔더라면 아버지도 그 난파선에 분명히 도착했을 거라고 생각했다. 캠은 아버지가 아주 용감하고 모험심도 매우 강하다고 생각했다. 하지만 그녀는 기억했다. 협정이 있고, 목숨을 걸고 폭정에 저항해야 한다는 것을. 그들의 불만이 그들을 짓눌렀다. 그들은 어쩔 수 없었고, 명령을 들어야만 했다. 그는 자신의 우울과 아버지라는 권위를 내세워 그들을 한 번 더 압박했고, 이 화창한 아침에 그가 꾸러미를 들고 등대에 가고 싶었기 때문에 그들이 명령에 복종하게 했고, 그가 죽은 사람들을 기리기 위해 위안삼아 가는 것을 알기 때문에 그들은 가기 싫었고, 그래서 일부러 아버지 뒤에 처져서 느릿느릿 걸었고, 그로 인해 하루의 즐거움이 모두 망가졌던 것이다.

그랬다, 미풍이 상쾌하게 불었다. 배가 기울었고, 물은 날카롭게 갈라져 녹색의 크고 작은 폭포를 이루다가 거품을 내면서 떨어졌다. 캠은 거품과 물속의 보물을 들여다보았고, 배가 나아가는 속력에 최면이 걸렸고, 그녀와 제임스 사이의 끈이 약간 헐거워졌다. 유대 관계가 약간 느슨해졌다. 속력에 최면이 걸린 캠은 정말 빨리도 가는구나! 우리가 어디로 가는 거지? 하는 생각에 빠지기 시작했고, 제임스는 여전히 냉정하게 돛과 수평선에 시선을 고정시킨 채 키만 잡고 있었다. 하지만 제임스는 키를 잡고 앞으로 나아가면서도 도망쳐야지 하는 생각을 하기 시작했고, 이 모든 것에서 떠날 결심을 했다. 그들이 어쨌든 뭍에 도착할 것이고, 그때 자유를 찾을 작정이었다. 그들은 잠시 서로를 바라보면서 속력과 변화로 인해 도망과 짜릿한 흥분을 맛보았다. 하지만 미풍은 램지 씨에게도 똑같은 흥분을 불러일으켰고, 매칼리스터 노인이 몸을 돌려 배 밖으로 밧줄을 던질 때 램지 씨는 "우리는 모두"라고 크게 외치고는 "혼자 죽는다"라고 크게 소리쳤다. 그러고 나서 몸에 밴 후회하는 버릇 탓인지 아니면 창피해서 그런지 모르지만 이내 몸을 가다듬고 해안 쪽으로 손을 흔들었다.

"저 작은 집을 보려무나." 캠이 쳐다보길 바라면서 그가 가리켰다. 그녀는 마지못해 일어서서 바라보았다. 그런데 어느 것 말인가요? 그녀는 더는 그들의 집이 있는 산허리의 그곳을 알아볼 수 없었다. 모든 것이 멀어 보이고, 평화롭고, 이상해 보였다. 해안은 정제되고 너무나 멀리 떨어져서 비현실적으로 보였다. 돛을 달고 나아가던 얼마 안 되는 거리가 벌써 이렇게도 멀어졌고, 멀어진 집을 쳐다보니 색다르고 평안해 보였고, 그래서 더는 아무 곳에도 속하지 않고 후퇴하는 뭔가를 바라보는 기분이었다. 어느 게 우리집인가요? 모르겠어요.

"하지만 나는 더 거친 바다 아래에 있노라!" 램지 씨가 중얼거렸다. 이미 집을 찾아서 보던 그는 집에 있는 자신을 보았고, 홀로 테라스를 걸어다녔다. 그가 홀로 화분들 사이로 오가는 모습이 보였고, 매우 늙고 등도 구부러진 모습이었다. 배에 앉아서 몸을 웅크린 그는 이내 그의 역할을 연기했고(아내를 잃어버리고 홀아비가 된 고독한 남자의 역할) 그래서 그를 동정하는 많은 사람들을 그의 앞으로 불러내어 배 안에 앉아서 자신을 위해 작은 드라마를 연출했다. 이 드라마에서 그는 늙고 기진맥진하고 슬픔에 잠긴 역할을, 많은 여자들은 그를 동정하는 역할을 했다(그는 두 손을 들어올려서 그의 꿈을 확인하기 위해 여윈 손가락을 바라보았다). 여자들이 그를 얼마나 잘 달래주는지 그를 얼마나 동정하는지를 상상했고, 여자들의 동정이 그에게 주는 기이한 쾌감을 꿈속에서 맛본 그는 한숨을 쉬면서 들릴 듯

말 듯 애달프게 이렇게 읊조렸다.

> 하지만 나는 더 거친 바다 아래에 있노라.
> 그보다 더 깊은 심연에 잠겼노라.

그래서 그들은 그가 읊은 애달픈 시의 구절을 분명히 들었다. 캠은 엉거주춤 자리에 앉기 시작했다. 그녀는 그 말에 충격을 받았다. 그녀는 화가 치밀어 올랐다. 자리에 앉아버린 캠을 보고 화가 난 그는 몸을 부르르 떨더니 시를 읊다 말고 "저기를 봐! 저기를!" 하고 고함을 질렀고, 그가 너무 다급하게 말하자 제임스도 고개를 돌려 어깨너머로 섬을 바라보았다. 그들은 모두 바라보았다. 모두 섬을 바라보았다.

하지만 캠은 아무것도 볼 수 없었다. 그녀는 그곳의 모든 길과 잔디밭과 그곳에 살던 모든 삶의 두께와 얽힘이 어떻게 사라져버렸는지, 닳아서 없어졌는지, 떠내려가고 없는 것인지, 현실이 아닌 것인지를 생각해보았고, 이제는 배와 천으로 만든 돛과, 귀고리를 단 매칼리스터와, 파도의 시끄러운 소리가 현실이라는 것을 생각했다. 이렇게 생각하면서 그녀도 혼잣말로 "우리는 모두, 혼자 죽는다"라고 중얼거렸고, 멍한 표정으로 먼 곳을 응시하는 그녀를 아버지가 놀렸을 때 아까 아버지가 한 말이 문득 떠올라서였다. 나침반의 방위를 모르니? 그가 물었다. 북쪽이 어디고 남쪽이 어딘지 모르는 거야? 정말 우리가 저기 저 밖의 오른쪽에 산다고 생각하니? 자, 저기란다, 저기. 저 나무들 옆에 있는 집이 바로 우리집이란다. 그가 다시 가리키면서 설명해주었다. 그는 그녀가 좀 더 정확하게 집을 찾길 바라는 마음에 "말해보렴. 어디가 동쪽이고 어디가 서쪽이지?" 하고 반은 비웃고 반은 나무라듯 말했는데, 나침반의 방위도 모를 만큼 우둔하지 않은 아이의 마음 상태를 도저히 이해할 수 없기 때문이었다. 하지만 그녀는 알지 못했다. 이제는 약간 겁까지 집어먹은 표정으로 그녀가 집도 없는 곳을 멍하게 응시하자 꿈에서 깨어난 램지 씨는 그가 테라스의 화분들 사이를 어떻게 오가며 걸어다녔는지, 어떻게 두 팔을 앞으로 뻗은 채 다녔는지를 잊어버렸다. 그는 여자들은 항상 저런 식이고, 여자들의 마음이 멍한 건 어쩔 수가 없고, 도저히 그의 머리로는 이해할 수 없는 문제고, 하지만 현실이 그런 걸 어떡하느냐고 생각했다. 그녀도 항상 멍했다. 그녀의 아내 말이다. 여자들은 뭔가를 맘속에 꾸준하고 분명하게 담아두지를 못했다. 하지만 그렇다고 그녀에게 화를 낸 것은 그의 잘못이었고, 게다가 그는 여자들의 그런 멍한 상태를 차라리 좋아했다. 그것은 여자들의 묘한 매력 중 하나였다. 그는 딸아이가 그를 보고 웃도록 만들어야겠다고 생각했다. 그녀는 겁에 질린 표정이었다. 그녀는 아주 조용했다. 그는 주먹을 불끈 쥐고, 몇 해 동안 자기 맘대로 사람들이 그를 동정하고 칭찬하게 만든 그의 목소리와 얼굴 표정과 온갖 몸짓을 억제하기로 다짐했다. 그는 딸아이가 그를 보고 웃도록 만들고 싶었다. 그는 그녀에게 말을 걸 쉬운 방법을 찾으려고 애를 썼다. 하지만 무엇이 좋을까? 그는 늘 일에만 빠져 있어서 이럴 때 무슨 종류의 말을 하면 좋을지 몰랐다. 강아지가 있었다. 그들은 강아지를 키웠다. 오늘은 누가 강아지를 돌보기로 했니? 그가 물었다.

그래, 이제 누나는 항복할지도 몰라. 돛을 배경으로 앉은 누나를 바라보면서 제임스가 매정하게 생각했다. 나 혼자라도 폭군과 맞서 싸우겠어. 내가 끝까지 남아서 협정을 수행하겠어. 누나의 얼굴이 슬프고 골이 나고 부어오른 것을 본 제임스가 굳은 표정으로 누나는 목숨을 걸고 독재에 저항하지 못한다고 생각했다. 구름이 녹색 산허리에 떨어지고 무거운 분위기가 내려앉아 언덕을 둘러싼 모든 것이 우울과 슬픔에 잠기면, 언덕이 구름에 드리우고 어두워진 것들의 운명을 곰곰이 생각하고, 그런 것들을 불쌍하게 동정하다가도 심술궂게 짜릿한 쾌감을 느끼는 것처럼, 캠도 자신에게 이제 그런 구름이 드리운 것을 느꼈고, 그녀는 조용하고 결연한 사람들 사이에서 그곳에 앉아 강아지에 대한 아버지의 질문에 어떻게 대답해야 하고, 나를 용서해다오, 나를 좋아해다오라고 애원하는 듯한 아버지의 질문에 어떻게 저항해야 할지 고민했고, 한편 입법자인 제임스는 그의 무릎 위에 영원한 지혜의 현판을 내보이면서(키의 손잡이에 얹은 그의 손이 그녀에게는 상징으로 여겨졌다) 아버지에게 저항하라, 아버지와 싸워라라고 말했다. 제임스가 아주 옳고 정당했다. 그녀는 그들이 목숨을 걸고 폭정과 싸워야 한다고 생각했다. 인간의 모든 자질 중 그녀가 제일 존중하는 것이 정의였다. 남동생은 가장 존엄했고, 아버지는 가장 애원조였다. 그래서 그녀는 그들 사이에 앉아 알지도 못하는 해안의 곶들을 응시하고, 잔디밭과 테라스와 집이 이제는 완전히 보이지 않는 그곳에도 평화가 깃들기를 바라면서 어느 쪽에 항복할지 고민했다.

"재스퍼예요." 그녀가 불퉁한 표정으로 대꾸했다. 재스퍼가 강아지를 돌보기로 했어요.

그런데 강아지를 뭐라고 부를 거니? 아버지가 계속 말을 시켰다. 아버지가 어렸을 때 강아지를 하나 키웠는데, 프리스크라고 불렀단다. 누나의 얼굴 표정을 지켜보던 제임스는 누나가 항복할 거라고 생각했고, 그것은 언젠가 본 적이 있는 표정이었다. 누군가가 뜨개질이나 뭔가를 하는 그들을 내려다보았다고 제임스가 생각했다. 그러다가 갑자기 그들이 고개를 들어올렸다. 푸른 섬광이 있었던 것을 기억했고, 그와 함께 앉아 있던 누군가가 웃으면서 항복하자 그가 화를 냈던 것을 기억했다. 옆에 앉았던 사람이 어머니였고, 어머니는 낮은 의자에 앉았고, 아버지가 그런 어머니 위에 서 있었다고 생각했다. 그는 그의 뇌리에 이파리가 내려앉아 겹겹이 쌓이듯 끊임없이 쌓인 무한한 일련의 기억들 사이로 비집고 들어가기 시작했고, 냄새와 소리들과, 귀에 거슬리고 분명치 않고 달콤한 목소리들과, 불빛이 지나가고 빗자루로 쓸어내는 소리와, 철썩거리며 밀려왔다 이내 조용해지는 파도 소리와, 한 남자가 그들이 앉은 곳의 아래위를 행진하듯 걸어다니다가 죽은 듯이 멈춰 서서 그들을 똑바로 쳐다보던 일들을 기억했다. 그러는 동안 그는 캠이 물에 손을 담그고 철벅거리면서 해안을 응시한 채 아무 말도 하지 않는 것을 눈치챘다. 맞아, 누나는 항복하지 않을 거야. 누나는 달라. 그가 생각했다. 글쎄, 캠이 대답하지 않을 작정이라면 나도 억지로 귀찮게 할 필요는 없지. 호주머니에 든 책을 만지작거리면서 램지 씨가 포기하듯 결심했다. 하지만 그녀는 아버지에게 대답하고 싶었고, 입 안에서 맴도는 말을 방해하는 뭔가를 없애고 성급하게 내뱉고 싶었다. 아, 예. 프리스크였군요. 저도 프리스크라고 부르겠어요. 그녀는 심지어 다른 말도 덧붙이고 싶었다. 황무지를 가로질러 우리집을 찾아왔다는 그 개가 바로 프리스크 맞지요? 등의 말을 하고 싶었다. 하지만 협정에 목숨 걸고 충성을 바쳐야 하기 때문에 그녀는 아무리 노력해도 그런 식의 말은 한마디도 할 수 없었고, 아버지에게 느낀 비밀스런 사랑의 표시로 제임스가 눈치 못 채도록 그런 말을 아버지에게 전할 수 없었다. 그녀는 담근 손으로 물을 철벅거리면서(그리고 이제 매칼리스터의 아들이 잡은 고등어 한 마리가 배의 바닥에 드러누워 아가미에 피를 흘리면서 팔딱거렸다), 냉정한 태도로 계속 돛에 시선을 고정한 채 가끔 수평선만 흘깃 쳐다보는 제임스를 바라보면서, 그녀는 이런 압박과 이런 식으로 감정이 분열하는 걸 제임스는 절대 모를 거라고, 이런 묘한 유혹을 제임스는 절대 모를 거라고 생각했다. 아버지는 호주머니를 뒤적였고, 조만간 책을 찾을 모양이었다. 그녀의 눈에는 아버지가 제일 매력적이었기 때문에, 그의 손과 발이, 그의 목소리와 성급함이, 그의 기질과 괴벽이, 누구 앞에서라도 솔직하게 "우리는 모두, 혼자 죽는다"라고 말하는 그의 말이, 그의 초연함이 모두 아름답게만 느껴졌다. (그는 책을 들어 펼쳤다.) 그녀는 또 물고기를 한 마리 잡은 매칼리스터의 아들이 고리에서 아가미를 떼어내는 것을 똑바로 앉아 지켜보면서 "하지만 도저히 참을 수 없는 것은 아버지의 맹목적인 아둔함과 독재"라고 생각했고, 그것 때문에 자신의 어린 시절이 엉망이 되어 어쩔 수 없이 쓰라린 폭풍 속에 자라야 했고, 지금도 "이것을 해라, 저것을 해라, 나에게 복종해라" 하는 오만에 빠진 아버지의 명령이 문득 문득 떠오르면 분노에 치를 떨고 밤을 새우는 경우가 허다했다.

그래서 그녀는 아무 대꾸도 하지 않고 평화의 망토에 둘러싸인 해안을 집요하고 구슬프게 바라보았고, 마치 그곳에 사는 사람들이 모두 잠에 떨어지고, 연기처럼 자유롭고, 유령처럼 오가는 것이 자유롭다고 생각했다. 그곳에 사는 사람들은 고통이 없을 거라고 그녀는 생각했다.

5

그래, 저것이 그들이 탄 배로구나. 잔디밭 가장자리에 선 릴리 브리스코가 단언했다. 그것은 회갈색 돛을 단 배로 편편했고, 이제 만을 가로질러 쏜살같이 저 멀리 달아났다. 그곳에 그가 앉아 있고, 아이들은 아직도 입을 다물고 있을 거라고 그녀는 생각했다. 그리고 그녀도 아직 그에게 접근하는 것이 어려웠다. 그녀는 그에게 주지 못한 동정으로 마음이 무거웠다. 그래서 그림도 손에 잡히지 않았다.

그녀는 그를 늘 어려운 존재로 여겼다. 그녀는 그의 얼굴을 똑바로 보고 그를 칭찬한 적이 없었다고 기억했다. 그런 일이 그들의 관계를 중성으로 만들었고, 그가 민타를 대할 때 보여준 이성적인 태도의 정중하고 쾌활한 행동을 그녀에게는 보여주지 않았다. 그는 민타에게는 꽃을 꺾어주고 책도 빌려주었다. 하지만 민타가 빌려간 책을 정말로 읽는다고 그는 생각할까? 민타는 정원을 거닐 때마다 그 책들을 들고 다녔고, 읽은 곳을 표시한다고 나뭇잎을 끼워두었다.

"기억하세요, 카마이클 씨?" 노신사를 바라보면서 그녀는 물어보고 싶은 충동을 느꼈다. 하지만 그가 모자로 이마를 반쯤 가리고 있었기 때문에 잠을 자거나, 몽상을 하거나, 아니면 누워서 적당한 시 구절을 구상한다고 그녀는 추측했다.

"기억하세요?" 그녀는 그를 스쳐 지나갈 때 해변에 있던 램지 부인이 다시 생각나고, 물에서 새우잡이 통발이 아래위로 까닥까닥 움직이고, 편지지가 바람에 흩날리던 것이 생각나서 그에게 물어보고 싶은 충동을 느꼈다. 왜 그것은 세월이 지나도 뇌리 속에 살아남아 세부적인 것들이 차례로 불을 켠 듯 모두 생생하게 기억나는 걸까요? 그 이전의 것도 생각이 안 나고, 그 이후의 것도 생각이 안 나는데 말입니다.

"저게 배인가요? 아니면 코르크로 만든 낚시찌인가요?" 릴리는 마지못해 몸을 돌려 캔버스를 다시 바라보면서 램지 부인이 그렇게 물었다고 생각했다. 고맙게도 아직 공간 문제가 남아 있다고 그녀는 붓을 다시 집어 들면서 생각했다. 그것이 그녀를 노려보았다. 그림 전체의 풍경이 공간의 무게에 달려 있었다. 겉으로는 아름답고 밝지만 나비의 날개에 있는 다른 색들처럼 한 색이 다른 색 속으로 녹아들어가듯 가볍고 표 나지 않게 그려야 했고, 그러면서도 밑바탕의 구도는 쥄쇠로 죄듯 아주 튼튼해야 했다. 그것은 입김에 날려갈 정도로 아주 가벼운 거라야 했고, 무리를 이룬 말(馬)로도 절대 움직일 수 없는 거라야 했다. 그래서 그녀는 빨간색과 회색으로 거기의 빈 공간을 입체감 있게 그리기 시작했다. 동시에 그녀는 해변의 램지 부인 옆에 앉아 있는 기분이 들었다.

“저게 배인가요? 아니면 통발인가요?” 램지 부인이 말했다. 그리고 부인은 안경을 찾으려고 사방을 돌아다녔다. 안경을 찾은 뒤에는 앉아서 조용히 바다를 내다보았다. 그리고 계속 그림을 그리는 릴리는 마치 문이 열리자 자신이 안으로 들어가, 천장이 높은 대성당처럼 아주 어둡고 엄숙한 곳에 서서 말없이 앞을 응시하는 기분이 들었다. 저 멀리 떨어진 세상에서 고함 소리가 들려왔다. 증기선들이 수평선에서 증기를 내뿜으며 사라졌다. 탠슬리가 물수제비뜨기를 했다.

램지 부인이 말없이 앉아 있었다. 부인이 누구와도 대화하지 않고 말없이 혼자 앉아 휴식을 취했고, 극도로 애매모호한 인간 관계에서 휴식을 취하게 된 것을 기뻐한다고 릴리는 생각했다. 우리가 누구인지, 우리가 무엇을 느끼는지 누가 알겠어요? 잘 안다고 하는 그 순간조차 이것이 지식인지 아닌지를 누가 알겠어요? 말로 표현하는 순간 그것들을 그르치는 게 아니겠어요? 오히려 침묵으로 더 많은 것을 표현하는 게 아닐까요? 램지 부인이 이런 식으로 물었을지도 몰랐다(그녀 옆에서 이런 침묵이 종종 일어난 듯 보였다). 적어도 그 순간은 기이할 정도로 풍요로워 보였다. 그녀는 모래 속에 작은 구멍을 후벼 파서 순간의 완벽을 그 속에 묻고는 도로 덮었다. 그것은 양초를 만들어 과거의 어둠을 밝히는 한 방울의 은과 같은 거였다.

릴리는 캔버스의 그림을 원근감 있게 보기 위해 뒤로 물러섰다. 그림의 이쪽에, 걸어다니기엔 좀 이상한 도로가 있었다. 그 도로를 따라 바깥쪽으로 더 멀리 걸어가다 보면 결국 바다 너머 저 멀리 좁은 널빤지에 홀로 있게 되는 느낌이었다. 그리고 그녀가 푸른색 물감을 붓에 살짝 찍었을 때 과거도 그곳에 살짝 묻혔다. 이제야 램지 부인이 일어섰다고 그녀는 기억했다. 집으로 돌아갈 시간이에요. 점심식사 시간이랍니다. 그래서 그들은 함께 가려고 모두 해변을 떠나 걸어서 올라갔고, 램지 부인은 윌리엄 뱅크스와 함께 뒤에 처졌고, 그들 앞에는 구멍 난 스타킹을 신은 민타가 걸어갔다. 분홍 구두의 뒤축에 생긴 동그란 작은 구멍을 그들 앞에서 자랑하는 꼴이 되고 말았으니! 윌리엄이 그런 민타를 보고 입 밖에 내지는 않았지만 얼마나 한심해했던지! 그런 것이 윌리엄에게는 여자답지 못하고, 더럽고, 무질서하고, 하인이 떠난 한낮에도 침대가 엉망인 꼴과 마찬가지였다. 그런 것을 그는 몹시 혐오했다. 그는 보기 싫은 것을 보면 치를 떨고 손가락을 활짝 펴 얼굴을 가리는 버릇이 있었는데, 그런 행동을 지금도 어김없이 했다. 그리고 민타는 계속 앞으로 걸어갔고, 아마 도중에 폴을 만나 정원으로 사라졌던 것 같다.

녹색 물감 튜브를 짜면서 릴리는 레일리 부부를 생각했다. 그녀는 레일리 부부에 대한 기억을 모았다. 그들의 삶이 일련의 장면으로 떠올랐고, 첫 번째 장면은 새벽의 계단 위에서였다. 폴이 들어와 일찌감치 잠자리에 들었고, 민타는 늦게 들어왔다. 새벽 세 시쯤에 집에 들어온 민타는 화려한 복장에 가발을 쓰고 계단에 서 있었다. 폴이 밤도둑이 든 경우를 대비해 부지깽이를 들고 파자마 바람으로 방 문을 나섰다. 민타는 계단 중간쯤 창문 옆에 서서 어스름한 새벽빛을 받으며 샌드위치를 먹고 있었고, 발아래 카펫에는 구멍이 나 있었다. 하지만 그들이 무슨 말을 주고받았지? 릴리는 마치 귀를 기울이면 그들이 하는 말을 알아들을 수 있는 것처럼 자신에게 물었다. 말투가 거칠었다. 폴이 말을 하는 동안에도 민타는 계속 샌드위치를 먹었고, 귀찮다는 표정을 지었다. 그는 자고 있는 어린 두 아들이 깨지 않도록 소리를 죽여 그녀에게 화를 내고, 질투의 말을 던지고, 욕을 퍼부었다. 그는 말라빠진 몰골에 찡그린 얼굴이고, 민타는 화려하고 제멋대로였다. 결혼 생활이 일 년 정도 지나자 모든 게 시들해졌고, 그들의 결혼은 실패로 돌아섰다.

그리고 이것은 모두 그녀가 지어낸 것이고, 이런 상상을 통해 소위 사람들을 "알게" 되고, 사람들을 "생각하게" 되고, 사람들을 "좋아하게 되는" 것은 아닐까? 하고 붓에 초록색 물감을 묻히면서 릴리는 생각했다. 장면 속의 말은 그녀가 모두 지어낸 것으로 한마디도 사실이 아니었지만 그것도 그녀가 그들을 알아가는 마찬가지 방식이었다. 그녀는 계속 그림 속으로, 과거 속으로 동굴을 파고 들어가는 행위를 계속했다.

다른 장면에서, 폴이 자신이 "커피하우스에서 체스를 둔다"고 말했다. 릴리는 그녀가 지어낸 폴의 이 말을 통해 역시 상상의 나래를 펼쳤다. 릴리는 폴이 하녀에게 전화를 한 장면에서 그 말을 했다고 생각했고, 하녀가 "레일리 부인은 외출하고 집에 없다"고 말하자 폴도 집에 일찍 들어가지 않을 거라고 다짐했다고 기억했다. 그녀는 폴이 빨간 플러시 천으로 만든 좌석에 담뱃진이 찐득하게 붙어 있는 허름한 곳의 구석에 앉은 것을 보았고, 자주 드나들어서 여종업원과도 낯이 익은 장소였고, 폴은 그곳에서 체구가 작은 한 남자와 체스를 두었는데, 폴은 그 남자에 대해 차(茶)를 거래하고 서비튼에 산다는 것만 알 뿐 다른 것은 전혀 몰랐다. 그런 뒤에 폴이 집에 돌아왔을 때 민타는 아직 집에 돌아오지 않았고, 그러고 나서 위의 장면에서처럼 그들이 계단에 서 있었고, 폴은 밤도둑이 든 경우를 대비해 부지깽이를 들고(물론 민타를 놀라게 하려는 의도도 있었다) 그녀 때문에 인생을 망쳤다는 식의 잔인한 말을 민타에게 퍼부었다. 어쨌든 릴리가 리크먼즈워스 근처에 사는 그들을 만나러 내려갔을 때 사태는 걷잡을 수 없이 험악했다. 폴이 그가 기르는 벨기에 종 토끼를 릴리에게 구경시켜준다고 정원 아래로 데려갔고, 민타도 그들을 따라와, 폴이 릴리에게 얘기할 틈을 주지 않으려고 노래를 부르기도 하고 맨팔을 그의 어깨에 올리기도 했다.

민타가 토끼를 구경하는 게 지루한 모양이라고 릴리는 생각했다. 하지만 민타는 그런 내색을 조금도 하지 않았다. 그녀는 폴이 커피하우스에서 체스 게임을 한다는 얘기도 절대로 하지 않았다. 그녀는 자의식이 너무 강했고, 모든 것을 철두철미하게 경계했다. 하지만 그들의 얘기를 계속 한다는 것은, 그들은 이제 위험한 고비를 넘겼다. 릴리는 지난 여름에 그들과 함께 머물렀고, 언젠가 차가 고장이 나서 민타가 그에게 연장을 건네주었다. 폴은 도로에 앉아서 차를 수리했고, 민타는 그에게 사무적이고 솔직하고 친절한 태도로 연장을 건넸는데, 이것은 이제 상황이 좋아졌다는 것을 증명했다. 그들은 더는 "사랑하는" 사이가 아니었고, 폴은 다른 여자와 지냈고, 그 여자는 머리를 길게 땋아 늘이고 손에는 가방을 든 진지한 성격의 여자로(민타는 그녀를 기꺼이 설명했고, 거의 찬미하는 수준이었다) 토지가치 세제와 자본 과세에 대한 모임에도 나가고, 폴과는 생각도 같은(그들의 생각은 더욱더 확고했다) 여자였다. 폴과 그 여자의 관계는 그들의 결혼을 파국으로 몰지 않고 바로잡아주는 역할을 했다. 도로에 앉은 그에게 민타가 연장을 건네준 관계는 분명히 아주 절친한 친구 사이였다.

그런 것이 레일리 부부에 관한 이야기라고 릴리는 웃음지었다. 그녀는 램지 부인에게 말을 거는 자신을 상상했고, 램지 부인은 레일리 부부가 어떻게 지내는지 호기심에 가득 찰 것이다. 그녀는 램지 부인에게 그들의 결혼 생활이 행복하지 못하다고 말하면서 부인에게 약간의 승리감을 맛볼 것이다.

그림의 도안을 구상하다가 막히는 부분이 나오자 잠깐 쉬면서 생각에 잠긴 릴리는, 하지만 죽은 사람들은 하고 생각했고 한두 걸음 뒤로 물러서다가 다시, 아아, 죽은 사람들은! 하고 중얼거렸고, 우리는 그들을 동정하고 무시하고 심지어 경멸까지 한다고 중얼거렸다. 그들은 우리 맘대로 할 수 있었다. 램지 부인은 빛이 바래 사라졌다고 그녀는 생각했다. 우리는 부인의 소망을 무시할 수 있고, 부인의 고루하고 보수적인 생각들을 개선할 수 있다. 그녀는 우리에게서 점점 더 멀어졌다. 비아냥거리면서 그녀는 모든 부조리한 것들 중에서 (새들이 지저귀는 이른 아침에 정원에 똑바른 자세로 앉아) "결혼하세요, 결혼하세요!"라고 말하면서 저기 저 세월의 복도 끝에 서 있는 램지 부인을 보는 듯했다. 그리고 그녀는 부인에게 이렇게 말하고 싶었다. 모든 것이 부인의 소망과는 반대로 되었군요. 그들은 그런 식으로 행복하고, 나는 이런 식으로 행복해요. 삶이 완전히 변해버렸어요. 부인의 모든 것도, 부인의 미모조차도 한순간의 먼지로 변해 쓸모없게 되었군요. 잠시 릴리는 등 뒤로 햇볕이 내리쬐는 그곳에 서서 레일리 부부의 모든 것에 대해 정리했고, 폴이 어떻게 커피하우스를 드나들고, 어떻게 정부를 얻었는지, 도로에 앉아 있는 폴에게 민타가 어떤 식으로 연장을 건넸는지, 왜 결혼도 하지 않고 심지어 윌리엄 뱅크스와도 결혼하지 않고 그녀가 여기로 와 그림을 그리는지 등의 이유를 전혀 모르는 램지 부인에게 그녀는 승리감을 맛보았다.

램지 부인이 결혼을 계획했다. 부인이 좀 더 오래 살았더라면 그녀는 억지로라도 릴리를 결혼시켰을 것이다. 이미 그때 그 여름에 윌리엄은 "최고의 친절한 남자"였다. 그는 "우리 남편 말에 따르면 당대 최고의 과학자"였다. 또한 그는 "불쌍한 윌리엄, 내가 그의 집에 갔을 때 집에 멋진 거 하나 없고 꽃꽂이할 사람도 없더군요. 그래서 맘이 아팠어요. 불쌍한 윌리엄"이었다. 그래서 부인은 릴리와 윌리엄이 함께 산책하도록 내보냈고, 남의 조롱을 받는 부인 특유의 과장된 몸짓으로 약간 비꼬듯 릴리가 과학적인 사고방식을 가졌고, 꽃을 좋아하고, 아주 정확한 성격이라고 떠벌렸다. 누구든지 결혼시키려고 덤벼드는 부인의 이 광적인 실체는 무엇일까? 이젤 앞을 왔다 갔다 하면서 릴리는 궁금해했다.

(갑자기, 하늘에서 갑자기 별똥이 떨어지듯, 폴 레일리에게서 나온 붉은 빛이 그를 뒤덮고 이내 그녀의 마음을 불태웠다. 그것은 멀리 떨어진 해변에서 야만인들이 축제의 표시로 피워올린 불길처럼 활활 타올랐다. 그녀는 함성과 불꽃이 탁탁 하면서 튀는 소리를 들었다. 몇 킬로미터에 걸친 바다가 모두 빨간색과 황금색으로 물들었다. 축제 분위기에 포도주 냄새까지 맡자 그

녀는 정신이 몽롱해졌고, 그로 인해 해변에서 잃어버린 진주 브로치를 찾기 위해 절벽 아래로 떨어져 바다에 빠지고 싶다는 무모한 욕망을 다시 느꼈다. 함성과 불꽃이 탁탁 튀는 소리는 그녀에게 두려움과 혐오감을 불러 일으켰고, 당당하고 위력이 넘치는 불길은 마치 그것이 집이라는 보물을 게걸스럽고 어처구니없게 잡아먹는 것처럼 보였고, 그래서 그녀는 그 불길을 혐오했다. 하지만 하나의 구경거리로서, 하나의 영광으로서의 그것은 그녀가 여태까지 경험한 것 중에서 제일이었고, 바다의 가장자리에 있는 무인도의 봉화처럼 해마다 불타올랐고, "사랑한다"는 말만 해도 이내 지금처럼 폴의 불길은 다시 치솟았다. 그리고 불길은 가라앉았고 그녀는 "레일리 부부"라고 혼잣말을 하면서 큰 소리로 웃었고, 폴이 어떻게 커피하우스를 드나들었고 체스를 두었는지를 생각했다.)

그녀는 겨우 위기를 모면했다고 생각했다. 그녀는 식탁보를 바라보다가 섬광이 스치듯 나무를 중앙으로 옮겨야겠다고 생각했고, 결혼은 할 필요가 없다고 여겼고, 그래서 무한한 희열을 맛보았다. 그녀는 이제야 램지 부인에게 대항할 수 있고, 부인이 휘둘러대던 놀라운 힘에 대한 존경에서 벗어날 수 있다고 느꼈다. 부인이 이것을 하라고 하면 누구든지 그것을 했다. 심지어 창에 비친 제임스와 함께 있는 부인의 모습에도 위엄이 서려 있었다. 그녀는 그녀가 모자상(母子像)의 의미를 무시한다고 충격을 받던 윌리엄 뱅크스도 기억했다. 왜 그들의 아름다움을 찬미하지 않는 거지요? 그가 물었다. 하지만 똑똑한 아이의 눈빛을 닮은 윌리엄은 그녀가 어떻게 그것이 불경스럽지 않은지, 어떻게 빛이 저기에 그림자를 만드는지 등의 설명을 할 때 귀를 기울였다. 그녀는 그들도 인정한 라파엘로가 신성하게 다룬 주제를 비하할 의도는 아니었다. 그녀는 냉소적이지 않았다. 오히려 그 반대였다. 고맙게도 과학적 사고방식을 가진 그는 그녀를 이해했다. 이것은 윌리엄이 냉정한 지력의 소유자란 증거였고, 그런 사실이 그녀를 기쁘게 하고 끝없이 위로해주었다. 그런 남자와는 그림에 관한 얘기를 진지하게 나눌 수 있었다. 정말로 그와의 우정은 그녀의 삶에서 즐거움 중 하나였다. 그녀는 윌리엄 뱅크스를 사랑했다.

그들은 햄프턴 궁전에 놀러갔고, 그럴 때마다 그는 완벽한 신사답게 일부러 강가 근처를 어슬렁거리면서 걸었고, 그러면 그녀는 시간에 구애받지 않고 느긋한 마음으로 화장실을 다녀왔다. 그런 모습이 그들의 전형적인 모습이었다. 그들은 별로 말이 없었다. 그러다가 그들은 궁전의 안뜰을 거닐었고, 해마다 여름이면 건축물의 균형미와 꽃들을 찬탄했고, 걸어가면서도 그는 원근법과 건축에 대해 말했고, 멈춰 서서 나무를 바라보고 호수 너머의 경치를 구경했고, 연구소에만 틀어박혀 있다가 밖으로 나와서 세상이 눈부셔 보이는 사람에게 자연스러운 멍하고 냉담한 태도로 지나가는 아이를 귀여워했고(이것이 그의 가장 큰 슬픔이었다. 그에게는 딸이 없었다), 그래서 느릿느릿 걸었고, 햇빛을 가리듯 손으로 눈을 가렸고, 쉬면서 고개를 뒤로 젖혀 상쾌한 공기를 들이마셨다. 그러고 나서 그는 하녀가 휴가 중이라고 말했고, 계단에 깔 새 카펫을 사야 하는데 카펫을 사러 갈 때 같이 가지 않겠느냐고 그녀에게 물었다. 한번은 무슨 말을 하다가 그가 램지 부부에 대한 얘기를 했고, 램지 부인을 처음 보았을 때 부인은 회색 모자를 쓰고 있었고, 나이는 열아홉인가

스물 살 정도였다고 했다. 절세미인이었지요. 마치 분수들 사이에서 있는 부인의 모습을 보는 것처럼 그는 궁전의 큰길을 내려다보았다.

릴리는 이제 응접실 계단을 바라보았다. 그녀는 윌리엄의 눈을 통해 눈을 내리깔고 말없이 평화롭게 앉아 있는 한 여자의 형상을 보았다. 그 여자는 생각에 잠긴 모습이었다. (그날 그녀가 회색 옷을 입었다고 릴리는 생각했다). 뭔가에 열중한 눈빛이었다. 그녀는 절대로 시선을 들어올리지 않았다. 그렇구나, 유심히 바라본 릴리는 저런 표정을 짓는 부인을 본 적이 있다고 생각했고, 하지만 그때는 회색 옷을 입지 않았고, 그렇게 젊지도, 그렇게 조용하지도, 그렇게 평화로워 보이지도 않았다고 생각했다. 그 모습은 충분히 알아볼 정도로 다가왔다. 그녀가 절세미인이라고 윌리엄이 말했다. 하지만 아름다움이 전부는 아니었다. 아름다움도 이런 응보를 받았다. 그것은 너무나 쉽게, 너무나 완벽하게 다가왔다. 그것은 삶을 정지시켰다. 삶을 얼어 죽게 했다. 얼굴이 빨개지거나 창백해지거나 일그러지거나 밝아 보이거나 어두워 보이는 그런 것으로 잠시 얼굴을 알아보지 못하지만 한 번 본 그런 것이 그 얼굴에 영원한 자질을 부여하고, 그런 사소한 흥분들을 사람들은 쉽게 잊었다. 이런 것들을 아름다움이란 장막 아래 감추는 것은 더 간단했다. 하지만 부인이 사냥 모자를 아무렇게나 쓰고, 풀밭을 가로질러 뛰어다니고, 정원사 케네디를 야단치고 할 때의 그 얼굴 표정은 무엇이었을까? 하고 릴리는 의아해했다. 누가 그녀에게 말해줄 수 있을까? 누가 그녀를 도와줄 수 있을까?

자신의 의지와는 반대로 공상에서 반쯤 깨어난 그녀는 그림에서 반쯤 시선을 떼 마치 비현실적인 것을 바라보듯 약간 멍한 표정으로 카마이클 씨를 바라보았다. 그는 불룩한 배 위로 두 손을 깍지 낀 채 의자에 앉아 책을 읽지도 잠을 자지도 않고 생존 그 자체를 즐기는 것처럼 일광욕을 했다. 그의 책은 풀밭에 떨어져 있었다.

그녀는 그에게로 똑바로 걸어가 "카마이클 씨!" 하고 부르고 싶었다. 그러면 그가 여느 때처럼 침침하고 멍한 표정의 녹색 눈으로 자애롭게 위를 올려다볼 것이다. 하지만 자는 사람을 깨우려면 확실히 하고 싶은 무슨 말이 있어야 했다. 그리고 그녀는 한 가지만 묻고 싶은 게 아니라 모든 것을 물어보고 싶었다. 겨우 몇 마디로 마음속의 생각을 표현하고 전달하기는 불가능했다. "삶과 죽음에 대해, 램지 부인에 대해" 아니라고, 누구에게도 아무 말도 할 수 없다고 그녀는 생각했다. 순간의 조급함은 항상 과녁을 피해갔다. 말들이 옆으로 새면 대상물에서 몇 센티미터 내려가 꽂혔다. 그러면 포기하게 되고, 포기하면 생각은 다시 주저앉고, 그러다가 대부분의 중년들처럼 양미간에 주름이 생기고, 근심하는 표정으로 조심스럽고 은밀하게 행동했다. 몸이 느끼는 이런 감정들을 어떻게 표현할 수 있을까? 저기에 있는 덧없음을 어떻게 표현할 수 있을까? (그녀는 응접실 계단을 바라보았고, 그것은 기이할 정도로 덧없어 보였다.) 그것은 몸이 느끼는 것이지 마음이 느끼는 게 아니었다. 있는 그대로의 계단을 바라보는데 몸의 감각이 갑자기 극도로 불쾌했다. ㅅ 것이 그녀의 온몸을 얼어붙게 하고, 속이 뻥 뚫리고, 긴장되게 했다. 그러자 원하지만 가지지 못하는 것이(원하고 또 원하는 것이) 가슴을 얼마나 저리도록 쥐어짜고 또 쥐어짜는지 몰랐다. 아, 램지 부인! 그녀는 배 옆에 앉은 저 실체, 부인으로 이루어진 저 정수, 회색 옷을 입은 저 여자를 마치 부인이 가버린 것과 갔다가 다시 돌아온 것에 대해 욕이라도 하는 것처럼 조용히 불러보았다. 부인을 생각하면 마음이 아주 편해지는 것 같았다. 부인은 낮이든 밤이든 아무 때라도 쉽고 안전하게 함께 놀 수 있는 유령이나 공기나 무(無)와 같은 존재였는데, 그런 부인이 지금 손을 불쑥 내밀어 그녀의 가슴을 아프게 쥐어짰다. 갑자기 텅 빈 응접실의 계단, 창 안의 의자 가장자리에 붙은 주름 장식, 테라스에서 공중제비를 넘는 강아지, 물결치는 파도와 정원의 속삭임, 이 모든 것이 완벽한 덧없음의 한가운데를 둘러싸면서 장식하는 곡선과 아라비아풍의 당초무늬처럼 변했다.

그녀는 다시 카마이클 씨에게로 고개를 돌려 "그것이 무슨 뜻인가요? 이 모든 것을 어떻게 설명하시겠어요?" 하고 묻고 싶었다. 온 세상이 이 이른 아침 시간에 생각이라는 웅덩이, 현실이라는 깊은 대야에 푹 빠져서 녹아버릴 것만 같아, 카마이클 씨가 한마디만 해도 그 웅덩이의 표면에 분열의 틈이 약간 생길 것 같았다. 그래서 틈이 생기면? 뭔가가 나올 것이다. 손이 불쑥 올라오거나 칼날이 번쩍 올라올지도 모른다. 물론 쓸데없는 생각이지만 말이다.

그녀는 자신이 말하지 않은 것을 그가 모두 알아들었다는 묘한 기분이 들었다. 그는 이해하기 힘든 노인으로 수염에 묻은, 술을 마신 노란 자국도 닦지 않았고, 시를 읊거나 구상하거나 퍼즐 게임을 즐기면서 그가 원하는 것을 모두 만족시켜주는 세상 속으로 평화롭게 배를 저어갔고, 그래서 그녀는 그가 원하는 것을 낚기 위해 잔디밭에 드러누워 손만 내민다고 생각했다. 그녀는 그림을 바라보았다. 그림이 그의 대답일지도 몰랐다. "그녀"와 "그"와 "램지 부인"이 어떻게 지나가고 사라지고, 아무것도 영원히 머물 수 없고, 모든 것이 다 변하고, 하지만 글과 예술은 변하지 않는다고 말이다. 하지만 그녀는 자신의 그림이 다락방에 걸리거나 둘둘 말려서 소파 밑에 처박힐 거라고 생각했고, 그렇지만 그렇다 하더라도 심지어 이렇게 하찮은 그림에도 예술이 영원하다는 진실은 숨어 있다고 보았다. 저렇게 눈에 빤히 보이는 현실을 그대로 그려내지 못한 이렇게 하찮은 그림조차도 나름대로 뭔가를 시도한 그림이라면 그 속에는 분명히 영원히 남을 뭔가가 있을 거라고 그녀는 말하고 싶었고, 하지만 그런 말을 한다는 것이 자신이 생각해도 자기 자랑을 하는 것 같아서 그저 침묵으로 암시만 하면서 그림을 보았고, 그렇게 그림을 보는데 갑자기 아무것도 눈에 들어오지 않는다는 것을 깨닫고 그녀는 깜짝 놀랐다. 두 눈에 가득 고인 뜨거운 액체가(그녀는 처음에는 눈물이라고 생각지 못했다) 입술을 꽉 다문 그녀의 두 뺨을 타고 흘러내렸다. 그녀는 모든 면에서 완벽할 정도로 자제력이 강했다(아, 정말 그랬다) 그렇다면 그녀는 자신이 불행하다고 느껴서가 아니라 단지 램지 부인을 위해 눈물을 흘린 것일까? 그녀는 카마이클 노인에게 다시 말하고 싶었다. 그렇다면 그것이 뭡니까? 그게 무슨 뜻인가요? 뭔가가 손을 불쑥 내밀면 아무 거라도 하나 잡을 수 있나요? 칼날은 자를 수 있고, 주먹은 움켜쥘 수 있나요? 안전한 곳은 없나요? 세상 돌아가는 이치를 외울 수는 없나요? 안내도 없고 안전한 곳도 없고, 모든 것이 기적이라고 말하면서 뾰족한 첨탑에서 공중으로 뛰어내려야만 하나요? 심지어 노인들에게도 이것이 삶인가요? 너무 놀랍고, 생각해본 적도 없고, 전혀 알지도 못하는 이런 것이? 잠시 그녀는 그들이 둘 다 일어나 지금 여기의 잔디밭에서 삶이 왜 이렇게도 짧고 삶이 왜 이렇게도 알기 힘든 것인지 설명을 요구하고, 삶을 격렬하게 말하고, 아무것도 숨길 게 없는 완벽한 형체를 갖춘 두 인간으로서 그들이 삶을 격렬하게 말한다면, 아름다움이 부스스 몸을 일으키고, 공간이 충만해지고, 저 덧없이 흘러내리는 당초무늬 모양의 장식 곡선들도 형체를 이루고, 그들이 크게 고함지르면 램지 부인도 되돌아올 것 같은 느낌이 들었다. "램지 부인!" 그녀가 크게 소리질렀다. "램지 부인!" 눈물이 그녀의 뺨 위로 흘러내렸다.

6

매칼리스터의 아들은 잡은 물고기들 중 한 마리를 손에 잡고 그 옆구리를 네모로 잘라내어 낚싯바늘에 끼워 미끼로 사용했다. 잘라낸 몸은 (물고기는 여전히 살아 있었다) 바다 속으로 내던졌다.

7

"램지 부인!" 릴리가 소리쳤다. "램지 부인!" 하지만 아무 일도 일어나지 않았다. 고통만 점점 더 커졌다. 그녀는 이런 고뇌로 자신이 이렇게까지 어리석어지다니! 하고 생각했다. 어쨌든 노인은 그녀의 고함 소리를 듣지 못했다. 그는 여전히 자애롭고 고요해 보였다.

삶이 뭔지 택하라면 숭고하다고 말할 위인이었다. 고맙게도 그녀가 고통아 멈추어라, 고통아 멈추어라 하고 울부짖는 수치스런 소리를 아무도 듣지 못했다. 그렇다고 그녀가 정말 정신을 잃은 것은 아니었다. 누구도 그녀가 좁고 긴 널빤지 위에 서서 죽으려고 바닷물에 뛰어드는 것을 보지는 못했다. 그녀는 여전히 붓을 들고 잔디밭에 서 있는 삐쩍 마른 노처녀였다.

그리고 이제 욕구에 대한 아픔과 쓰라린 분노는 (두 번 다시 램지 부인 때문에 슬퍼하지 않겠다고 다짐했는데도 그녀를 다시 부른 데에 대한 분노. 그녀가 아침식사 때 커피잔들을 보면서 부인을 그리워했나? 조금도 그리워하지 않았다) 서서히 줄어들었고, 아픔과 분노에 대한 고뇌는 그 자체가 고통을 완화하는 해독제처럼 위안이 되었고, 하지만 더욱 신기한 것은 거기에 누군가가 있다는 느낌, 램지 부인이 있다는 느낌, 죽을 때 썼던 하얀 꽃으로 만든 화환을 머리에 두른 채(이때가 램지 부인이 가장 아름다워 보였다) 그녀 옆에 잠시 머물면서 세상이 그녀에게 부과한 삶의 무게를 위로하고 있는 느낌이었다. 릴리는 물감 튜브를 다시 꽉 짰다. 그녀는 울타리 문제를 공격했다. 릴리는 램지 부인이 그녀 특유의 빠른 걸음걸이로 부드러운 보라색 들판을 가로질러 히아신스와 백합이 핀 사이로 걸어가다가 사라지는 모습을 또렷하게 본 것이 너무나도 신기했다. 그것은 화가의 눈에 비친 환영이었다. 릴리는 램지 부인이 죽었다는 말을 듣고 며칠 동안 머리에 화환을 두른 부인이 조금도 망설이지 않고 그녀의 동무인 그림자와 함께 들판을 가로질러 가는 모습을 보았다. 그 모습에는 위안의 힘이 있었다. 그녀가 어디에서 그림을 그리든 상관없이, 여기의 시골이든 런던이든, 이 환영은 그녀 앞에 나타났고 그럴 때마다 그녀는 눈을 지그시 감고 환영을 토대로 뭔가를 찾으려고 애를 썼다. 그녀는 열차와 승합버스를 내려다보았고, 사람들의 어깨와 뺨을 만졌고, 창에서 맞은편을 바라보았고, 저녁에는 런던 피카딜리 거리의 화려한 가로등 사이에 있었다. 이 모든 것이 죽음의 들판에서 일어났다. 하지만 뭔가가 항상(틀림없이 어떤 얼굴이나 어떤 목소리나 신문팔이 소년이) 불쑥 튀어나와 그녀를 밀어젖히고 그녀를 윽박지르고 그녀가 환상에서 깨어나게 하고, 그런 식으로 그녀의 관심을 끄는 바람에 그녀는 끊임없이 환영을 다시 만들어야 했다. 이제 다시 거리감과 푸른색이 필요하다고 본능적으로 느낀 그녀는 몇 걸음을 움직여 발 아래의 만을 바라보면서 굽이치는 푸른 물결을 작은 언덕으로, 보랏빛 짙은 공간을 돌이 많은 들판으로 생각했다. 다시금 그녀는 여느 때처럼 부조리한 뭔가로 인해 환상에서 깨어났다. 만의 한가운데에 갈색 점이 하나 있었다. 배였다. 그녀는 잠시 후 배를 알아보았다. 하지만 누구의 배일까? 그녀는 그녀에게 동정을 구했다가 거절당한 남자, 아름다운 장화를 신고 행렬의 선두에 서서 손을 들어올리고 초연하게 그녀를 지나쳤던 남자인 램지 씨의 배라고 대답했다. 배가 이제 만을 가로질러 반쯤 가고 있었다.

그래서 가끔 불어오는 바람을 제외하고는 아주 화창한 아침으로, 마치 돛이 하늘 높이 걸린 듯 구름이 바다 속에 빠진 듯, 하늘과 바다가 모두 하나의 천으로 보였다. 바다 저 멀리 가는 증기선이 뿜어대는 막대한 양의 연기는 곡선과 원을 그리면서 하늘을 장식했고, 마치 공기가 가느다란 성긴 천이라도 되는 것처럼 연기를 부드럽게 감싼 천의 망사가 이쪽저쪽으로 천천히 흔들렸다. 그리고 날씨가 너무 화창하면 가끔 일어나는 일로, 마치 배는 벼랑을 의식하고 벼랑은 배를 의식하면서 자신들만이 아는 비밀스런 메시지를 서로 주고받는 것처럼 보였다. 가끔 등대는 해안에서 꽤 가까운 곳에 있는 듯 보였지만 오늘 아침의 등대는 안개 때문에 굉장히 멀어 보였다.

"그들은 지금 어디에 있을까?" 바다를 내다보면서 릴리가 생각했다. 겨드랑이에 갈색 종이 꾸러미를 끼우고 조용히 내 곁을 지나간 매우 늙은 양반인 그는 지금 어디에 있을까? 배는 만의 한가운데에 있었다.

8

캠은 물결치는 파도의 기복으로 더욱더 멀어 보이고 평화로워 보이는 해안을 바라보면서, 저기 있는 사람들은 아무것도 느끼지 못할 거라고 생각했다. 바다에 손을 넣어 물을 갈라서 소용돌이치듯 튀어오르는 녹색 물과 하얀 거품이 만들어내는 무늬들을 보면서, 캠은 하얀 물보라에 진주가 알알이 박히게 하고 녹색 망토를 걸친 인간의 몸과 마음이 반투명으로 비치도록 하는 녹색 빛이 있는 물 아래의 지하 세계를 상상하면서 죽은 듯이 멍하니 앉아 있었다.

그러다가 튀어오르는 물의 횟수가 줄어들었다. 급한 물살도 멈추었고, 세상은 삐걱대는 작은 소리들로 가득 찼다. 마치 항구에 정박한 것처럼 배의 한쪽 면에 파도가 부딪히고 부서지는 소리가 났다. 모든 것이 매우 가까워졌다. 제임스가 항상 눈을 고정시키고 있어서 그를 잘 아는 사람처럼 보이던 돛이 축 늘어졌고, 거기에서 배는 완전히 멈추어 정지했고, 뜨거운 태양 아래 해안에서 몇 킬로미터 떨어지고 등대에서도 몇 킬로미터 떨어진 거기에서 그들은 미풍을 기다리면서 서성거렸다. 세상의 모든 것이 고요하게 멈춰 선 듯했다. 등대도 움직이지 않았고, 저 멀리 있는 해안선도 고정되어 있었다. 태양은 점점 더 뜨겁게 달아올랐고, 그들은 매우 가까이 모여 들었고, 그래서 거의 잊었던 서로의 존재를 느끼는 듯했다. 매칼리스터가 낚싯줄을 곧장 바다 속으로 던졌다. 램지 씨는 다리를 꼬고 앉아서 계속 책을 읽었다.

그는 물떼새의 알처럼 생긴 얼룩이 더덕더덕 묻은 표지에 손때까지 묻어서 반질반질한 조그만 책을 읽었다. 그들이 저 무시무시한 고요함 속을 서성거릴 때도 그는 계속 책을 읽었고, 가끔 페이지만 넘겼다. 그리고 제임스는 아버지가 페이지를 넘기면서도 때로는 단호하고 때로는 명령적이고 때로는 사람들이 그를 동정하도록 하는 특유한 몸짓으로 자신을 본다고 느꼈고, 그래서 언제라도 아버지가 고개를 들어 자신을 향해 신랄한 무슨 말을 할 것 같아 괜히 두려웠다. 여기서 왜 꾸물대는 거지? 하는 그런 식의 아주 억지스런 질문을 할 것 같았다. 그래서 제임스는 아버지가 그런 질문을 한다면 칼을 집어 들어 아버지의 심장을 팍 찔러버리겠다고 생각했다.

제임스는 칼을 뽑아 아버지의 심장을 팍 찔러버리겠다는 이 오래된 상징을 언제나 가슴속에 품고 있었다. 나이를 어느 정도 먹은 지금에도 속으로 분노를 삭이면서 아버지를 노려보고 앉아 있었지만, 이제야 겨우 자신이 죽이고 싶다고 이를 간 것이 책을 읽는 노인인 아버지가 아니라 아버지에게 내려앉은 그 무엇이라는 것을 알게 되었다. 그게 무엇인지 그는 알지 못했지만 그것은 차갑고 사납게 생긴 발톱과 부리에다 검은 날개를 격렬하게 퍼덕이는 하르피이아*였고, 자신을 연방 쪼아대다가(제임스는 아이였을 때 그의 맨다리를 쪼아대던 그 부리를 느낄 수 있었다) 슬그머니 몸을 피해 달아나 매우 슬픈 표정으로 책을 읽는 노인에게로 다시 돌아간 하르피이아였다. 그는 그것을 죽이고 싶었고, 그것의 심장을 팍 찔러 죽이고 싶었다. 그가 무슨 일을 하든지 간에(그리고 그는 등대와 멀리 있는 해안을 바라보면서 무슨 일이든지 해야 한다고 느꼈다) 사업을 하든 은행에서 일을 하든 변호사나 기업체의 사장이 되든, 그것과 싸울 작정이었고 끝까지 쫓아가서라도 그것을 짓밟고 싶었다. 그는 그것을 독재나 폭정이라고 불렀다. 어쨌든 사람들이 원하지도 않는데 억지로 하도록 하고 말할 권리조차 묵살해버리는 것 말이다. 등대로 가자, 이것을 해라, 저것을 나에게로 가져와라라고 아버지가 말하는데 그 누가 감히, 하지만 나는 싫어요라고 감히 말할 수 있을까? 검은 날개를 퍼덕이고 사나운 부리로 쪼아대는데 말이다. 그러고 나서 다음 순간에 아버지는 거기에 앉아 책을 읽었고, 그러다가 고개를 들어올릴 것이다. 아무도 언제 들어올릴지 절대 모른다. 아버지가 매칼리스터 부자에게 말을 걸지도 몰랐다. 제임스는 아버지가 거리에 앉아 있는 얼어붙은 노파의 손에 금화 일 파운드를 쥐어주거나, 어부들이 하는 경

* 얼굴과 상반신은 추녀이고 날개와 꼬리와 발톱은 새의 모습이다. 죽은 사람의 영혼을 나른다고 한다.

기를 보고 너무 좋아서 손을 흔들고 고함을 지를지도 모른다고 생각했다. 아니면 저녁식사 내내 아무 말도 하지 않고 식탁의 상석에 조용히 앉아 있을지도 몰랐다. 그랬다, 뜨거운 태양 아래 배가 철썩거리면서 떠 있는 동안, 제임스는 눈과 바위로 덮인 황무지가 매우 외롭고 엄숙한 모습으로 펼쳐진 곳에서 요즘 들어 꽤 자주 아버지가 거기서 다른 사람들에게 뭔가에 대해 놀라운 말을 했고, 그럴 때마다 오직 두 사람의 발자국만 거기에 있었고, 바로 그와 아버지의 발자국이라는 느낌이 들었다. 그들끼리만 서로 알았던 것이다. 그렇다면 이 무서움과 이 증오는 무엇일까? 살아오면서 겹겹이 쌓인 과거라는 많은 이파리 사이를 들여다보고 빛과 그늘이 서로 바둑판 무늬를 만들어서 형체를 알아보기 힘든 저 숲속의 한가운데를 자세히 응시하면서, 때로는 강렬한 햇볕 때문에 때로는 어두운 그림자 때문에 알아볼 수 없는 크나큰 실수를 겪으면서도 그는 모든 것에서 냉정하게 분리해 그의 감정의 찌꺼기까지 없애버린 하나의 영상을 확고한 형체로 찾아보려고 애썼다. 그러다가 문득 그는, 내가 남의 도움으로 유모차나 누군가의 무릎에 앉아 지내던 어린 시절에 짐마차가 누군가의 발을 무식하고 무지하게 짓밟는 장면을 보았다면 어땠을까? 하는 생각을 해보았다. 풀밭에 있는 온전하고 매끄러운 발을 먼저 보고 나서 마차의 바퀴를 보았다면? 그런 다음에 바퀴에 짓밟혀 퍼렇게 변한 똑같은 발을 보았다면 어땠을까? 하지만 그럴 경우 바퀴는 죄가 없는 것이 아닐까? 하는 생각이 그의 머리를 스쳤다. 그래서 그제야 그는 아버지가 이른 아침에 어슬렁거리는 걸음으로 복도를 내려와 그들을 등대로 가자고 깨운 것이 바퀴가 그의 발과 캠의 발과 또는 누군가의 발을 짓밟은 것과 다름없다는 것을 이해하게 되었다. 누군가가 앉아서 그런 장면을 지켜볼 거라고 여겼다.

하지만 누구의 발이었을까? 어떤 정원에서 이 모든 일이 일어났을까? 하고 그는 생각해보았다. 누군가가 이 모든 장면의 배경을 설정해놓았기 때문에 거기서는 나무들이 자라고 꽃들과 확실한 빛과 몇몇 사람들도 있었다. 모든 것이 그 자체로 정원에서 배경을 이루는 듯했고, 그처럼 우울하거나 손을 불쑥 휘두르는 사람도 없었고, 사람들도 보통의 말투로 얘기를 나누었다. 그들은 하루 종일 들락거렸다. 부엌에서 수다를 떠는 할머니도 있었고, 블라인드도 불어오는 미풍에 가는 소리를 내었고, 모든 것이 바람에 휘날리고 모든 것이 자랐고, 밤이면 저 모든 접시와 그릇들과 바람에 흔들리는 키가 큰 노랗고 빨간 꽃들을 포도나무 잎처럼 아주 얇고 노란 베일이 덮었다. 사물들은 밤이면 더욱 고요해지고 어두워졌다. 하지만 나뭇잎처럼 생긴 베일이 너무나도 고와서 빛이 그것을 걷어버리고, 목소리가 그것을 오그라들게 했고, 그래서 그는 그것을 통해 누군가가 허리를 굽히는 것을 보았고, 가까이 다가오는 소리와 멀리 사라지는 소리, 치맛자락이 사각사각 스치는 소리와 목걸이가 짤랑대는 소리까지 모두 들을 수 있었다.

바퀴가 누군가의 발을 짓밟고 지나간 곳이 바로 이런 세계였다. 그는 뭔가가 머물면서 그를 어둡게 덮치면서 미동도 하지 않았고, 뭔가가 공중으로 왕성하게 흘러들었고, 심지어 칼날처럼 언월도처럼 건조하고 날카로운 것이 행복한 세계인 정원의 꽃과 이파리를 사정없이 내리치고 뒤틀리게 하고 땅에 떨어지게 한 것을 기억했다.

"비가 올 거야." 그는 아버지가 말한 것을 기억했다. "등대에는 갈 수 없을 거야."

그때의 저녁에 본 등대는 갑자기 슬그머니 다가오는 노란 눈을 가진 은빛의 안개처럼 보이는 탑이었다. 지금의 등대는.

제임스는 등대를 바라보았다. 그는 하얀 파도에 씻긴 바위들을 보았고, 흑백으로 칠한 탑이 삭막하게 위로 쭉 뻗은 것을 보았고, 탑에 난 창문들도 보았고, 심지어 바위 위에 널브러진 빨래도 보았다. 그렇다면 저것이 등대였다, 그 말인가?

아니다, 예전에 본 다른 것도 등대였다. 아무것도 단순히 하나일 수는 없었다. 다른 것도 등대였다. 만을 가로질러 저쪽에 있는 등대가 가끔 보이지 않을 때도 있었다. 저녁에는 고개를 들어 등대의 눈이 열리고 닫히는 것도 보았고, 등대의 불빛이 그들이 앉은 공기 좋고 햇볕 잘 드는 정원을 비추는 것도 보았다.

하지만 그는 과거의 회상을 그만두었다. 그가 "그들"이나 "어떤 사람"이라고 말할 때면 언제나 누군가가 다가오는 소리와 누군가가 멀리 사라지는 소리가 들리기 시작했고, 그럴 때면 방 안에 있는 사람이 누구든 상관없이 그 존재에 대해 극도로 예민해졌다. 지금은 그 존재가 바로 아버지였다. 긴장감이 몰려왔다. 바람이 한순간이라도 불지 않는다면 아버지가 책을 탁 덮고 "무슨 일이야? 우리가 왜 여기서 빈둥대는 거지, 어?"라고 말할 것이 분명했고, 예전에도 언젠가 테라스에 앉아 있는 그와 어머니 사이에 아버지가 끼어들어 칼날을 휘두르자 어머니의 몸이 완전히 경직되었고, 그것을 본 그가 거기에 손도끼든 칼이든 끝이 뾰족한 것이 있었더라면 아무 거라도 집어 들고 아버지의 심장을 팍 찔렀을 과거가 떠올라서였다. 몸이 완전히 경직된 어머니는 그를 감싼 팔을 풀었고, 그래서 어머니가 더는 그에게 귀를 기울이지 않는다는 것을 그가 눈치챘고, 어쨌든 어머니는 자리에서 일어나 그를 내버려두고 어디론가 가버렸고, 어찌할 바를 모른 그는 가위를 쥔 채 우스꽝스런 표정으로 마루에 앉아 있었던 것이다.

바람이 한 점도 불지 않았다. 배의 바닥에 있는 야트막한 물웅덩이에서는 고등어 서너 마리가 꼬리로 바닥을 치면서 팔딱거렸고, 그 밑에서는 바닷물이 낄낄대고 웃으면서 배를 철썩 때렸다. 언제라도 아버지가 화를 내면서 읽던 책을 탁 덮고 무언가 신랄한 말을 할 것 같았지만(제임스는 감히 아버지를 바라볼 용기가 없었다) 계속 책만 읽어서 제임스는 마치 삐걱대는 널빤지 때문에 집을 지키는 개를 깨울까 봐 두려워 맨발로 아래층으로 살금살금 내려가는 것처럼 어머니가 어떤 성격이었고, 그날 어머니가 어디로 갔던가를 생각했다. 그는 어머니를 따라 이 방 저 방을 돌아다니다가 마침내 마치 많은 도자기 접시에서 반사된 것처럼 푸른빛이 감도는 방에 도착했고, 거기서 어머니는 누군가에게 말을 걸었고, 그는 어머니가 하는 얘기에 귀를 기울였다. 어머니는 하인에게 무엇이든지 생각나는 대로 간단히 말했다. "오늘 밤에는 커다란 접시가 필요해. 그게 어디 있지? 그 푸른 접시 말이야?" 어머니만이 진실을 말했고, 그도 어머니에게만 진실을 말했다. 그것이 그가 어머니에게 영원히 끌린 바로 그 원천이었고, 어머니는 생각나는 대로 말을 하는 그런 사람이었다. 하지만 어머니를 생각할 때마다 그는 아버지를 의식했고, 그러면 다시금 어둠이 그를 덮치는 바람에 두려움에 떨다가 결국에는 말까지 더듬게 되었다.

이윽고 생각하기를 멈춘 그는 키의 손잡이를 잡고 내리쬐는 태양 아래 등대를 응시하면서, 움직일 힘도 없이, 그의 마음속에 차례로 자리 잡은 소소한 불행들을 아무것도 아니라는 식으로 가볍게 털어내지 못하고 거기에 앉아 있었다. 거기에 밧줄에 묶인 그는 아버지가 매듭까지 만들어놓은 상태라서 칼로 밧줄을 내리치지 않고는 도망칠 수 없었다. 하지만 바로 그 순간, 돛이 서서히 빙 돌더니 느리게 부풀어올라 배가 흔들리기 시작했다. 그러다가 조는 듯 몽롱한 상태로 출발한 배가 마침내 완전히 깨어나 파도를 헤치고 쏜살같이 달리기 시작했다. 묘한 안도감이 감돌았다. 그들은 다시금 모두 사이가 멀어져 보였지만 그런 상태로도 모두들 편하게 지내는 듯했고, 낚싯줄도 배의 옆구리에서 팽팽한 사선을 드리웠다. 그리고 그의 아버지는 화를 내지 않았다. 마치 비밀 교향악단을 지휘라도 하는 것처럼 그는 공중으로 오른손을 이상할 정도로 높이 쳐들어 올렸다가 무릎에 다시 내렸다.

9

여전히 선 채 만을 내려다보면서 릴리 브리스코는 바다 위에 점도 하나 없다고 생각했다. 바다는 만을 가로질러 비단처럼 펼쳐졌다. 거리가 멀다는 사실은 비범한 힘을 가지고 있었다. 저 먼 거리에 있는 그들을 바다가 삼켜버려서 영원히 사라지는 바람에 그들이 이제는 자연의 일부가 되었다고 그녀는 생각했다. 바다는 너무나도 고요하고, 너무나도 조용했다. 증기선의 모습은 사라졌지만 아직도 하늘에 걸린 커다란 소용돌이 모양 연기는 이별을 고하는 깃발처럼 축 늘어져 있었다.

10

손가락으로 한 번 더 파도의 물살을 가르면서 캠은, 섬이 저렇게 생겼구나 하고 생각했다. 이렇게 먼 바다로 나와 섬을 바라보기는 처음이었다. 바다 위에 떠 있는 섬은 가운데가 움푹 들어간 형태로, 양쪽에 있는 날카로운 바위산 사이로 바닷물이 들어갔다가 섬의 양쪽으로 몇 킬로미터씩 퍼져 나갔다. 섬은 아주 작았다. 나뭇잎이 서 있는 모양이었다. 그녀는 침몰하는 배에서 빠져나와 도망치는 모험담을 상상하면서, 그래서 우리는 작은 배를 탔어요라고 혼자 중얼거렸다. 하지만 가로지른 물살 뒤로 사라지는 해초들을 본 그녀는 모험담을 진지하게 꾸며 얘기하고 싶지는 않았다. 모험과 도망에 대한 감정만 느끼고 싶었는데 배가 계속 나아가는 동안 아버지가 나침반의 방위도 제대로 읽지 못한다고 화를 내던 일과, 협정에 관한 제임스의 고집과, 그녀의 번민이 어느덧 모두 사라지고 모두 흘러가버렸기 때문이었다. 그러면 다음엔 어떻게 될까? 우리는 어디로 가는 걸까? 얼음처럼 시린 물이 깊이 담근 손가락으로 짜릿하게 전해지는 순간 그녀는 (자신이 살아 있다는 것과, 그녀가 거기에 존재함으로써) 이런 변화도 느끼고, 모험과 도망도 상상할 수 있다는 사실에 기쁨이 분수처럼 솟아올랐다. 그리고 이런 갑작스럽고 생각지도 않은 기쁨의 분수에서 떨어진 물방울들이 그녀의 맘속에서 잠자는 어두운 형체들 위로 여기저기 떨어졌다. 분명히 보이진 않았지만 어둠 속에서도 서서히 변하는, 여기저기 불꽃이 일어나는 어떤 세계의 형체들이었다. 그것은 그리스나 로마나 콘스탄티노플일 수도 있었다. 그것은 작았지만 그 안과 주위로 황금빛 물이 흐르는 나뭇잎이 서 있는 모양의 형체일 수도 있고, 그 형체는 우주에 존재하는 장소일 거라고 그녀는 생각했다. 그렇다면 저 작은 섬도 그럴까? 서재에 있던 노신사들이라면 대답할 수 있을 텐데 하고 그녀는 생각했다. 가끔 내가 그런 기회를 잡으려고 일부러 정원에서 길을 잘못 들어선 것처럼 서재로 들어가곤 했지. 내가 들어갔을 때 서재의 나지막한 안락의자에 그들이 서로 마주보고 앉아 있었어(아마 십중팔구는 카마이클 씨나 뱅크스 씨였겠지만 매우 늙고, 아주 굳은 표정을 짓고 있었어). 그들은 그들 앞에 타임즈 신문을 펼쳐놓고 대화를 나누었어. 나는 머릿속에 가득 찬, 누군가가 예수에 대해 이런저런 말을 했어요, 런던의 거리에서 매머드의 잔해를 파냈대요, 위대한 나폴레옹은 어떤 인물인가요? 등의 혼란스런 질문을 그들에게 했어. 그러면 청렴결백한 그들은 (회색 옷을 입고 있는 그들에게선 헤더풀 향기가 났다) 다리를 꼬고 앉은 채 신문을 이리저리 뒤적이다가도 나의 질문에 짤막하게 대답해주었어. 그러면 기분이 좋아진 나는 선반에서 책을 하나 꺼내들고 거기에 서서, 가끔 약한 기침을 하면서 페이지의 한쪽 끝에서부터 다른 쪽 끝까지 똑같은 글씨체로 깔끔하게 뭔가를 쓰거나 맞은편에 앉은 다른 노신사에게 뭔가를 간단히 말하는 아버지를 지켜보곤 했지. 그러면서 책을 펼친 채 거기에 서서, 여기서는 누구라도 자기의 생각을 물에 뜬 나뭇잎처럼 맘대로 할 수 있고, 또 그런 일이 담배를 피우고 타임즈 신문을 보는 노신사들이 있는 서재에서 일어난다면 그건 정말 옳은 것이라고 생각했어. 그래서 서재에서 글을 쓰는 아버지를 지켜보면서(지금은 아버지가 배에 앉아 있었다) 아버지가 가장 사랑스럽고, 가장 지혜롭다고 생각했어. 자만심이 강한 분이거나 독재자도 아니라고 생각했으니까. 아버지가 거기에 서 있는 나를 보았더라면 아버지도 나에게 가능한 한 부드럽게, 뭣을 도와줄까? 하고 물었을 거야.

그녀는 물떼새의 알같이 생긴 얼룩들이 더덕더덕 묻은 표지에 손때까지 묻어 반질반질한 조그만 책을 읽는 아버지를 바라보면서, 이런 생각이 틀리지 않기를 맘속으로 바랐다. 그랬다. 그녀의 생각이 옳았다. 그녀는 제임스에게 지금의 아버지를 좀 보렴 하고 크게 말하고 싶었다. (하지만 제임스는 돛에 시선을 고정하고 있었다.) 제임스는 아버지가 빈정대기 좋아하는 짐승 같은 존재라고 말하고 싶을 거야. 대화도 항상 자신과 자신의 책에다 화제의 중심을 두는 작자라고 말하고 싶을 거야. 참을 수 없을 정도로 이기적인 존재라는 말도 하고 싶을 거야. 무엇보다도 아버지가 독재자라는 걸 말하고 싶을 거야. 하지만 잘 봐, 잘 보라니까! 아버지를 바라보면서 그녀가 속으로 말했다. 책을 읽는 지금의 아버지를 잘 봐. 그녀는 다리를 꼬고 앉아서 조그만 책을 읽는 아버지를 바라보았다. 책의 내용은 모르지만 책장이 모두 누렇게 변한, 눈에 익은 조그만 책이었다. 글씨가 빽빽하게 인쇄된 정말 작은 책이었다. 그녀는 아버지가 그 책의 면지에다 정찬으로 십오 프랑을 썼고, 포도주는 너무 많았고, 웨이터에게 팁을 너무 많이 주었다고 쓰고는 면지의 하단에 모두의 합계까지 써놓았다는 것을 알았다. 하지만 아버지가 늘 호주머니에 넣고 다녀서 모서리가 닳아 둥글게 변한 그 책의 내용이 뭔지는 알지 못했다. 그가 생각하는 것이 뭔지 아이들은 알지 못했다. 하지만 그는 책에 푹 빠져서, 조금 전에도 그랬지만, 그가 고개를 들어올리는 건 뭔가를 보기 위해서가 아니라 어떤 생각을 좀 더 명확하게 하기 위한 행위에 지나지 않았다. 그것이 해결되고 나면 다시 고개를 숙여 그는 책만 들여다보았다. 그녀는 아버지가 마치 뭔가를 인도하는 안내자나, 많은 양 떼를 몰고 가는 목동이나, 비좁은 외길을 계속 올라가는 탐험가처럼 그런 정신으로 책을 공들여 읽는다고 생각했다. 때로는 덤불 사이를 바로 헤치고 나아가고, 때로는 덤불의 가지에 얼굴을 다치기도 하고, 때로는 가시나무에 찔려 눈이 멀기도 하면서도 그는 그런 것에 굴복하지 않고 계속 책장을 넘기며 책을 읽었다. 그래서 그녀는 침몰하는 배에서 도망치는 것에 관한 이야기를 계속 자신에게 들려주었는데, 아버지가 거기에 앉아 있는 동안은 안전하다고 믿었기 때문이었다. 정원에서 서재 안으로 몰래 들어간 그녀가 책을 하나 골라잡아 읽거나 그녀가 한 질문에 대해 노신사가 갑자기 들었던 신문 너머로 나폴레옹이란 인물에 대해 간단히 설명해줄 때 그녀가 느낀 그런 안전한 기분을 지금도 느꼈기 때문이었다.

그녀는 뒤돌아서서 바다 너머 있는 섬을 응시했다. 그런데 나뭇잎처럼 뚜렷하던 섬의 모습이 점점 희미하게 보였다. 그것은 무척 작고, 무척 먼 거리에 있었다. 이제는 바다가 해안보다 더 중요했다. 그들이 탄 배 주위로 파도들이 몰려와 출렁거렸고, 그런 파도 위를 통나무 하나가 떠돌아다녔고, 갈매기 한 마리가 다른 파도 위에 내려앉았다. 손가락을 물에 담가 물살을 가르면서, 그녀는 여기쯤에서 배가 침몰할 거라고 상상하고 꿈을 꾸듯 몽롱한 상태로, 정말로 우리는 모두, 혼자 죽는구나 하고 중얼거렸다.

11

점 하나 없이 너무나도 완벽하고, 너무나도 부드러워 보이고, 돛과 구름이 푸른 물속에 잠긴 듯 보이는 바다를 바라보면서, 릴리 브리스코는 정말로 많은 것들이 거리에 따라 달라 보인다고 생각했다. 사람들이 가까이 있고 멀리 있고 하는 것도 거리 때문이고, 돛을 달고 만을 가로질러 더욱더 멀어지는 램지 씨에 대한 그녀의 감정 변화도 거리 때문이었다. 거리가 더 멀어지고 확장될수록 그에 대한 그녀의 감정이 점점 더 멀어지는 기분이었다. 그와 그의 아이들을 저렇게도 멀리 떨어진 거리의 저 푸른 물이 삼켜버린 듯싶었다. 하지만 손만 내밀면 닿을 듯 가까운 거리인 여기 잔디밭에서는 갑자기 카마이클 씨가 투덜대는 소리가 났다. 그녀는 소리 내어 웃었다. 그가 잔디밭에 떨어진 책을 줍고 있었다. 그러더니 바다괴물처럼 씩씩거리면서 도로 의자로 가 앉았다. 그것은 완전히 다른 모습이었고, 그가 아주 가까운 거리에 있었기 때문이었다. 그리고 다시 모든 것이 고요해졌다. 집 쪽을 바라보면서 그녀는 사람들이 지금쯤은 잠자리에서 모두 일어났을 거라고 생각했지만 집 밖으로 나오는 사람은 아무도 없었다. 그런데 그때 그녀는 식사를 마치면 모두 각자의 볼일을 보러 자리를 뜬다는 사실을 상기했다. 그것은 이른 아침 시간의 이런 고요함과, 이런 공허함과, 이런 비현실적인 모습과 조화를 잘 이루었다. 거기에 잠시 머물러 햇빛에 반짝이는 기다란 창들과 푸른색 버섯구름을 바라보면서, 그녀는 비현실적으로 느껴지는 것도 사물이 가끔 취하는 하나의 방법일 거라고 생각했다. 여행에서 돌아오거나 오랜 투병에서 일어난 뒤 평소의 습관으로 다시 돌아오기 전까지 모든 것이 비현실적으로 느껴져서 깜짝 놀라고 마는 경험처럼 말이다. 뭔가가 나타날 것 같은 기분 때문에 말이다. 그럴 때 삶이 가장 생생해지고, 우리의 마음도 편안해진다. (여느 때처럼) 앉을 자리를 찾아 밖으로 나오는 늙은 벡위스 부인을 맞이하기 위해 잔디밭을 가로질러 가 기분 좋은 목소리로 "아, 안녕하세요, 벡위스 부인! 날씨가 참 화창하네요! 이렇게 햇볕이 내리쬐는데 앉으시려고요? 재스퍼가 의자들을 다 치웠답니다. 제가 하나 찾아드릴게요!"라는 말과 함께 잡담도 나눌 필요가 없어서 다행이었다. 아무 말도 할 필요가 없었다. (만이 부산하게 움직이더니 배들이 출발하기 시작했다.) 서서히 나아가는 배도 있었고 쏜살같이 달리는 배도 있었다. 바다는 텅 빈 게 아니라 가장자리까지 꽉 차 있었다. 물이 헤아릴 수 없이 깊었기 때문에 어떤 배는 그녀의 입언저리에 있다가 출발하는 듯했고, 어떤 배는 앞으로 나아가고, 어떤 배는 표류하다가 물속으로 침몰하는 듯했다. 저 물속으로 그렇게도 많은 삶들이 빠져들었다. 램지 부부와 그들 아이들의 삶들도 빠져들었고, 모든 종류의 잡동사니의 삶들도 빠져들었다. 빨래통을 들고 빨래하는 여인과, 까마귀와, 레드핫포커 꽃과, 보라색과 회녹색 꽃들도. 그런데 이 모든 것을 하나로 묶어주는 공통된 느낌이 있었다.

그것은 십 년 전에 지금 서 있는 곳과 거의 같은 자리에서 그녀가 이 집을 사랑한다고 말하도록 만든, 바로 완성이라는 그런 느낌이었다. 사랑은 수많은 모양을 하고 있었다. 주어진 재능을 이용하여 사물의 요소들을 잘 선택하고 잘 정리해서 자신의 삶에서 빠진 것들을 잘 메워 잊지 못할 소중한 장면이나 만남을 만들기도 하고(모두 이제 사라지거나 헤어졌지만), 이런 식으로 둥글게 속이 꽉 찬 것들 중 하나에 생각이 늘 머물러 그런 것과 여전히 사랑을 나누는 연인들도 있을 것이다.

그녀의 시선이 램지 씨의 돛단배인 갈색 점에 머물렀다. 그녀는 배가 점심때쯤 등대에 도착하겠다고 추측했다. 하지만 바람이 불자 새로운 활기가 더해져서 하늘도 약간 변하고, 바다도 약간 변하고, 배의 위치도 약간 변해서 조금 전까지만 해도 아주 안정된 조화를 이루던 풍경은 이제 어딘지 모르게 그녀의 맘에 들지 않게 되었다. 바람 때문에 연기도 엿가락처럼 길게 늘어졌고, 배들의 위치도 어딘지 모르게 성에 차지 않았다.

그런 불균형으로 인해 그녀의 맘속에 있던 조화도 깨지는 듯했다. 그녀는 막연한 짜증을 느꼈다. 그림 쪽으로 고개를 돌렸을 때에야 그녀는 이유를 알게 되었다. 그녀가 아침 시간을 아깝게 허비하고 있던 거였다. 이유가 뭐든 간에 그녀가 램지 씨와 그림이라는 두 개의 상반된 힘 사이에서 면도날 모서리만큼의 조화도 이룰 수 없었기 때문이었다. 하지만 그것은 꼭 필요했다. 그림의 구도에 잘못이 있는 것일까? 벽의 선이 갈라진 것이 문제인가? 나무가 너무 빽빽하게 들어선 것일까? 그녀는 아무리 생각해도 그 이유를 알지 못했다. 그녀가 빈정대듯 씩 웃었는데 그림을 시작할 때부터 문제를 풀지 못했다는 생각이 떠올라서였다.

그렇다면 문제가 뭘까? 그녀는 그녀를 교묘히 피해간 것이 뭔지 알아내려고 애를 썼다. 그것은 그녀가 램지 부인을 생각할 때도 피해갔고, 그녀가 그림을 생각하는 지금에도 피해갔다. 좋은 시 구절이 떠올랐다. 환영들이 나타났다. 아름다운 장면도 떠올랐다. 다시 좋은 시 구절이 떠올랐다. 하지만 그녀가 정말 포착하고 싶은 것은 전기가 통하면 온몸이 찌릿하듯 그녀의 정신 세계를 깜짝 놀라게 할, 형체를 이루기 전의 있는 그대로의 모습, 바로 그것이었다. 그녀는 다시 이젤 앞에 꼼짝도 않고 서서, 그것을 포착해서 상쾌하게 시작하자, 그것을 포착해서 상쾌하게 시작하자고 필사적으로 말했다. 그녀는 인간이란 기계는 그림을 그리거나 감정을 느끼기엔 정말 비참할 정도로 비효율적인 기계라고 생각했다. 인간이란 기계는 중요한 순간마다 고장이 나서 억지로 작동시키는 경우가 허다하다고 생각했다. 그녀는 이맛살을 찌푸리며 앞을 응시했다. 확실히 거기에는 울타리가 있었다. 하지만 마음뿐, 간절히 원해도 얻는 것이 없었다. 눈을 번득인 채 벽의 선을 응시하거나 회색 모자를 쓴 램지 부인을 공상할 뿐이었다. 램지 부인은 놀라우리만치 아름다웠다. 부인이 다가

오면 다가오게 내버려두자 하고 그녀는 생각했다. 공상에 빠지거나 감정을 느끼지 못하는 순간도 많으니까. 그런데 공상도 못 하고 느끼지도 못한다면 나는 어디에 있는 것일까? 하고 그녀는 생각했다.

풀밭에 주저앉아 붓으로 조그만 질경이 군락을 헤쳐보면서, 그녀는 자신이 설 땅이 잔디밭으로 된 여기의 이 땅이라고 생각했다. 잔디를 가꾸지 않아 잡초가 많았기 때문이었다. 지금 보는 저런 도시나, 노새로 끄는 저런 마차나, 들판에서 일을 하는 저런 여자를 두 번 다시 볼 수 없다는 것을 아는 여행자가 꾸벅꾸벅 졸면서도 차창 너머로 밖의 풍경을 바라보는 것처럼, 오늘 아침에 일어난 모든 일이 처음이자 마지막이라는 생각을 도저히 떨칠 수 없었기 때문에 그녀도 여기라는 세상에 앉아 생각에 잠겼다. 잔디밭이 바로 세상이었다. (오늘 아침 내내 그들이 말 한마디 서로 주고받진 않았지만) 그녀와 같은 생각을 하는 것처럼 보이는 늙은 카마이클 씨를 바라보면서, 그녀는 사람들이 이 고귀한 역에 모두들 기분 좋게 모였다고 생각했다. 그리고 그를 두 번 다시 못 볼지도 모른다고 생각했다. 그는 점점 늙어갔다. 그의 발에 대롱대롱 매달린 슬리퍼를 보고 씩 웃으면서 그녀는 그가 갈수록 유명해진다는 것을 상기했다.

사람들은 그의 시가 "너무 아름답다"고 말했다. 사십 년 전에 쓴 그의 시를 가져가서 출판하기도 했다. 이제 카마이클이라고 불리는 유명한 시인이 있다는 사실에 빙그레 웃으면서, 그가 신문에서는 저런 모양을 나타내고 여기서는 항상 보던 모습 그대로의 모양을 나타낸다는 것을 인식한 그녀는 한 사람이 참으로 많은 모양을 하고 있다고 생각했다. 그는 머리가 조금 더 희어졌을 뿐 똑같아 보였다. 그랬다, 그녀의 눈에도 그는 똑같아 보였지만 앤드루가 죽었다는(그는 포탄을 맞아 즉사했다. 죽지 않았더라면 위대한 수학자가 됐을지도 모른다) 말을 들은 카마이클 씨가 "삶의 모든 흥미를 잃어버렸다"고 말했다고 누군가가 말해준 것이 기억났다. 그 말이 무슨 뜻일까? 하고 그녀는 의아해했다. 그가 커다란 지팡이를 짚고 트라팔가 광장을 행진이라도 하듯 걸어다닌 것일까? 아니면 세인트존스우드에 있는 그의 골방에 처박혀 건성으로 책장이나 넘기면서 지냈다는 말일까? 앤드루가 죽었다는 말을 들은 그가 구체적으로 어떤 행동을 했는지 모르지만 그녀는 그의 심정을 충분히 알 것 같았다. 그들은 계단을 오르내리면서 서로 인사말을 주고받거나 하늘을 올려다보면서 날씨가 좋거나 그렇지 않겠다는 식의 얘기만 주고받았다. 하지만 이것도 사람을 알아가는 하나의 방법이라고 그녀는 생각했다. 정원에 앉아서 먼 곳에 있는 보랏빛 헤더로 물든 비탈진 언덕을 바라보는 것처럼 윤곽만 잡을 뿐 구체적으로 아는 방법은 아니지만 말이다. 그녀는 그런 식으로 그를 알았다. 그런 식으로도 그가 약간 변했다는 사실을 눈치챘다. 그녀는 그가 쓴 시를 한 구절도 읽어본 적이 없었다. 그래도 그의 시가 뜻을 음미하면서 천천히, 낭랑하게 읊기 좋은 시라는 것쯤은 안다고 생각했다. 그의 시는 감미롭고 달콤했다. 그는 사막과 낙타를 노래했다. 야자나무와 일몰도 그렸다. 고도로 비인격적인 것들도 다루었다. 죽음도 노래했다. 사랑에 대해선 별로 노래하지 않았다. 그의 시에는 그에 대한 초연함도 들어 있었다. 하지만 다른 사람들에 대해선 별로 말하지 않았다. 그는 응접실의 창을 지나갈 때마다 이유는 모르겠지만 별로 자신이 좋아하지 않는 램지 부인을 일부러 피하려고 애를 쓰면서 겨드랑이에 신문을 끼운 채 어색한 표정으로 약간 비틀거리며 지나치곤 했다. 그런 경우에도 어김없이 램지 부인은 항상 그에게 말을 걸어 일단 멈추게 했다. 그러면 그는 그녀에게 인사를 했는데 마지못해 멈추어 서서 깍듯이 허리를 굽혀 절하는 거였다. 그녀에게 아무것도 원하지 않는 그에게 골이 난 램지 부인은 그럴수록 그에게 더, 코트나, 양탄자나, 신문이나, 뭐 필요한 거 없으세요? 하고 묻곤 했다(릴리는 그녀가 하는 말을 듣곤 했다). 됐습니다, 아무것도 필요 없습니다. (그러고 나서 그는 다시 그녀에게 절을 했다.) 그는 그녀의 성품 중에서 어떤 부분을 좋아하지 않았다. 아마 그녀 안에 도사린 주인 티를 내거나, 너무 긍정적인 태도나, 너무 사무적인 언행이 그의 눈에 못마땅해서 그랬는지도 몰랐다. 그녀는 모든 일에 매우 솔직한 성격이었다.

(응접실의 창 쪽에서 무슨 소리가 들려 릴리의 시선이 그쪽으로 쏠렸다. 돌쩌귀가 삐걱대는 소리였다. 남실바람*이 불어와, 창과 놀고 있었다.)

램지 부인을 아주 싫어하는 사람들도 분명히 있었다고 릴리는 생각했다. (그랬다. 그녀는 응접실 계단이 비었다는 것을 이제야 깨달았지만, 그런 사실이 더는 그녀에게 중요하지 않았다. 그녀는 이제 램지 부인을 원하지 않았다.) 램지 부인이 너무 자신만만하고 너무 격렬하다고 생각한 사람들도 있었다. 그녀의 미모를 질투한 사람들도 있었다. 사람들은 그녀를 보고, 너무 단조로워! 항상 똑같아!라고 말하기도 했다. 그들은 다른 유형을 선호했다. 피부도 검고 활기도 넘치는 그런 사

* 시속 6~11킬로미터의 바람

람을. 게다가 부인은 그녀의 남편에게 너무 약했다. 부인이 하나에서 열까지 다 받아주니까 그가 그렇게 행동한 거였다. 그래도 그녀는 입을 꼭 다문 채 아무 말도 하지 않았다. 아무도 그녀에게 무슨 일이 생겼는지 정확히 몰랐다. 그리고 (다시 카마이클 씨와 램지 부인에 대한 그의 반감으로 되돌아와) 아무도 램지 부인이 아침 내내 잔디밭에 서서 그림을 그리거나 드러누워 책을 읽는 것은 상상할 수 없었다. 그것은 생각조차 못 할 일이었다. 그녀는 말도 한마디 하지 않고 용무 보러 간다는 표시로 팔에 바구니를 걸친 채 읍내로 내려가고, 가난한 사람들을 방문하고, 공기가 탁한 그들의 방에 들어가 조그만 침대에 걸터앉곤 했다. 릴리는 게임이나 토론을 한참 하다가도 아주 꼿꼿한 자세로 부인이 바구니를 팔에 걸친 채 말없이 밖으로 걸어 나가는 것을 몇 번이나 본 적이 있었다. 그녀는 부인이 돌아오는 것도 본 적이 있었다. 그들은 고통에 시달려 눈을 지그시 감으면서도 (부인이 찻잔을 아주 조심스레 다루는 것을 보고) 반쯤 웃음짓고, (부인의 미모에 숨이 막혀) 반쯤 감탄한 눈빛으로 부인을 바라보았을 거라고 릴리는 생각했다. 부인은 아픈 사람들과 함께 있다가 오는 것이 분명했다.

그러다가도 램지 부인은 누군가가 늦었다거나, 버터가 신선하지 않다거나, 찻주전자의 이가 빠졌다거나 하면 버럭 화를 내곤 했다. 그래서 부인이 버터가 신선하지 않다고 야단을 치는 동안 사람들은 내내 고대 그리스 시대의 사원을 떠올리면서 참으로 아름다운 신전이라는 둥 딴청을 피우기도 했다. 램지 부인은 절대로 말만 앞세우는 사람이 아니었다. 가서, 바로, 정확하게 행동으로 옮기는 타입이었다. 어디론가 가는 것이 그녀의 본능이었고, 제비가 남쪽으로 날아가고 아티초크가 해를 향해 피어나듯, 그녀도 어김없이 사람들에게로 관심을 돌려 그들의 마음속에 그녀의 둥지를 틀고 싶은 것이 그녀의 본능이었다. 그래서 모든 본능이 그러하듯 그녀의 이런 본능도 그것에 동조하지 않는 사람들에게는 약간 고통스런 거였다. 아마 카마이클 씨에게도 고통이었을 것이고, 릴리에게는 확실히 고통이었다. 카마이클 씨와 릴리는 행위의 무익성과 사고의 우월성에 빠져들어 사는 유형이었다. 부인이 어디론가 가는 것은 그들에게는 일종의 책망이고 세상 사람들에게는 색다른 방식을 제안하는 행위였기 때문에, 그래서 자신들이 소유한 선입관들이 사라지는 것을 본 그들은 사라지는 것들을 붙잡기 위해 그런 식으로 부인에게 저항했던 것이다. 찰스 탠슬리도 그런 면을 가지고 있었다. 사람들이 그를 싫어한 이유도 그의 그런 면 때문이었다. 그도 사람들의 사고방식을 완전히 뒤집어놓은 인물이었다. 붓으로 질경이를 멍하게 휘저으면서 릴리는 탠슬리에게 일어난 일을 생각해보았다. 그는 결국 대학교에서 특별 연구원이라는 신분을 따내고 말았다. 그는 결혼해서 골더그린에서 산다.

전쟁 중에 릴리는 어느 대학에서 열리는 강연회에 참석했다가 그가 연설하는 것을 들은 적이 있었다. 그는 뭔가를 비난했다. 누군가를 매도했다. 형제애도 설교했다. 그런 강연을 들으면서 릴리가 느낀 것은 고작, 이 그림과 저 그림도 구별 못 하고, 내 뒤에 서서 싸구려 새그 담배를 피우고(브리스코 양, 일 온스에 오 펜스짜리랍니다), 내 앞에서 입만 열었다 하면 여자는 쓰지도 못하고 그림도 못 그린다고 나불대던 종류의 인간이, 아니, 그런 인간이 도대체 어떻게 사랑에 대해 말을 할 수 있을까? 어떻게 자신도 별로 믿지 않는 사랑이란 것에 대해 연설을 하는 것일까? 대체 무슨 이유로 사랑을 설교하는 것일까? 하는 생각뿐이었다. 강연회의 강단에 서서 깡마른 몸매에 쉰 목소리에다 벌겋게 달아오른 얼굴로 그가 사랑을 설교했던 것이다(그녀가 붓으로 휘저은 질경이들 사이로 개미들이 기어다녔다. 활기 넘치는 붉은색 개미들로, 차라리 탠슬리처럼 보였다). 그녀는 반쯤 자리가 빈 강당에서 그녀의 좌석에 앉아 싸늘한 공간으로 사랑을 펌프질하는 그를 빈정대듯 바라보았는데, 갑자기 낡은 통발 같은 것이 파도 위를 까닥까닥하며 오르내리는 것과 램지 부인이 잃어버린 안경집을 찾아 조약돌 사이를 누비는 장면이 보였다. "아이, 이를 어쩌나! 성가셔 죽겠네. 또 잃어버렸어요. 신경 쓰지 마세요, 탠슬리 씨. 여름만 되면 몇천 개를 잃어버린다니까요" 하는 말에 탠슬리가 마치 이런 과장을 받아들이긴 힘들지만 그래도 부인을 좋아하기 때문에 참을 수 있다는 듯, 손으로 턱을 괴면서 아주 매력적인 웃음을 짓는 장면이었다. 저녁식사 후 사람들과 헤어진 뒤 그들 둘이서 원정을 떠났을 때 탠슬리가 부인에게 맘속에 있는 얘기를 한 게 틀림없었다. 탠슬리가 여동생의 학비를 대고 있다는 말을 램지 부인에게서 들은 적이 있었다. 그 말을 듣고 그녀는 그를 괜찮게 보았다. 붓으로 질경이를 휘저으면서 자신이 그를 괴짜로 생각했던 것을 그녀도 잘 알았다. 결국 타인을 평가할 때 사람들은 색안경을 끼고 타인에 대해 반은 이상한 성격으로 몰아가는 경향이 있었다. 타인을 자신의 목적에 맞도록 이용하기도 했다. 램지 부인에게 그는 아쉬운

대로 희생양 대신 쓸 만한 존재였다. 부인은 화가 나면 참지 못하고 그의 깡마른 옆구리를 때려서라도 기분을 풀었다. 릴리가 그에 대해 진지하게 알고 싶다면 부인이 말한 것을 참조하고 부인의 눈을 빌려 그를 바라보아야 했다.

그녀가 손으로 작은 산더미를 만들어주자 개미들이 그곳으로 기어 올라갔다. 개미들은 그들의 세상에 뛰어든 그녀 때문에 갈팡질팡했다. 어떤 개미는 이쪽으로, 어떤 개미는 저쪽으로 마구 달렸다.

램지 부인을 이해하려면 눈 오십 쌍은 필요하겠다고 릴리는 생각했다. 심지어 오십 쌍의 눈으로도 한 여자를 제대로 이해하기에는 부족하겠다고 그녀는 생각했다. 그것들 중에서 한 쌍은 부인의 미모에 눈이 멀어버린 게 틀림없었다. 공기처럼 상쾌하고 비밀스런 감각을 원하는 또 한 쌍은 열쇠 구멍으로 그녀를 몰래 훔쳐보고, 앉아서 뜨개질을 하거나 얘기를 나누거나 창에 홀로 말없이 앉아 있는 그녀를 포위할 것이다. 그리고 자신에게 흠뻑 빠져 있는 다른 한 쌍은 증기선의 연기를 안고 있는 공기처럼 그녀의 생각과 그녀의 망상과 그녀의 욕망을 소중히 여길 것이다. 저 울타리는 부인에게 무슨 의미가 있고, 저 정원과 저 파도는 부인에게 무슨 의미가 있었을까? (릴리는 램지 부인을 흉내라도 내는 듯 그녀와 똑같은 식으로 고개를 들어올렸다. 파도가 해안을 덮치는 소리가 들려왔다.) 그러자 그때 뭔가가 그녀의 맘속을 헤집고 떨리듯 튀어나왔는데 "아웃이야? 아웃이야?" 하는 아이들의 고함 소리였다. 크리켓을 하는구나? 하면서 부인이 잠시 멈추는 장면도 보였다. 부인이 일부러 쳐다보았다. 그러고 나서 부인이 다시 뜨개질을 하는데 문득 램지 씨가 부인 앞으로 걸어와 죽은 듯 말없이 서 있는 것이 보였고, 속으로는 호기심이 발동했지만 거기에 선 채 말없이 자신을 굽어보는 램지 씨 때문에 동요가 심하게 일어난 부인의 가슴이 떨리는 것도 보였다. 릴리도 그를 보았다.

그가 손을 내밀어 의자에 앉은 부인을 일으켜 세웠다. 마치 예전에도 그랬던 것처럼 말이다. 마치 언젠가 섬에서 몇 킬로미터 떨어진 곳에 배가 정박했을 때 숙녀가 해안에 도착하도록 도와주는 것이 신사의 도리라는 듯, 허리를 굽혀 지금과 똑같은 식으로 부인에게 손을 내밀어 일으켜 세워준 것처럼 말이다. 그것은 그들이 옛날에 유행한 크리놀린 스커트*와 페그탑 바지**를 아주 멋지게 잘 차려입은 장면이었다. 그의 도움을 받으면서 램지 부인이 (릴리 추측에) 이제야 때가 왔다고 생각하면서, 이제야 말할 수 있겠다면서, 그와 결혼하겠다고 결심했다. 그리고 부인은 해안으로 아주 느린 걸음으로 조용히 걸어갔다. 아마 부인은 그의 손에 여전히 그녀의 손을 내맡긴 채 딱 한마디만 했을 것이다. 그와 결혼하겠다고 말했을 테지만 그 이상의 말은 하지 않았을 것이다. 그래서 세월이 흘러도 그들 사이에는 항상 똑같은 스릴이 존재하는 거라고, 개미들이 잘 다니도록 길을 매끄럽게 다듬으면서 릴리는 생각했다. 릴리가 일부러 얘기를 꾸미는 것이 아니라, 그녀가 옛날에 본 적이 있는 뭔가를, 세월의 흐름 속에서 그녀 맘속에 숨어 있던 뭔가를 끄집어내어 매끄

---

* 종 모양으로 넓게 퍼진 스커트

** 아래로 내려갈수록 좁아지는 바지

럽게 정리하는 거였다. 자식들인 아이들과 찾아오는 손님들로 항상 북적대고 어수선한 일상의 생활을 끊임없이 되풀이해야 하는 반복감이 있었다. 하나를 해결하고 나면 또 다른 하나를 해결해야 하고, 그래서 단조롭게 되풀이되는 말들이 메아리가 되어 공중에 머물면서 완전히 진동하던 그런 반복감 말이다.

하지만 그들이 서로의 관계를 단순히 하기 위해, 녹색 숄을 어깨에 걸친 부인과 넥타이를 맨 그가 다정히 팔짱을 끼고서 바람에 넥타이를 날리며 온실을 지나 산책길에 나선 것은 분명히 실수였다고 릴리는 생각했다. 부인은 충동적이고 민첩한 성격이고, 그는 치를 떨며 우울에 빠지는 성격이기 때문에 그것은 행복한 부부의 단조로운 모습은 절대 아니었다. 아아, 절대로 아니었다. 이른 아침에 침실 문이 꽝 하고 세게 닫히는 소리가 나기도 했다. 그가 창밖으로 그의 접시를 홱 하고 던지는 소리도 났다. 그러면 마치 돌풍이 불면 선원들이 사방으로 뛰어다니면서 갑판의 문을 단단히 걸어 잠그고 물건들이 날아가지 않도록 수선을 떨듯, 온 집 안의 문이 쾅쾅 닫히고 블라인드가 시끄럽게 펄럭거리면서 집 안 분위기가 어수선해지기도 했다. 그런 식의 어느 날 릴리는 계단에서 폴 레일리를 만났다. 그들은 아이들마냥 큰 소리로 마구 웃었는데, 아침식사 때 그의 우유에서 집게벌레를 발견한 램지 씨가 그의 접시를 통째로 테라스 밖으로 획 던져버렸기 때문이었다. 프루는 "하필 아버지의 우유에 집게벌레라니" 하고 중얼대면서도 무서워 벌벌 떨었다. 다른 사람들은 그들의 우유에서 지네를 발견하고도 모른 체하는데 말이다. 하지만 그는 그런 걸 참지 못하고 아주 위엄 있는 태도로, 모두에게 그의 우유에 빠진 집게벌레를 괴물이라고 떠벌려 분위기를 험악하게 만들면서까지 자신을 드러내야 직성이 풀리는 성격이었다.

그런데 그런 일은(화가 난다고 밖으로 접시를 홱 집어던지고 문을 쾅 하고 닫는 일) 램지 부인을 지치게 하고, 움츠러들게 했다. 그래서 가끔 그들 사이에 길고도 딱딱한 침묵이 흘렀고, 그럴 때면 부인은 반은 슬픈 듯 반은 화난 듯 묘한 표정을 지으면서, 아무렇지도 않다는 듯 침착하게 넘기거나 다른 사람들처럼 큰 소리로 웃으면서 넘기질 못했고, 그런 표정을 릴리는 별로 좋아하지 않았고, 지쳐 보이는 부인의 표정 이면에는 다른 뭔가가 숨은 듯했다. 부인은 곰곰이 생각하는 표정으로 말없이 앉아 있었다. 그러다가 얼마 시간이 지나고 난 뒤, 그가 먼저 부인이 앉은 곳으로 슬그머니 다가가 서성대기도 했다. 그가 지나가는 것을 보고도 부인은 일부러 바쁜 척하거나, 그를 피하거나, 아니면 못 본 척했기 때문에 그는 부인이 앉아서 편지를 쓰거나 얘기를 나누는 창 아래를 배회했다. 그렇게 배회하다가 갑자기 온화한 비단결 같은 성격으로 돌변하여 틈만 나면 부인의 환심을 사려고 노력했다. 그래도 부인은 눈 하나 깜짝하지 않고 여전히 부인 옆에 얼씬거리지도 못하게 하면서, 아주 잠깐, 보통 때는 전혀 하지 않던 행동을 취해 자신의 미모를 뽐내듯 자만심에 빠져 고개를 홱 돌리기도 하고, 아니면 부인 옆에 앉은 민타나 폴이나 윌리엄 뱅크스를 거쳐 항상 어깨너머로 그를 쳐다보았다. 마침내 무리에서 벗어난, 며칠이나 굶은 울프하운드*의 표정을 한 그가(릴리는

---

* 아일랜드에서 오랫동안 늑대나 다른 사냥감을 잡는 데 사용한 하운드 품종의 개

풀밭에서 일어나 그를 보았던 계단과 창을 바라보면서 서 있었다) 눈으로 덮인 허허벌판에서 울부짖는 늑대처럼 부인의 이름을 딱 한 번 불렀는데 그래도 부인은 못 들은 척 감정을 죽이고 있었다. 그래서 이번에는 목소리에 뭔가를 깐 음조로 그가 부인의 이름을 한 번 더 부르면 그녀는 놀란 듯 갑자기 모든 것을 내팽개치고 그에게로 다가갔고, 그러면 그들은 함께 배나무와 양배추와 나무딸기밭 사이를 거닐면서 산책을 했고, 산책을 하면서 시시비비를 가리는 거였다. 하지만 그들이 어떤 태도로 무슨 말을 했는지 궁금했다. 그런 건 그들의 위신에 관한 거여서 릴리와 폴과 민타는 그들의 그런 행동을 못 본 척하거나, 또는 호기심과 불안감을 숨기고 저녁식사 시간이 될 때까지 꽃을 꺾거나 공놀이를 하거나 잡담을 나누면서 그들이 돌아오면 함께 저녁을 먹었는데, 평소처럼 그는 식탁의 한쪽 끝에 앉고 부인은 다른 한쪽 끝에 앉았다.

"너희 중 누가 식물학을 전공하면 어떨까? ……모두 튼튼한 팔다리를 가졌으니 너희 중 하나는……?" 이런 식으로 그들은 여느 때처럼 아이들과 어울려 이야기꽃을 피우며 큰 소리로 웃었다. 그들 사이에 오간 공중의 칼날과도 같은 떨림을 제외하면 모든 것이 평소와 똑같았기 때문에, 수프 접시를 앞에 놓은 아이들의 눈에는 여느 때처럼 배나무와 양배추밭으로 산책 갔다 온 후의 그들의 모습이 신선하게 비쳐서 뭔가 의미 있는 말들을 주고받는 것처럼 보일 뿐이었다. 램지 부인이 특별히 프루를 힐끗 쳐다본다고 릴리는 생각했다. 형제들의 중간에 앉은 프루는 항상 잘못된 것이 있을까 봐 전전긍긍하느라 입도 제대로 열지 못했다. 프루는 아버지의 우유

속에 든 집게벌레 때문에 얼마나 자신을 책망했을까? 램지 씨가 그의 우유 접시를 창밖으로 홱 던졌을 때 프루의 얼굴이 얼마나 창백했던지! 그들 사이에 긴 침묵이 흐르는 동안 프루가 얼마나 고개를 푹 숙이고 있었던지! 어쨌든 어머니인 램지 부인이 모든 것이 다 잘 되었다면서 그제나마 프루를 위로하면서 프루도 이런 행복한 날들을 머지않아 자신의 것으로 맞이하게 될 거라고 확신시켜주었다. 하지만 프루는 그런 행복을 채 일 년도 누리지 못했다.

프루가 그녀의 바구니에 든 꽃들을 쏟아 부었다고 생각하면서 몇 걸음 뒤로 물러서서 눈을 가늘게 뜨고 그림을 바라보려던 릴리는, 갑자기 오장육부가 무아지경에 빠져든 듯 온몸이 얼어붙어서가 아니라 그 아래로 흐르는 감정의 소용돌이 때문에 그림에 손을 댈 수 없었다.

프루는 그녀의 바구니에 든 꽃들을 쏟아 붓기도 하고, 흩뿌리기도 하고, 또 풀밭 위로 굴리기도 하다가, 마지못해 주저하는 태도로, 하지만 아무런 질문도 불평도 하지 않고(그녀는 완벽할 정도로 순종적이지 않던가?) 또한 가버렸다. 들판을 지나, 계곡을 가로질러, 하얀 꽃들을 수놓으면서. 그녀가 프루가 떠난 길을 그린다면 이런 식으로 그렸을 것이다. 언덕들은 엄숙했다. 언덕은 바위투성이로, 가파른 형세였다. 파도는 아래의 바위들에 부딪혀, 시끄러웠다. 그들이 떠났다. 그들 셋이 모두 떠나갔는데, 마치 모퉁이를 돌아 누군가를 만나길 기대하는 것처럼 램지 부인이 선두에 서서 재빨리 걸어가버렸다.

갑자기 릴리가 바라보던 창이 그 뒤에 있는 가벼운 물체 때문에 하얘졌다. 그러더니 마침내 누군가가 응접실 쪽으로 들어가서 의자에 앉았다. 제발 그들이 모두 거기에 조용히 앉아 있도록, 그녀에게 얘기를 걸기 위해 밖으로 허우적거리며 나오지 않도록 해주십시오 하고 그녀는 기도했다. 다행히 누군지는 모르지만 여전히 안에 머물렀다. 게다가 운이 좋은 건지 그들은 계단 위로 이상한 삼각형 모양의 그림자까지 드리웠다. 그것이 그림의 구도를 약간 바꾸어놓았다. 흥미로웠다. 유용할지도 몰랐다. 그녀의 감정이 다시 살아났다. 그녀는 한순간도 감정의 고삐를 늦추지 않고, 생각을 바꾸거나, 속아 넘어가지 않도록 마음을 단단히 먹으면서 그것을 계속 쳐다보았다. 저 장면을 바이스로 꽉 잡고, 그래서 아무것도 바이스 안으로 비집고 들어와 그것을 망치지 못하도록 해야 했다. 아무렇지도 않은 듯 그녀는 여느 때처럼 붓에 물감을 천천히 찍어 바르면서, 이것은 의자고 저것은 식탁이라고 단순히 느끼는 척했지만, 그래도 속으로는 동시에 이건 기적이고 환희가 틀림없다고 마구 소리 지르고 싶은 지경이었다. 마침내 문제가 해결될 찰나에 있었다. 아아, 그런데 무슨 일이 생긴 거지? 어떤 하얀 물체가 창유리 쪽으로 다가갔다. 그 모습이 방 안으로 들어간 게 틀림없었다. 부인의 모습을 본 그녀는 마음이 너무 아파, 쿵쾅거리는 가슴을 쥐어짜며, 고통스러워했다.

"램지 부인! 램지 부인!" 옛날의 무서움이(원하고 원했지만 가지지 못했던 무서움) 되돌아오는 걸 느끼면서 그녀가 소리쳤다. 부인이 아직도 내게 그런 고통을 줄 수 있을까? 그러자 조용히, 마치 그녀가 자제라도 한 것처럼, 그것도 의자나 식탁과 마찬가지로 평범한 경험의 한 부분으로 변했다. 램지 부인은(릴리에게는 램지 부인이 완벽한 선(善)의 일부였다) 거기에 있는 의자에 조용히 앉아, 그림자를 계단 위에 드리운 채 뜨개질바늘을 놀려 붉은색이 감도는 갈색 양말을 떴다. 거기에 부인이 앉아 있었다.

그래서 그녀가 생각하는 것과 보는 것만으로도 가슴이 벅차올라서 도저히 이젤 앞을 떠나기 힘들다는 표정을 지으면서도 누군가와 공유할 뭔가를 가진 것처럼, 릴리는 손에 붓을 든 채 카마이클 씨를 지나 잔디밭의 가장자리 쪽으로 걸어갔다. 그 배가 지금쯤은 어디에 있을까? 램지 씨는? 그녀가 그를 원했던 것이다.

12

램지 씨는 거의 다 읽어가는 중이었다. 마치 읽기를 마치면 바로 책장을 넘기겠다는 것처럼 다른 한 손이 읽고 있는 책장 위를 맴돌았다. 모자를 쓰지 않아서 그의 머리는 바람에 휘날렸고, 이상할 정도로 그의 모든 것이 그대로 드러났다. 그는 매우 늙어 보였다. 배가 움직임에 따라 때로는 등대가 배경이 되기도 하고 때로는 광막하게 펼쳐진 바다가 배경이 되기도 하는 아버지의 얼굴을 바라보면서, 제임스는 아버지가 해변의 모래사장에 있는 오래된 바윗돌 같다고 생각했다. 마치 아버지가 그들 두 사람의 마음속에 항상 자리 잡고 있는 것을(그들은 만물의 본질이 고독이라고 생각했다) 몸으로 보여주는 듯했다.

그는 한시라도 빨리 끝내려는 듯 매우 빨리 읽었다. 이제 그들은 정말로 등대에서 아주 가까운 곳에 있었다. 그곳에 흑백으로 눈부신, 헐벗고 곧은 자세로 선 등대의 모습이 불쑥 드러났고, 바위에 부딪힌 파도는 산산조각이 난 유리처럼 하얗게 부서졌다. 바위들에 새겨진 선과 금들도 보였다. 등대의 창들도 똑똑히 보였다. 하얗게 칠한 창도 보였고 바위에 낀 녹색 이끼도 보였다. 등대에서 한 남자가 밖으로 나오더니 망원경으로 그들을 살핀 후 다시 안으로 들어갔다. 여러 해 동안, 만을 통해 보아온 등대가 저렇게 생겼구나 하고 제임스는 생각했다. 등대는 헐벗은 바위 위에 세워진 헐벗은 탑의 모습이었다. 그런 등대를 보니 기분이 좋아졌다. 등대를 보면서 그는 자신의 성격에 대해 모호하게 생각하던 감정을 확실히 하게 되었다. 집의 정원을 떠올리면서 제임스는, 할머니들이 의자를 질질 끌며 잔디밭으로 가고 있겠구나 하고 생각했다. 삶이란 아주 멋지고 아주 달콤하기 때문에 모두들 긍지를 가지고 아주 행복하게 살아야 한다고 늙은 벡위스 부인이 늘 입버릇처럼 말했지만, 알고 보면 삶이란 바로 저 등대와 같은 것이라고 바위 위에 서 있는 등대를 바라보면서 제임스는 생각했다. 그는 아버지가 다리를 꼬고 앉아서 열심히 책을 읽는 모습을 바라보았다. 아버지와 제임스는 그런 사실을 알았다. 아버지가 그랬던 것처럼 똑같이 제임스도 반쯤 소리내어 "우리는 돌풍 앞을 달리고 있다. 우리는 가라앉을 것이다"라고 혼잣말을 했다.

한동안 아무도 한마디 말도 하지 않았다. 캠은 바다를 바라보는 것이 지겨웠다. 코르크로 만든 작은 낚시찌들이 물에 둥둥 떠내려갔다. 배의 바닥에 있던 물고기들도 죽었다. 아버지는 여전히 책을 읽었고, 제임스는 그런 아버지를 바라보았고, 캠은 그런 제임스를 바라보았고, 아이들은 아버지를 바라보면서 죽을 때까지 독재와 싸울 것을 맹세했고, 그런 사실을 전혀 모르는 아버지는 계속 책만 읽었다. 아버지가 이런 식으로 싸움을 피한다고 캠은 생각했다. 그래, 하도 많이 읽어서 손때를 타 반질거리는 조그만 책에다 훤칠한 이마와 커다란 코를 단단히 박은 채 꿈쩍도 안 하는 식으로 아버지가 우릴 피하고 계신 거야. 두 손을 뻗어 다가가려면 아버지는 내 손을 피해 바로 새처럼 날개를 펼쳐 저 멀리 고독한 그루터기가 놓인 곳으로 훌쩍 날아가실 거야. 그녀는 광막한 바다를 뚫어져라 바라보았다. 섬이 이제는 너무도 작아 더는 나뭇잎으로도 보이지 않았다. 마치 커다란 파도라도 치면 보이지도 않을 바위 꼭대기처럼 보였다. 하지만 저런 덧없음 속에서도 모든 길이 있었고, 테라스가 있었고, 침대들도 있었다. 셀 수 없이 많은 것들이 있었다. 하지만 잠들기 바로 직전에는 사물들이 단순해져 수많은 세부 사항들 중 유독 하나만 뚜렷이 생각나듯, 그녀도 졸린 눈으로 섬을 바라보자 모든 길과 테라스와 침대는 색이 흐릿해지다가 사라져서 아무것도 남지 않고, 오직 푸르스름한 향로 하나만이 그녀의 마음속 깊은 곳에 남아 리듬을 타면서 이리저리 흔들리는 느낌이었다. 어, 돌출한 정원이구나. 계곡과 새들과 꽃과 영양도 있고 …… 그러다가 그녀는 잠이 들었다.

"이제 가자꾸나." 램지 씨가 갑자기 책을 탁 덮으며 말했다.

어디로 가자는 거지? 어떤 기이한 모험을 하러 가자는 거지? 그녀는 깜짝 놀라 잠을 깼다. 어디에 착륙하고, 어디로 기어 올라가자는 거지? 한동안 침묵을 지키던 아버지가 한마디 툭 던지자 모두 깜짝 놀랐다. 하지만 별 게 아니었다. 배가 고프구나. 그가 말했다. 점심시간이구나. 저길 보거라. 그가 덧붙였다. "등대란다. 거의 다 왔단다."

"아드님이 아주 잘 하고 있어요." 제임스를 칭찬하면서 매칼리스터가 말했다. "계속 배를 안정되게 몬답니다."

하지만 아버지는 자신을 한 번도 칭찬한 적이 없다고 제임스는 비장한 표정으로 생각했다.

램지 씨는 꾸러미를 풀어 모두에게 샌드위치를 돌렸다. 이런 어부들과 함께 빵과 치즈를 나눠 먹으면서 이제야 그는 행복한 표정을 지었다. 주머니칼로 노란 치즈를 종이처럼 얇게 써는 아버지를 지켜보면서, 제임스는 아버지가 초가에 살면서 늙은 어부들과 어울려 침도 뱉고 항구도 돌아다니고 하는 걸 좋아하실 분이라고 생각했다.

캠은 푹 삶은 달걀 껍질을 벗기면서 계속 맞아, 바로 이런 기분이야라고 느꼈다. 이제야 노신사들이 타임즈 신문을 읽던 서재에서 그녀가 느꼈던 그런 감정을 느낄 수 있었다. 그녀를 계속 보살피는 아버지가 있기 때문에 이제는 자신이 좋아하는 것은 뭐든 생각하고, 절벽에서 떨어지거나 익사할 생각도 하지 않을 거라고 속으로 다짐했다.

그러는 동안에도 배가 바위 옆을 아주 빨리 지나쳐서 모두 기분이 짜릿했다. 마치 그들이 한꺼번에 두 가지 일을 하는 듯했다. 즉, 태양 아래 점심을 먹으면서 동시에 난파당한 뒤의 폭풍 속에서도 안전한 곳을 향해 나아가는 기분이었다. 물이 모자라지 않을까? 식량이 부족하지 않을까? 이제는 진실이 뭔지 뻔히 알면서도 그녀는 일부러 이야기를 꾸며 자신에게 들려주면서 자문해보았다.

우리야 살 만큼 살았지요. 램지 씨가 매칼리스터 노인에게 말했다. 하지만 아이들은 아직 어리니 (살아서) 신기한 것을 많이 봐야지요. 매칼리스터는 지난 삼 월에 일흔다섯이 되었다고 말했다. 저는 일흔하납니다. 램지 씨가 말했다. 한평생 의사를 찾은 일도 없지요. 이도 하나 안 빠졌답니다. 매칼리스터가 말했다. 마치 어부들을 생각하면서 그들이 얼마나 힘들게 사는지 아는 것처럼, 마치 먹기 싫으면 꾸러미에 도로 넣으면 된다고 말하는 것처럼, 그녀가 샌드위치를 바다로 던지려고 하자 아버지가 말리는 것을 보고 캠은 우리 아이들도 그렇게 살았으면 참 좋겠군요라는 식의 생각을 아버지가 한다고 확신했다. 음식을 낭비하면 안 된단다. 마치 이 세상에서 일어나는 모든 일을 훤히 아는 것처럼, 아버지의 말씀이 아주 지혜롭게 들려서 그녀는 즉시 꾸러미에다 샌드위치를 도로 집어넣었고, 그러자 그녀 생각에 마치 창가에서 숙녀에게 꽃을 바치는 훌륭한 스페인 신사처럼(그의 태도는 아주 정중했다) 아버지가 꾸러미에서 생강으로 만든 비스킷을 하나 꺼내어 그녀에게 주었다. 하지만 빵과 치즈를 먹는 아버지의 모습은 초라하고 소박했다. 그런데도 그녀는 우리를 이끌고 위대한 원정을 떠난 아버지가 결국 우리 모두를 익사할 곳으로 안내한다는 생각을 떨쳐버리기가 힘들었다.

"저기가 배가 가라앉은 곳이에요." 갑자기 매칼리스터의 아들이 말했다.

"세 명이 지금 우리가 있는 이곳에서 익사했지요." 늙은 어부가 말했다. 그들이 돛대에 매달린 걸 직접 봤지요. 그래서 곶을 한번 훑어본 램지 씨가 이내,

하지만 나는 더 거친 바다 아래에 있노라.

하면서 큰 소리로 읊조릴까 봐 캠과 제임스는 무서웠다. 그리고 그랬더라면 참지 못하고 괴성을 질렀을 것이다. 더는 아버지가 그런 식으로 열정을 내뿜는 것을 참을 수 없었기 때문에. 하지만 놀랍게도 그는 혼잣말을 하듯 "아하" 하는 말만 했는데 마치 그런 일에 야단법석을 피울 필요가 있느냐는 태도였다. 폭풍으로 사람이 익사하는 건 당연하고, 바다의 심연도 (그는 샌드위치를 싼 꾸러미에 남아 있던 빵 부스러기를 물에 흩뿌렸다) 결국 물이지 않느냐는 듯. 그런 뒤 파이프 담배에 불을 붙이고 시계를 꺼내었다. 그는 시계를 유심히 들여다보았다. 아마 무슨 수학 계산을 하는 듯했다. 마침내 그가 의기양양하게 말했다.

"수고했다!" 제임스가 타고난 뱃사공처럼 키를 아주 잘 잡았던 것이다.

그거 봐! 캠이 혼잣말로 제임스에게 조용히 말했다. 결국 해냈구나. 이것이 바로 제임스가 그렇게도 아버지에게서 듣고 싶은 말이었다는 사실을 잘 아는 그녀는 아버지의 칭찬을 받은 제임스가 너무 기쁜 나머지 어찌할 바를 몰라 그녀도, 아버지도, 그 누구도 똑바로 쳐다보지 못한다는 것을 눈치챘다. 거기에서 그는 키를 잡고 똑

바로 앉아, 차라리 약간 뚱한 표정에 찡그린 얼굴을 했다. 기분이 너무 좋아 조금이라도 그의 기분을 남과 나누기가 싫었던 것이다. 아버지가 그를 칭찬했기 때문에. 그런 속사정을 모르는 남들 눈에는 제임스가 그런 칭찬에 완전히 무관심하게 보였다. 하지만 캠은 제임스가 정말로 원하는 걸 이제야 해냈다고 생각했다.

그들은 갈 지 자로 나아갔다. 기다랗게 요동치는 파도 위로 넘실대면서 빠르게 암초 옆으로 지나가자 오싹할 정도로 짜릿한 흥분과 쾌감이 몰려왔다. 왼쪽의 수심이 얕은 곳에 있는 연이은 바위들은 짙은 녹색을 띠는 물속에서 갈색으로 보였고, 치솟은 바위들 위로 기어오른 파도는 이내 부서지면서 작은 물기둥으로 변해 빗발치듯 아래로 떨어졌다. 물이 찰싹 하는 소리와 물방울이 아래로 후드득 떨어지는 소리, 그리고 마치 자유의 몸이 된 야생 동물들이 몸을 이리 던지고 저리 굴리고 하면서 영원히 뛰어놀듯, 파도들이 포효하면서 바위 위로 굴러 올라가 철썩대는 소리도 들었다.

이제야 그들은 다가오는 그들을 지켜보면서 맞이할 준비를 하는 등대에 있는 두 남자의 모습을 보았다.

램지 씨는 코트의 단추를 채우고 바지를 걷어 올렸다. 그러고 나서 낸시가 준비해준 엉성하게 포장된 커다란 갈색 종이 꾸러미를 들어 무릎에 올리고 앉았다. 그래서 내릴 준비를 모두 갖춘 그는 앉은 채 섬을 뒤돌아보았다. 아마 원시의 눈을 가진 그의 눈에는 황금 접시의 한쪽 끝에 세워놓은 나뭇잎처럼 생긴, 점점 작아지는 섬이 보일 것이다. 아버지는 무엇을 볼 수 있을까? 캠은 궁금했다. 그녀의 눈에는 섬이 흐릿하게 번져 보였다. 아버지는 지금 무엇을 생각할까? 캠은 궁금했다. 입을 꼭 다문 채 골똘한 표정으로 응시하면서 아버지는 무엇을 구하는 것일까? 아이들은 무릎에 꾸러미를 올려놓은 채 모자도 쓰지 않고 앉아서 저 멀리의 불에 탄 뭔가에서 올라오는 증기처럼 생긴 푸르스름한 형상을 응시하는 아버지를 지켜보았다. 무엇을 원하세요, 아버지? 아이들은 묻고 싶었다. 뭐든 물으면 아버지께 대답할게요 하고 아이들은 말하고 싶었다. 하지만 그는 아무것도 묻지 않았다. 아마 앉은 채 섬을 바라보면서, 우리는 모두 혼자 죽는다라든가 아니면 결국 나는 도착했어, 내가 그것을 발견했어라고 생각하는지도 몰랐지만 그는 아무 말도 하지 않았다.

그러더니 그가 모자를 썼다.

"저 꾸러미들을 가져오너라." 낸시가 그들이 등대에 가져가도록 준비해준 꾸러미들을 턱으로 가리키며 그가 말했다. "등대지기에게 줄 꾸러미 말이다." 그가 말했다. 그가 일어서서 허리를 똑바로 펴고 아주 의기양양한 태도로 뱃머리로 가 서는 것을 본 제임스는 아버지가 마치 "신은 없다"라는 말을 하는 듯하다고 생각했고, 캠은 아버지가 마치 우주 속으로 뛰어드는 것 같다고 생각했다. 그러면서 아이들도 일어나 꾸러미를 들고, 젊은이처럼 가볍게 바위 위로 뛰어오르는 아버지를 따라나섰다.

13

"그가 등대에 도착한 게 틀림없어요." 큰 소리로 말한 릴리 브리스코는 갑자기 피로가 몰려오는 것을 느꼈다. 푸른 안개에 둘러싸여 녹아버린 듯 거의 보이지 않는 등대 때문에, 또 그런 등대를 바라보려고 기웃거리면서 거기에 도착한 그를 생각하느라(이 두 가지가 하나같이 힘이 들었다) 몸과 마음이 극도로 긴장했기 때문에. 아! 그런데도 내 마음은 편하구나. 오늘 아침 그가 떠날 때 뭐든 그에게 주고 싶었는데 마침내 그걸 준 기분이라고나 할까.

"그가 상륙했어요." 그녀가 크게 외쳤다. "이제 끝났어요." 그러자 늙은 카마이클 씨가 갑자기 몸을 일으켜, 약간 씩씩거리면서 걸어와, 그녀 옆에 섰다. 잡초가 묻은 덥수룩한 머리와 삼지창을 손에 든(실은 프랑스 소설책을 들고 있었다) 모습이 마치 이교도의 신처럼 보였다. 잔디밭 가장자리에 서 있는 그녀 옆에 선 그는 거대한 몸집을 약간 흔들면서 손으로 눈을 가려 앞을 내다보았다. "그들이 도착한 것 같군요." 그가 말했다. 그래서 그녀는 자신이 옳았다고 느꼈다. 릴리와 카마이클 씨는 서로 말을 나눌 필요가 없었다. 그들은 같은 생각을 했고, 질문하지 않아도 그는 그녀에게 답을 주었다. 그는 거기에 서서 인류의 모든 결점과 고통을 손으로 가리고 있었다. 그녀는 그가 관대하고 연민어린 시선으로 그들의 마지막 운명을 살펴본다고 생각했다. 그가 가렸던 손을 천천히 내리자, 그녀는 키가 큰 그의 머리에 두른 제비꽃과 수선화로 만든 화환을 그가 직접 벗기는 바람에 하늘거리며 내려오던 꽃들이 마침내 모두 땅에 떨어지는 것을 보기라도 한 것처럼, 그가 이제야말로 이 원정을 더욱 빛냈다고 생각했다.

마치 거기에 뭔가가 있다는 것을 상기한 것처럼 그녀는 재빨리 캔버스로 고개를 돌렸다. 그것이 거기에 있었다. 그녀의 그림 말이다. 그랬다. 온통 녹색과 파란색으로 칠한, 선을 이리저리 가로질러 그으면서 뭔가를 시도한 그림이 있었다. 이게 다락방에 걸릴지도 모른다고 그녀는 생각했다. 어쩌면 파괴되어 없어질지도 몰랐다. 하지만 그게 무슨 상관이야? 붓을 다시 잡으면서 그녀가 자문했다. 그녀는 계단을 바라보았다. 계단은 텅 비어 있었다. 그녀는 캔버스를 바라보았다. 그것은 흐릿해 보였다. 마치 두 번째로 그것을 분명히 본 듯 그녀는 거기 중앙에, 갑자기 온 힘을 다해 선을 하나 그었다. 그림이 완성되었다. 마침내 끝이 났다. 극도의 피로를 느껴 붓을 내려놓으면서 그녀는 자신의 환영을 보았다고 생각했다.

작품 해설

버지니아 울프의 생애와 작품 세계

버지니아 울프는 페미니스트이며 모더니스트인, 위대한 소설가이자 수필가로, 문학의 역사에서 이제 20세기의 주요 작가로 인정받았다. 1882년에 편집자이자 비평가인 레슬리 스티븐의 딸로 태어난 그녀는 1895년에 어머니가 돌아가시자 정신적 충격으로 고통을 받았고 1897년 배다른 자매가 죽자 신경쇠약에 걸려 나머지 삶을 고통스럽게 살았다. 1904년에는 아버지가 죽고 2년 뒤에는 사랑하는 동생 토비가 장티푸스에 걸려 갑자기 죽었다. 그녀는 '블룸즈버리 그룹'으로 후에 알려진 모임을 통해 로저 프라이와 라이트 스트래치 등의 작가 및 화가들과 친분을 맺기 시작했다. 그들 중 하나인 레너드 울프를 만나 1912년 결혼했고, 그 뒤 1917년에 부부가 함께 호가스 출판사를 차려 T. S. 엘리엇과 E. M. 포스터와 캐서린 맨스필드의 작품들을 출간했으며 프로이트의 초기 번역작들도 출간했다. 울프는 작품을 쓰고 교정을 보면서 런던과 서섹스다운즈를 오가며 정열적인 삶을 살았다. 정신질환의 재발을 두려워하던 그녀는 1941년에 자살했다.

그녀는 첫 번째 소설《출항》을 1915년에 발표한 뒤 1919년에《밤과 낮》을 발표했다. 이 두 작품은 전통적 소설 기법을 따르고 있다. 1922년에 발표한《제이콥의 방》은 명확한 사실이나 특정한 지식보다는 개인에 대한 관찰이나 인상에 기초한 실험적 작품이다. 그 뒤로 그녀는 비범하고도 다양한 형태의 실험을 통해 작품 속에 사회와 역사의 힘과의 개개인의 삶의 관계를 그려 넣었다. 특히 여성의 경험에 관한 것을 소설뿐 아니라 수필에서도 많이 다루었는데, 그 중 1929년에 발표한《자기만의 방》과 1938년에 발표한《3기니》는 페미니스트 논쟁거리로 입에 오르내렸다. 이에 힘입어 1925년에는《댈러웨이 부인》을 발표했다.

1927년에 발표한《등대로》는 '의식의 흐름'이라는 새로운 기법을 사용하여 인간 심리의 가장 깊은 내면을 추구하고 시간과 진실에 대한 새로운 관념을 제시했다. 1928년에 발표한《올랜도》는 의식의 흐름을 구체적으로 표현한 작품이다. 1931년에 발표한《파도》는 소설이라기보다는 시에 가까운 작품으로 그녀의 궁극적인 사상과 한계를 보여준다. 1937년에 발표한《세월》은 다시 전통적 소설 기법을 사용해 자신의 소설 세계를 보여주었지만 별 성과가 없었다. 그녀는 우즈 강에 투신자살하기 전에《막간》을 발표했고,

이것은 전통적 소설 기법과 그녀가 개척한 현대 소설의 기법이 어느 정도 만족스럽게 화합된 작품으로 평가받는다. 그 외에도 그녀는 많은 작품을 남겼으며 비평가로서도 빛나는 업적을 남겼다.

《등대로》에 대하여

《등대로》는 3부로 이루어져 있다.

1부는 빅토리아 시대인 19세기 말 사회 전체의 계급 구조에 변화의 움직임이 싹트는 등 현대 사회로 들어가는 과도기적 상태에 놓인 영국이 시대적 배경을 이룬다. 런던에 사는 램지 가 사람들이 스코틀랜드 서쪽에 자리잡은 헤브리디스 제도의 한 섬에 있는 그들의 별장에 그들이 초대한 손님들과 함께 시간을 보낸다. 가장인 램지 씨는 명석한 두뇌와 독보적인 고차원의 사상으로 이미 이십 대 후반에 책 한 권으로 세상에서 명성과 권위를 인정받은 육십 대의 철학교수고, 그의 아내 램지 부인은 뛰어난 미모로 많은 이의 칭송을 받는 현모양처형의 오십 대 주부다. 그들 사이에는 여덟 아이가 있다. 겉으로 드러난 램지 가는 안정되고 행복해 보인다. 하지만 안을 조심스레 들여다보면 꼭 그렇지만도 않다.

우선, 램지 씨는 결혼 전과는 달리 결혼 후 뚜렷한 연구 업적을 내지 못한다. 나이가 들어갈수록 자신이 쓴 책과 자신에 대한 남의 평가에 예민하게 굴면서 자신만의 세계에 갇혀 타인에 대한 배려 없이 여전히 괴팍한 성격을 그대로 드러내며 생활한다. 자신의 뜻대로 되지 않는 현실이 불만스런 그는 늘 먼 곳을 쳐다보며 차원 높은 사유와 공상에 빠진다. 그래서 작가는 그의 눈을 원시로 묘사한다. 항상 먼 곳에서 뭔가를 찾으려는 그의 원시성으로 인해 그는(그의 표현대로 인간의 사유 단계가 초기의 A에서 마지막인 Z까지로 나뉜다면) 자신이 구하고 싶은 마지막 단계인 Z에 이미 도달한 가장 가까운 존재인 그의 아내를 알아보지 못한다. 가부장적 사고방식에 사로잡힌 그는 아내를 남자와 대등한 존재인 한 인간으로 보지 못하고 그로 인해 아내의 진정한 가치를 결코 깨닫지 못한다. 그래서 어느 날 응접실 창가에 앉아 있는 오십 대의 아내가 그 어느 때보다 아주 아름답고 매력적이라고 느끼지만 그 이유를 알지 못한다. 그러면서도 연구를 하다가 힘이 들면 자기도 모르게 아내를 찾아가 그녀에게서 새로운 힘을 얻는다.

램지 부인 또한 현실에 만족하지 못한 채 살아간다. 하지만 겉으로는 표현하지 않는다. 아니, 표현하지 않으려고 하다 보니 어느새 거짓말과 과장하는 버릇이 몸에 배어버렸다. 일찍 결혼한 그녀는(그녀의 표현대로 말하면) 살아오면서 세상만사 다 겪은 탓에 나이 오십이 되자 모든 것이 원만해지는 도의 경지에 이르게 되었다. 램지 씨의 표현대로라면 Z의 단계에 도달한 것이다. 그래서 그런지 그녀의 주위에는 항상 환한 빛이 따라다닌다. 그 빛을 느낀 사람들은 자신도 모르게 그녀에게 그들의 힘든 삶과 어려움을 하소연하고 동시에 위안과 힘을 얻는다. 그녀보다 램지 씨가 더 소중하고 더 높은 사유의 경지에 도달했다고 생각하는 사람들 때문에 그녀는 남편 앞에서조차 자신을 드러내길 꺼려한다.

남들 앞에서는 명랑하고 힘찬 모습을 보이는 그녀도 혼자 있을 때면 본연의 자세로 돌아가 삶에 대해 진지하게 생각하고 슬픈 표정도 짓는다. 세상이 덧없다는 것을 깨닫고 나와 남이 둘이 아닌 하나라는, 삼라만상이 하나라는, 등대에서 나오는 불빛마저도 자신과 하나라는 것을 통찰한 그녀지만 덧없는 삶의 현실을 부정하기보다는 고르지 못한 현실을 좋은 방향으로 바꿔보려고 적극적으로 행동하는 사회가로의 변신을 꾀한다. 가장 먼 곳을 본 그녀는 가장 가까운 곳으로 눈을 돌린 것이다. 그래서 작가는 램지 부인을 근시로 묘사한다. 그녀는 초대한 사람들이 앉아 있는 식탁에서 사람들에게 수프를 나눠주는 찰나에도 참된 행복을 찾을 줄 아는 지혜를 터득했다. 좋은 혈통과 가문을 이어받은 그녀는 그녀의 계급에 속하는 사람들이 하지 않는 일에 눈을 돌려 남몰래 가난하고 핍박받는 사람들을 찾아가 그들을 도와주고 위로한다. 1부의 첫머리도 사람들과 뚝 떨어진 채 외롭게 살아가는 등대의 등대지기와 고관절염을 앓는 등대지기의 아들에 대한 그녀의 연민에서 시작된다.

램지 씨를 추앙하는 가난하고 비범한 젊은이인 찰스 탠슬리도 현실에 만족하지 못한다. 비범한 능력은 있지만 가난하고 계급이 좋지 않은 탠슬리는 어려운 환경 속에서도 세상 사람들에게 인정받고 사랑받는 위치로 신분 상승을 꿈꾼다. 모두에게 무시당하지만 그래도 그를 따뜻하게 대해주는 램지 부인을 통해 자신의 꿈을 이루려는 공상에 빠진다.

가난과 못생긴 얼굴로 열등감에 시달리는 노처녀 화가 릴리도 현실에 만족하지 못한다. 그림을 통해 자신의 삶을 풍요롭게 하고 싶지만 그림에도 별 재능이 없다. 릴리는 자신에게 따뜻하게 대해주는 램지 부인을 사랑하고, 그녀를 닮고 싶어하며, 그녀가 있는 별장의 모든 것을 사랑하게 된다. 초대받아 만찬의 식탁에 앉아 있는 사람들이 서로 어울리지 못하고 따로 노는 것을 하나가 되도록 분위기를 조성하는 등 결국 자신의 뜻대로 모든 것을 이끌어가는 램지 부인을 보고 릴리만이 램지 부인에게 특별한 뭔가가 있다고 눈치챈다.

2부는 1차 세계대전과 그로 인한 10년 간의 사회 변화를 시와 같은 아름다운 산문으로 표현하고 있다. 이 기간 동안에 램지 부인이 밤중에 갑자기 죽고, 결혼한 딸 프루도 아이를 낳다가 죽고, 위대한 수학자가 될 거라고 촉망받던 아들 앤드루도 죽는다.

3부에서는 근 10년의 공백을 깨고 살아 있는 사람들이 다시 별장을 찾는다. 릴리는 이미 고인이 된 램지 부인을 그리워하며 부인의 환영에서 벗어나지 못한다. 탠슬리는 대학교수가 되어 신분 상승에 성공한다. 아이들 중 캠과 제임스는 램지 씨와 함께 아침에 등대로 향한다. 아버지의 그늘 속에 기가 죽은 채 지내온 아이들은 마지못해 등대로 향하면서도 속으로는 아버지를 증오한다. 현실에 불만을 품은 캠은 배를 타고 등대로 가는 동안에도 배가 침몰하여 빠져 죽는 공상을 하고 제임스는 뭍에 내리자마자 도망칠 생각만 한다. 램지 씨는 배 안에서도 여전히 자신이 도달하고 싶은 사유의 단계로 올라가기 위해 책과 공상 속에 빠진다. 하지만 등대로 다가갈수록 모두의 마음에 변화가 생기기 시작한다. 단순히 아내를 기리기 위해 출발했던 등대로 가는 길에서 램지 씨는 자신이 Z에 도달하지 않아도 누군가가 도달할 거라고 생각하면서 비로소 현실을 인식하고 마음의 문을 열어 현실 속의 사람들을 따뜻한 애정의 눈길로 쳐다보며 참된 행복을 느끼게 된다. 아이들도 등대로 가까이 다가갈수록 자신들을 사랑하는 아버지의 실체를 보게 되면서 아버지에 대한 편견을 버리고 공상 속을 헤매던 세계에서 현실로 눈을 돌려 마음의 문을 열고 동시에 참된 자유와 살아 있음에 감사하며 진정한 행복이 무엇인지 깨닫는다. 릴리도 마침내 10년 동안 끌어오던 그림을 완성함과 동시에 램지 부인의 환영에서 벗어나 진정한 자아를 찾아 자신만의 세계를 구축한다.

이 책은 한마디로 '자리이타(自利利他)' 정신을 보여준다 해도 과언이 아닌 듯하다.

현실이 만족스럽지 못하다고 불만에 싸여 현실도피적인 공상에 빠지거나 부정적인 삶을 살기보다는 정신적으로든 물질적으로든 자신보다 못한 이들을 도와주면서 직접적으로나 간접적으로 보상받게 되는 현실 직시와 삶에 대한 환희와 살아 있다는 사실에 대한 감사와 더불어 살아가는 삶의 아름다움을 겸허하게 가르쳐준다.

이 책을 읽고 나서 문득 갈매기 조나단과 예수와 석가모니 부처가 생각난 것은 나의 지나친 비약일까?

번역을 마치고 나니 역시 고전은 고전이구나 하는 생각이 들었다. 별 줄거리도 없이 밋밋한 것 같았는데 곱씹을수록 배울 것이 많은 소설이다.

살아서도 그랬지만 죽어서도 살아 있는 사람들의 가슴속에 남아 그들을 좋은 방향으로 이끌어주는 램지 부인의 보이지 않는 영혼의 힘이 특히 아름답다. 사람과 사람이 부대끼며 살아갈 수밖에 없는 이 세상에서 가장 소중한 것은 사랑, 자신에 대한 사랑과 타인에 대한 사랑이라는 걸 비단결 같은 은은한 색채로 그려내는 아름다운 이 작품은 보이지 않는 세계를 이해하지 못하거나 부정하는 사람들에게는 난해할 수도 있지만 그런 이들에게도 보이지 않는 세계를 한 번쯤 생각해볼 수 있는 계기가 되었으면 좋겠다.

옮긴이

버지니아 울프 연보

1882년 런던의 유복한 가정에서 태어났다. 어린 시절 저명한 문예 비평가이자 철학자인 아버지 레슬리 스티븐에게 개인 교육을 받으며 문학을 익혔다.

1895년 어머니 줄리아 스티븐이 사망했다.

1897년 킹스칼리지에서 그리스어와 역사 강의를 청강했다. 이복 언니 스텔라가 사망했다. 어머니를 잃은 슬픔이 더해져 신경 쇠약 증세가 처음 나타났다.

1902년 케임브리지대학교의 트리니티칼리지에 입학했다.

1904년 아버지 레슬리 스티븐이 사망했다. 최초로 자살을 시도했다.

1905년 문학, 미학, 경제, 정치 등을 논하는 모임인 블룸즈버리 그룹이 결성되었다. 구성원은 버지니아 울프, 존 메이너드 케인스, E. M. 포스터 등이었다.

1912년 레너드 울프와 결혼했다.

1915년 첫 소설《출항》을 출간했다. 심리적으로 불안정하던 시절에 쓴 작품으로 추후 발표될 모든 작품의 씨앗이 들어 있다고 평가받는다.

1917년 레너드와 함께 호가스 출판사를 설립했다. 추후 영국에서 발표되는 울프의 모든 작품은 여기서 출간되었다.

1919년 두 번째 소설《밤과 낮》이 출간되었다. 요양 중이라 하루에 한 시간 반만 집필을 허락받은 상태에서 쓴 작품으로, 사랑과 결혼, 행복의 관계를 다뤘다.

1921년 단편집《월요일이나 화요일》이 출간되었다.

1922년 과감한 언어적 실험을 도모한 세 번째 소설《제이콥의 방》을 출간했다. 비타 색빌웨스트를 처음 만났다. 색빌웨스트는《올랜도》의 모델이 된 인물로 두 사람은 울프가 사망할 때까지 연인이자 친구로 가깝게 지냈다.

1925년 《댈러웨이 부인》이 출간되었다.

1927년 아버지의 세계와 어머니의 세계를 상징적으로 대조한《등대로》가 출간되었다.

1928년 한 시인이 수백 년의 시간 동안 성별을 바꾸며 살아가는 이야기를 다룬《올랜도》가 출간되었다.《등대로》로 페미나 상을 받았다.

1929년 대학에서 강의한 내용을 기초로 한《자기만의 방》이 출간되었다.

1931년 《파도》가 출간되었다. 울프는 이 작품을 '산문이면서 시,

소설인 동시에 희곡'이라고 평했다.

1937년 1880년대 빅토리아 시대부터 1930년까지의 세월을 포괄하는 이야기를 담은《세월》을 출간했다.

1938년 《3기니》를 출간했다. 파시즘과 전쟁, 제국주의 등을 여성의 입장에서 비판적으로 논한 작품이다.

1941년 마지막 소설이자 사후 출간된《막간》을 탈고했다. 서식스의 우즈강에서 자살로 생을 마감했다.

옮긴이 **이숙자**

부산대학교 계산통계학과를 졸업하고 런던대학원 전산학과를 졸업(석사)했다. 삼성전자에서 근무했고, 방송통신대학 영문학과를 수료했다. 부산대 대학원 영어영문학과에서 석사 과정(번역학 전공)을 졸업하고 현재 부산대에서 박사 과정을 밟고 있다. 현재 대학 강사와 번역가로 활동 중이다.

등대로

1판 1쇄 발행 2008년 7월 15일
2판 1쇄 발행 2025년 9월 19일

지은이 버지니아 울프 | **옮긴이** 이숙자
펴낸곳 (주)문예출판사 | **펴낸이** 전준배
출판등록 2004. 02. 11. 제 2013-000357호 (1966. 12. 2. 제 1-134호)
주 소 04001 서울시 마포구 월드컵북로 21
전 화 02-393-5681 | **팩 스** 02-393-5685
홈페이지 www.moonye.com | **블로그** blog.naver.com/imoonye
페이스북 www.facebook.com/moonyepublishing | **이메일** info@moonye.com

ISBN 978-89-310-2579-8 04800
ISBN 978-89-310-2365-7 (세트)

• 잘못 만든 책은 구입하신 서점에서 바꿔드립니다.

문예출판사® 상표등록 제 40-0833187호, 제 41-0200044호

■ 문예세계문학선

★ 서울대, 연세대, 고려대 필독 권장 도서 ▲ 미국대학위원회 추천 도서
● 《타임》 선정 현대 100대 영문 소설 ▽ 《뉴스위크》 선정 세계 100대 명저

1 **젊은 베르테르의 슬픔** 괴테 / 송영택 옮김
▲▽ 2 **멋진 신세계** 올더스 헉슬리 / 이덕형 옮김
▲●▽ 3 **호밀밭의 파수꾼** J. D. 샐린저 / 이덕형 옮김
4 **데미안** 헤르만 헤세 / 구기성 옮김
5 **생의 한가운데** 루이제 린저 / 전혜린 옮김
6 **대지** 펄 S. 벅 / 안정효 옮김
●▽ 7 **1984** 조지 오웰 / 김승욱 옮김
▲●▽ 8 **위대한 개츠비** F. 스콧 피츠제럴드 / 송무 옮김
▲●▽ 9 **파리대왕** 윌리엄 골딩 / 이덕형 옮김
10 **삼십세** 잉게보르크 바흐만 / 차경아 옮김
★▲ 11 **오이디푸스왕 · 아가멤논 · 코에포로이**
소포클레스 · 아이스킬로스 / 천병희 옮김
★▲ 12 **주홍글씨** 너새니얼 호손 / 조승국 옮김
▲●▽ 13 **동물농장** 조지 오웰 / 김승욱 옮김
★ 14 **마음** 나쓰메 소세키 / 오유리 옮김
★ 15 **아Q정전 · 광인일기** 루쉰 / 정석원 옮김
16 **개선문** 레마르크 / 송영택 옮김
★ 17 **구토** 장 폴 사르트르 / 방곤 옮김
18 **노인과 바다** 어니스트 헤밍웨이 / 이경식 옮김
19 **좁은 문** 앙드레 지드 / 오현우 옮김
★▲ 20 **변신 · 시골 의사** 프란츠 카프카 / 이덕형 옮김
★▲ 21 **이방인** 알베르 카뮈 / 이휘영 옮김
22 **지하생활자의 수기** 도스토옙스키 / 이동현 옮김
★ 23 **설국** 가와바타 야스나리 / 장경룡 옮김
★▲ 24 **이반 데니소비치의 하루**
알렉산드르 솔제니친 / 이동현 옮김
25 **더블린 사람들** 제임스 조이스 / 김병철 옮김
★ 26 **여자의 일생** 기 드 모파상 / 신인영 옮김
27 **달과 6펜스** 서머싯 몸 / 안흥규 옮김
28 **지옥** 앙리 바르뷔스 / 오현우 옮김
★▲ 29 **젊은 예술가의 초상** 제임스 조이스 / 여석기 옮김
▲ 30 **검은 고양이** 애드거 앨런 포 / 김기철 옮김
★ 31 **도련님** 나쓰메 소세키 / 오유리 옮김
32 **우리 시대의 아이** 외된 폰 호르바트 / 조경수 옮김
33 **잃어버린 지평선** 제임스 힐턴 / 이경식 옮김
34 **지상의 양식** 앙드레 지드 / 김붕구 옮김
35 **체호프 단편선** 안톤 체호프 / 김학수 옮김
36 **인간 실격** 다자이 오사무 / 오유리 옮김
37 **위기의 여자** 시몬 드 보부아르 / 손장순 옮김
●▽ 38 **댈러웨이 부인** 버지니아 울프 / 나영균 옮김
39 **인간 희극** 윌리엄 사로얀 / 안정효 옮김
40 **오 헨리 단편선** 오 헨리 / 이성호 옮김
★ 41 **말테의 수기** R. M. 릴케 / 박환덕 옮김
42 **파비안** 에리히 케스트너 / 전혜린 옮김
★▲▽ 43 **햄릿** 윌리엄 셰익스피어 / 여석기 옮김
44 **바라바** 페르 라게르크비스트 / 한영환 옮김
45 **토니오 크뢰거** 토마스 만 / 강두식 옮김
46 **첫사랑** 이반 투르게네프 / 김학수 옮김
47 **제3의 사나이** 그레이엄 그린 / 안흥규 옮김
★▲▽ 48 **어둠의 심장** 조지프 콘래드 / 이덕형 옮김
49 **싯다르타** 헤르만 헤세 / 차경아 옮김
50 **모파상 단편선** 기 드 모파상 / 김동현 · 김사행 옮김
51 **찰스 램 수필선** 찰스 램 / 김기철 옮김
★▲▽ 52 **보바리 부인** 귀스타브 플로베르 / 민희식 옮김
53 **페터 카멘친트** 헤르만 헤세 / 박종서 옮김
★ 54 **몽테뉴 수상록** 몽테뉴 / 손우성 옮김
55 **알퐁스 도데 단편선** 알퐁스 도데 / 김사행 옮김
56 **베이컨 수필집** 프랜시스 베이컨 / 김길중 옮김
★▲ 57 **인형의 집** 헨리크 입센 / 안동민 옮김
★ 58 **소송** 프란츠 카프카 / 김현성 옮김
★▲ 59 **테스** 토마스 하디 / 이종구 옮김
★▽ 60 **리어왕** 윌리엄 셰익스피어 / 이종구 옮김
61 **라쇼몽** 아쿠타가와 류노스케 / 김영식 옮김
▲▽ 62 **프랑켄슈타인** 메리 셸리 / 임종기 옮김
▲●▽ 63 **등대로** 버지니아 울프 / 이숙자 옮김
64 **명상록** 마르쿠스 아우렐리우스 / 이덕형 옮김
65 **가든 파티** 캐서린 맨스필드 / 이덕형 옮김
66 **투명인간** H. G. 웰스 / 임종기 옮김
67 **게르트루트** 헤르만 헤세 / 송영택 옮김
68 **피가로의 결혼** 보마르셰 / 민희식 옮김

(뒷면 계속)

★ 69 **팡세** 블레즈 파스칼 / 하동훈 옮김
70 **한국단편소설선** 김동인 외 / 오양호 엮음
71 **지킬 박사와 하이드** 로버트 L. 스티븐슨 / 김세미 옮김
▲ 72 **밤으로의 긴 여로** 유진 오닐 / 박윤정 옮김
★▲▽ 73 **허클베리 핀의 모험** 마크 트웨인 / 이덕형 옮김
74 **이선 프롬** 이디스 워튼 / 손영미 옮김
75 **크리스마스 캐럴** 찰스 디킨슨 / 김세미 옮김
★▲ 76 **파우스트** 요한 볼프강 폰 괴테 / 정경석 옮김
▲ 77 **야성의 부름** 잭 런던 / 임종기 옮김
★▲ 78 **고도를 기다리며** 사뮈엘 베케트 / 홍복유 옮김
★▲▽ 79 **걸리버 여행기** 조너선 스위프트 / 박용수 옮김
80 **톰 소여의 모험** 마크 트웨인 / 이덕형 옮김
★▲▽ 81 **오만과 편견** 제인 오스틴 / 박용수 옮김
★▽ 82 **오셀로 · 템페스트** 윌리엄 셰익스피어 / 오화섭 옮김
★ 83 **맥베스** 윌리엄 셰익스피어 / 이종구 옮김
▽ 84 **순수의 시대** 이디스 워튼 / 이미선 옮김
★ 85 **차라투스트라는 이렇게 말했다** 니체 / 황문수 옮김
★ 86 **그리스 로마 신화** 이디스 해밀턴 / 장왕록 옮김
87 **모로 박사의 섬** H. G. 웰스 / 한동훈 옮김
88 **유토피아** 토머스 모어 / 김남우 옮김
★▲ 89 **로빈슨 크루소** 대니얼 디포 / 이덕형 옮김
90 **자기만의 방** 버지니아 울프 / 정윤조 옮김
▲ 91 **월든** 헨리 D. 소로 / 이덕형 옮김
92 **나는 고양이로소이다** 나쓰메 소세키 / 김영식 옮김
★ 93 **폭풍의 언덕** 에밀리 브론테 / 이덕형 옮김
★▲ 94 **스완네 쪽으로** 마르셀 프루스트 / 김인환 옮김
★ 95 **이솝 우화** 이솝 / 이덕형 옮김
★ 96 **페스트** 알베르 카뮈 / 이휘영 옮김
▲ 97 **도리언 그레이의 초상** 오스카 와일드 / 임종기 옮김
98 **기러기** 모리 오가이 / 김영식 옮김
★▲ 99 **제인 에어 1** 샬럿 브론테 / 이덕형 옮김
★▲100 **제인 에어 2** 샬럿 브론테 / 이덕형 옮김
101 **방황** 루쉰 / 정석원 옮김
102 **타임머신** H. G. 웰스 / 임종기 옮김
●103 **보이지 않는 인간 1** 랠프 엘리슨 / 송무 옮김
●104 **보이지 않는 인간 2** 랠프 엘리슨 / 송무 옮김

▲105 **훌륭한 군인** 포드 매덕스 포드 / 손영미 옮김
106 **수레바퀴 아래서** 헤르만 헤세 / 송영택 옮김
▲107 **죄와 벌 1** 표도르 도스토옙스키 / 김학수 옮김
▲108 **죄와 벌 2** 표도르 도스토옙스키 / 김학수 옮김
109 **밤의 노예** 미셸 오스트 / 이재형 옮김
110 **바다여 바다여 1** 아이리스 머독 / 안정효 옮김
111 **바다여 바다여 2** 아이리스 머독 / 안정효 옮김
112 **부활 1** 레프 톨스토이 / 김학수 옮김
113 **부활 2** 레프 톨스토이 / 김학수 옮김
▲●114 **그들의 눈은 신을 보고 있었다**
조라 닐 허스턴 / 이미선 옮김
115 **약속** 프리드리히 뒤렌마트 / 차경아 옮김
116 **제니의 초상** 로버트 네이선 / 이덕희 옮김
117 **트로일러스와 크리세이드**
제프리 초서 / 김영남 옮김
118 **사람은 무엇으로 사는가**
레프 톨스토이 / 이순영 옮김
119 **전락** 알베르 카뮈 / 이휘영 옮김
120 **독일인의 사랑** 막스 뮐러 / 차경아 옮김
121 **릴케 단편선** R. M. 릴케 / 송영택 옮김
122 **이반 일리치의 죽음** 레프 톨스토이 / 이순영 옮김
123 **판사와 형리** F. 뒤렌마트 / 차경아 옮김
124 **보트 위의 세 남자** 제롬 K. 제롬 / 김이선 옮김
125 **자전거를 탄 세 남자** 제롬 K. 제롬 / 김이선 옮김
126 **사랑하는 하느님 이야기** R. M. 릴케 / 송영택 옮김
127 **그리스인 조르바** 니코스 카잔차키스 / 이재형 옮김
128 **여자 없는 남자들** 어니스트 헤밍웨이 / 이종인 옮김
129 **사양** 다자이 오사무 / 오유리 옮김
130 **슌킨 이야기** 다니자키 준이치로 / 김영식 옮김
131 **실종자** 프란츠 카프카 / 송경은 옮김
132 **시지프 신화** 알베르 카뮈 / 이가림 옮김
133 **장미의 기적** 장 주네 / 박형섭 옮김
134 **진주** 존 스타인벡 / 김승욱 옮김
135 **황야의 이리** 헤르만 헤세 / 장혜경 옮김
136 **피난처** 이디스 워튼 / 김욱동